슬픔을 공부하는 슬픔

슬픔을 공부하는 슬픔

신 형 철
산 문

한겨레출판

두 번째 산문집을 묶으며

1.

건축학을 잘 모르면서도 글짓기는 집짓기와 유사한 것이라 믿고 있다. 지면(紙面)이 곧 지면(地面)이어서, 나는 거기에 글을 짓는다. 건축을 위한 공정 혹은 준칙은 다음과 같다. 첫째, 인식을 생산해낼 것. 있을 만하고 또 있어야만 하는 건물이 지어져야 한다. 한 편의 글에 그런 자격을 부여해주는 것은 (취향이나 입장이 아니라) 인식이다. 둘째, 정확한 문장을 찾을 것. 건축에 적합한 자재(資材)를 찾듯이, 문장은 쓰는 것이 아니라 찾는 것이다. 특정한 인식을 가감 없이 실어 나르는 단 하나의 문장이 있다는 플로베르적인 가정을 나는 믿는다. 그런 문장은 한번 쓰이면 다른 문장으로 대체될 수 없다. 셋째, 공학적으로 배치할 것. 필요한 단락의 개수를 계산하고 각 단락에 들어가야 할 내용을 배분한다. 가급적 각 단락의 길이를 똑같이 맞추고 이를 쌓아 올린다. 이 시각적 균형은 사유의 구조적 균형을 반영한다(반영해야 한다). 이제 넘치는 것도 부족한 것도 없다. 한 단락도 더하거나 빼면 이 건축물은 무너진다(무너져야 한다).

이 셋을 떠받치고 아우르는 더 중요한 원칙이 있다. 세상에는 교환 아닌 것이 별로 없으므로, 좋은 글을 얻고 싶다면 이쪽에서도 가치 있는 것을 줘야 한다는 것. 내가 가진 가장 귀한 것은 생명이지만, 그렇다고 생명을 줄 수는 없지 않은가. 아니, 줄 수 있다. 생명은 '일생'이라는 시간으로 이루어져 있으니 시간이라는 형태로 분할 지불이 가능하다. 생명을 준다는 것은 곧 시간을 준다는 것이다. 《듣기의 철학》(와시다 키요카즈, 아카넷, 2014)에 따르면 '터미널 케어'(말기 간호)의 본질은 환자가 '어떤 병원에서 어떤 의료 행위를 받느냐'가 아니라 '누구와 함께 죽음을 맞이하는가'에 있다고 한다. 죽어가는 사람 옆에 있어주는 일이야말로 가장 중요한 케어이므로, 케어란 누군가에게 시간을 주는 일이라는 것이었다. 사람도 그렇지만 글쓰기도 그렇다. 시간을 주지 않았다면 아무것도 안 준 것이다. 여기 묶은 글들은 내 8년 동안의 생명 중 일부를 주고 바꾼 것들이다. 그러니까 이것들을 쓰면서 나는 죽어왔다. 그러나 이 글들은 지금 나에게 충분하지 않았다고 말한다.

2.

《느낌의 공동체》(문학동네, 2011)에 이어지는 두 번째 산문집
이다. 《느낌의 공동체》의 어떤 부분들이 지금의 내게는 일종의
'재치'의 산물로 보인다. 독자를 웃기려 했다는 뜻이 아니라, 충
분한 시간을 지불하지 않고 무언가를 얻어내려 한 흔적이 곳곳
에 있다는 뜻이다. 30대 초반의 나이에나 감히 시도할 수 있고
또 가끔은 성공하기도 하는 거래였다고 생각한다. 이를 너그럽
게 보아준 분들이 많아서 지금도 읽히고 있지만 나는 이제 그
책을 얼마간 부끄러워한다. 이번 책 역시 부끄럽기는 마찬가지
이지만 적어도 독자를 부끄럽게 만들지는 않기를 바랄 뿐이다.
2010년 이후에 발표한 글들 중 짧은 글들을 모으고 그중 절반을
취해 가능한 수준에서 손을 보았다. (2016년에 '격주시화'라는 타
이틀하에 연재한 글은 그만큼의 분량을 더 써서 별도의 단행본으로 묶
으려고 한다.) 90편 조금 못 되는 글들을 슬픔(1부), 소설(2부), 사
회(3부), 시(4부), 문화(5부)로 나눠 배치했고, 각 부의 성격을 대
변할 만한 글을 부의 첫머리에 두었다.

지난 7, 8년 동안의 글을 모아보니 슬픔에 대한 것들이 많았
다. 우연한 결과만은 아니라고 판단해서 이것들을 따로 추려
1부를 만들었고, 총론이 필요해 보여서 〈당신의 지겨운 슬픔〉을
새로 써서 더했다. 슬픔에 대해 자주 생각하게 된 것은 2014년
4월 16일 때문이기도 하고 2017년 1월 23일 때문이기도 하다.
전자는 세월호가 침몰한 공적인 날짜이고 후자는 아내가 수술

을 받은 사적인 날짜다. 감히 비교할 수 없는 일들을 나란히 놓는 것이 죄스럽지만 내게는 분리하기 어려운 두 번의 일이다. 아이들이 가라앉는 걸 본 이후 한동안 나는 뉴스를 보며 자주 울었지만 어느 순간부터 괴로워 피하기 시작했고 그러자 눈물도 멈췄다. 아내가 수술을 받은 날 우리는 병실에서 껴안고 울었는데 울면서도 나는 아내와 다른 곳에 있는 것만 같았고 그 슬픔으로부터도 아내보다 더 빨리 빠져나올 수 있었다. 이런 일들을 겪고 나는 무참해져서 이제부터 내 알량한 문학 공부는 슬픔에 대한 공부여야 한다고 생각했다. 그렇게《느낌의 공동체》에서《슬픔을 공부하는 슬픔》으로 넘어왔다. 같은 화가의 다른 그림을 표지로 얹었는데, 그때는 그림 속의 배를 어떤 당신과 함께 타고 있다고 여겼으나 지금은 내가 이르지 못할 슬픔을 가졌을 당신의 뒷모습을 그림 밖에서 바라본다.

3.

내가 교수로서 하는 일은 가르치는 일이 아니라 배우는 일이다. 정확히 가르치기 위해서는 공부를 하지 않으면 안 되니까 이 직업의 본령은 차라리 배움에 가깝다. 내가 재직 중인 조선대학교 문예창작학과 학생들에게 배우며 이 글들을 썼다. 내가 제자로 살 때는 선생이 제자를 사랑한다는 말이 거짓말인 줄 알았는데 이제는 그렇지 않다고 생각하게 됐다.《한겨레21》의 '문학사용법' 코너에 연재한 글이 이 책의 뼈대를 이루었고, 이후《한국일보》,《경향신문》,《광주일보》등이 과분한 지면을 내주어 계속쓸 수 있었다. 내가 신뢰하는 이 매체의 모든 분들께 인사를 드리고 싶다. 한겨레출판사의 여러 분들께도 감사드린다. 수년 동안 꾸준히 출간을 독려해주신 김수영 본부장님, 필요한 때마다용기를 준 임선영 팀장님 덕분에 앞으로 나아갈 수 있었다. 그리고 무엇보다도 이 책을 함께 만든 책임편집자 류기일 님에게 느끼는 고마움은 여기에 다 적을 수가 없다. 그의 조언과 제안이언제나 정확하다는 것에 감명받은 나는 언젠가부터 그가 하라는 대로 다 했다. 훗날 이 책의 시절을 생각하면 가장 먼저 따뜻하게 떠오르는 것은 그의 이름일 것이다.

아내 신샛별 평론가의 조언 덕분에 책의 구조와 제목을 결정할 수 있었다. 앞으로 그와 나에게 오래 슬퍼할 만한 일이 일어난다면, 그때 그곳에 우리가 꼭 함께 있었으면 한다. 그 일이 다른 한 사람을 피해 가는 행운을 전혀 바라지 않는다. 같이 겪지않은 일에 같은 슬픔을 느낄 수는 없기 때문이고, 서로의 슬픔을이해할 수 없는 상황을 우리는 견딜 수 없을 것이므로. 마지막으로, 그동안 나의 글들을 읽어주었고 이제 이 책을 읽게 될 분들에게. 대체로 내 삶을 이해하고 버텨내기 위해 쓰인 글들이어서 내 글의 시야는 넓지 않고, 살아낸 깊이만큼만 쓸 수 있는 것이 글이므로 나의 책이란 결국 나의 한계를 모아놓은 것에 불과하다는 것을 안다. 그럼에도 나의 책에 자신의 시간을 내어주는 분들이 있다는 것을 생각하면 나는 가끔 무언가를 용서받는다는 느낌마저 든다. 이 고마움을 표현할 수 있는 단 한 문장을 아직 찾지 못했으므로, 나는 이제 또 한 권의 책을 만들 수밖에 없으리라.

2018년 가을
신형철

3부 그래도 우리의 나날

4부 시는 없으면 안 되는가

5부 넘치의 온전함에 대하여

슬픔에 대한 공부

| 슬픔 |

당신의 지겨운 슬픔

〈킬링 디어〉가 비극인 이유

> 타인의 슬픔에 대해
> '이제는 지겹다'라고 말하는 것은 참혹한 짓이다.
> 그러니 평생 동안 해야 할 일이 하나 있다면
> 그것은 슬픔에 대한 공부일 것이다.
> —졸고, 〈책을 엮으며〉, 《눈먼 자들의 국가》, 문학동네, 2014

아가멤논의 악화된 딜레마

제우스의 지원을 등에 업고 트로이 정벌에 나서는 아가멤논의
군대를 막아선 것은 여신 아르테미스였다. 그는 출정을 방해하
는 중인 역풍이 순풍으로 바뀌려면 아가멤논이 제 딸 이피게네
이아를 희생 제물로 바쳐야 한다는 점을 예언자를 통해 전한다.
전쟁이라는 공적 대의를 포기할 것인가, 사랑하는 딸을 포기할
것인가. 아가멤논이 어떤 선택을 하게 될지 궁금해지는 것은 당
연한데, 그보다 먼저 물어야 할 것은 아르테미스가 무슨 일로 화
가 났느냐다. 그 분노의 원인에 대해서는 의견이 분분하다. 제우
스가 트로이전쟁을 재가한 것에 대해 (전쟁의 무고한 희생자가 될)

어린이와 여성들의 대변자인 아르테미스가 분노했다는 해석, 혹은 아가멤논 가문의 엽기적인 인척 살해 사건에 대해 한 세대의 시간차를 두고 내려진 징벌이라는 해석, 아가멤논이 제 사냥 실력은 아르테미스를 능가한다고 우쭐대는 바람에 화를 초래했다는 해석 등등이 있다. 이 버전들은 모두 '비극적' 설득력이 있다. 비극에서 채택됨직한 인과관계로 적당하다는 뜻이다.

그러나 이 고대의 신화적 사건을 참조하고 변주한 영화 〈킬링 디어〉(요르고스 란티모스, 2017)에 딱 들어맞는 해석은 위에 없다. 세 해석들은 모두 특정한 가치관에 근거한, 또 그것을 확산시키려는 마음의 소산일 터인데, 차례로 말하면 반전(反戰)과 평화의 가치관, 인과응보의 도덕적 가치관, 신과 운명 앞에서의 겸허함에 대한 그리스적 가치관이 그것이다. 그러나 〈킬링 디어〉에 없는 것이 바로 그와 같은 가치다. 란티모스 감독은 어떤 가치를 긍정적인 방식으로 주장하는 유형의 사람은 아닌 듯 보인다. 그는 벗기고 무너뜨리고 조롱하는 사람에 가깝다. 그래서 그는 아르테미스의 분노에 관해서는 (위에서는 소개하지 않은) 가장 간단한 해석, 즉 단지 아가멤논이 실수로 아르테미스의 사슴을 죽였기 때문이라는 해석을 택하고, 아르테미스보다는 아가멤논의 고뇌와 선택에 더 주목한다. 아가멤논과 아르테미스의 관계가 〈킬링 디어〉에서는 술을 마시고 수술을 하다 의료사고를 낸 (것으로 짐작되는) 의사 스티븐(콜린 패럴)과 사망한 환자의 아들인 마틴(배리 코건)으로 바뀌어 있다.

란티모스 감독은 아르테미스의 제안을 두 단계로 재구성해서 아가멤논의 딜레마를 더 악화시켰다. 첫째, 내 결여를 네가 메우라. 즉, 당신이 실수로 내 아버지를 죽였으니 이를 속죄하고 싶다면 당신은 내 아버지가 되어야 한다는 것. 스티븐은 마틴에게 연민과 책임감을 느끼지만, 그 마음은, 만약 마틴에게 선물을 줘야 한다면 쓰다 지겨워진 시계를 주고 싶은, 그런 정도의 마음일 뿐이다. 스티븐에게 마틴은 결국 자신의 치부일 뿐이기 때문이다. 스티븐이 자신의 이런 본심을 감추는 데 점점 서툴러지자 마틴은 다음 단계로 넘어간다. 둘째, 나와 동일한 결여를 너도 갖추라. 내가 아버지를 잃었으니 당신도 가족 중 하나를 잃어야 한다는 것. 그런데 마틴은 스티븐에게 가족 중 누구를 잃을 것인지 스스로 선택할 기회를 줌으로써 그를 아가멤논의 것보다 더 입체적인 지옥에 빠뜨린다. 하나를 지목해서 죽이면 그 하나만 죽지만, 선택을 포기할 경우 저주를 받아 셋 다 죽는다. 스티븐은 '자유로운' 선택의 결과로 기껏 다음 둘 중 하나가 될 것이다. 가족 하나를 골라 죽임으로써 영원히 죄책감에서 못 벗어날 살인자, 혹은 가족 셋을 잃었으니 산술적으로 마틴보다 세 배는 더 고통스러울 피해자.

스티븐이 가족 중 하나를 살해하기는커녕 마틴의 말을 믿으려 하지도 않자 마틴은 셋 다 죽이겠다는 약속을 실천에 옮긴다. 스티븐의 아들 밥과 딸 킴이 차례로 마틴의 저주를 받아 사지마비 증세를 보이는 초자연적인 현상을 이 영화는 과학적으로 설명할 생각이 없어 보이는데, 그럴 만하다. 왜냐하면 마틴은 분노한 아르테미스, 즉 '신'이기 때문이다. (밥이 병원에서 재차 쓰러지는 장면을 찍을 때 이를 내려다보는 카메라는 신의 높이에까지 올라가 있다.) 아들 밥은 저에게 일어난 사건을 분석하고 판단하기에는 너무 어리고, 딸 킴은 마틴에게 애정을 느껴 오히려 그에게 의지하는 모양새이며, 아내 애나는 처음에는 사건의 진실을 알고 싶다는 당연한 욕망과 가족을 지키겠다는 책임감으로 문제에 접근하지만 나중에는 결국 자신에게도 닥칠 죽음에 대한 공포에 더 크게 휘둘리게 된다. 급기야 가족들은 가부장이 희생 제물로 선택할 그 사람이 자신만은 아니기를 바라며 낯 뜨거운 아첨을 하기 시작하고, 무기력한 가부장은 누구를 죽일지에 대해 서글픈 저울질을 하다가 제비뽑기 형식으로 아들을 죽인다.

'인간다움(인간성)'의 신화가 무너져 내리는 순간을 비참한 희극으로 그려내는 것이 란티모스 감독의 특장(特長)이라는 평가에 일말의 이견도 없다. 그런데 그가 던지는 묵직한 질문을 받아 들고서도 어쩐지 그와 함께 사유해보고 싶다는 생각이 안 드는 것은 그 자체로 흥미로운 현상이다. 전작 〈랍스터〉에서도 그랬거니와 그는 난제 그 자체에 관심이 있을 뿐, 그 앞에 선 인간이 느낄 감정의 깊이를 표현하는 데에는 별 관심이 없다. 그는 윤리학을 일종의 논리학처럼 다룬다. 이 영화에서도 윤리적 딜레마에 휘말린 인물은 논리적 모순을 해결하려는 수험생처럼 보일 지경인데, 여기에는 고통이 있는 것이 아니라 고역이 있을 뿐이다. 딜레마의 덫을 놓고 그것에 걸린 사람이 발버둥 치다가 피투성이가 돼 빠져나오는 모습을 지켜보는 동안에 이 창작자는 인물의 고통보다는 자신의 냉철함을 더 의식하고 있는 듯 보인다고 하면 지나친 말이 될까. 요컨대 이 잔혹한 윤리학 실험실에서 내게 중요한 것은 윤리학이 아니었다. 내 관심사는 이를테면 교육학이다.

교육으로서의 복수와 그 한계

복수란 피해자가 제 분노를 마구잡이로 분출하는 일이 아니다. 나는 예전 글에서 '복수의 서사'는 "고통의 등가교환이라는 목표"를 추구하는 서사이며, 거의 실현 불가능한 그 목표를 추구하는 과정에서 서사가 어떻게 창조적으로 실패하는가에 그 성패가 달려 있다고 정리해본 적이 있는데(《정확한 사랑의 실험》, 마음산책, 2014, 70~72쪽), 거기서 한 걸음 더 나아가보려고 한다. 가장 정확한 의미에서의 복수는 '같은 경험'을 인위적으로 생산해내는 기획이다. 피해자는 자신이 얼마나 아픈지를 그 양과 질 그대로 알아야 할 사람이 있다면 그게 바로 가해자라고 생각할 것이다. 그러나 가해자 본인의 자발적 역량만으로는 그런 결과를 기대하기 어렵다. 가해자의 성품과 노력의 차이는 결과에 큰 영향을 미치지 못할 것이다. 이것은 인간의 근원적 무능력, 즉 '타인의 슬픔을 똑같이 느낄 수 없음'이라고 요약될 그것과 관계하는 사태이기 때문이다. 이 점을 고통스럽게 절감할 때 피해자는 가해자를 교육하여 그로 하여금 제 무능력을 뛰어넘게 만들고 싶다는 강렬한 교육열을 느끼게 될 것이다.

요컨대 '교육으로서의 복수'라는 측면에 대해 생각해보자는 것이다. 이 영화에서 마틴이 두 단계로 복수를 진행할 때 두 단계는 각각 '레벨 테스트'와 '맞춤형 교육'으로 이루어진 하나의 세트처럼 보인다. 이미 보았다시피 마틴의 1단계 요구 사항은 '내 결여를 메우라'인데, 이것은 다음과 같은 질문을 품고 있는 일종의 테스트다. 당신은 하루아침에 남편과 아비를 잃은 모자의 슬픔을 이해할 수 있는가? '이해'라는 말의 가장 깊은 의미에서 말이다. 당신이 그 슬픔을 이해할 수 있다면, 그래서 그것이 온전히 당신의 것이 될 수도 있다면, 당신이 하지 못할 일이 도대체 무엇이겠는가. 스티븐이 마틴만큼이나 슬프다면, 적어도 논리적으로는, 스티븐은 마틴이 원하는 바로 그 일을 할 수 있고 또 해야 하지 않는가? 이것이 터무니없는 말로 들린다면 우리는 은연중에 마틴이 아니라 스티븐에 자신을 동일시하고 있는 것이다. 그리고 스티븐도 그만하면 노력했으며 마틴의 요구는 폭력이라고 생각한다면 우리는 스티븐을 너무 빨리 용서한 것이다. 마틴은 물을 권리가 있다. 스티븐의 노력은 왜 그 정도에서 멈추어야 하는가, 그것도 자신이 원인을 제공한 슬픔 앞에서 말이다.

마틴의 물음에 답하기 위해서는 오히려 그 물음을 뒤집어야 할지도 모른다. 그러니까 자신이 원인을 제공한 슬픔이라서 더 냉정할 수밖에 없는 것이라면? 루소는 《인간 불평등 기원론》 (1755)에서 천하의 무자비한 폭군도 극장에서는 타인의 불행을 보며 눈물을 흘릴 수 있다고 말하면서 인간의 태생적 동정심을 긍정했다. 그런데 한 저자는 저 대목을 거꾸로 읽는다. 극장에서는 태연한 눈물을 흘리는 인간도 자신이 직접 행하는 악덕에는 무감각해질 수 있다는 뜻으로 말이다. "우리가 스스로 야기한 상처에 대해서는 아무런 동정심을 느끼지 않는다는 것이다. 사람들은 자신이 야기하지 않은 고통 앞에서는 울 수 있어도 자신이 야기한 상처 앞에서는 목석같이 굴 것이다."(사이먼 메이, 《사랑의 탄생》, 문학동네, 2016, 292쪽) 이 말이 사실이라면 우리는 자신이 원인을 제공한 슬픔에 더 깊이 공감하게 되는 것이 아니라 오히려 그 반대로 행동한다. 이 경우 타인의 슬픔은 내가 어떤 도덕적 자기만족을 느끼며 공감을 시도할 만한 그런 감정이 아니라, 오히려 나를 추궁하고 심문하는 감정이기 때문이다. 그 슬픔은 그것이 존재한다는 사실 그 자체만으로 나를 불편하게 할 것이다.

스티븐의 테스트 결과는 예상대로였다. 누군들 다를 수 있을까. 게다가 자신이 원인을 제공한 슬픔이니까 더욱 그렇게 됐을 수도 있다. 1단계 레벨 테스트에서 이와 같은 결과가 나왔으므로 이제 2단계에서 마틴은 스티븐에게 맞춤형 교육을 제공하지 않으면 안 된다. 당신은 나의 슬픔을 상상하는 데 한계가 있는가?(너는 슬프지만 나는 지겹다) 심지어 어느 지점에 이르면 동정심이 거꾸로 적대감으로 바뀌는가?(내가 뭘 그렇게 잘못했다고 나한테 이러나) 그렇다면 정확히 동일한 상실을 경험함으로써 그 슬픔을 배워보라. 그래서 이제 스티븐은 '아가멤논의 딜레마'를 떠맡게 됐고 결국 자신에게서 제 아들을 빼앗는 기괴한 행위를 완수했다. 그렇다면 이제 이 교육 프로그램의 성공 여부를 따져봐야 할 것이다. 교육이 성공했다면 스티븐은 마틴과 유사한 감정 상태와 존재 형식에 도달해야 한다. 너무 큰 고통 때문에 괴물 혹은 신이 되어버린 인간 말이다. 그런데 그렇게 되었나?

다시 옛 버전을 먼저 확인해보자. 아이스킬로스는 아가멤논이 처음에는 고뇌하다가 일단 딸을 포기하기로 결정하자마자 무섭도록 냉정하게 일을 처리했다는 점을 지적하고 있다. "그리하여 그가 한번 운명의 멍에를 목에 매니, 그의 마음의 바람도 방향이 바뀌어, 불경하고 불손하고 부정하게 되었다네. 이때부터 그는 마음이 변해 무슨 일이든 꺼리지 않게 되었다네."(〈아가멤논〉, 218~221행) 다른 명분과 핑계를 대기는 했지만 기실 아가멤논이 내린 결단의 동력은 지독한 나르시시즘과 전쟁광적 성격에 있음을 암시하는 대목이다. 아가멤논이 전쟁에 이기고 돌아왔을 때 그가 딸을 잃은 슬픔 같은 건 이미 다 잊은 사람처럼 그려진 것도 그래서이리라. 그럼 이제 스티븐에게는 어떤 논평을 해야 할까. 영화의 마지막 장면, 아들을 죽인 대가로 살아남은 세 가족이 마틴을 다시 만났을 때 스티븐이 내보이는 표정은 패배자의 그것이 아니었다. 나는 마틴의 교육이 실패했다고 느꼈으며,

어쩌면 지금 보고 있는 이 장면이야말로 이 영화에서 가장 끔찍한 순간일지도 모른다고 생각했다.

슬픔을 공부하는 심장

아이스킬로스의 소위 '고통을 통한 배움(pathei mathos)'(《아가멤논》, 177행)이란 고통 뒤에는 깨달음이 있다는 뜻이지만 고통 없이는 무엇도 진정으로 배울 수 없다는 뜻도 된다. 타인의 슬픔에 대해서도 같은 말을 할 수 있다. 같은 경험과 같은 고통만이 같은 슬픔에 이를 수 있다는 것 말이다. 이것만으로도 충분히 비참한 소식이다. 그런데 더 비참한 소식은 우리가 그런 교육을 통해서도 끝내 배움에 실패할 가능성이 있다는 것이다. 그 교육이 하나의 생명으로서의 내 존립을 위협하기라도 한다면 말이다. 아가멤논과 스티븐과 우리 사이에는 단 하나의 결정적인 공통점이 있어 다른 많은 차이점들은 별로 중요하지 않다. 자신을 유지하는 것이 그 무엇보다 중요한, 하나의 생명체라는 것. 이것은 거부할 수도 박살낼 수도 없는 인간의 조건이다. 〈킬링 디어〉가 엄밀한 의미에서 '비극'인 것은 이 인간 조건의 비극성을 알고 있기 때문이다. 인간에게 특정한 결함이 있는 것이 아니라 인간이라는 존재 자체가 바로 결함이라는 것. 그러므로 인간이 배울 만한 가장 소중한 것과 인간이 배우기 가장 어려운 것은 정확히 같다. 그것은 바로 타인의 슬픔이다.

이 역설을 인정할 때 나는 불편해지고 불우해진다. 그러나 인정은 거기서 멈추기 위해서가 아니라 다음 단계로 가기 위해 하는 것이다. 〈킬링 디어〉의 첫 장면을 가득 채우는 것은 뛰고 있는 심장이다. 이 장면은 말한다. 인간이란 무엇인가. 인간은 심장이다. 심장은 언제나 제 주인만을 위해 뛰고, 계속 뛰기 위해서만 뛴다. 타인의 몸속에서 뛸 수 없고 타인의 슬픔 때문에 멈추지도 않는다. 타인의 슬픔에 대해서라면 인간은 자신이 자신에게 한계다. 그러나 이 한계를 인정하되 긍정하지는 못하겠다. 인간은 자신의 한계를 슬퍼할 줄 아는 생명이기도 하니까. 한계를 슬퍼하면서, 그 슬픔의 힘으로, 타인의 슬픔을 향해 가려고 노력하니까. 그럴 때 인간은 심장이기만 한 것이 아니라, 슬픔을 공부하는 심장이다. 아마도 나는 네가 될 수 없겠지만, 그러나 시도해도 실패할 그 일을 계속 시도하지 않는다면, 내가 당신을 사랑한다는 말이 도대체 무슨 의미를 가질 수 있나. 이기적이기도 싫고 그렇다고 위선적이기도 싫지만, 자주 둘 다가 되고 마는 심장의 비참. 이 비참에 진저리 치면서 나는 오늘도 당신의 슬픔을 공부한다. 그래서 슬픔에 대한 공부는, 슬픈 공부다.

(2018. 9. 1)

슬픔에 대한 공부

발터 벤야민과 함께

기원전 6세기, 페르시아가 이집트와의 전쟁에 승리했을 때, 승전국 페르시아의 왕 캄비세스는 패전국 이집트의 왕 프삼메니토스에게 모욕을 주고자 했다. 그래서 패전국의 왕을 길거리에 세워두고, 그의 딸이 하녀로 전락해 물동이를 지고 우물로 걸어가는 모습을 보게 했다. 이 광경을 보고 모든 이집트인들이 슬퍼했으나 정작 왕은 땅만 내려다볼 뿐이었다. 곧이어 아들이 처형장으로 끌려가는 모습을 보여주었다. 왕은 역시 미동도 하지 않았다. 그러다 포로 행렬 속을 걸어가는 늙고 초라한 한 남자가 자기의 오랜 시종임을 알아본 순간, 왕은 주먹으로 머리를 치며 극도의 슬픔을 표현했다.

이것은 그리스 시대의 역사가 헤로도토스가 기원전 5세기에 쓴 《역사》의 3권 14장에 나오는 이야기로, 특별히 발터 벤야민의 글 〈이야기꾼〉을 통해 널리 알려지게 됐다. 이야기라는 것이 무엇이며 또 그것을 해석한다는 것은 무엇인지를 설명할 필요가 있을 때 나는 이 글을 내보이고는 한다. 왕은 왜 그랬을까? 그의 마지막 슬픔의 의미는 무엇인가? 이미 오래전에 몽테뉴는 이렇게 해석했다. "왕은 이미 슬픔으로 가득 차 있었기에 조금만 그 양이 늘었어도 댐이 무너질 판이었다."(《서사·기억·비평의 자리》, 길, 2012, 428쪽, 이하 동일) 딸과 아들까지는 잘 눌러 참았는데 시종을 보자 그 슬픔이 흘러넘쳤다는 것.

벤야민은 이 해석이 만족스럽지가 않았던 모양인지, 친구들과 이 이야기를 놓고 토론을 했다. (이것이 바로 바람직한 문학 수업의 모델이기도 할 것이다.) 벤야민의 친구 프란츠 헤셀의 해석이다. "왕의 마음을 움직인 것은 그 왕에 속한 가족들의 운명이 아니었다. 왜냐하면 그들의 운명은 그 자신의 운명이었기 때문이다." 벤야민이 친구의 말을 풀어 설명해주지는 않았지만 그 친구가 어떤 뜻으로 한 말인지는 알겠다. 패전국의 왕과 그 자녀들이 고통받는 것은 당연한 일이라는 것. 가족은 공동 운명체이기 때문이다. 그러나 늙은 시종은 무슨 죄란 말인가. 비로소 왕은 죄책감에 몸부림칠 수밖에 없었다는 것.

한편 벤야민의 연인 아샤 라치스는 이렇게 해석했다고 한다. "실제의 삶에서는 우리를 감동시키지 않으나 무대 위에서는 감동시키는 것들이 많다. 이 시종은 그 왕에게 단지 그러한 배우였을 뿐이다." 알쏭달쏭하게 들리지만 생각해보면 이것 역시 일리가 있는 말이다. 우리는 정작 내 가족들의 고통은 무심하게 보아 넘기면서도, 비슷한 상황에 처한 사람들을 드라마나 영화에서 볼 때는 뜻밖에 펑펑 울기도 하는 것이다. 그 반대여야 할 것 같은데 말이다. 가족에 비해 시종은 확실히 왕에게서 '떨어져' 있는 존재다. 그 '거리' 때문에 왕에게 시종은 일종의 극(劇)화된 비참으로 다가온 것일 수도 있었겠다.

이제 벤야민 자신의 해석을 들어볼 차례다. "거대한 고통은 정체되어 있다가 이완의 순간에 터져 나오는 법이다. 이 시종을 본 순간이 바로 그 이완의 순간이었다." 예컨대 별안간 부모의 초상을 치르게 된 사람이 미처 슬퍼할 겨를도 없이 장례식을 치르고 집에 돌아와서는, 현관에 놓인 부모의 낡고 오래된 신발한 짝을 보고 비로소 주저앉아 통곡하게 되는 상황 같은 것일까. 아마 그런 것이리라. 벤야민은 자신의 해석까지 소개하고 덧붙이기를, 헤로도토스가 왕의 심경에 대한 어떠한 설명도 덧붙이지 않았으므로 이 이야기가 오랫동안 생명력을 갖게 된 것이라 했다.

그런데 반전이 있다. 나는 벤야민의 말을 십수 년 동안 한 번도 의심하지 않았다. 그래서 최근에 어떤 계기로 헤로도토스의 《역사》를 확인해보고 조금 놀라고 말았다. 이야기 속 노인은 '시종'이 아니라 왕의 '친구'였다. 왕 자신의 해명도 이미 이야기 안에 있었다. "제 집안의 불행은 울고불고하기에는 너무나 크옵니다. 하지만 제 친구의 고통은 울어줄 만하옵니다."(천병희 옮김, 숲, 2009, 281쪽) 그렇다면 우리는 벤야민에게 속은 것인가? 아니,

오히려 그가 소개한 해석들로 우리는 슬픔에 대해 조금 더 알게
됐다. 이런 것이 슬픔에 대한 공부다.

(2015. 7. 2)

2년 동안의 꿈

세월호 2주기

최근 어느 강의 중에 프로이트의 《꿈의 해석》(1900)을 소개할 기회가 있었는데 그날 있었던 일을 적어보려고 한다. 이 대작은 하나의 꿈으로부터 출발했다. 1895년 여름, 프로이트는 한 히스테리 환자를 분석 치료했는데 만족스러운 결과를 얻지 못하고 치료를 중단해야 했다. 얼마 후 그녀를 만나고 온 동료 의사 오토로부터 그녀의 상태가 여전히 좋지 않다는 소식과 그녀의 가족들이 프로이트를 원망하고 있다는 뉘앙스까지 전달받는다. 그 착잡한 날 밤에 그는 꿈을 꾼다. 꿈속에서 그 환자는 히스테리가 아니라 다른 질환 때문에 고통받고 있었는데 발병 원인은 동료 의사 오토가 부주의하게 놓은 주사였다.

환자의 이름을 따서 '이르마의 주사'라 이름 붙여진 이 꿈을 해석하면서 프로이트는 비로소 《꿈의 해석》을 구상할 수 있었다. 길고 꼼꼼한 해석의 핵심은 다음 대목에 있다. 왜 그녀에겐 다른 질환이 있는가. 그래야만 그녀의 문제는 히스테리가 아닌 것이 되고 프로이트가 치료에 실패한 것도 당연한 일이 된다는 것. 왜 주사가 원인으로 등장하는가. 그래야만 프로이트 자신을 불편하게 만든 오토가 꿈속에서나마 책임을 떠맡는 상황이 되어 통쾌해진다는 것. 요컨대 이것은 프로이트 자신의 소망을 은밀하게 충족시켜주는 꿈이었다. 프로이트는 이것이 세상 모든 꿈의 비밀이라고 생각했다. "꿈은 소원 성취다."

그러자 반론이 쏟아졌는데 그중 하나는 이렇다. '꿈속에서 만찬을 열려고 했는데, 일요일이라 상점은 문을 닫았고 마침 전화도 고장이라 배달을 시킬 수도 없어서, 결국 만찬을 포기했습니다. 이것도 소원 성취인가요?' 프로이트는 추가 질문을 통해 그녀가 말하지 않은 것까지 알아낸다. 그녀의 남편이 그녀의 친구 중 하나를 특별히 칭찬했고 그래서 그녀가 질투를 느끼고 있었다는 것. 남편은 풍만한 여성을 좋아하는데 그 친구는 마른 체형이어서 그나마 다행이라 여겼다는 것 등등. 이제 꿈은 다음과 같이 해석된다. '만찬이 열려 그 친구가 초대받아 음식을 먹고 풍만해져서는 안 되겠기에 만찬은 실패할 필요가 있었던 것이다.'

언뜻 보면 아닌 것 같아도 '결국은' 소원 성취라는 것이 프로이트의 주장이다. 이제 그의 명제에는 좀 더 살이 붙는다. "꿈은 억압된 소원의 위장된 성취다." 여기까지 이야기했을 때 나의 학생들도 속속 반론을 제기했다. 캠핑 중 꿈에 귀신이 나와 서둘러 철수했더니 곧 산사태가 일어나더라는 사연, 고등학생 시절

꿈에 낯선 남자가 나왔는데 다음 날 배정된 반의 담임교사가 꿈 속의 남자와 똑같았다는 사연 등등. 설명할 수 없는 것은 아니라고, 딴에는 프로이트식으로 대답을 해나갔다. 그러나 쉽게 그럴 수 없는 경우도 있었다. '아버지가 돌아가시는 꿈을 꿨습니다. 그리고 다음 날 아침 아버지가 불의의 사고로 돌아가셨어요.'

이에 대한 내 대답은 조심스러웠고 변변치 않았다. 반박할 논리가 없기 때문이 아니었다. 논리를 갖다 댈 영역이 아니라는 느낌 때문이었다. 이 세상의 슬픔 중에서 논리로 '설명'되지 않는 것은 많지 않겠으나, 그런 논리들이 그 슬픔에 '위로'가 되지는 못할 것이다. 그리고 나는 프로이트가 소개한 또 다른 유명한 꿈을 떠올렸다. 병든 아이의 침상 곁에서 며칠을 지새운 아버지는 아이가 죽자 촛불로 둘러싸인 시신을 잠시 놓아두고 옆방에서 잠이 든다. 그런데 꿈에 죽은 아이가 나타나 아버지에게 말한다. "아빠, 내가 불에 타는 것이 안 보여요?" 깨어나 옆방으로 달려가 보니 촛불이 넘어져 아이의 수의(壽衣)가 타고 있더라는 것.

물론 옆방의 빛과 열기가 잠든 아버지에게도 전달되어 꾸어진 꿈이다. 그런데 기이한 것은 어떻게 그 위급한 상황에서 신속히 깨어나지 않고 꿈을 꾸고 있을 수 있었는가 하는 점이다. 프로이트의 답은 이렇다. '아버지는 꿈에서 다시 만난 아이와 조금이라도 더 오래 있고 싶었다.' 그러니 이 꿈 역시 소원 성취인 것이다. 이 꿈을 말할 때 내 목소리는 조금 떨렸는데 학생들은 몰랐을 것이다. "아빠, 내가 물에 잠기는 것이 안 보이세요?"라고

말하는 아이를 오늘도 꿈에서 만나고 있을 많은 분들이 떠올랐
기 때문이었다. 이 꿈은 고통일 테지만, 그 꿈에서 깨어나는 일
은 그보다 더한 고통일 것이다. 2년 내내 그러했으리라.

(2016. 4. 7)

인식이 곧 위로라는 것

론 마라스코 · 브라이언 셔프

《슬픔의 위안》

최근 어느 글에 이런 문장을 쓴 적이 있다. "문학이 위로가 아니라 고문이라는 말도 옳은 말이지만 그럼에도 가끔은 문학이 위로가 될 수 있는 이유는 그것이 고통이 무엇인지를 아는 사람의 말이기 때문이고 고통받는 사람에게는 그런 사람의 말만이 진실하게 들리기 때문이다." 이 말에 보충설명이 필요해 보여서 뒤늦게 덧붙이려고 한다. 문학의 기능들 중에 위로라는 것도 있다는 데에는 동의하더라도, 그것이 가장 중요한 기능이라고 말하는 데에는 동의하지 않을 분들이 많을 것이다. 문학을 전문적으로 공부하는 분들일수록 더욱 그렇지 않을까. 인간과 세계에 대한 깊이 있는 '인식'을 전달하는 것이 문학의 더 본질적인 기능이며, 공감이니 감동이니 위로니 하는 '감정'의 작용들은 부수적이거나 보조적인 것으로 보아야 한다는 취지로 말이다.

군이 말하자면 나 역시 그렇다고 해야 할 텐데, 그러나 이는 인식의 영역과 감정의 영역이 별개라는 전제하에서만 그렇다. 그러나 과연 그런가. 그 둘이 서로 뒤섞여 있는 것이라면? 감정의 영역에서 이루어지는 일도 인식의 영역과 밀접한 관련이 있는 것이라면? 결론을 당겨 말하자면 이렇다. 어떤 책이 누군가를 위로할 수 있으려면 그 작품이 그 누군가에 대한 정확한 인식을 담고 있어야 한다는 것. 위로는 단지 뜨거운 인간애와 따뜻한 제스처로 가능한 것이 아니다. 나를 제대로 이해하지 못한 사람이 나를 위로할 수는 없다. 더 과감히 말하면, 위로받는다는 것은 이해받는다는 것이고, 이해란 곧 정확한 인식과 다른 것이 아니므로, 위로란 곧 인식이며 인식이 곧 위로다. 정확히 인식한 책만 정확히 위로할 수 있다.

이쯤에서 한 권의 책을 소개하려고 한다. 《슬픔의 위안》(김명숙 옮김, 현암사, 2012)이라는 책이 있다. 지나가듯 몇 번 언급한 적이 있지만 오늘은 이 책을 위해 지면을 바치려고 한다. 좀 호들갑스럽게 말하자면 이 책은 최근 몇 년을 통틀어 내가 읽은 최고의 논픽션(에세이)이다. 이 책을 최상의 유려함으로 옮겨낸 번역자는 역자 후기에서 자신이 20년 넘게 우울을 앓았는데 이 책을 번역하면서 "큰 위로"를 받았다고 적고 있다. 어째서 그런 일이 가능했을까. 위에서 말한 대로다. 저자인 론 마라스코와 브라이언 셔프가 누구보다도 정확하게 슬픔의 본질에 대해 설명하고 있기 때문이다. 제대로 아는 사람만이 '제대로 앎' 그 자체로 누군가를 위로할 수 있다. 두 저자가 연출자이고 작가이기 때문에 특별히 슬픔에 대해 연구했으리라. 모르는 것을 표현할 수는 없었을 것이다.

슬픔에 대한 어설픈 통찰을 늘어놓으면서 빨리 거기서 빠져 나오라고 훈계하는 대목은 어디에도 없으므로 어디를 인용해도 상관없지만 내키는 대로 '휴식'이라는 제목의 챕터를 펼친다. "순수한 휴식은 슬픔의 고통을 치료해주는 가장 효과적인 치료제다. 그러나 슬퍼하는 사람이 참 하기 어려운 것 가운데 하나도 휴식이다."(161쪽) 휴식이 왜 어려운가. 저자들은 "슬픔이 원기를 고갈시키는 것처럼, 좋은 감정 역시 에너지를 무척이나 소진시킨다는 점"(165쪽)을 지적한다. 많은 사람들이 내게 와서 따뜻한 위로를 건넨다. 그것은 고마운 일이므로 나는 좋은 감정으로 응대한다. 그러나 그 응대는 그 자체로 나의 감정적 자원을 크게 소모시키는 일이다. 그런 일들이 피곤하다고 느껴지면 고마워할 줄 모르는 나 자신에게 마음이 불편해져서 그것이 또 나를 갉아먹는다.

이런 대목만 보아도 이 저자들이 슬픔에 빠진 상태가 어떤 것인지를 잘 알고 있구나 하는 신뢰를 가질 수 있다. 저자들은 이렇게 말을 잇는다. 슬픔에 빠져 있지만 말고 외출도 하고 사람도 만나라고 말하는 이들의 헛소리에 신경 쓰지 말라고. 당신에게 절대적으로 필요한 것은 그저 아무 일도 안 하고 쉬는 것일 뿐이라고. 집안일도 남에게 맡겨버리고 필요하면 수면제도 먹으라고. 수면제 대신 캐모마일 차를 드셔보시라고 말하는 친척의 말은 샌드위치 그만 먹고 도장이나 핥으라는 말과 같으니 과감히 무시하라고. 함께 기도해주겠다는 사람이 있으면 이렇게 말하라고. "기도는 제가 직접 할 테니 설거지나 좀 해주시겠어요?"(168쪽) 이쯤 되면, 정확히 알지 못하면 제대로 위로할 수 없다는 말이 무엇인지 실감할 수 있지 않은가. 문학에서도 그렇고 인생에서도 그렇다.

(2016. 6. 16)

터널 앞에서

김성훈

〈터널〉

김성훈 감독의 〈터널〉은 많은 장점을 가진 영화다. 지금 꼭 필요한 이야기를 더 많은 관객에게 들려주기 위해 가장 적합한 화법이 무엇일지 고심한 흔적이 역력했다. 터널에 갇힌 '정수'(하정우)보다도 그의 아내 '세현'(배두나)이 나오는 모든 장면들이 나에게는 더 인상적이었다. 그녀는 터널 안에 있는 것도 아니지만 그렇다고 밖에 있는 것도 아닌데, 바로 그렇기 때문에 터널 안팎의 고통이 모두 그녀를 통과할 수밖에 없었고, 그래서 가장 안타까워 보였다. 터널 밖의 고통과 분노에 떠밀려 그녀가 결국 터널 안의 남편을 포기하기로 결단하는 '마지막 방송' 장면을 나는 지금도 떠올리고 있다.

그런데 그와는 다른 의미에서 계속 떠오르는 한 장면이 있다. 35일 만에 구출된 정수가 병원으로 이송됐다가 퇴원해서 아내와 자동차로 귀가하는 장면. '이송'에서 '퇴원'까지 실제로는 긴

1부 슬픔에 대한 공부

시간이 흘렀겠지만 관객들은 불과 몇 분 만에 멀끔해진 정수를 보게 된다. 그 사이 건강해진 정수의 너스레는, 조금 어리둥절하기는 했지만, 그래도 다행스럽다는 생각을 더 많이 하게 했다. 그런데 그가 사고 이후 처음으로 터널을 지나가는 장면을 보여줄 때 나는 당혹스러웠다. 물론 정수가 두려워하지 않는 것은 아니나 결국은 통과하는 것으로 그려진다. 그러나 나는 고개를 젓고 있었다. 저럴 수는 없을 것이라고 생각했다.

감독의 인터뷰를 찾아 읽었다. 정수가 퇴원하는 중이긴 하지만 여전히 사고의 트라우마로부터 벗어나지 못했음을 보여주기 위한 장면이라고 했다. 그러니까 감독의 의도는 트라우마의 집요함을 강조하자는 데 있는 것이었다. 그러나 안타깝게도 그 장면이 내게는 오히려 반대의 말을 하고 있는 것처럼 보였다. 어떻게 저렇게 빨리 다시 터널로 들어갈 수 있는가. 나라면 다시는 터널을 이용할 수 없을 것이라고 생각했다. 아니, 터널의 시커먼 아가리가 저 멀리 보이는 지점에까지 가는 것조차도 불가능할 것이라고 생각했다. 평생을 말이다. 내가 아는 한 트라우마란 그런 것이다. 그래서 여전히 그 장면에는 동의하기 어렵다.

트라우마라는 말의 가장 오래된 뿌리는 '뚫다'라는 뜻의 그리스어다. 트라우마에 의해 인간은 꿰뚫린다. 정신분석 사전은 그 꿰뚫림의 순간을 구성하는 요소들로 충격의 강렬함, 주체의 무능력, 효과의 지속성 등을 들고 있다. 그러나 이런 설명으로는 실감이 발생하지 않는다. 그래서 언젠가 다음과 같은 설명을 들었을 때에야 나는 그것이 무엇인지 아주 조금 이해할 수 있었다. "트라우마에 관한 한 우리는 주체가 아니라 대상에 불과하다." 그러니까 '나는 트라우마를⋯'이라는 문장은 애초에 성립될 수 없다는 것이다. 우리는 오직 '트라우마는 나를⋯'이라고 겨우 쓸 수 있을 뿐이다.

한 인간이 어떤 과거에 대해 '주체'가 아니라 '대상'이 되어버리는 이런 고통이 얼마나 참혹한 것인지 당사자가 아닌 이들은 짐작하기 어렵다. 그러나 그렇기 때문에 더 많이 공부하고 더 열심히 상상해야 하리라. 그러지 않으면 그들이 '대상으로서' 살아가고 있다는 사실을 잊는다. 그걸 잊은 사람들이 그들에게 말한다. 이제는 정신을 차릴 때가 되지 않았느냐고, 더 이상 다른 사람을 불편하게 만들지 말라고. 이런 말은 지금 대상으로 살아가는 이들에게 주체가 될 것을, 심지어 남을 배려할 줄 아는 주체가 될 것을 요구하는 말이다. 당신의 고통이 나를 불편하게 한다는 말은 얼마나 잔인한가. 우리가 그렇게 잔인하다.

며칠 전 광주트라우마센터의 초대를 받아 강연을 했다. 자격이 없다고 생각했지만 감히 수락한 것은, 내가 부족한 사람임을 인정하고 물러서는 것으로는 아무것도 달라지지 않는다고 생각했기 때문이었다. 그래서 '상처와 위로'에 대해 요즘 내가 어떤 공부를 하고 있는지를 말하기 위해 갔다. 강연 중에 '문학은 나태한 정신을 고문하는 것이기도 하지만 상처 입은 마음을 위로하는 것이기도 하다'는 내용의 말을 하다가 잠시 주춤했다. 누군가에게는 아직도 살아 있는 현실인 '고문'을 비유로 사용하는 일은 이제 그만두어야겠다는 생각을 그 순간 처음으로 했다. 계속 공부해야 한다. 누군가의 터널 속 어둠의 일부가 되지 않기 위해서.

(2016. 8. 25)

슬픔의 불균형에 대하여

민용근

〈혜화, 동〉

　　이제 그는 한번 알게 되면 다시는 원상태로 돌아갈 수 없
는 한 가지 비밀을 알게 되었다. 그것은 가장 완벽한 사랑
의 경우에서조차 한 사람은 다른 사람보다 덜 깊게 사랑한
다는 사실이었다. 똑같이 착한, 똑같이 재능을 타고난, 똑
같이 아름다운 두 사람이 있을 수는 있지만, 상대를 똑같이
사랑하는 두 사람은 있을 수 없다.(손턴 와일더,《산 루이스 레
이의 다리》, 샘터, 2010, 97쪽)

　　그러므로 사랑의 관계 안에서는 권력의 불균형이 발생할 수
있다. 물론 덜 사랑하는 사람이 강자, 더 사랑하는 사람이 약자
가 된다. 게다가 사랑은 사회적 진공 속에서 발생하는 것이 아니
므로, 사회적 권력관계가 사랑의 권력관계 속으로 삽입되기도
한다. 이 경우 '덜 사랑해도 좋은' 자리를 차지할 수 있는 사람이

누구인지는 자명할 것이다. 사정이 이러하므로 사랑에 대해 언제나 던져야 할 질문 중 하나는 이것이다. '어떻게 지배 없는 사랑을 할 수 있을까?' 자신은 상대방을 지배해본 적이 없다고 믿는 사람도 있으리라. 어쩌면 '지배하지 않는' 그가 자기도 모르게 하고 있는 사랑 중 하나는 '미성숙한' 사랑일지도 모른다. 문제는 미성숙한 사랑이 '지배하는' 사랑의 반대인 것이 아니라 그 이면일 뿐이라는 데 있다. 지금껏 내가 본 가장 섬세한 영화 중 하나가 그리고 있는 사랑을 다시 떠올리며 나는, 지배하지 않는, 그러나 미성숙한 사랑의 방식에 대해 생각한다. 민용근 감독의 〈혜화, 동〉(2011)이다.

영화에서와는 달리 일이 실제로 일어난 순서대로 이야기해보기로 하자. 고등학생 김한수(유연석)는 고등학생 정혜화(유다인)와 연애를 했다. 혜화는 임신을 했고 학교를 그만두었으며 네일 아트를 배우기 시작한다. 그러니까 많은 것이 달라졌고 달라지려고 노력했다. 누군가의 아내이자 엄마가 되기 위해서, 자신이 할 수 있는 준비를 했다. 그러나 한수는 달라진 것이 없었고, 그리고 이 점이 더 중요한데, 달라지려고 노력하지 않았다. 누군가의 남편이자 아빠가 되기 위해서 말이다. 그는 계속 학교를 다녔고, 생계를 염려하지 않았으며, 심지어 혜화와의 관계를 부모에게 정확히 알리지도 않았다. (한수가 초대를 받아 혜화의 어머니와 큰오빠를 만났을 때, 혜화도 같은 초대를 받을 때가 되지 않았는가 하는 그들의 물음에, 한수는 몹시 당혹스러워한다.) 한수와 혜화의 이 불균형은 큰 상처를 빚고 만다. 처음이자 마지막 상견례 자리에서, 한수의 모친은 혜화와 아이를 공식적으로 거부하고, 혜화는 아이와 함께 버려진다. 우리는 한국 사회에서 여성이 혼자 아이를 낳아 키우는 일이 어떤 종류의 고난인지 조금은 안다. 고용 불평등 구조 속에서 경제적으로도 자립하기 어렵고, 도덕적 폄훼까지 당해야 하니 심적 고통도 크다. 혜화가 그 암담한 미래 앞에 서야만 했을 때 한수는 혜화 곁에 없었다.

한수와 혜화의 이 불균형은 안타까운 것이며 화가 나는 일이기도 하다. 우리는 혜화의 성숙과 한수의 미성숙, 혹은 혜화의 책임감과 한수의 무책임에 대해 이야기할 수밖에 없다. 아직 미성년의 소년이었으니 한수의 비겁함은 물론 두려움의 다른 표현이었을 것이다. 그러나 그것은 혜화 역시 마찬가지였다. "세상에 무섭지 않은 사람이 어디 있어?" 아니 혜화가 훨씬 더 무서웠을 것이다. 한수가 없는 곳에서 혜화는 혼자 아이를 낳아야 했고 그 아이를 떠나보내기까지 했다. 누군가의 아내이자 엄마가 되려고 했으나 둘 다 되지 못했다. 그녀가 그 두 가지를 꿈꾸며 꾸민 제 손톱을 잘라내고, 그것으로 제 손목을 긋기까지 하는 것은 충분히 납득이 된다. 그러나 혜화는 삶을 포기하지 않기로 결심한다. 그 안간힘의 본질에 대해 생각할 필요가 있을 것이다. 사건은, 그것을 감당해낸 사람만을, 바꾼다. 한수는 제가 저지른 일에서 도망쳐버리고 말았지만, 혜화는 스스로 아이를 낳았고 또 잃었다. 이런 종류의 사건이 한 사람을 어떻게 또 얼마나 변화시키는지, 경험해보지 않은 사람은 다 알 수 없으리라. 혜화는 생명의 귀함을 제 육체로 실감하는 사람, 생명의 버려짐을 도저히 외면할 수 없는 사람이 되었다. 병들거나 버려진 개를 위해 살기, 그것이 혜화의 두 번째 삶이 되었다.

몇 년이 흘렀고 이제 혜화의 두 번째 삶은 얼마간 뿌리를 내린 것처럼 보인다. 혜화에게는 연약한 생명에 대한 아주 특별한 존재론적 너그러움이 있다. (혜화의 이런 자질을 '모성애'라고 명명하는 것이 손실 없는 선택일 수 있을지 의문이 남는다.) 동물병원 의사 정헌(박혁권)이 홀로 키우는 아이 현웅(정재민)에게 혜화는 제 가슴을 만지도록 허락하는데, 그녀가 보여주는 너그러움은 또래 여성 관객들에게는 다소 과한 것으로 느껴질 수도 있어 보인다. 혜화의 특별한 자질이 오직 개에게만 제한돼 있는 유난한 애정이라기보다는 생명 일반에 대한 연민의 감정이기도 하다는 것을 말하기 위한 설정일 것이다. 이제 그런 사람이 된 혜화 앞에, 한수가 나타난다. 군대에서 다리를 다쳐 의병(依病) 전역을 한 것으로 보인다. 이 부상(장애) 설정에는 곱씹어볼 만한 데가 있다. 앞서 말했듯 둘 사이에는 불균형이 있었다. 애초 책임감의 불균형이 있었고, 그 결과로 고통과 상처의 불균형이 생긴 터다. 이 불균형은 조정될 필요가 있다. 그러니까 한수 역시 무언가를 (이를테면 다리를) 잃어야만 혜화 앞에 나타날 자격을 얻는다는 뜻이다. (물론 이것은 서사의 논리학이지 현실의 윤리학일 수는 없다.) 그러나 그것은 최소한의 자격일 뿐이다. 단지 혜화 앞에 서는 것에서 그치는 것이 아니라, 그가 원하는 그 이상의 결과(일단은 속죄, 더 나아가 재결합)를 원한다면, 그 이상의 명분을 갖추지 않으면 안 된다.

영화 말미에 밝혀지는 것이지만, 한수는 혜화와 헤어진 후 지방에 있는 기숙 고등학교로 강제 전학을 가게 됐는데, 이내 학교마저 그만두고 가족을 등졌다. 그도 나름의 고통을 겪었다는 뜻이다. (혜화가 느낀 것이 절망감과 배신감이었다면 한수의 감정은 무력감과 죄책감에 가까웠겠지만 말이다.) 그가 가족에 의해 강요된 이별을 받아들인 것은 일단 당장의 책임으로부터 벗어나고 싶어서이기도 했겠지만 아이가 죽었다는 엄연한 사실을 인정하지 않을 수 없기 때문이기도 했을 것이다. 그러나 어느 시점엔가 그는 실은 아이가 죽지 않았고 단지 입양됐을 뿐이라는 잘못된 정보를 얻게 된다. 이는 한수에게 두 가지 의미를 갖는다. 우선, 가족이 자신에게 그토록 위중한 거짓말을 했다는 사실에 충격을 받으면서, 혜화와의 이별이, 이미 구성된 가족을 파괴하는 데까지 나아간, 지나치게 잔인한 결정이었음을 깨닫게 되었을 것이다. 더 나아가, 진실을 알게 된 아빠로서 아이를 되찾는 일은 당연히 해야 할 일이면서 동시에 혜화와 다시 결합할 수 있는 실마리가 되는 일이라고도 생각했을 것이다. 곧바로 혜화 앞에 나타날 수는 없었다. 대학생 신분이 아닌 그가 입대를 연기할 수는 없었을 것이다. 1년이 채 안 된 복무 기간이었겠지만, 제 아이의 사진을 보며 그 기간을 잘 버텨낸 덕분에, 전역하자마자 혜화 앞에 나타나서 아이를 찾으러 가자고 말할 수 있게 된 것이었다.

그러므로 한수가 혜화 앞에 다시 나타난 것이 그 자신에게는 나름대로 최소한의 자격과 명분을 갖춘 것으로서 필연적이고 필요한 일이었겠으나 혜화에게도 마찬가지였을 것이라고 장담할 수는 없다. 일단 혜화가 그동안 느낀 절망감과 배신감이 해소되지 않은 데다가, 그 감정을 억누르고 겨우 뿌리내린 삶이 다시 뿌리부터 흔들리는 일이 될 것이기 때문이다. 혜화 쪽에서도 그에 상응하는 동기가 마련되지 않는다면 한수의 기도(企圖)는 제 죄책감을 스스로 해소하려는 일방적이고 이기적인 한풀이에 불과한 것이 되고 만다. "이제 와서 아빠 노릇이라도 해보겠다는 거야?" 그러나 이 영화는 혜화와 한수의 재회를 원하기 때문에 혜화의 주변 상황에 변화를 만든다. 한수가 떠난 이후 혜화는 자신의 불행을 연상케 하는 개 혜수를 다른 주인에게 양도해버렸는데, 혜수의 자식으로 보이는 개가 혜화 앞에 나타나면서 그간 단절돼 있었던 과거와의 끈이 다시 이어진다. 이는 한수의 재등장이 혜화에게 가질 수 있는 심리적 필연성을 높이는 일이다. (이 개는 영화 내내 적재적소에 등장하여 둘의 관계 변화를 설명해주는, 움직이는 은유다.) 그리고 때마침 정헌이 재혼을 선언한 것도 혜화의 상실감을 키운다. 돌발적으로 튀어나온 "왜 나는 아니에요?"라는 혜화의 말은 물론 농담을 가장한 진담인데, 이 물음의 진짜 의미는 '나는 왜 당신의 아내가 될 수 없는가?'가 아니라 '왜 나는 현웅의 엄마가 될 수 없는가?'에 더 가까워 보인다. 상징적 아들과도 같았던 현웅이 떠난다면 그 자리를 다른 누군가 가 채워야 하는 것이다. 이를테면 죽은 줄 알았는데 여전히 살아 있는 내 아이 말이다.

이런 구조적 요인들 덕분에 혜화는 한수의 재등장과 그의 설득에 흔들릴 수밖에 없다. 이 영화를 끝까지 본 우리는 한수의 일이 두 단계로 이루어졌으며, 마침내 성공했다는 것을 안다. 그는 입양된 제 자식이라고 믿고 혜화에게도 보여주었던 어느 여자아이가 자신들의 딸이 아님을 알게 되는데, 진짜 가족을 회복하겠다는 그의 꿈은 그때 한풀 꺾였을 것이다. 그러나 혜화 역시 아이를 되찾기를 원한다는 진실을 확인한 그가 두 번째로 도모한 일은 제 조카를 이용해 연극을 꾸미는 것이었다. 이제 한수에게 관건은 아이에 대한 진실 찾기보다는, '친자식을 유괴해야 하는' 안타까운 상황을 연출하고, 그를 통해, 혜화의 마음속에 그들이 이루는 데 실패한 가족에 대한 갈망을 일으키고, 그리고 그를 위해 한수 자신에 대한 혜화의 용서를 이끌어내는 일이 되었다. 가짜 가족의 하룻밤이 지났고, 그 하룻밤이 일으킨 진정한 변화는 다음 날 아침에 나타난다. 다시 나타난 한수에게 마음을 열지 않던 혜화는 이제 잠든 한수를 마주 보고 그를 만질 수 있게 되었다. 유괴된 아이를 찾으려는 이들이 도착하기 전에 혜화는 기꺼이 한수를 먼저 피신시킨다. 여기서 과거의 아픈 상황이 반복되고 있다는 것을 알아보는 일은 중요할 것이다. 한번 빼앗긴 아이를 또 빼앗기는 이번에도 역시 혜화는 한수가 없는 곳에서 홀로 그 일을 겪어내고 있다. 이번에는 다른 결과가 나올 것이기 때문에 이 반복은 의미심장해 보인다.

한바탕의 소동이 끝나고 혜화는 그들이 유괴했던 아이가 한수의 조카라는 사실만이 아니라 더 중요한 다른 진실—그들의 아이는, 역시, 죽었다는 것—을 알게 되었으므로 이제는 혜화가 한수를 설득해야 할 차례가 되었다. 진실을 받아들이려 하지 않는 한수에게 혜화는 아이는 정말로 죽었으며 아이가 죽을 때 아이를 제외한 모두가 무책임했다는 뼈아픈 진실을 재확인한다. 이 둘이 반드시 한 번은 나누어야 할 이야기가 바로 이것이다. 그리고 둘은 이처럼 반드시 한 번은 함께 울었어야 했다. 처음으로 함께 흘리는 이 눈물 속에서 혜화는 여전히 철없는 한수의 속죄를 이미 절반 이상은 받아들였을 것이다. 그러므로 한수가 한 일은 어리석은 일이었지만 이렇게 꼭 필요한 일이 되었다. 이 장면에서 이 영화는 어쩌면 이런 생각을 하고 있는지도 모른다. '우리에게 닥쳐오는 슬픈 일을 미리 알고 막아낼 수는 없다. 중요한 것은 그 슬픔을 어떻게 겪어내느냐에 있는 것이다.' 다시 한번 말하지만, 한수가 혜화에게 준 가장 큰 상처는, 그가 끝내 그의 모친을 설득하지 못한 데 있는 것이 아니라, 혜화가 가장 고통스러울 때 그의 곁에 있지 않았다는 것이다. 그러므로 처음부터 두 사람이 다시 만나 해야 할 일은, 그들이 함께 만든 아이를 혜화 혼자 떠나보내야 했던 그 순간을 재연해서, 이번에는 함께 그 아이를 떠나보내는 일이다. 그러니까 그들에게 필요한 일은 아이를 '다시 찾는' 일이 아니라 아이를 '다시 잃는' 일이었다.

'다시 잃는' 일이 한 번 더 '다시 찾는' 일이기도 하다는 것이 결말의 전언이다. 늦었지만, 너무 늦지는 않았다. 혜화가 다리를 절뚝이며 걷는 한수를 외면하지 못하고 그를 태우기 위해 차를 후진하는, 결연하게 아름다운 마지막 장면에서 혜화의 눈빛에 담겨 있는 것은, 상처 입은 개(한수)를 보는 연민만이 아니라, 이제는 다시 세 번째 삶을 시작해보려는 한 여성의 안간힘이다. 이 모든 일을 가능케 한 것은 결국 혜화의 모성애라고 해야만 할까. 홀로 자신의 상처를 이겨낸 혜화가 이제는 한수의 그것까지 떠맡아야 한단 말인가. 그러나 이제는 과거와 달라질 것이라고 (이 영화는) 믿는다. 둘이서 혜수의 딸이 낳은 생명들을 함께 거두는 장면에는 이제는 이들이 그렇게 서로를 돌보는 삶을 살 것이라는 이 영화의 최종적 메시지가 담겨 있다. 그리고 이번에는 한수의 몫이 더 클 것이다. 그래야만 한다. 그래야만, 끝내 완전히 동일해질 수 없을 둘 사이의 상처와 고통의 불균형을 남은 생을 통해 가까스로 맞춰갈 수 있게 될 것이다. 상처와 고통의 양을 저울 위에 올려놓는 일이 비정한 일인 것이 아니다. 진정으로 비정한 일은, 네가 아픈 만큼 나도 아프다고, 그러니 누가 더 아프고 덜 아픈지를 따지지 말자고 말하는 일일 것이고, 그렇게 말하는 사람이 실제로 덜 아픈 사람이다. 지배하는 사랑과 미성숙한 사랑의 공통점 중 하나는 저울을 사용할 줄 모르거나 사용하지 않으려 하는 데 있다.

(2018. 4. 19)

해석되지 않는 뒷모습

미야모토 테루

《환상의 빛》

세상을 먼저 떠나는 사람들, 그들은 늘 멋대로 떠난다. 서른두 살의 여인이 있다. 7년 전에 남편과 사별했고 3년 전에 재혼했다. "다미오 씨는 차분하고 부드러운 성격의 사람이고, 전 부인과의 사이에서 태어난 도모코도 저를 잘 따릅니다. 그런데도 여전히 저는 아내와 젖먹이를 버리고 멋대로 죽어버린 당신에게 이렇게 아무도 모르게 말을 걸고는 합니다." 그녀가 '멋대로 죽어버린 당신'이라고 말하는 순간, 나는 이 소설을 끝까지 읽게 되겠구나, 하고 생각했다. 이제는 슬픔이 맑게 가라앉아 있어 그것을 가벼운 힐난에 실어 말할 수도 있게 된 사람이구나, 그러니 그와 다다미방에 마주 앉아 이야기를 들어도 이쪽이 힘들어질 일은 없겠구나, 하고. 미야모토 테루의 소설 《환상의 빛》(바다출판사, 2014)의 도입부다.

내용은 이렇다. 그와 그녀는 꼬맹이 때부터 알고 지낸 사이였다. 가난해서 둘 다 중학교까지만 다녀야 했다. 그런 일에서조차도 "둘이서 작은 방에 들어간 것 같은" 설렘을 느낄 정도로 둘은 정겨웠다. 나이가 들어 결혼을 하고 첫아이를 낳은 지 세 달이 되었을 때, 그러니까 어쩌면 가장 행복했다고 말해도 좋을 때의 어느 날에, 남편은 전차의 선로를 걷다가 달려오는 열차를 피하지 않고 죽어버린다. 그녀는 그 이후 껍데기처럼 살면서 생각하고 또 생각한다. 그는 왜 갑자기 죽어버린 것일까. 그 생각에 지칠 대로 지친 어느 날, 그녀는 아들을 데리고 작은 바닷가 마을로 시집을 간다. 그곳에서 어느 날 한 남자가 그날 밤의 남편이 그랬을 법한 뒷모습을 한 채로 걷는 것을 무작정 따라가다가 그녀는 무언가를 깨닫게 된다.

> 그것은 아무리 힘껏 껴안아도 돌아다봐주지 않는 뒷모습이었습니다. 뭘 물어도 무슨 말을 해도 절대 돌아보지 않는 뒷모습이었습니다. 피를 나눈 자의 애원하는 소리에도 절대 귀를 기울여주지 않는 뒷모습이었습니다.(59쪽)

그녀가 무엇을 깨달았는지는 말하지 말자. 그저 이 '뒷모습'에 도달하기 위해 출발한 소설이라는 것만 말하자. 이 소설에 몇 개의 뒷모습들이 차례로 등장하는 건 그 때문일 것이다. 말하자면 뒷모습이 주인공인 소설이다. 이 소설을 읽으면 알게 된다. 인간의 뒷모습이 인생의 앞모습이라는 것을. 자신의 뒷모습을 볼 수 없는 인간은 타인의 뒷모습에서 인생의 얼굴을 보려 허둥대는 것이다.

우리가 흔히 삶의 진실이라고 부르는 것은 저 인생의 얼굴에 스치는 순간의 표정 같은 것일지도 모른다. 그 표정을, 어떻게 말로 표현하나. 행복한 가족의 어느 가장이 아내에게 한마디 말도 없이 문득 자살을 감행할 수도 있는 게 삶이라는 것을, 어떻게 설명하나. 그냥 보여줄 수밖에, 그 남자의 뒷모습만을 하염없이 보여줄 수밖에. 비트겐슈타인은 말했다. "세계가 어떻게 있느냐가 신비스러운 것이 아니라 세계가 있다는 것이 신비스러운 것이다."(6.44)《논리 철학 논고》(1921)의 후반부다. 그리고 그는 덧붙인다. "실로 말로 표현할 수 없는 것들이 있다. 그것들은 스스로를 드러낸다. 그것이 신비스러운 것이다."(6.522) 이 철학자가 반대할지도 모르겠지만, 문학의 언어만큼은 그 '스스로 드러남'의 통로가 된다고 할 수 없을까.

그런 소설을 좋아한다. 해석되지 않는 뒷모습을 품고 있는 소설, 인생의 얼굴에 스치는 표정들 중 하나를 고요하게 보여주는 소설. 한 사람의 표정들을 모두 모은다고 그 사람의 얼굴이 되지는 않는다. 한 소설이 건드리는 '작은 진실'은 독자적인 것이고, 과학이나 철학이 제시하는 '큰 진실'(진리)의 한낱 부분들이 아닐 것이다. 전체로 환원될 수 없는 부분들, 그런 것들의 세계이니까, 소설이란 많을수록 좋다고 생각한다. 그런 소설을 읽으면 겸손해지고 또 쓸쓸해진다. 삶의 진실이라는 게 이렇게 미세한 것이구나 싶어 겸손해지고, 내가 아는 건 그 진실의 극히 일부일 뿐이구나 싶어 또 쓸쓸해지는 것이다. 미야모토 테루의 이 아름다운 소설 앞에서 나는 분명히 겸손해지고 쓸쓸해졌다. '순수문학'이라는 이상한 명칭이 이런 소설 앞에서는 조금도 이상하게 보이지 않는다.

(2010. 8. 26)

허무, 허무 그리고 허무

어니스트 헤밍웨이

〈깨끗하고 불빛 환한 곳〉

어니스트 헤밍웨이의 장편이 속속 재출간되고 있지만, 사실 내가 더 고대한 것은 그의 단편들이 유려하게 다시 번역되는 것이었다. 해럴드 블룸은《해럴드 블룸의 독서 기술》(을유문화사, 2011)에서 현대 단편소설이 두 개의 전통에 뿌리를 두고 있다고 지적한다. '체호프-헤밍웨이' 양식과 '카프카-보르헤스' 양식. 불멸의 단편 작가 체호프와 붙임표로 이어진 이름은 왜 헤밍웨이여야 할까. (모두 또래이자 역시나 눈부신 단편의 생산자들인) 피츠제럴드나 나보코프보다 헤밍웨이가 더 위대하다는 뜻일까. 아니면 그만큼 헤밍웨이의 단편이 (체호프의 그것이 그러한 것처럼) 강력한 양식적 일관성을 갖고 있다는 뜻일까.

우리가 블룸의 견해에 찬동하거나 반박하기는 쉽지 않았다. 대학 도서관에 꽂힌 옛 번역본들 말고 시중에서 구할 수 있는 헤밍웨이 단편선집은 고작 한두 종에 불과했기 때문이다. 영어판 단편전집에는 70여 편의 중단편이 수록돼 있는데, 이 중 영어권 앤솔러지에 단골로 호출되는 대표작은 〈킬리만자로의 눈〉, 〈하얀 코끼리 같은 산〉, 〈살인자들〉, 〈깨끗하고 불빛 환한 곳〉 같은 것들이다. 최근 출간된 《노인과 바다》(이종인 옮김, 열린책들, 2012)에 이 대표작들이 알차게 수록돼 나온 터라 이참에, 내게 특히 각별한, 거명한 것들 중 마지막 작품에 대해 말하려 한다.

늦은 밤, 손님이 모두 떠난 카페에서, 귀가 들리지 않는 한 노인이 홀로 술을 마시고 있다. 젊은 웨이터와 중년 웨이터가 함께 노인을 주시한다. 지난주에 자살을 시도했으나 실패한 노인이라던가. 젊은이는 자신의 퇴근을 지연시키는 노인이 마뜩잖아 투덜댄다. "지난주에 자살에 성공했으면 좋았을 텐데."(236쪽) 그러나 중년 웨이터는 젊은 동료를 부드럽게 나무라며 그와는 다른 태도를 취한다. "나는 카페에 밤늦게까지 머물기를 좋아하는 사람들 편이야."(240쪽) 이윽고 노인은 떠나고 젊은이는 서둘러 퇴근한다.

중년의 사내는 홀로 카페를 정리하며 자신과의 대화를 계속한다. 그는 노인의 기분을 알 것 같다. "그는 무엇을 두려워하는가? 그것은 공포도 두려움도 아니었다. 그건 그가 너무도 잘 아는 허무였다. 모든 것이 허무였고 인간 또한 허무였다. 바로 그때문에 빛이 반드시 필요한 것이고 또 약간의 깨끗함과 질서가 필요한 것이다."(241쪽) 이 소설의 제목인 '깨끗하고 불빛 환한 곳(A Clean, Well-Lighted Place)'이 여기에서 나왔다. 삶의 허무에 잠식되지 않기 위해 필요한 장소, 노인이 밤마다 떠나지 못하는 그 카페 같은 곳.

이어 중년의 사내는 특별한 주기도문을 외운다. 성스러운 단어들의 자리에 모두 스페인어 'nada'(허무)를 집어넣은 이상한 주기도문을. 그리고 성모송(聖母頌)의 첫 부분에 'nothing'을 채워 넣은 문장을 그 주기도문의 끝에 붙여 자신만의 기도를 완성한다. (역자는 'nada'를 음역하여 "나다에 계신 우리의 나다, 그대의 이름은 나다"와 같은 식으로 옮겼고 이는 존중할 만한 선택이지만, 나는 그냥 '허무'라고 번역해서 직접성을 높이는 쪽을 택하겠다. 그래야 더 신랄하게 쓸쓸해진다.) 이 대목이 백미다.

허무에 계신 우리의 허무님, 당신의 이름으로 허무해지시고, 당신의 왕국이 허무하소서. 하늘에서 허무하셨던 것과 같이 땅에서도 허무하소서. 우리에게 일용할 허무를 주시고, 우리가 우리에게 허무한 것을 허무하게 한 것과 같이 우리의 허무를 허무하게 해주소서. 우리를 허무에 들지 말게 하시고, 다만 허무에서 구하소서. 허무로 가득한 허무를 찬미하라, 허무가 그대와 함께하리니.

기도를 마친 사내는 자신의 카페 안에 있는 바에 앉아서 술 한 잔을 마시고는 떨어지지 않는 발걸음을 겨우 집으로 옮긴다. 불과 여덟 쪽이 안 되는 이 이야기는 이렇게 끝이 나지만, 이 소설의 착잡한 여운은 여전히 그 카페에 남는다.

"허무 그리고 허무 그리고 허무(nada y pues nada y pues nada)."
이런 기분에 사로잡혀보지 않은 사람이 있을까. 행여 아직 없다
하더라도, 언젠가 세월이 흘러 '깨끗하고 불빛 환한 곳'에 앉아
홀로 술잔을 기울이다가 우리는 문득 깨닫게 될지 모른다. 내가
지금 살고 있는 이 삶이, 언젠가 내가 읽은 적 있는 삶이라는 것
을. 다음은 제임스 조이스의 말이다.

> 헤밍웨이는 문학과 삶 사이의 장막을 축소했습니다. 이
> 것은 모든 작가들이 그토록 추구하는 일이죠. 〈깨끗하고
> 불빛 환한 곳〉이라는 작품을 보셨습니까? 장인의 솜씨예
> 요. 정말이지 이것은 지금까지 쓰인 이야기 중에서 최고의
> 것 중 하나입니다.(아서 파워, 《제임스 조이스와의 대화》, 1974)

(2012. 3. 2)

덧없음에 대한 토론

프로이트와 릴케

얼마 전 어느 여름날, 나는 과묵한 한 친구와 아직 젊지
만 이미 명성을 날리고 있던 한 시인과 함께, 환한 미소로
우리를 반기는 듯한 시골길을 산책한 적이 있다. 그 시인은
주변 풍광의 아름다움에 대해 연신 찬사를 아끼지 않았지
만, 그 아름다움 속에서 환희의 기분을 누리지는 못하였다.
그는 이 모든 아름다움이 결국엔 소멸되고 말 거라는 생각,
(…) 겨울이 오면 그 자연의 아름다움도 사라지고 없을 거
라는 생각에 착잡한 심정이었던 모양이다. 달리 말하면, 그
에게는 그가 사랑하고 찬미했던 모든 것들이 덧없음의 운
명 때문에 제 가치를 손상당하는 것으로 여겨졌던 것이다.

프로이트의 짧은 글 〈덧없음〉(1915)의 첫머리다. 모든 것들
이 '덧없음의 운명'을 벗어날 수 없다는 자각 때문에 슬퍼하던
시인을 회고하며 글은 시작된다. 덧없음. 독일어로는 페어갱리

히카이트(Vergänglichkeit)라고 읽는 단어고, 영어로는 트랜션스(transience)라고 발음되는 단어다. 아마 한자어로는 무상(無常)이라는 말이 여기에 해당될 것이다. 순우리말로는 덧없음. 국어사전을 보니 덧없음은 세 가지 뜻을 갖는 것으로 돼 있다. 첫째, 알지 못하는 가운데 지나가는 시간이 매우 빠르다. 둘째, 보람이나 쓸모가 없어 헛되고 허전하다. 셋째, 갈피를 잡을 수 없거나 근거가 없다.

이어지는 대목에서 프로이트는 시인의 심정을 이해할 수는 있었으나 동의할 수는 없었다고 적는다. 물론 모든 것은 소멸한다. 그 어떤 완전하고 아름다운 것도 소멸의 운명을 피할 수는 없다. 그러므로 시인의 말이 사실이기는 하다. 그러나 그렇다고 해서 슬퍼만 하는 것이 옳은가, 하고 그는 반문한다. 오히려 그 덧없음으로 인해 아름다움의 가치가 더 증대되는 것이라고 말할 수도 있지 않은가? 말인즉슨, 생각하기 나름이라는 것이다. 그는 다음과 같이 정신분석가답게 말하고 있다. 대상들의 운명이 실제로 어떻든 간에 그것보다 더 중요한 것은 그것들에 대해 우리가 어떤 심리적 태도를 취하느냐다, 라고.

그래, 생각하기 나름이라고 할 수 있다. 그러나 문제는 그 시인이 그럴 수 없었다는 데 있다. 그리고 왜 낙관적으로 자연을 향유하고 싶지 않았겠는가. 그런데 왜 그럴 수 없었는가 말이다. 프로이트는 역시나 정신분석가답게 그 시인이 자연을 즐길 수도 있었는데 모종의 마음의 작용으로부터 그것을 '방해받았다'

라고 말한다. 아름다운 자연의 덧없음에 생각이 미치자 그 시인은 언젠가 그 대상을 잃어버렸을 때 그 상실로 인해 겪어야 할 애도의 고통을 미리 맛보고 말았다는 것, 그런데 마음은 예상되는 고통을 본능적으로 피하려고 하기 때문에 그는 미리부터 그 대상에 대한 향유를 포기하게 되었다는 것이다.

최근 나는 그 시인의 '방해받은' 기쁨에 대해, 또 애도의 고통을 피하려고 미리 움츠러들어야 했던 그 마음의 쓸쓸한 조심성에 대해 자주 생각했다. 아름답고 위대한 많은 것들이 덧없이 사라진다. 건물이 사라지고 사람이 사라진다. 전통과 명성이 사라지고, 신념과 우정이 사라진다. 나이를 먹고 보니, 라고 건방을 떨 나이도 아닌데 나는 이 세상 많은 것들의 덧없음을 점점 더 자주 느낀다. 그리고 그 덧없음에 대해 환멸을 느낀다. 그걸 눈치챈 어떤 분이 미소 지으며 말했다. "환멸은 인생 감정 공부의 마지막 단계지. 자네는 이참에 좀 더 성숙해질 모양이군." 그런가. 그렇다면 이 '성숙한 환멸'은 앞으로 나를 어디로 데려갈까.

'덧없다, 그러나 비관할 필요는 없다'라고 말하는 프로이트의 낙천주의에는 끝내 동의할 수 없을 것 같다는 생각을 하며 나는 그 글을 최근에 다시 펼쳤다. 거의 마지막에 나오는 이런 문장을 예전에는 무심히 지나쳤었다. "그 시인과의 대화는 전쟁이 일어나기 전해 여름에 있었던 일이다. 1년 후 전쟁이 일어났고, 그 전쟁은 이 세상의 아름다움을 빼앗아 가버렸다." 이번에는 조금 울컥했다. 그러니까 프로이트는 1차대전이 가져온 저 압도적인 덧없음을 경험하고서도 끝내 시인에게 동의하지 않고 있는 것이었구나. 그렇다고 갑자기 낙천주의자로 변신한 것은 아니었지만, 그래도 나의 환멸이 조금은 덧없어졌다.

(2015. 9. 3)

그녀, 슬픔의 식민지

모니카 마론

《슬픈 짐승》

이 소설의 원제목은 '아니말 트리스테(Animal Triste)'다. 독일 작가의 독일 소설이지만 이 단어들은 라틴어다. 나는 라틴어를 모르지만 이 두 단어가 들어 있는 오래된 관용구 하나를 알고 있다. "옴네 아니말 트리스테 포스트 코이툼(Omne animal triste post coitum)." 즉, '모든 짐승은 교미를 끝낸 후에는 슬프다.' (움베르토 에코의 《장미의 이름》에서 풋내기 수도사 아드소는 야생적인 소녀와의 첫 경험 이후 "욕망의 허망함과 갈증의 사악함"을 최초로 실감하면서 저 관용구를 상기한다.) 혹은 더 리듬감을 살려 "Post coitum, animal triste"라고 쓰는 경우도 있다. 그리고 이것이 모든 짐승의 보편적인 진실이 아니라 인간이라는 짐승만의 특수한 진실이라는 듯이, '섹스가 끝나면, 인간은 슬프다'로 번역하기도 한다. 모니카 마론이 이 관용구를 염두에 두고 제목을 정한 것인지 아닌지 나는 모른다. 다만 이 소설이, 중년의 나이에 짧은 기간 동안 섬광 같은 사랑을 나눈 이후(post coitum), 수십 년의 세월 동안 그 사랑만을 추억하며 살다가 육체와 정신의 모든 부분이 슬픔에 점령당해 식민지가 돼버린 한 여자(animal triste)의 이야기라는 것만 안다.

그녀는 제 나이를 모른다. 아마 백 살쯤 된 것 같다고 스스로 짐작할 따름이다. 희미해진 기억을 더듬으면서 그녀가 들려주는 이야기는 이렇다. 결혼을 했고 남편과 20년을 살았으며 딸 하나를 키웠다. 그러던 어느 날 원인 모를 발작 증세를 경험했고 그날 이후로 질서정연하던 삶에 균열이 생겨났다. 그때 그녀는 자문한다. 만일 그날의 발작으로 내가 죽었다면 나는 내 인생에서 무엇을 놓쳤다고 생각했을까, 하고. "인생에서 놓쳐서 아쉬운 것은 사랑밖에 없다. 그것이 대답이었고, 그 문장을 마침내 말로 꺼내 얘기하기 오래전부터 이미 나는 그 대답을 알고 있었음에 틀림없다."(문학동네, 2010, 20쪽) 그로부터 1년 뒤에 그녀는 한 남자를 만나게 된다. 베를린 자연사박물관에서 일하는 그녀가, 여느 때처럼 공룡 브라키오사우루스의 뼈대 모형을 예배를 드리듯 쳐다보고 있을 때, 한 남자가 말을 건다. "아름다운 동물이군요." 그녀는 "마치 신탁을 받은 것처럼" 마음이 흔들린다. 이 남자는 내 존재의 결락이 무엇인지를 아는 사람인 것 같다. "그렇죠, 아름다운 동물이죠." 그녀가 이렇게 대답했을 때 그녀의 삶에는 지금껏 들어본 적이 없는 아름다운 음악이 울려 퍼진다.(21~23쪽)

그날 이후로 두 남녀는, 각자의 가족이 있었지만, 사랑에 빠진다. "나는 사랑이 안으로 침입하는 것인지 밖으로 터져 나오는 것인지조차도 아직 알지 못한다."(24쪽) 사랑은 바이러스처럼 침입해서 나를 점령해버리는 것인가, 아니면 죄수처럼 갇혀 있다가 나라는 감옥을 뚫고 나오는 것인가. 자신의 경우는 후자일 거라고 그녀는 생각한다. 그 남자, 프란츠(그녀는 그 남자의 이름을 기억하지 못한다. 그냥 프란츠라고 부를 뿐이다)를 만나면서 그녀의 사랑은 자유를 얻었다. 그러나 프란츠는 어느 날 가족에게로 되돌아가고, 그날 이후로 그녀의 삶은 멈췄다. 이제 그를 기다리는 것 외에는 어떤 일도 하지 않겠다고 결심했고 또 실천했다. 그녀의 삶은 이제 다음과 같은 일들로 이루어진다. 그가 남기고 간 안경을 몇 년 동안 끼고 살아서 자신의 눈을 망가뜨리기. "그것이 그의 곁에 머물 수 있는 마지막 가능성이었다."(11쪽) 혹은 마지막으로 함께 누운 침대 시트를 빨지 않고 보관해두었다가 가끔 꺼내서 펼쳐보기. "아직도 선명하게 남아 있는 아름다운 내 연인의 정액 흔적"을 다시 보기 위해서.(13쪽)

이상의 내용은 이 소설의 첫 챕터에 적혀 있는 것들만을 정리한 것이다. 1년 전 일이니 분명히 기억난다. 고작 20쪽 남짓인 이 첫 챕터를 나는 몇 번에 걸쳐 쉬어가며 읽어야 했다. 심장이 세차게 뛰었기 때문이다. 그리고 20쪽을 다 읽고 나서, 이것이야말로 내가 늘 찾아온 그런 종류의 소설이라는 것을 알았다. 어딘가에도 썼지만, '자신에게 전부인 하나를 위해, 그 하나를 제외한 전부를 포기하는' 이들의 이야기를 나는 당해내질 못한다. 이 것만으로도 내게는 충분했을 것이다. 여기에 더해 모니카 마론은 주인공 그녀의 형상 속에 2차대전 이후 동독에서의 삶이 한 여자에게 미친 불행한 영향들을 섬세하게 새겨 넣었고, 독일의 분단과 통일이라는 역사적 격변이 개인의 삶에 가져온 엇갈림과 비틀림을 그녀 주위의 다른 인물들을 통해 포착해내면서, 이 소설이 그리는 사랑의 사건을 역사의 사건으로까지 끌어올렸다. 우리 내면의 모든 것이 역사라는 변수에 종속돼 있는 것은 아니라 할지라도, 소설이 한 개인의 삶을 역사의 흐름 속에서 이해하려고 노력할 때 얼마나 더 깊어질 수 있는지를 이 소설은 탄식이 나오도록 입증한다.

한편으로는 지독한 사랑과 참혹한 애도의 서사이고 다른 한편으로는 독일의 분단과 통일에 대한 섬세한 스케치인 이 소설을 모니카 마론은 최상의 산문 문장으로 끌고 나간다. 최상의 산문 문장은 고통도 적확하게 묘파되면 달콤해진다는 것을 입증하는 문장이다. 달콤한 고통이 무엇인지를 꿈과 잠의 주체인 우리는 안다. 꿈과 잠에 비유해본다면, 그녀의 문장은, 어떤 이유에서인지 한없이 눈물을 흘리다가 탈진한 상태로 깨어나서는 한참을 더 울게 되는 그런 꿈이고, 한참을 더 울다가 사랑하는 사람의 품에 안겨 그 슬픔이 달콤한 안도감으로 서서히 바뀌는 것을 느끼는 순간 다시 찾아오는 그런 잠이다. 그렇게 꿈꾸듯 잠자듯 이 소설을 읽어나가다 보면, 불길한 예감이 적중한 듯한 결말을 만나게 되고, 이 소설의 제목에 대해서 다시 생각하게 된다. 이 작가는 어째서 'post coitum'을 지우고 'animal triste'만 남겨놓았나. 우리가 특정한 순간에만 슬픈 것이 아니라 사실은 대체로 슬프기 때문이 아닌가. 인간은 본래 슬픈 짐승이고 우리는 모두 슬픔의 식민지가 아닌가. 이런 생각에 저항하는 일이, 요즘의 내게는 예전만큼 쉽지가 않다.

(2012. 5. 7)

사랑의 두 번째 죽음

오르페우스와 에우리디케

오르페우스가 키타라 반주에 맞춰 노래하면 그 노랫소리에 바위와 나무들도 들썩거렸다. 오르페우스는 아내 에우리디케가 뱀에 물려 죽자 그녀를 데려오려고 저승으로 내려가서는 그녀를 지상으로 돌려보내달라고 플루토를 설득했다. 이에 플루토는 만약 오르페우스가 집으로 돌아가는 길에 뒤를 돌아보지만 않는다면 그렇게 해주겠다고 약속했다. 그러나 오르페우스는 믿어지지 않아 도중에 돌아서서 아내를 보았고 이에 아내는 저승으로 되돌아가야 했다. 오르페우스는 또 디오니소스의 비의(秘儀)를 창안했다. 그는 마이나스(디오니소스 축제를 즐기던 광란의 여성인)들에게 찢겨 피에리아에 묻혔다.(아폴로도로스,《원전으로 읽는 그리스 신화》, 천병희 옮김, 숲, 2004, 28~30쪽)

그리스 당대에 쓰인 것으로는 드물게 남아 있는 어느 책은 오르페우스에 대해 이렇게 적고 있다. 여기에 풍부한 살을 붙인 것이 로마의 시인 오비디우스의 《변신》이다. 그는 오르페우스가 저승의 신 플루토 앞에서 불렀으리라 짐작되는 노래를 22행의 시로 완성해냈다. 에우리디케가 제명을 다 살지 못했으니 마저 살아야 한다는 것이 그 노래의 핵심이다. 특혜를 요구하고 있는 처지에 이런 협박까지 더한다. "나는 그녀를 선물로 달라는 것이 아니라 빌려달라는 것입니다. 운명이 내 아내에게 그런 특혜를 거절한다면 나는 단연코 돌아가지 않을 것입니다. 두 사람이 죽게 되니 그대들은 기뻐하실는지요!"(《원전으로 읽는 변신 이야기》, 천병희 옮김, 숲, 2005, 461쪽) 단호함과 애절함을 겸비한 청원의 노래를 들려준 오비디우스는 비극적인 두 번째 이별을 그리면서 그 순간 남녀의 속내를 이렇게 상상해보기도 한다. 먼저 남편의 경우. "사랑하는 남자는 아내가 힘이 달리지 않을까 걱정도 되고 아내를 보고 싶기도 하여 뒤돌아보고 말았다."(463쪽) 그리고 에우리디케의 반응. "그녀는 이제 두 번 죽으면서 남편에게는 아무 불평도 하지 않았다."(464쪽) 그녀는 다만 "안녕"이라고 말하면서 저승으로 빨려 들어간다. 결정적인 장면을 오히려 담담하게 처리한 것이 오비디우스 판본의 특징이다.

오비디우스는 이 이야기를 여기서 끝내지 않았다. 첫 이별보다 흥미로운 것은 두 번째 이별이며 그것보다 더 의미심장한 것은 이별 이후의 시간들이다. "많은 여인들이 가인(歌人)과 결합하기를 열망했고 많은 여인들이 퇴짜를 맞고 비탄에 잠겼다. 게다가 그는 트라키아의 백성들에게 부드러운 소년들을 사랑하는 법과 아직 성년이 되기 전의 짧은 봄과 청춘의 첫 꽃을 따는 법을 가르쳐주었다."(466쪽) 오르페우스는 에우리디케를 다시 잃은 후에 더 이상 여자를 사랑할 수 없어서 남자를 사랑하게 되었으며 이 동성애를 널리 퍼뜨렸다는 것. 그러다 분노한 여성들에게 찢겨 죽는다는 내용이 뒤를 잇는다. 그런데 오비디우스는 여기에다가 원본에 없는 해피엔딩을 만들어 넣었다. 오르페우스는 죽어서 에우리디케와 해후한다. "지금 그들은 그곳에서 나란히 함께 거닐고 있다. 때로는 앞서가는 그녀를 오르페우스가 뒤따르기도 하고 때로는 그가 앞서가며 지금은 안전하게 에우리디케를 뒤돌아보기도 한다."(510쪽) 여기까지다. 이제 이 이야기를 어떻게 해석하면 좋을까.

서사의 각 국면에서 우리는 세 개의 물음(모티프)과 만나게 된다. 첫째, 말할 것도 없이 이것은 예술의 위대함을 찬미하는 이야기다. 생명이 있는 것들이 결코 극복할 수 없는 것이 있다면 그것은 죽음이다. 죽음을 극복하면 모든 것을 극복하는 것이다. 오르페우스가 악기 하나만으로 저승에까지 갈 수 있었고 아내를 데려갈 수 있게 허락을 받았다는 설정은 위대한 예술에 대한 그리스인들의 지대한 신뢰와 동경을 입증할 것이다. 둘째, 이것은 금지와 위반에 대한 이야기다. 플루토가 '뒤돌아보지 말라'는 명령을 내린 이유는 분명치 않다. 죽은 자는 살려내선 안 된다는 자신의 원칙을 깨기 위해 최소한의 명분이 필요했던 것일지도 모른다. 그러나 그보다 더 중요한 것은 오르페우스가 결국 돌아보고 말았다는 점이다. 돌아보지 말라고 하면 결국 돌아보게 된다. 이 모티프가 구약의 창세기에서 한국의 민담에 이르기까지 광범위하게 발견되는 것은 이 설정이 욕망의 본질(금지가 있는 곳에 위반이 있다)을 드러내는 효과적인 장치이기 때문일 것이다. 셋째, 이것은 상실과 애도에 대한 이야기다. 오르페우스는 애도를 끝내는 데 실패하고 타살의 형식으로 자살한 인물이다. 이상 세 가지 모티프는 이 원형적인 이야기로 들어갈 수 있는 세 개의 문이 된다.

문학 이론 쪽에서는 다소 특이한 해석도 있다. 블랑쇼는 저승에 있는 에우리디케를 이승으로 데려와야 한다는 오르페우스의 과업(work)을 시인이 작품(work)을 창작하는 과정의 한 알레고리로 이해한다. "노래에 대한 염려 속에서, 법을 망각한 초조함과 무모함 속에서 에우리디케를 바라보는 것, 바로 이것이 영감이다."(《문학의 공간》, 그린비, 2010, 254쪽) 블랑쇼는 오르페우스가 뒤를 돌아보는 순간이 영감의 순간이라고 주장한다. 그의 특이한 점은 '영감'이라는 말을, 오히려 우리가 영감이라 부르는 것이 고갈된 상태를 뜻하는 말로 사용한다는 데 있다. 흔히 영감이라 오해되는 진부한 것들을 주워 모아 이것저것 써내는 데 늘 '성공'하는 시인은 가짜라는 것. 우리가 글을 쓰면서 도달하게 되는 불모의 상태, 그로 인해 도달하게 되는, 작품의 근원에 대한 사유, 그 막막함이야말로 진정한 영감이며, 그 덕분에 끊임없이 '실패'하는 시인만이 진짜라는 것. 오르페우스는 에우리디케를 이승으로 데려오는 데 실패했으나, 바로 그 실패 때문에 그는 시인으로서 성공했다는 것이다. 이런 독특한 관점 속에서 '오르페우스의 (뒤돌아보는, 불모화하는) 시선'은 진정한 글쓰기의 출발로 해석된다. "글을 쓰는 것은 오르페우스의 시선과 함께 시작한다."(258쪽)

블랑쇼의 해석은 오르페우스 신화를 시인의 창작 과정에 대한 알레고리로, 그것도 아주 특별한(통념적인 것과는 정반대라는 점에서) 시론(詩論)의 알레고리로 읽는 방법이다. '반(反)영감으로서의 영감'에 의지하는 특정한 유형의 시인들에게는 큰 공감을 얻을 수도 있어 보인다. 그러나 이런 해석은 사실상 오르페우스 신화를 이용한 경우에 가깝다. 이 이야기에 담겨 있는 비극성에 전적으로 무심한 해석이기 때문이다. 나는 에우리디케를 한 번 더 잃은 뒤에 오르페우스가 (타인들에게나 그 자신에게나) 더 '치명적인' 시인이 되었다는 사실, 게다가 그런 영향력은 그의 노래에 담겨 있는 '감정적인' 설득력 때문이라는 사실을 존중하지 않을 수 없다. '비극적인 것'과 '문학적인 것' 사이의 관계가 중요하다는 뜻이다. 오르페우스 신화가 비극적인 것은 이것이 사랑하는 연인을 제 손으로 한 번 더 죽인 사람의 이야기이기 때문이다. 이별의 순간에 연인은 나를 떠남으로써 내게서 한 번 죽는다. 그런데 더 사랑하는 사람은 더 사랑하는 사람의 위치에 서 있기 때문에 이별의 순간에 상대방을 질리게 만들 수 있다. 죽은 연인을 살리려는 노력이 외려 그를 한 번 더 죽이게 되는 경우다. 이 경우 떠난 것은 너이지만, 네가 돌아올 수 없게 만든 것은 내가 되고 만다.

앞에서 이미 인용했거니와, 오르페우스가 에우리디케를 향해 돌아보는 순간을 묘사하면서 오비디우스는 오르페우스의 내면을 이렇게 상상했다. "사랑하는 남자는 아내가 힘이 달리지 않을까 걱정도 되고 아내를 보고 싶기도 하여 뒤돌아보고 말았다." 그러니까 오르페우스가 뒤돌아본 것은 제 자신을 통제할 수 없을 정도로 그녀를 사랑했기 때문이다. 그리고 흥미롭게도 오비디우스는 에우리디케가 아무 불평도 하지 않았다고 말하면서 곧바로 괄호 안에 이렇게 적었다. "(하긴 그녀로서는 사랑받은 것 말고 무슨 불평이 있겠는가?)" 그녀가 불평해야 할 것이 있다면 오르페우스가 자신을 '너무' 사랑한다는 것뿐이라는 것이다. 그러니까 어느 편에서 봐도 이것은 너무 사랑한 자의 비극이다. 여기에 상실과 과실(過失)이 함께 있다. 반드시 이 둘이 함께 있어야만 '회한'이라는 감정이 만들어진다. 그리고 나는 회한이야말로 문학의 근본 감정 중 하나가 아닐까 생각한다. 내 사랑은 두 번 죽는다. 한 번은 운명에 의해서, 또 한 번은 나에 의해서. 사랑했던 사람을 두 번 죽여본 사람은 시인이 될 수 있다. 마이너스들에게 온몸 찢어져 그 회한마저 찢기기 전에는 그만둘 수 없을 것이다.　　　　　　　　　　　　　(2012. 11. 22)

슬픔임을 잊어버린 슬픔

김경후

《열두 겹의 자정》

　세상에는 참지 않는 사람들이 있고 참아내는 사람들이 있다. 그들이 서로 역할을 바꾸는 경우는 거의 없다. 불공평한 일이다. 참지 않는 사람들은 늘 안 참고, 참는 사람들은 늘 참는다. 참지 않는 사람들은 못 참겠다고 말하면서 안 참는다. 그들에게는 늘 '참을 수 없는' 이유가 있다. 그러나 참는 사람들은 그냥 참는다. 그들이 참고 있다는 사실을 알아봐주고 염려해주는 사람도 없다. 내가 보기에 《열두 겹의 자정》(문학동네, 2012)이라는 시집을 낸 당신은 너무 많이 참는 사람 같다.

　　울음을 참는 자의 성대는 커다랗다
　　똬리 튼 뱀만큼 커다랗다
　　찌그러져 일렁대는
　　목 그늘을 보지 못하는 그만이

울지 않았다고 웃음을 띠고 있다

울음을 참는 자의 성대는 커다랗다
똬리를 틀고 겨울잠 자는 뱀만큼 커다랗다
이대로 커진다면
곧 성대 위에 이오니아식 기둥을
세울 수도 있으리라

그는 자신에게 '안녕?'
인사도 참고 있는 게 틀림없다
미소와 웃음의 종류가 그의 인생의 메뉴(〈코르크〉, 1~3연)

　당신이 늘 울음을 참아왔으므로 당신과 비슷한 사람을 알아본 것이다. 당신은 보이지도 않는 그 사람의 성대를 들여다보고 있다. 왜 성대인가. 눈물은 눈에서 흐르지만 울음은 목구멍에서 치솟는다. 그래서 울음 참는 일을 '울음을 삼킨다'고 표현하는 것이다. 삼켜진 울음이 쌓여서 그 성대는 기괴하게 꼬이고 넓어졌다. 똬리를 틀고 겨울잠 자는 뱀만큼. 그 위에 (소용돌이무늬가 특징인) 이오니아식 기둥을 세울 수도 있을 것만큼.

　그런데 너무 오랫동안 울음을 참아온 그는 정작 자신이 그래왔다는 사실을 모른다. 세상에서 가장 슬픈 것 중 하나는 자기 자신이 슬픔이라는 것을 잊어버린 슬픔이다. 보라. 참는 사람은

늘 참는다. 그는 자기 자신에게 '안녕?'이라고 말하는 법을 잊어
버렸다. 대신 메뉴판에서 한 끼의 식사를 고르듯 적당한 미소와
웃음을 골라 하루하루를 연명한다. 그것들을 코르크 삼아, 울음
이 치솟는 성대를 틀어막는다.

　　울음을 참는 자의 성대는 커다랗다
　　오래 참는 것이
　　크게 울어버린 것이라고
　　말을 건넬 수 있을까 그건
　　갈라진 뱀의 혀를 깁는 것보다 위험한 일
　　무엇을 그는 버려야
　　그를 견디지 않을 수 있을까

　　울음을 참는 자의 성대는 커다랗다
　　꼬챙이에 찔려 죽은 줄도 모르고
　　겨울잠 자는 뱀의 꿈처럼 커다랗다
　　그뿐이다
　　울음을 참지 않았다고 외치는
　　울음을 참는 자의 성대는 커다랄 뿐이다 (같은 시, 4~5연)

　당신은 자신과 닮은 그에게 말을 걸고 싶다. 오래 참은 것은
크게 운 것이라고 말해주고 싶다. 그러나 자기 자신이 슬픔임을

잊어버린 슬픔에게, 넌 슬픔이야, 라고 말해주는 것은 위험한 일이다. 뱀의 혀는 냄새를 맡기 때문에 콧구멍이 두 개이듯 두 갈래로 갈라져 있다. 그 혀를 꿰매는 것만큼 위험한 일이다. 그러니 그의 성대는 앞으로도 커다랄 것이고, 커다랄 뿐일 것이다. "꼬챙이에 찔려 죽은 줄도 모르고 겨울잠 자는 뱀의 꿈"처럼.

이런 시를 쓰는 당신을 나는 몇 번밖에 보지 않았지만, 그러니 당신에 대해 아는 척을 할 자격이 내게는 없지만, 당신은 가끔 "울음을 참는 자"의 표정을 하고 있었다. 그럴 때마다 당신은 성대를 코르크로 막고 있었을까. 다음 시를 보니, 당신은, 참을 수 없다고 말하는 또 다른 당신의 말조차 못 들은 척했다. 왜 그 말을, 잘 듣는(effect) 약이 대신 들어야(listen) 하나. 왜 앞으로도 그럴 것이라고만 말하나.

이번 약은 잘 들을 겁니다
의사 말을 듣고
믿고 싶은 그 말을 믿고 나는 묻는다

얼마나 잘 듣지 않았나
이불 속에 드러누운 나의 마음은
컴컴한 창밖 얼어붙은 얼굴을 들이미는 나의 고함조차
듣지 않았지 열어주지 않았지

내가 있어도 나는 빈 방

없어도 나는 나의 빈 방

(…)

앞으로도 나는 듣지 않을

빈 방의 나의 소리들

이 약은 잘 듣고 있겠지 (〈잘 듣는 약〉 중에서)

　늘 참지 않는 사람은, 늘 참는 사람이 참고 있다는 것을, 모른다. 당신의 시는, 그렇다는 것을 그들에게 말한다. 시는, 필요한 것이다.

(2012. 8. 10)

천진하게, 그리고, 물끄러미

박형준

〈생각날 때마다 울었다〉

8월 30일 오후 4시경 서울 상수동의 어느 카페에 자리를 잡은 나는 그 뒤로 거의 두 시간 동안을 한 편의 시만 읽고 또 읽게 된다. 하필 맨 처음 펼친 시가 나를 놓아주지 않았다. 문제의 그 시는 박형준의 시집 《생각날 때마다 울었다》(문학과지성사, 2011)의 표제작이다. 그렇게 두 시간을 보내고 나는 다음과 같은 문자 메시지를 이 시인에게 보내지 않을 수가 없었다. "표제작만 몇 번을 다시 읽는 중입니다. 가슴이 아픕니다. 이런 아픔을 주셔서 감사합니다." 그 시를 옮긴다.

그 젊은이는 맨방바닥에서 잠을 잤다
창문으로 사과나무의 꼭대기만 보였다

가을에 간신히 작은 열매가 맺혔다

그 젊은이에게 그렇게 사랑이 찾아왔다

그녀가 지나가는 말로 허리가 아프다고 했다
그는 그때까지 맨방바닥에서 사랑을 나눴다

지하 방의 창문으로 때 이른 낙과가 지나갔다
하지만 그 젊은이는 여자를 기다렸다

그녀의 옷에 묻은 찬 냄새를 기억하며
그 젊은이는 가을밤에 맨방바닥에서 잤다

서리가 입속에서 부서지는 날들이 지나갔다
창틀에 낙과가 쌓인 어느 날

물론 그 여자가 왔다 그 젊은이는 그때까지
사두고 한 번도 깔지 않은 요를 깔았다

지하 방을 가득 채우는 요의 끝을 만지며
그 젊은이는 천진하게 여자에게 웃었다

맨방바닥에 꽃무늬 요가 펴졌다 생생한 요의 그림자가
여자는 그 젊은이를 물끄러미 바라보았다

사과나무의 꼭대기,

생각날 때마다 울었다

  나는 이 시의 묘미가 부사(副詞)에 있다고 생각하면서 이 시가
품고 있는 이야기를 이렇게 복기했다. 반지하 방에 사는 사내가
있다. 사과나무에 "간신히" 열매가 맺힐 때 그에게도 "간신히"
사랑이 왔다. 방바닥에서 사랑을 나눴다. 그래서 여자는 허리가
아팠다. 여자가 한동안 오지 않는다. "때 이른" 낙과처럼 "때 이
른" 이별이 오려는가. "하지만" 사내는 여자를 기다린다. 요를
사두었기 때문이다. 그녀가 오면 요를 깔고 사랑을 나누어야 하
기 때문이다. "물론" 여자는 왔다. 이 "물론"은 절묘하다. 두 개
의 뉘앙스가 함께 있어서다. ①그래, 간절한 마음만 있으면 사랑
은 뜻대로 되는 거지! ②이 답답한 사내야, "물론" 오기야 하겠
지, 그러나 그런들?

  언뜻 ①인데 결국은 ②였다. 사내는 요를 깔고 "천진하게" 웃
지만 그녀는 그를 "물끄러미" 바라보기만 한다. 그녀가 기뻐할
줄 알았는데 아니었다. 그녀의 마음속에선 어떤 돌이킬 수 없는
일이 일어나고 있었다. 그렇게 그녀는 영영 떠났다. 사내는 지금
사과나무를 보며 울고 있지만, 뭘 알기는 하고 우는가? 요 하나
가 방을 다 채울 만큼 작은 그의 방이 문제였다는 것을, 사랑하
는 여자를 침대에 눕히지도 못하는 그 가난이 문제였다는 것을,
그런 줄을 모르는 이의 간절함은 상대방에게 오히려 잔인함이

될 수도 있다는 것을.

그러니 이 시는 결국 "그 젊은이는 천진하게 여자에게 웃었다"와 "여자는 그 젊은이를 물끄러미 바라보았다"라는 두 문장으로 요약된다. 아니, 더 짧게는, "천진하게"와 "물끄러미"의 어긋남에 모든 게 들어 있다. 사내가 창피해했거나 화를 냈거나 혹은 허세라도 부렸다면, 그녀는 희망을 가졌을지 모른다. 그러나 사내는 "천진하게" 웃었다. 그녀는 깨달았을 것이다. 이 사내는 바뀌지 않겠구나, 나는 이 천진함을 견디지 못하겠구나, 결국 이 사내를 미워하게 되겠구나. 그러니 그녀의 "물끄러미" 안에는 또 얼마나 많은 슬픔이 있었을까.

그날 저녁에 사람들을 만났고 이 시를 보여주었다. 놀랍게도 의견이 갈렸다. 요를 산 뒤부터의 이야기는 남자의 슬픈 환상인 것처럼 보인다는 의견이 있었다. 여자가 오기는 했으되 다른 여자가 아니었겠느냐고 짐작하는 이도 있었다. 누군가 물었다. '생각날 때마다 우는' 남자의 마음을 알겠느냐고. 누군가는 되물었다. 자기 자신에 실망하며 그 남자를 떠났을 여자의 마음은 또 어땠겠느냐고. 여하튼 너무 슬픈 시라고 투덜거리며, 우리는 술잔을 부딪쳤다.

(2011. 9. 7)

문학으로서의 이소라

이소라

〈슬픔 속에 그댈 지워야만 해〉

〈나는 가수다〉에서 이소라는 〈슬픔 속에 그댈 지워야만 해〉 (이현우, 1991)를 불러 7위를 했다. 애초 준비했던 곡을 리허설 시작 네 시간 전에 포기하고 급히 준비한 곡이라던가. 순위에 연연했다면 그럴 수 없었을 것이다. 그에게는 순위보다 더 중요한 다른 것이 있었을 것이다. 바로 그날, 그가 하고 싶고 또 할 수 있는 노래여야만 한다는 것. 어떤 자리이건 어떤 장르이건 능란하게 소화해내는 이가 프로일 것이지만, '할 수 없는 것은 할 수 없다'고 말하는 이는 예술가일 것이다. 존재의 필연성에 의해 움직이는 사람들 말이다. 그들은 말한다. '난 그런 것은 할 수 없어요. 어제는 할 수 있었을 거예요. 내일도 혹시 가능할지 모르겠군요. 그러나 지금은, 지금은 도저히 할 수 없습니다.'

진심이 발생하지 않으면 못 하는 것이다. 예술 창작자가 진심을 강조하는 모습은 너무 흔해서 진부하게 느껴진다. 진심을 다해 노래하겠다는 말도 별 감흥을 주지 못한다. 그러나 진심이 아니면 부를 수 없다는 말은 좀 달리 들린다. 전자는 의지의 영역, 후자는 기질의 영역에 속할 것이다. 고통스러운 진심으로 부를 수 있어 택한 노래를 그는 조용히 불러나갔다. 몇몇 가수들은 관객에게 흥분제를 투여하고 싶어 했지만, 그는 자신의 노래를 진통제를 먹듯 씹어 삼키고 있었다. 특히 3분 30초 무렵에 "그대만을 사랑하는걸"이라는 가사를 노래할 때 그는 마치 신음하는 것처럼 보였는데, 그 대목에서 나는 고통받는 예술가를 바라볼 때 느끼게 되는 가학적인 감동에 휩싸여야 했다.

위에서 진통제 운운한 것은 그의 어떤 노래가 몇 년 전 내게 남긴 충격의 반향일지도 모른다. 《7집》(2008)에 수록된 〈Track 7〉(이 앨범의 모든 곡에는 제목이 붙어 있지 않다)의 노랫말 역시 그가 썼다.

> 지난밤 날 재워준 약 어딨는 거야
> 한 움큼 날 재워준 약 어디 둔 거야
> 나 몰래 숨기지 마, 말했잖아, 완벽한 너나 참아
> 다 외로워, 그래요, 너 없는 난
> 눈을 뜨면 다시 잠을 자, 난, 난.
>
> 몸이라도 편하게 좀 잔다는 거야
> 나 몰래 숨기지 마, 난 있잖아, 술보다 이게 나아

다 외로워, 그래요, 너 없는 난

눈을 뜨면 다시 잠을 자, 난, 난.

　이 노래를 부를 때 그는 고통을 잊기 위해 수면제를 달라고 탁한 목소리로 애원한다. 그리고 정확히 마지막 "난"에서 그의 목소리는 갈라져 무너진다. "완벽한 너나 참아"나 "술보다 이게 나아"와 같은 구절들은, 칼을 들고는 있으되 그 누구를 찌를 힘이 없어 허우적대다가 그만 제 몸에 상처를 입히고 마는, 그런 사람 같다. 가끔 그는 관객에게 노래를 들려주기 위해서가 아니라 자기 자신과 너무 오래 단둘이 있지 않기 위해서 무대에 오르는 것처럼 보이는데, 그때 그는 자신의 고통과 함께 무대에 오른다. 그의 고통은 수다스럽지 않다. 진정한 고통은 침묵의 형식으로 현존한다. 고통스러운 사람은 고통스럽다고 말할 힘이 없을 것이다. 없는 고통을 불러들여야 할 때 어떤 가수들은 울부짖고 칭얼댄다. 그는 그럴 필요가 너무 없다.

　이소라의 체념적인 고통의 노래들을 들으면 아니 에르노나 모니카 마론이 생각난다. 자신을 떠난 연인을(이 연인은 주체를 짓밟는 '운명'과 '역사'의 은유이기도 한데) 잊지 못하는 여자의 고통을 한심하도록 솔직하고 무섭도록 담담하게 표현할 줄 아는 작가들이다. "나는 늘 내가 쓴 글이 출간될 때쯤이면 내가 이 세상에 존재하지 않을 것처럼 글을 쓰고 싶어 했다." 이렇게 시작되는 소설 아니 에르노의 《집착》(문학동네, 2005)은 '고통'이라는 단어의 출현 빈도가 분량 대비 가장 높은 작품일 것이다. 모니카 마론의 《슬픈 짐승》은 근래 읽은 고통의 기록 중에서 가장 아름답다. "대부분의 젊은 사람들이 그렇듯 나도 젊었을 때는 젊은 나이에 죽어야 한다고 생각했다." 두 소설의 첫 문장은 이렇게 닮아 있는데 그것은 이 소설들이 고통에 대해 말하는 작품이 아니라 고통 그 자체이기 때문일 것이다.

(2011. 11. 11)

5·18과 4·3 사이

　내가 재직 중인 광주 조선대학교 문예창작학과에서는 1년에 한 번 '창작 기행'이라는 이름의 현장 답사 프로그램을 진행한다. 올해의 답사 지역을 제주도로 정한 데에는 몇 가지 이유가 있었지만, 그중에서도 특히 역점을 둔 것은 '4·3사건'의 현장으로 학생들을 안내해보자는 것이었다. 내가 가르치는 학생들은 1980년 5월 광주에서 20대의 나이를 통과한 분들이 90년대의 초중반에 낳은 자녀들일 것이다. 이들이 80년 광주를 모를 수는 없으리라. 그러나 더 깊어질 여지는 있지 않을까. 나는 이번 기회에 우리 학생들이 '5·18'을 '4·3'으로부터의 긴 역사적 맥락 속에서 이해할 수 있게 되기를 바랐다.

　5월 20일 오후에 '제주 4·3 평화공원'에 도착했을 때 정작 학생들보다 더 흥분한 것은 나였다. 꼼꼼하게 설계된 기념관과 웅장한 추모 시설은 내 예상을 뛰어넘는 것이었다. 거기 있는 모든 것들이 결국 진실은 승리하고 역사는 바로잡힌다는 당당한 증거인 듯싶어 나는 몰래 전율했다. 남한 단독정부 수립에 반대하며 1948년 4월 3일에 봉기를 주도한 이들은 수백에 불과했다. 그런데 이들과 연루돼 있다고 할 수도 없는 평범한 민간인들이 '토벌'의 대상이 되어 3만 가까이 희생됐으니, 그 유족들의 심정이 어땠을지는 감히 말할 수 없다. 그 후 65년 남짓, 이제 제주는 평화의 성지가 됐다.

제주로 떠나기 전 이미 학생들에게 현기영 선생의 소설 〈순이 삼촌〉(1978)을 권해둔 터였는데, 4·3의 진실을 용기 있게 공론화한 이 기념비적인 소설을, 나도 제주의 버스 안에서 오랜만에 재독했다. 이 소설에서 '전짓불'이라는 단어에 새삼 눈길이 머문 것은 기행을 떠나기 직전 강의에서 마침 이청준의 〈소문의 벽〉(1971)을 토론했기 때문이었다. 너는 어느 편이냐고 묻던 이들이 눈앞에 들이밀었다는 그 불에 대해 말해주는 또 한 편의 소설. 현기영의 제주에서 자행된 전짓불의 만행은 전쟁 발발 이후 이청준의 장흥에서도 행해졌던 것이어서, 이에 대해서라면 〈소문의 벽〉 쪽이 더 자세하다.

눈이 부시도록 밝은 전짓불을 얼굴에다 내리비추며 어머니더러 당신은 누구의 편이냐는 것이었다. 하지만 어머니는 그때 얼른 대답을 할 수가 없었다. 전짓불 뒤에 가려진 사람이 경찰대 사람인지 공비인지를 구별할 수가 없었기 때문이다. 대답을 잘못했다가는 지독한 복수를 당할 것이 뻔한 사실이었다. 하지만 어머니는 상대방이 어느 쪽인지 정체를 모른 채 대답을 해야 할 사정이었다. 어머니의 입장은 절망적이었다. 나는 지금까지도 그 절망적인 순간의 기억을, 그리고 사람의 얼굴을 가려버린 전짓불에 대한 공포를 생생하게 간직하고 있다.(《소문의 벽》, 문학과지성사, 2011, 219쪽)

이 전짓불이 끔찍한 것은 50퍼센트의 확률로 오답을 말했을 경우에 가해질 폭력을 상상하게 만들기 때문이지만, 달리 생각해보면, 폭력은 답안 채점 이후에 가해지는 것이 아니라, 전짓불을 들이미는 순간 이미 시작되는 것이라고 해야 옳을 것이다. 질문은 진실을 말하라고 던지는 것이 아닌가. 그런데 대체로 인간 개개인의 진실이라는 것은 도무지 한두 마디로 말해질 수 없는 것일 때가 많다. '나는 누구의 편도 아니다. 왜냐하면 나는……' 진실은, 이렇게 시작되는 긴 이야기의 끝에서야, 겨우 떠오를 것이다. 그러나 전짓불을 들고 있는 이들은 그 이야기를 다 들을 생각이 없었으리라.

자신의 진실을 충분히 설명하지 못한 채 규정되는 모든 존재들은 억울하다. 이 억울함이 벌써 폭력의 결과다. '폭력'의 외연은 가급적 넓히는 것이 좋다고 생각하면서 나는 이런 정의를 시도해본다. '폭력이란? 어떤 사람/사건의 진실에 최대한 섬세해지려는 노력을 포기하는 데서 만족을 얻는 모든 태도.' 단편적인 정보로 즉각적인 판단을 내리면서 즐거워하는 이들이 점점 많아지고 있다고 나는 느낀다. 어떤 인터넷 뉴스의 댓글에, 트위터에, 각종 소문 속에 그들은 있다. 문학이 귀한 것은 가장 끝까지 듣고 가장 나중에 판단하기 때문이다. 그럼으로써 문학은 4·3과 5·18의 반복을 겨우 저지한다. 제주에서 광주로 돌아오는 길 위에서, 그것은 나의 확신이라기보다는 다짐이었다.

(2015. 6. 4)

폭력에 대한 감수성

다시, 폭력에 대해 말해야겠다. 언젠가 '폭력'이라는 말의 외연은 가급적 넓히는 것이 좋겠다는 생각을 밝히면서 나는 폭력을 다음과 같이 폭넓게 정의해보려고 했다. '폭력이란? 어떤 사람/사건의 진실에 최대한 섬세해지려는 노력을 포기하는 데서 만족을 얻는 모든 태도.' 더 섬세해질 수도 있는데 그러지 않기를 택하는 순간, 타인에 대한 잠재적/현실적 폭력이 시작된다는 말을 하고 싶었다. 물론 이렇게 말하고 끝날 일이 아니어서, 그 후로도 자주 폭력에 대해 생각하지 않을 수가 없었다.

12월 1일, 조선대학교 '문화초대석' 강좌에 소설가 한강 씨가 초대되었다. 그는 광주민주화운동을 다룬 소설《소년이 온다》(창비, 2014)를 출간해서 호평을 받은 바 있거니와, 그날의 강의도 그 작품을 중심으로 진행됐다. 여느 때와는 달리 조금은 숙연한 마음으로 행사를 진행하던 와중에 나는 광주민주화운동이 이제 어느덧 25년이 되었다는 요지의 말을 했는데 그 뒤로도 줄곧 25라는 숫자를 반복해서 말했다. 내가 그랬다는 사실을 행사가 끝난 이후에야 알았다. 2015에서 1980을 뺀 값은 25가 아니라 35다. 물론 실수일 뿐이다. 그러나 이런 따위의 실수를 결코 하지 않을, 아니, 할 수 없을 세월을 살아온 분들에게, 나는 죄를 지은 것이었다. 실수도 폭력이 될 수 있다.

"꽃을 피운 듯 발그레해진 저 두 뺨을 봐. 넌 아주 순진해 그러나 분명 교활하지. 어린아이처럼 투명한 듯해도 어딘가는 더러워. 그 안에 무엇이 살고 있는지 알 길이 없어." 가수 아이유 씨의 노래 〈제제〉의 한 대목이다. 《나의 라임 오렌지나무》의 학대받은 아이 '제제'를 대상으로 이런 식의 캐릭터 해석을 시도하는 것은 세상의 모든 제제들에 대한 폭력이라는 비난이 한동안 거셌다. 해석에는 정답이 없으며 해석은 다양할수록 좋다는 (별로 특별하지 않은) 생각을 갖고 있는 터라, 어떤 해석을 두고 '좋은 해석'이 아니라고 말할 수는 있어도 '해서는 안 될 해석'이라고 말하는 것은 곤란하다고 생각했다. 게다가 아이유 씨에게 쏟아지는 비난 자체가 이미 폭력에 가까워지고 있었다.

그 무렵 수시 모집 면접에서 한 학생을 만났다. 봉사활동 기록을 살펴보니 '학대 아동 멘토링'을 한 것으로 돼 있었다. 예정에 없던 질문을 던졌다. 〈제제〉에 대한 논란을 알고 있느냐고, 어떤 생각을 갖고 있느냐고. 내 질문이 끝나자마자 그 학생은 눈물을 흘리기 시작했다. 당황해서 이유를 물었으나 눈물이 멈추지 않아 대답하지 못했다. 겨우 입을 떼기를, 아이들이 생각나서 운다고 했다. "그 아이들이 어떤 아이들인지 아는 사람이었다면 그런 노래를 만들지는 않았을 거라고 생각해요." 그 학생은 아주 여린 진심을 막 꺼내놓은 참이었다. 행여 그 진심에 대한 추궁이 될까 봐 질문을 하는 일 자체가 조심스러워졌다.

그래도 한 번 더 물었다. "그렇다고 학대받은 아이들은 아프고 슬프니까 따뜻하게 위로해줘야 한다는 내용의 노래만 불러야만 할까? 그것이 본의 아니게 그 아이들을 앞으로도 계속 아프고 슬픈 존재로 머무르게 만드는 일이 될 수도 있지 않을까? 똑같은 시선으로만 보지 말고 다른 모습을 발견해주는 일이 오히려 아이들에게 힘이 될 수도 있지 않을까? 제제의 흥미로운 이중성을 노래한 아이유가 그랬듯이." 그러자 그 학생은 고요하지만 단호하게 말했다. "그 이중성 자체가 학대받은 아이들의 특징이에요." 이 말은 나를 흔들어놓았다. 그와 동시에 적어도 한 가지는 분명해졌다. 학대받은 아이들에 대해서, 나는 잘 모르고, 그 학생은 안다는 것.

다시 한강 작가의 강연장으로 돌아온다. 《소년이 온다》에 나오는 폭력에 대한 묘사가 읽기 고통스러웠다고 말하는 독자들이 있었던 모양이다. 그러나 실제 벌어진 일은 그보다 훨씬 더 끔찍해서 소설에 쓸 생각조차 할 수 없었으며, 그나마 쓴 것들도 나중에 지웠고 겨우 남은 것이 그 정도라 했다. 그는 본래 폭력적인 장면을 쓰는 데 특히 더 애를 먹는 작가다. 그렇다는 이야기를 하면서 그가 한 말이 인상적이었다. "저는 불판 위에서 구워지는 고기를 보는 일도 힘겨울 때가 있어요." 바로 이런 사람이기 때문에 오히려 그 소설을 쓸 수 있었으리라. 이것은 '폭력에 대한 감수성'의 문제다. 이에 대해서는 얼마든지 더 민감해져도 좋다고 나는 생각한다.

(2015. 12. 3)

액자 속의 진정성

이준익

〈동주〉

  윤동주는 1941년 12월에 연희전문학교를 졸업하고 1942년 3월에 한국을 떠나 4월 2일에 도쿄 릿쿄(立敎)대학에 입학한다. 그러나 한 학기만을 다닌 후 사촌 송몽규가 있던 교토로 옮겨서 10월 1일 자로 도시샤(同志社)대학에 편입하게 된다. 이듬해인 1943년 7월에 송몽규와 함께 체포되었으니 그가 일본에서 대학생 신분으로 보낸 시간은 불과 15개월 정도다. 윤동주의 삶과 문학에 관심 있는 사람에게 이 15개월은 베일에 싸여 있는 것처럼 보인다. 그가 어떤 이유와 경로로 "재(在)교토 조선인 학생 민족주의 그룹에 가담"(일본 측 자료)했다는 혐의를 받을 만큼 '불온한' 움직임들에 가까이 접근했는지를 이해할 수 있는 단서가 거의 남아 있지 않기 때문이다. 우리가 참조할 수 있는 것은 그가 도쿄에 머물던 당시 친구 강처중에게 보낸 편지에 동봉한 다섯 편의 시뿐이다.

그래서 윤동주에 대해 말하는 것은 조심스럽다. 그의 죽음, 그것의 맥락과 본질을 확언하기 어렵기 때문이다. 그것은 결말 부분이 불완전한 초고로만 남아 있는 미완성 장편소설을 대신 완성하는(혹은 왜곡하는) 일과 비슷할 것이다. 영화 〈동주〉(2016)는 그 어려운 일에 도전했고 섬세한 결과물을 생산해냈다. 그래서 나는 한 달 전에 일단 이렇게 적어두었다. "신연식의 각본과 이준익의 연출은 훌륭했다. 일본 도착 이후 체포될 때까지의 시기에 대해서라면, 사실 관계는 거의 밝혀져 있지만 그의 내면 공간이 어떠했는지는 미지로 남아 있는데, 이 영화는 그 시기 그의 내면에 깊이 있는 주석을 다는 데 성공했다."(《한겨레》, 2016년 4월 2일 자) 다시 엄밀히 적자면 '주석'이 아니라 '해석'이라고 써야 맞겠다. 새로운 사실을 발굴한 것이 아니라 상상력을 발휘해 텍스트를 다시 쓴 사례이기 때문이다.

정합적이고 깊이 있는 해석을 하는 데 필요한 것 중 하나는 한 해석자를 다른 해석자와 구별되게 하는 하나의 '관점'이다. 〈동주〉의 관점은 '윤동주를 그의 사촌 송몽규와의 관계 속에서 이해할 필요가 있다'라는 것이다. 영화의 도입부에서 동주를 취조하는 일본 형사가 처음부터 따져 묻고 있는 것은 동주와 몽규의 관계이며 이것은 이 영화가 스스로 가장 궁금해하는 것이기도 하다. 그러므로 "송몽규를 언제부터 알고 지냈지?"라는 형사의 물음과 함께 과거 시제의 본론이 시작되도록 편집한 것은 자연스러운데, 이는 이 영화 전체가 저 형사의 질문에 대한 동주의 긴 답변일 수 있다는 뜻이 된다. 동주는 자기에게 몽규가 어떤 존재인가를 되짚다가 자기가 누구인지 또렷이 알게 될 것이다. 닮은 두 존재가 나란히 서 있을 때 오히려 각자가 더 선명하게 드러나는 사례라고 할 수도 있다.

그러므로 이 영화의 서사적 흐름은 동주가 몽규에게 느끼는 감정의 굴곡을 따라 곡선을 그린다. 북간도 용정에서 광명(光明) 중학을 다니던 때의 윤동주가 송몽규의 신춘문예 당선 소식을 함께 듣는 시점(1935년 1월 1일 전후로 추정되는)에서 본론이 시작될 때, 역사적 현실과 예술의 가치에 대한 두 사람의 견해차는 아직 잠재적인 상태로 머물러 있다. 그러다가 연희전문학교에 함께 진학해 친구들과 문예지를 만들 무렵(1938년 이후) 둘의 입장 차이는 표면화되어 충돌이 벌어진다. 둘의 갈등은 이를테면 '산문적 인간'과 '시적 인간'의 갈등이라고 할 만한 것이다. 몽규의 관심은 메시지의 효율적 전달을 통한 행동에의 촉구에 있고, 동주의 관심은 문학을 통한 인간 내면의 표현과 더 깊은 차원의 소통 가능성에 있다. 전자에게 후자는 나약해 보이고 후자에게 전자는 편협해 보인다.

여기까지는 특별히 새로운 것이 없다고 말할 수도 있다. 저 둘의 갈등은, 일제강점기는 물론이요 어쩌면 지금까지도 진행 중인, 오래된 예술 논쟁의 소박한 판본처럼 보이기도 하기 때문이다. 그러다가 이 영화가 훌쩍 깊어지는 것은 일본 유학 이후(1942년 봄) 시절을 다루면서다. '베일에 싸인' 그 시기에 동주가 일본 군국주의자들로부터 겪은 물리적 폭력과 그로 인한 고뇌를 격렬하게 보여주고(그가 교련 교육을 거부하여 강제로 삭발당하는 장면은 확인된 역사적 사실이 아니라 개연성 있는 추정에 해당한다), 그가 인간적 존엄을 지켜내기 위해서 산문적 현실 속으로 개입(commitment)해 들어갈 것을 결심하는 일련의 과정을 보여줄 때 〈동주〉는 섬세하면서 과감하다. 도쿄의 동주가 교토의 몽규 앞에 나타나서 "조선인 학생들을 규합하자"라고 말하는 순간 둘 사이의 거리는 그 어느 때보다도 가까워져 있다.

어쩌면 둘의 거리를 제로로 만들면서 끝낼 수도 있었을 것이다. 동주와 몽규는 같은 감옥에서 함께 죽었으므로. 그러나 이 영화는, 이 영화의 가장 성공적인 후반부 장면들에서, 둘의 사이의 거리를 다시 한번 벌려놓는다. 몽규가 유학생 총회에 참석하기 위해 집을 나설 준비를 할 때, 동주는 동주의 영어판 시집 출간을 위해 애쓰던 여성 쿠미의 전화를 받는다. 이 의미심장한 엇갈림 이후에 나오는 더 흥미로운 장면은, 동료들 앞에서 열정적인 연설을 하는 몽규에게 일본 형사들이 들이닥치는 과정과 교토에 도착했다는 사실을 알리기 위해 쿠미가 건 전화를 받는 동주의 모습을 엇갈리게 편집한 대목인데, 여기서 전화를 들고 있는 동주의 뒷모습은 마치 동료를 고발하고 있는 배신자의 등처럼 보인다. 배신자란 본래 '등을 돌리는 자'가 아닌가. '마치 배신자라도 된 것 같다'고 느끼는 동주의 내면을 표현한 연출일 것이다.

이어지는 것은 고향으로 도망치자는 몽규의 제안을 동주가 거부하는 장면이다. 자신도 안전하지 않다는 것을 알지만 동주는 쿠미를 만나야 한다고 생각한다. 쿠미의 호출(calling)은 동주의 소명(calling)이 시를 쓰는 데 있음을 알려주는 사건이라면, 몽규를 향한 동주의 "안 돼"는 그가 자신의 본질이 '투사'가 아니라 '시인'임을 인정하는 말일 것이다. 이제 확연해진다. 몽규는 몽규이고 동주는 동주라는 것. 감옥에서 진술서에 서명하기를 강요당하는 장면을 보여줄 때 이 영화는 다시 한번 동주와 몽규를 교차 편집하면서 둘의 다른 선택(몽규는 서명하고 동주는 거부한다)을 보여주지만, 그러나 여기서 더 중요한 것은 둘의 차이가 아니라 공통점이다. 부끄럽다는 것. 몽규와 동주는 서로 다른 이유를 말하며 함께 부끄럽다고 말한다. 둘 사이의 거리는 다시 아주 가까워진다. 투사건 시인이건, 식민지의 청년들은 그렇게 부끄러워하며 죽어갔다.

〈동주〉가 윤동주를 송몽규와의 관계 속에서 이해하려는 영화이고, 두 사람 사이의 심리적 거리를 좁히고 넓히는 일을 반복하는 방식으로 이야기를 끌고 간다는 생각을 적었다. 아직 하지 않고 남겨둔 이야기가 하나 있다. 내가 이 영화를 보면서 울지 않았다는 것 말이다. 〈동주〉는 내가 울 만한 요소를 거의 완벽하게 갖추고 있는 영화였으므로, 엔딩 크레디트가 다 올라갈 때까지, 나는 내가 왜 울지 못했는지를 곰곰이 생각해야 했다. 그 한 가지 답은 '흑백'에 있었다. 역사적 사실성을 높이기 위해 사용했을 흑백이 오히려 나에게는 이 영화에 완전히 몰입하는 것을 방해하는 효과를 발휘했다는 것. 이 영화의 흑백에는 묘한 인공성이 있다. 이 흑백은 깨끗했고 아련했으며 그래서 아름다웠다. 이 사실이 뜻하는 바는 단순하지 않다. 어쩌면 〈동주〉의 흥행 성공이 이와 관련이 있지 않을까.

이 영화에서 동주는 제 삶이 자신의 내면 깊은 곳에서 들려오는 목소리에 부합하는 것인지를 진지하게 성찰하면서 또 한편으로는 그와 같은 삶의 형식이 사회적으로도 가치 있는 것인지를 고민하면서 내내 괴로워한다. '진정성'에 대한, 즉 (사적으로나 공적으로나) 진실한 삶에 대한 이 고민은 '속물성'이 지배하는 오늘날의 한국 사회가 점점 잃어가고/잊어가고 있는 것이라는 진단이 내려진 지도 오래됐는데(김홍중,《마음의 사회학》, 문학동네, 2009), 말 그대로 "잎새에 이는 바람에도" 괴로워한 윤동주의 그 예외적인 삶은 우리의 오늘을 비춰볼 수 있는 거울로서 너무도 적절해 보인다. 그리고 여기에는 '요절'이라는 삶의 형식과 '시'라는 문학의 형식이 진실과 특권적인 관계를 맺고 있다고 보는 사회적 통념도 가세했을 것이다. 그렇다면 우리는 '진정성의 화신'인 윤동주의 삶에 감동받으며 우리가 망실해버린 고귀한 가치를 비로소 다시 생각하기 시작한 것일까?

그럴 수 있으려면 이 영화의 물음이 우리 시대의 것이자 또 나의 것으로 육박해와야 할 것이고, 또 그럴 때 느껴지는 것은 감동만이 아니라 고통이기도 할 것이다. 그러나 그러기에는 일제

강점기라는 시대가 우리에게서 너무 멀다. 그 시대는 공간적으로 말하면 일종의 역사적 유적지다. 나는 이 영화의 깨끗하고 아련했던 '흑백'이, 제작진의 의도와는 다르게, 마치 액자처럼 윤동주를 과거의 시간 속에서 방부 처리하는 데 기여했다는 생각을 한다. 그래서 우리는 그 시대의 고통으로부터는 안전거리를 유지한 채 안심하고 감동받을 수 있었던 것이 아닐까 생각한다. 그러고 보면 윤동주 시집을 1948년 초판본 그대로 복원한, 그래서 읽기에도 어려운 그 책이 베스트셀러가 된 기이한 현상도 실은 이해할 만한 것인지도 모른다. 유적지를 관광하고 돌아올 때 우리 손에는 언제나 기념품이 들려 있기 마련이니까.

(2016. 5. 14)

2부

삶이 진실에 베일 때

| 소설 |

사물성, 사건성, 내면성

사진적인 것과 문학적인 것

사진에 대해 잘 알지 못하지만 어떤 사진을 보고 좋다고는 느낀다. 전문적 안목을 갖고 있는 분들이 보기에 내 취향은 평범한 것이어서 취향이라 부를 만한 것이 못 될 것이다. 그럼에도 그것을 일단 취향이라고 한다면, 나는 그 취향의 어떤 필연성에 대해 생각해보고 싶어졌다. 나의 사진에 대한 취향과 문학에 대한 취향 사이에는 어떤 관련이 있을까. 이 물음에 답하는 일은 어쩌면 '사진적인 것'과 '문학적인 것'의 관계에 대한 인식 하나를 생산해내는 일이 될 수도 있을까. 그래서 먼저 나는 현대사진의 유형을 개괄하는 책을 찾아봤는데, 사전 정보 없이 손에 든 샬럿 코튼의 《현대예술로서의 사진》(시공사, 2007)은 기대 이상으로 유용했다. 동시대 작가와 작품을 "작업 동기와 창작 방식 면에서 공통점을 갖는 몇 가지 범주로 분류하여 살펴보는"(7~8쪽) 이 책으로 나는, 취향의 계급성을 연구하기 위해 《구별짓기》(1979)

에서 부르디외가 그랬던 것처럼, 내가 어떤 유형의 사진에 반응하거나 반응하지 않는지를 테스트했다.

사물성

테스트라고는 했지만 그전에 이미 알고 있었다. 샬럿 코튼이 '무표정(Deadpan)'이라는 주제어로 묶은, 미학적 과장법이 전혀 없는 중립적인 사진들(3장), 그리고 '중요한 것과 하찮은 것(Something and Nothing)'이라는 제하에 모은, 사물(thing) 그 자체에 대한 사진들(4장)에는 내가 별 감흥을 느끼지 못하리라는 것을. 좋아하고 싶은데 그렇게 안 되는 작품들이 있다는 것은 안타까운 일인데, 그것이 워커 에번스(Walker Evans) 같은 거장의 작품이라면 더욱 그렇다. 그가 찍은 대공황기 미국의 얼굴들은 단지 다큐멘터리 사진이라고 부르기보다는 훗날 지대한 영향을 끼친 미학적 실천으로 간주해야 한다는 사실을 알고 있는데도 말이다. 단지 '거기 있는' 것을 찍었을 뿐인데 생겨나는 아득한 깊이. 이 경지를 이해하는 데 도움을 주는 문장을 필립 퍼키스의 《사진 강의 노트》(안목, 2011)에서 발견했다. "나는 양극단에서 대립하는 것처럼 보이던 사실주의와 추상주의가 실은 조화로운 관계를 형성할 수 있다는 이치를 이해하면서 이 문제를 해결하게 되었다. 일단 이 역설을 받아들이자마자 무언가 심오한 것이 내 마음 바닥에서 꿈틀거리기 시작했다."(27쪽) 그러니까, 단순한 것이 실은 복잡한 것이듯, 사실적인 것이 곧 추상적인 것이라는 역설. 이 문장들에 내 안에서도 뭔가가 꿈틀거렸지만, 정작 다시 워커 에번스의 사진을 보아도 같은 현상이 발생하지는 않았다.

왜일까. 필립 퍼키스가 같은 책에 수록된 다른 글에서 시인 윌리엄 칼로스 윌리엄스를 인용한 것이 내게 힌트가 된다. "의미는 없다. 오로지 사물만이 존재할 뿐이다."(19쪽) 저자도 역자도 출처를 밝히지는 않았지만 이 구절은 윌리엄스의 장시 〈패터슨(Paterson)〉(1927)에 나오는 저 유명한 문구, "No ideas but in things"를 인용한 것이리라. 저 문구는 (혹자의 표현을 빌리자면) 20세기 초반 이미지즘을 위한 진언(眞言, mantra)이 되었다. 관념이 덕지덕지 묻어 있는 언어로 대상을 포획하지 말고 대상을 대상 그 자체로 드러내자는 것. 여기에 의지하면 워커 에번스의 사진과 필립 퍼키스의 논평이 더 잘 이해된다. 그들이 추구하는 '사물'이란 달리 말하면 칸트적인 '물자체'이고 또 만물의 '실상(實相)'일 것이다. 이것은 예술이 철학을 통과해 종교로 진입하는 오래된 문들 중의 하나다. (한국시사에서는 말년의 오규원 시인이 그 문을 인상적인 방식으로 두드렸다.) 그런 시도를 나는 경외하지만, 역시 끌리지는 않는다.

사건성
그러나 샬럿 코튼의 책 2장에 모여 있는 사진은 나를 멈춰 세

운다. 이를테면 제프 월(Jeff Wall)의 사진 같은 것들 말이다. 샬 럿 코튼은 그런 '구성사진' 혹은 '연출사진'을 정확히는 '타블로 사진(tableau photograph)'이라 부른다고 내게 알려준다. 그가 2장 에 '옛날 옛적에(Once upon a Time)'라는 제목을 붙인 것은 그런 사진들이 18, 19세기 구상회화를 사진으로 재현하려는 것처럼 보이기 때문이다. 저자의 설명은 이렇다. "이것은 사진작가들이 일종의 향수 어린 복고주의를 부활시키고자 한 것이 아니라, 그 러한 회화에 드러난 소품이나 제스처, 예술작품의 양식적 구성 을 통해 효과적인 내러티브를 창안해내는 방식을 발견할 수 있 었기 때문이다."(9쪽) 그렇다. 소품, 제스처, 양식적 구성 등등 모 든 것이 내러티브를 창안하는 데 기여하는 사진들. 이 챕터에 소 개되는 작가 중에는 톰 헌터(Tom Hunter)도 있는데 나는 그의 작품을 첫 책《몰락의 에티카》(문학동네, 2008)의 표지로 사용했 다. 생각해보면 당시 그의 사진에 끌렸던 이유가 바로 그것이었 다. 거기서 내러티브의 존재를, 더 구체적으로는 "전부인 하나를 지키기 위해 그 하나를 제외한 전부를 포기한"(졸저, 머리말) 이 들의 이야기를 감지했기 때문이었다. 내러티브를 '품고 있다'고 해야 할 이런 사진의 속성을 '서사성'이라고 부르면 될까?

아닌 것 같다. 서사란 시간의 흐름을 X축으로 전제하는 것인 데, 멈춰 있는 이미지에 '서사성'이라는 이름을 붙이는 것은 부 정확하게 여겨진다. 내게 서사란 시간의 축 위에서 '사건', '진 실', '응답'이라는 기능소가 차례로 전개되는 담화의 구조물을 뜻한다. '인물에게 사건이 벌어지고, 그 사건을 통해 진실이 산출되며, 인물은 그 진실에 응답해야만 한다.' 이 과정을 거쳐 인물은(그리고 우리는) 돌이킬 수 없어질 것이다. 그런데 내 앞의 타블로 사진들은 이를테면 '사건은 일어났으되 진실은 알려지지 않았고 따라서 응답은 먼 예감으로만 존재하는' 그런 상태를 포착한 것처럼 보인다. 이것은 '서사성'이라기보다 아직은 '사건성'이다. 이 사진적 사건성이 매력적인 이유는 무엇일까. 프로이트는 꿈 내용의 각 요소들은 '중층결정(Überdeterminierung)'돼 있다고 설명한다(《꿈의 해석》, 6장). 하나의 요소가 다의적으로 기능하고 있다는 것, 즉 서로 다른 여러 잠재적 시퀀스들이 그 핵심 요소를 동시적으로 관통하고 있다는 것이다. 경직성이 느껴질 정도로 정교하게 사실적인 타블로 사진들이 의외로 꿈속의 한 장면 같다고 느껴지는 이유는 그 때문일 것이다. 중층결정된 꿈의 스틸 컷을 들여다보며 여러 잠재적 이야기를 상상할 때 나는 한 장의 사진을 소설인 듯 읽고 있는 것이리라.

내면성

한편 샬럿 코튼은 5장에서 "친밀한 인간관계를 그린 일종의 일기 같은 정서적이고 개인적인 작품들"(10쪽)을 소개하고 거기에 '내밀한 삶(Intimate Life)'이라는 제목을 달았다. 많은 이들이 좋아하는 이런 유형의 사진들에 나 역시 반응한다. 여기에도 내러티브가 잠복해 있지만 이 사진들에 끌리는 것이 그 때문은 아닌 것 같다. 정교하게 연출된 타블로 사진의 세련된 인위성과는 달리 이런 유의 사진에서 느껴지는 것은 거친 자연스러움이다. 중층결정된 요소는 없으며 그저 어떤 사람과 그의 사람됨이 있을 뿐이다. 그 차이가 이 사진들에 사건성과는 다른 요소를 부여한다. 사건성을 그 안에 품고 있는, 사건성 이전의 어떤 것. 그것을 일단은 '내면성'이라고 부를 수밖에 없겠다. 이 장의 첫머리에 등장하는 작가는 낸 골딘(Nan Goldin)이다. 저명한 작가인 줄은 알지만, 당연하게도 그의 모든 사진이 다 좋아지지는 않았다. 그저 작가 자신에게나 소중할 인물과 시간들을 찍은 것이라 여기며 덤덤하게 바라보는 때도 있었고, 빨려들듯 그 인물을 상상하게 하는 경우도 있었다. 그 차이 역시 내면성의 유무다. 그 누구와도 같지 않을, 그 무엇에도 무너지지 않을, 그런 내면을 소유하고 있는 자의 힘. 비참해질수록 더 눈부셔지는 역설적인 그 힘을 찍어낸 사진들이 거기 있을 때 비로소 나는 반응했다.

  문학적 내면성과는 다른, 사진적 내면성이라는 것이 있을까. 알다시피 영화에서는 특정한 순간에 화면을 일시 정지시켜 스틸 컷으로 만드는 연출 기법이 사용될 때가 있는데, 생각해보면 그때마다 나는 곧바로 강력한 아련함에 사로잡히고는 했다. 나는 그 멈춤의 효과가 사진적 내면성에 대해 무언가를 말해주고 있는 것만 같다. 앞에서 '그 누구와도 같지 않을, 그 무엇에도 무너지지 않을' 내면성에 대해 말했지만, 전자라면 몰라도 후자는 희귀하다. 시간이라는 파괴적 힘에 의해 한때의 내면성은 대개 부식되기 때문이다. 그래서 현대소설의 역사란 소설이 시간을 상대해온 역사이기도 하다. 아르놀트 하우저는 《문학과 예술의 사회사》의 가장 훌륭한 챕터 중 하나에서, 19세기 플로베르의 시간이 삶의 이상적 실체를 좀먹는 파괴의 에이전트라면, 20세기 프루스트의 '지나간 시간'은 바로 그것이 있기에 우리가 삶의 진정한 본질에 도달할 수 있게 되는 그런 시간이라고 대비한 적이 있다. 예컨대 낸 골딘의, 또 같은 장에서 다루어진 라이언 맥긴리(Ryan McGinley)의 어떤 사진들이 뿜어내는 아름다움은 플로베르적 시간과 프루스트적 시간의 힘 사이에서 위태롭게 흔들리는 어떤 내면성의 아름다움, 아니 더 정확히는, 그 내면성을 수호하려는 시도 자체의 아름다움일지도 모른다. 물론 그 시도는 실패하겠지만 내가 보기에 사진은 가장 아름답게 실패하는 방법을 안다.

작은 결론

사물성이 아닌, 사건성 그리고 내면성. 논증에 미달하는 한낱 단상들을 여기까지 끌고 와보니 사진에 대한 나의 취향이 문학에 대한 나의 취향과 어떤 관련을 맺고 있는지 적어볼 수 있을 것도 같다. 첫째, 왜 사건성인가. 사물의 진리보다는 인간의 비(非)진리가 예술의 영역이라고 믿기 때문이다. 인간은 사건의 진실에 응답하면서 그를 통해 인생의 근본 물음에 대한 각자의 답을 제출하고, 문학은 그것을 음미하면서 삶의 의미를 생각한다. 이것이 윤리적인 것이고, 그것은 사물성이 아니라 사건성 속에 있다. 사건성의 사진에 대한 내 애호는 윤리학적 탐구를 수행하는 문학에 대한 애착을 반영할 것이다. 둘째, 왜 내면성인가. 내가 문학을 하는 이유는 그것이 내면성의 탐구에 가장 유능한 장르라고 믿기 때문인데, 소설이 파괴되는 내면성(플로베르) 혹은 구제되는 내면성(프루스트)을 시간의 축 끝에 이르러 보여줄 때, 어떤 사진은 내면성을 수호하기 위해 시간을 멈추려는 불가능한 노력 그 자체를 보여준다. 적어도 내게는 사물성의 사진이 아니라 내면성의 사진이어야 하는 이유가 여기에 있다. 이미 멈춰 있는 것(사물)을 다시 멈출 수는 없기 때문이고, 멈출 수 없는 것(시간)만이 그것을 멈추려는 노력을 아름답게 만들기 때문이다. 그러므로 내면성의 사진에 대한 내 애호는 문학의 실패와는 다른 실패의 아름다움에 대한 관심을 반영하는 것이리라.

(2017. 7)

삶이 진실에 베일 때

제임스 설터

《어젯밤》

사고와 사건은 다르다. 예컨대 개가 사람을 무는 것이 사고이고 사람이 개를 무는 것이 사건이다. 이 둘의 차이는 무엇일까. 사고는 '처리'하는 것이고 사건은 '해석'하는 것이다. '어떤 개가 어떤 날 어떤 사람을 물었다'라는 평서문에서 끝나는 게 처리이고, '그는 도대체 왜 개를 물어야만 했을까?'라는 의문문으로부터 비로소 시작되는 게 해석이다. 요컨대 사고에서는 사실의 확인이, 사건에서는 진실의 추출이 관건이다. 더 중요한 차이가 있다. 그 일이 일어나기 전으로 되돌아갈 수 있느냐 없느냐 하는 것. 사고가 일어나면 최선을 다해 되돌려야 하거니와 이를 '복구'라 한다. 그러나 사건에서는, 그것이 진정한 사건이라면, 진실의 압력 때문에 그 사건 이전으로 되돌아갈 수 없게 된다. 무리하게 되돌릴 경우 그것은 '퇴행'이 되고 만다.

이것은 소설론이기도 하다. 나쁜 소설들은 서로 닮아 있다. 떠들썩한 사고가 일어난다, 좌충우돌의 에피소드가 꼬리를 물고 나열된다, 어떤 영웅적인 인물이 이 모든 것을 처리하고 상황을 원래의 질서로 되돌린다, 이런 식이다. 한편 좋은 소설에서 인물들은 대개 비슷한 일을 겪는다. 문득 사건이 발생한다, 평범한 사람이 그 사건의 의미를 해석하느라 고뇌한다, 마침내 치명적인 진실을 손에 쥐고는 어찌할 바를 모르다가 자신이 더 이상 옛날로 돌아갈 수 없다는 사실을 깨닫는다, 이런 식이다. 이 지점에서 단편소설과 장편소설이 갈라진다. 단편은 대개 그 깨달음의 순간에서 멈추지만(그것만으로도 훌륭하다), 장편에서는 되돌릴 수 없는 진실에 자신의 삶을 합치시키기 위해 대대적인 실존적 단절이 시도되기도 한다.

범박한 일반론이지만 다시 정리해볼 생각을 한 것은 제임스 설터의 소설집 《어젯밤》(마음산책, 2010) 때문이다. 이 인상적인 책은 사건, 해석, 진실, 단절로 이어지는 저 과정을 놀랍도록 효율적인 방식으로, 짧고 깊게, 단숨에 성취해버린다. 열 개의 단편 중 〈포기〉와 〈어젯밤〉은 단연 압권이다. 〈포기〉에서 잭은 그의 아내와 아이에게 좋은 남편이자 아빠처럼 보인다. 잭의 친구인 시인 데스가 마치 가족의 일원인 듯이 함께 살고 있는데, 평범한 조합은 아니지만 뭐 그럴 수도 있겠다는 생각을 하며 작품을 읽게 된다. 아내의 생일을 맞아 단란한 저녁 식사를 마치고 돌아온 날 밤, 아내가 잭에게 데스에 관해 무언가를 말한다. 다음 날 아침, 세상은 완전히 달라진다. 〈어젯밤〉의 경우는 더 극적이다. 어젯밤 월터는 죽어가는 아내의 요구로 그녀의 안락사를 도왔다. 그 와중에 무언가가 잘못되었다. 그리고 그다음 날, 월터의 삶은 무너진다. 두 작품 모두에서 '어젯밤'은 사건의 날이다. "그게 무엇이었든 두 사람 사이에 있던 건 사라지고 없었다."(199쪽)

어딘가에 단편소설은 삶을 가로지르는 미세한 파열의 선(線) 하나를 발견하는 것으로 이루어진다고 썼었다. 삶의 어딘가에 금이 가고 있는데 인물들은 그것을 모른다. 이미 돌이킬 수 없는 일이 되고 나서야 그들은 파열을 깨닫는다. 단편소설이란 이런 것이다. 그런데 제임스 설터는 더 지독해서, 금이 가고 있다는 사실을 전혀 알려주지 않은 채 고요하고 우아한 몇 페이지를 써나가다가, 갑자기, '돌이킬 수 있음'이 '돌이킬 수 없음'으로 전환되는 그 극적인 순간으로 독자를 데려가 발견과 파열을 동시에 목격하게 한다. 그리고 소설의 끝에는 '어젯밤'에 생긴 일 덕분에 이제는 그 이전으로 되돌아갈 수 없게 된 인물들이 망연한 표정으로 독자를 바라본다. 그것은 삶이 진실에 베일 때 짓는 표정이다. 나도 당신도 그런 시간 속에 정지 화면처럼 서 있었던 적이 있을 것이다.

(2010. 6. 8)

─부기

이후 다른 소설 《가벼운 나날》에 붙인 추천사를 이 책의 부록 〈추천사 자선 베스트 10〉에 실어두었다. 제임스 설터는 2015년 6월에 타계했다.

단절의 선을 긋다

권여선

〈사랑을 믿다〉

언젠가 이런 문장을 적었다. "단편소설은 삶을 가로지르는 미세한 파열의 선 하나를 발견하는 것으로 이루어진다." 이번에는 이렇게 써보려고 한다. '단편소설은 삶을 가로지르는 미세한 단절의 선 하나를 발견하는 것으로 이루어진다.' 일상의 육안으로는 잘 안 보이고 소설의 형안으로만 겨우 보일 정도로 미세하다는 점에서 두 선은 비슷하나, 파열선이 뒤늦게 깨닫게 되는 비극의 선이라면 단절선은 지금까지의 삶 바깥을 향하는 도주의 선이라는 점에서 두 선은 다르다. 권여선의 세 번째 소설집《내 정원의 붉은 열매》(문학동네, 2010)에 수록된 〈사랑을 믿다〉를 읽고 단절선에 대해 생각했다.

연인이 될 뻔했으나 여의치 않았던 남녀가 있다. 여자는 그 남자에게, 남자는 다른 여자에게 실연당한 뒤 3년 만에 서로를 재회한다. 실연당한 자들의 연대에 관한 소설인가? 그렇기도 하다.

만일 내가 우연히 그들 중 누군가가 얼마 전에 지독한 실연을 당했다는 사실을 알게 되었다고 하자. 나는 몇 초 전까지만 해도 같은 하늘을 이고 살기조차 싫었던 그 인간을 내 집에 데려와 술을 대접하고 같은 천장 아래 재울 수도 있다. 심지어 술 냄새를 풍기는 그 인간의 입술에 부디 슬픈 꿈일랑 꾸지 말라고 굿나잇 키스까지 해줄 용의가 있다. (…) 내가 별난 인간이어서 그런지 몰라도 나는 실연의 유대만큼 대책 없이 축축하고 뒤끝 없이 아리따운 유대를 상상할 수 없다. (53~54쪽)

지성적이면서도 그악스러운, 이런 권여선풍의 문장이 있다. '실연의 유대'가 이 소설의 핵심은 아니다. 문제는 그로부터 벗어나는 것이다. 그 과정에서 남이 해줄 수 있는 일과 내가 해야 하는 일이 있다. 예컨대 '희망을 훼방 놓기'(55쪽)는 남이 해줄 수 있는 일이다. 뭔가 잔뜩 어질러야 거기 공간이 있다는 걸 알게 되듯이, 누가 내 희망을 훼방 놓으면 문득 내게는 희망이 있었구나 하면서 실연을 극복하게 된다는 것. 혹은 자신의 열등한 육체를 저주하다가도 누군가로부터 주먹이 날아오면 몸을 지키기 위해 정신을 차리듯이. 그러니까 징징대는 그의 생을 한 대 툭 쳐주라는 것. 넌 네 생이 싫어? 그럼 내가 망가뜨려줄까?

여기까지가 남이 해줄 수 있는 일, 이제부터는 내가 해야 하는 일이다. "모든 걸 잃었다고 생각하는 순간 말이야. 가만히 주위를 돌아보면 여전히 뭔가 남아 있다는 걸 깨닫게 될 거야."(57쪽) 예컨대? "이를테면 친척집에 심부름을 간다든가, 업무 파트너의 경조사를 챙긴다든가 하는 것들."(58쪽) 이런 사소한 일들이 어떻게 우리를 구원하나? 우리의 주인공은 두 가지 사례 중 '친척집에 심부름 가기'를 통해 실연을 극복한 경우인데 이게 이 소설의 몸통이다. 자세한 내용 소개는 생략해도 된다. 저 심부름에서 중요한 것은 내용이 아니라 형식이기 때문이다. '업무 파트너의 경조사 챙기기'를 택한 버전의 이야기라도 크게 달라지는 건 없었을 거란 뜻이다.

우리의 그녀는 큰고모님 댁에 심부름을 갔다가 엉뚱한 할머니들만 잔뜩 만나고 돌아온다. 그런데 어떤 일이 벌어지는가. "계단을 다 내려왔을 때 그녀는 스스로가 다른 사람이 된 것처럼 느껴졌다."(75쪽) 내용이 아니라 형식이 중요하다는 것은 그녀가 어디를 가서 누구를 만나건 저런 결과만 얻으면 된다는 뜻이다. 내가 타인을 보는 곳 말고 타인이 나를 보는 곳으로 가기, 거기서 내 눈을 버리고 타인의 눈을 얻기, 그리고 마침내 그 타인의 눈으로 나를 보게 되기. 이러한 '관점의 이동'을 통해 그녀는 실연의 상태와 단절한다. 젊은 남녀들의 실연 얘기인 이 소설의 후반부에 갑자기 할머니들이 나와야만 했던 이유가 여기에 있다.

소설은 이런 방식으로 단절선을 긋는다. 그 선은 의식적이고 능동적이어야 한다는 것이 그간의 내 편견이었는데, 아닌 것 같다. 삶을 깊이 들여다보는 작가일수록 엉뚱하고 무심하게 그 선을 그려 보여주는 듯도 하다. 소설을 읽으며 그 선들을 따라가다가, 운이 좋다면, 내 삶에도 단절선이 그어질 것이다. 어떻게? 쇼스타코비치의 회상록 《증언》(이론과실천, 2001)을 엮은 솔로몬 볼코프는 쇼스타코비치 교향곡 11번을 처음 들었던 날의 '단절'의 충격을 이렇게 회상한다. "나는 생애 최초로 나 자신이 아닌 다른 사람들에 대해 생각하면서 연주회장을 떠났다." 이를테면, 이렇게.

(2010. 9. 28)

시의 옷을 입은 비극

헤르타 뮐러

《숨그네》

헤르타 뮐러의 장편소설 《숨그네》(문학동네, 2010)는 예상을 뛰어넘는다. 2009년 10월 8일 그가 노벨문학상 수상자로 지명되었을 때는 그가 누구인지 알지 못했다. "시의 압축성과 산문의 진솔함으로 추방된 이들의 풍경을 그려냈다"는 스웨덴 한림원의 공식 코멘트에 긍정도 부정도 할 수 없었다. 루마니아에서 태어나 독일어로 글을 쓰는 이 낯선 작가를 우리에게 소개해줄 수 있는 연구자도 고작 한두 명뿐이었다. 그리고 6개월 뒤 그의 작품을 탁월한 번역으로 읽을 수 있게 됐다. 이제는 그가 누군지 안다. 아니, 이렇게 말하고 싶다. 우리는 그가 누구인지 알아야 한다.

1945년 1월, 당시 소련 치하 루마니아에 거주하는 독일인들은 '소련 재건'을 위해 수용소로 끌려가야 했다. "참전 경험이라곤 전혀 없는 우리가 러시아인들에게는 히틀러가 저지른 범죄에 책임이 있는 독일인들이었다."(50쪽) 그중 하나인 17살 소년 레오(작가에게 수용소 체험을 증언하고 작고한 시인 오스카 파스티오르를 모델로 한)의 눈으로 이야기는 전개된다. 견딜 수 없는 참혹을 견뎌내야 했다. 그래서 이 소년은 살인적인 배고픔을 '배고픈 천사'와 친구가 된 것으로, 숨조차 쉴 수 없는 착란 상태를 가슴 속의 '숨그네'가 뛰는 것으로 받아들인다. 작가의 말대로 비극이 시의 옷을 입었다. 한 대목만 옮긴다.

점호 시간에는 부동자세로 서서 나를 잊는 연습을 했다. 들숨과 날숨의 간격이 크지 않아야 했다. 고개를 들지 않고 눈만 치켜떴다. 그리고 하늘을 보며 내 뼈를 걸어둘 만한 구름자락을 찾았다. 나를 잊고 하늘의 옷걸이를 찾으면 그것이 나를 지탱해주었다.

구름이 없는 날도 잦았다. 그런 날 하늘은 탁 트인 물처럼 푸르기만 했다.

잿빛 구름이 하늘을 빈틈없이 뒤덮는 날도 잦았다.

구름이 계속 흘러 옷걸이가 멈춰 있지 않은 날도 잦았다.

추위가 내장을 찌르는 날도 잦았다.

그런 날은 하늘이 내 흰자위를 뒤집었고 점호는 그걸 다시 뒤집었다. 걸릴 곳이 없는 뼈들은 오로지 나한테만 걸렸다. (30~31쪽)

본래 소설의 언어는 두 기능, 즉 기능성과 예술성 사이에서 진동할 수밖에 없다. 소설은 이야기의 집이므로 이야기를 효과적으로 전달해야 하고(기능성), 언어로 만드는 예술품이므로 이야기 없이도 존립할 수 있어야 한다(예술성). 그러니까 소설의 언어는 수단이면서도 동시에 목적이다. 이 역설을 견뎌내는 것이 관건이다. 이 작가는 어느 쪽도 놓치지 않는다. 여기에는 인간성의 위대함과 허약함을 동시에 꿰뚫는 이야기가 있고, 책 전체가 시로 이루어졌다고 해도 좋을 정도의 문장들이 있다. 참혹한 비극을 다룬 문학이 아름다워도 되는가, 라는 문제는 오랫동안 이 동네의 난제였다. 이 소설은 그 한 대답이다.

분류하자면 '수용소 문학'쯤 된다. 어떤 사람들은 위대한 이성을 가진 인간의 근대 프로젝트가 '아우슈비츠'(나치 수용소)와 '굴락'(소련 수용소)으로 귀결된 것을 냉소한다. 냉소주의는 위험하지만 냉소 자체는 성찰의 촉매가 되기도 한다. 확신에 차 있을 때 우리는 생각하지 않는다. 수용소는 우리가 '생각'을 하기 위해 부단히 되돌아가야 할 상처이고 바로 거기서 다시 시작해야 하는 출발점인지도 모른다. 탁월한 수용소 문학은 과거의 기록일 뿐만 아니라 현재의 반성이고 미래의 연습이다. 프리모 레비가 그랬고 솔제니친이 그러했다.

그러므로 이 책은 역사책이 아니다. 푸코의 '생명정치'(인간의 생명이 권력의 메커니즘 속으로 포섭되는 근대 정치의 현상) 개념을 발전적으로 계승한 아감벤은 수용소를 가리켜 '근대 생명정치의 패러다임'이자 '근대성의 노모스(법)'라고 말하면서, 수용소는 "역사적 사실이자 이미 과거에 속하는 비정상적인 것이 아니라 어떤 면에서는 우리가 여전히 살아가고 있는 정치적 공간의 숨겨진 모형"이라고 주장한다(《호모 사케르》, 새물결, 2008). 잘은 모르겠지만 근래 대한민국의 풍경들을 보면 우리가 어딘가에 갇혀 있다는 생각이 자꾸만 들기는 한다. 우리는 자유롭다고 믿는 순간 바로 그 믿음에 갇힌다.

(2010. 4. 29)

고통받은 마음의 역사

임철우

《이별하는 골짜기》

27살의 청년 임철우가 1980년 5월 광주 한복판에서 베드로처럼 친구와의 약속을 세 번 부인하고 죄의식에 못 박힌 채로 대학원 진학을 위해 상경했을 때 그는 또 한 번 절망해야 했다. 길을 걷다가도 문득 그를 통곡하게 만들었던 광주의 그 비극이 1982년의 서울에서는 아직도 한낱 풍문처럼 의심받고 있음을 알았기 때문이다. 어떻게 이럴 수가 있는가. 억울하고 원통해서 보름 동안 잠을 자지 못해 광기의 문턱에까지 간 어느 날 그는 신들린 듯 기도를 토해낸다. "하느님. 제가 그날을 소설로 쓰겠습니다. 목숨을 바치라면 기꺼이 바치겠습니다. 저를 도와주십시오." 그 1982년의 어느 날 이후로 구상하고 집필하는 데 15년이 걸린 소설이 《봄날》(문학과지성사, 1998) 전 5권이다.

《봄날》이 완간된 직후 발표된 자전적 단편소설 〈낙서, 길에 대하여〉(《문학동네》 1998년 봄호)를 읽고 그런 일이 있었음을 알았다.(이 자전적 단편의 내용은 이후 장편소설《백년여관》에 흡수된다.)

이 소설은 지금껏 내가 읽은 것 중 가장 고통스러운 자기 고백의 하나다. 한때는 강의 시간에 학생들에게 저 소설 이야기를 자주 했다. 언젠가는 당황스럽게도 저 소설의 참혹한 고통이 내게로 건너오면서 목이 떨리고 눈물이 고여와 잠시 강의를 멈추어야 했다. 이듬해에도 똑같은 일이 일어났다. 내 눈물이 가소로워서 나는 이제 저 소설 얘기를 잘 하지 못한다.

그의 다른 책을 이후에도 계속 읽어왔지만 나에게 작가 임철우는 저 자전소설 속의 참혹한 간구와 더불어 기억된다. 6년 만에 출간된 임철우의 새 소설《이별하는 골짜기》(문학과지성사, 2010)는 어떤가. 외로움을 호소하는 다방 아가씨의 전화를 매몰차게 끊어버린 젊은 역무원 정동수가 그 통화 직후 그녀가 자살했다는 얘기를 전해 듣고 자책하는 이야기, 한 남자의 죽음을 막지 못한 죄책감에 평생 고통받으며 시골 간이역 마을에서 속죄하듯 살아가는 역무원 신씨의 이야기가 잇달아 펼쳐진다. 두 남자의 모습은, 내게 각인돼 있는, 82년 서울의 한 자취방에서 자책하며 통곡하던 청년 임철우의 모습과 겹친다.

이 작가는 변하지 않는다. 상처받은 사람들의 이야기를 들어주지 못했다고 자책하고, 세상의 모든 억울한 죽음이 자기 탓인 양 자책한다. 그래서 그들에게 몸과 목소리를 빌려준다. 그의 문학은 증언에 헌신하고 해원(解冤)에 앞장선다. 이 소설에서 가장 긴 분량을 차지하는 세 번째 이야기는 일본군에게 성노예로 끌려갔다 돌아온 '전순례' 할머니의 삶을 복기한다. 이 이야기를 쓰기 위해 작가는 또 얼마나 고뇌했을까. 앞서 언급한 자전소설에서 작가는 이미 백마역 역사를 매일같이 지키는 한 노인의 모습을 보고한 적이 있는데, 혹시 그로부터 착상된 소설이 바로 이것이라면, 이 증언과 해원에도 십수 년이 걸린 셈인가.

이 이야기들은 특유의 서정성과 함께 강물처럼 흘러간다. 작가를 운전자에 비유할 수 있다면, 차를 타고 있다는 사실을 잊어버릴 정도로 유려하게 이야기를 이끌어가는 운전자가 있고, 우리가 차를 타고 있다는 사실을 의도적으로 생각하게 하는 운전자가 있다. 세상의 모든 이야기들이 서로 교감하고 연대하기를 바라는 것이 전자의 염원이라면, 이야기라는 장치를 의심해야만 이 세계를 의심할 수 있다는 것이 후자의 전언이다. 전자의 안이함이 답답할 때 후자를 읽고, 후자의 건조함이 피곤해질 때 전자를 읽는다. 그러나 임철우의 문학은 이런 느슨한 구분을 불가능하게 한다. 그는 유려하면서 또 치열하기 때문이다.

조지 오웰은 《나는 왜 쓰는가》(한겨레출판, 2010)에서 작가가 글을 쓰는 네 가지 동력 중 하나로 '역사적 충동'을 들고, 이를 "사물을 있는 그대로 보고, 진실을 알아내고, 그것을 후세를 위해 보존해두려는 욕구"(294쪽)라고 규정했다. 우리 시대의 작가들에게서 이런 충동이 희귀해졌다. 그것은 역사학이 할 일 아니냐고? 역사는 세상의 길에서도 흐르지만 인간의 마음속에서도 흐른다. 그 마음의 역사를, 소설가가 아니라면 누가 기록할 것인

가. 위악적으로 말하면 평론가는 '감동에 저항하는 법'을 전문적으로 배운 사람들이다. 그러나 그 어떤 잘 훈련된 평론가라도 임철우의 소설 앞에서는 저항하기 쉽지 않을 것이다. "울어버려. 울어버려야 해. 안 그러면 너는 죽고 말아."(50쪽) 이런 종류의 울음이 임철우의 소설 안에는 어김없이 있다.

(2010. 10. 12)

박완서 선생님 영전에

박완서

〈그 남자네 집〉

　선생께서 돌아가셨다는 소식을 듣고도 2박 3일을 더 있다가 느지막이 삼성의료원을 찾았다. 불가피한 사정이 있기도 했지만 도대체가 실감이 안 나기도 해서였다. 그날도 줄을 서야만 조문을 할 수 있었다. 언젠가 인터뷰를 청하기 위해 댁을 방문했을 때 직접 차려주신 밥을 황송하게 먹은 기억을 떠올리며 상가의 밥을 먹었다. 집에 돌아와서는 하릴없이 고인의 작품 목록을 정리했다. 선생님의 중장편소설은 《박완서 소설 전집》(세계사)으로, 단편소설은 《박완서 단편소설 전집》(문학동네)으로 묶여 있다.

　3년 전 인터뷰는 그 무렵의 신간이자 선생님의 마지막 소설집이 된 《친절한 복희씨》(문학과지성사, 2007)를 중심으로 진행됐다.(지금은 박완서 단편소설 전집 7권 《그리움을 위하여》에 통합됐다.) 두 가지가 새삼 인상적이었다. 하나는 '소설의 속도'였다. 낭비되는 문장이 전혀 없어서 숨이 가쁘다. 어떤 소설을 펼치건 우리는 거기에서 더할 것도 뺄 것도 없는 문장들이 인간 심리의 진상을 분주하게 실어 나르는 장관을 목격한다.

> 휴전이 되고 집에서 결혼을 재촉했다. 나는 선을 보고 조건도 보고 마땅한 남자를 만나 약혼을 하고 청첩장을 찍었다. 마치 학교를 졸업하고 상급 학교로 진학을 하는 것처럼 나에게 그건 당연한 순서였다. 그 남자에게는 청첩장을 건네면서 그 사실을 처음으로 알렸다. 어떻게 이럴 수가 있냐고, 믿을 수 없다는 표정을 짓고 나서 별안간 격렬하게 흐느껴 울었다.

단편 〈그 남자네 집〉의 한 대목이다. 그리고 선생은 정확히 네 문장을 더 적는다.

> 나도 따라 울었다. 이별은 슬픈 것이니까. 나의 눈물에 거짓은 없다. 그러나 졸업식 날 아무리 서럽게 우는 아이도 학교에 그냥 남아 있고 싶어 우는 건 아니다.(《그리움을 위하여》, 문학동네, 2013, 76쪽)

첫사랑이었던 '그 남자'가 이 네 문장과 더불어, 언젠가는 졸업해야 하는 '학교'가 되면서, 소설에서 퇴장하고 만다. 대가의 문장이다. 이별을 고하는 자의 내면에서 벌어지는 불가피한 자기 합리화의 양상을 세 개의 단문과 잔인하리만큼 정확한 비유 하나로 장악한다. 비유란 이런 것이다. 같은 말을 아름답게 반복하는 것이 아니라, 흘러가는 '사실'을 영원한 '진실'로 못질해버리는 것이다.

다른 하나는 '재현의 역전'이었다. 선생의 소설에서 특히 소중한 부분 중 하나는 노년의 시선으로 젊은이들을 응시하는 대목이다.

> 쌍쌍이 붙어 앉아 서로를 진하게 애무하고 있는 젊은이들에게 늙은이 하나가 들어가든 나가든 아랑곳없으련만 나는 마치 그들이 그 옛날의 내 외설스러운 순결주의를 비웃기라도 하는 것처럼 뒤꼭지가 머쓱했다. 온 세상이 저 애들 놀아나라고 깔아놓은 멍석인데 나는 어디로 가야 하나. 그래, 실컷 젊음을 낭비하려무나. 넘칠 때 낭비하는 건 죄가 아니라 미덕이다. 낭비하지 못하고 아껴둔다고 그게 영원히 네 소유가 되는 건 아니란다. 나는 젊은이들한테 삐지려는 마음을 겨우 이렇게 다독거렸다.(79~80쪽)

같은 소설의 끝부분이다. 화자는 커피숍에서 젊은이들을 바라보며 이토록 솔직하게 질투하고 또 연민한다. 노인이 재현의 대상이 되는 일도 드물지만 그들이 재현의 주체가 되는 일은 더더욱 드물다. 아무래도 재현의 권력은 젊은이들에게 있으니까. 그런 환경에 익숙해져서일까, 가끔 젊은이들은 노인에게는 마치 내면이라는 것이 없다는 듯 행동할 때가 있다. 선생의 소설에는 재현 권력의 통쾌한 역전이 있다. 덕분에 알게 된다. 온 세상이 죄다 젊은이들만을 위한 '멍석'인 세상에서 노년의 내면은 제대로 주목받지도 이해되지도 못했다는 사실을, 재현의 장에서 노인들은 눈과 입을 모두 빼앗겼다는 사실을.

선생의 문학은 장악(掌握)의 문학이다. 국어사전에 '장악'은 "손안에 잡아 쥔다는 뜻으로, 무엇을 마음대로 할 수 있게 됨을 이르는 말"이라 풀이돼 있다. 선생의 손바닥 위에 올라가면 모든 게 다 문학이 되었다. 그 손으로 선생은 지난 40년간 역사와 풍속과 인간을 장악해왔다. 그 책들을 읽으며 우리는 살아온 날들을 부끄러워했고 살아갈 날들 앞에 겸허해졌다. 선생이 남긴 수십 권의 책들은 앞으로도 한국 사회의 공유 자산으로 남아 우리들 마음공부의 교본이 될 것이다. 우리는 원로 작가 한 분을 떠나보낸 게 아니라 당대의 가장 젊은 작가 하나를 잃었다. 이 나라의 가장 거대한 도서관 하나가 무너져 내린 것처럼 쓸쓸하다.

(2011. 2. 11)

예외적인 정신의 유전자

배수아와 김사과

비록 언론과 서점에서 떠들썩하게 화제가 되지는 못했으나, 정신의 유전자가 비슷해 보이는 두 작가의 멋진 책 두 권을 소개해드리려고 한다. 먼저 배수아의 소설집 《올빼미의 없음》(창비, 2010). 2000년대 들어와서 잇달아 출간된 그녀의 장편소설들, 예컨대 《에세이스트의 책상》(2003), 《독학자》(2004), 《당나귀들》(2005)을 차례로 읽어보면 이 작가가 싸우고 있다는 것을 알게 된다. 그녀는 이방인의 시선을 체득해서, 그 시선에만 명확히 드러나는 한국 사회의 어떤 부분과 싸우고 있었다. 그 싸움은, 산업화와 민주화로도 해결하지 못한, 한국적 의식구조의 어떤 낙후성 혹은 폭력성과의 고투로 보였다.

그 취지는 여전하되 이제는 더 고요해지고 깊어졌다. 이번 책은 배수아라는 어떤 정신의 '발언'을 전달하기보다는 그 정신의 '무늬'를 그린다.

젊은 시절 항상 그는 자살한 사람들을 어느 정도 질투하고 선망해왔다. 종종 강하고 날카로운 인식 속에 있을 때면 특히, 그는 자살한 사람들의 글만을 신뢰했다. 자살하지 않은 사람은 인간의 절대적인 어떤 상태, 혹은 자유에 대해서 말할 수 없으리라. 그들은 어떤 해석으로든 타협자이며 공동의 방식의 선택자이기 때문이다.(81쪽)

이 책의 모토라 할 만하다. '강하고 날카로운 인식'으로, '인간의 절대적인 어떤 상태, 혹은 자유'를 추구하기. 그것도 낯설고 아름다운 뉘앙스의 문장으로.

'개성 있다'는 말이 너무 흔해져서 이제는 그 개성의 개성을 따져야 하게 생겼는데, 배수아의 개성은 동시대 작가군에서도 가장 개성적인 개성일 뿐 아니라 그 개성을 이루는 지성의 논리와 감성의 구조가 산출하는 문장들은 완전하게 독자적이다. 내가 어딘가에 쓴 대로 "적어도 서너 페이지에 한 번쯤은, 이야기를 실어 나르는 컨베이어벨트가, 그 자체가 목적인 아름다운 문장들 때문에 멈추는 일"이 벌어져야 소설은 '콘텐츠'가 아니라 '예술'이 된다.(특히 116~117쪽은 내게 '올해의 두 페이지'다.)

김사과의 장편소설 《풀이 눕는다》(문학동네, 2009)의 주인공들은, 갑자기 카메라가 있는 방향을 바라보며 관객을 향해 이죽거리는 배우들처럼, 독자를 손가락으로 가리키며 서로 속삭인다. '알지? 저렇게 되면 끝장이야.' 그들이 강에 유출된 폐수 보듯 하는 부류의 인간은, 이 사회가 제공하는 삶의 방식들을 과격하게 의심해보지도 않고 그중 하나를 택해 얌전히 살아가는, 그런 인간이다. 이 소설을 읽고 부끄러움을 느낀다면 우리가 지금 뭔가 잘못 살고 있다는 뜻이고, 부끄러움조차 느끼지 못한다면 우리가 계속 그렇게 살게 될 것이라는 뜻이다.

이 소설의 전제를 삼단논법으로 바꾸면 이렇다. 모든 게 엉망진창이다, 그런데 나는 잘못한 게 없다, 그렇다면 이 세상은 '좆같은' 것이다. 그림을 그리는 남자와 시를 쓰는 여자가, 그런 세상에 맞서서 그들만의 예술과 사랑을 실험한다. '속물지배시대의 히피즘'이랄까. 오늘날 패션과 여행의 폼 나는 수식어로 타락해버린 히피즘 말고, 시스템으로부터의 완전한 자유를 추구하는 급진적인 '삶의 방식'으로서의 히피즘 말이다. 이 소설은 '이런 삶, 어때요?'라고 낭만적으로 묻고 있는 게 아니라 '삶은 이것뿐, 그 외엔 바보거나 노예'라고 말한다. 바로 이런 결기가 이 소설에 폭발할 것 같은 진정성을 부여한다.

> 그러니까 돈 따위가 우리의 사랑을 파괴하도록 내버려두지 않겠다는 것, 사랑 안에서 굶어죽겠다, 아름답게. 그게 내 꿈이었다.(158~159쪽)

그러나 현실의 논리는 그 '꿈'을 박살내고 연인들은 몰락한다. 이 냉정한 현실 인식이 이 소설을 투정이나 치기와 구별되게 한다. 어떤 정신, 태도, 열정이 벽에 머리를 찧고 피 흘리며 비틀거리다가 옥상에서 떨어져 죽는 소설이다. 세상이 '좆같다'는 걸 모르는, 혹은 알아도 목숨 걸고 대들어본 적이 없는 인간들은 믿지 않는다는 외침 소리가 들리는 소설이다. 이 작가는 어디에선가 나쁜 어른이 되지 않는 게 당면 과제라고 말한 적이 있다. 이렇게 말하는 사람은 어른의 어른이다. 바로 이런 사람이 소설을 써야 하고, 나쁜 어른들이 그 소설을 읽어야 한다.

(2011. 1. 7)

캐릭터 박물관 특실편

알베르 카뮈

《이방인》

내가 갖고 있는 《이방인》(책세상, 1994)은 김화영 선생이 1987년에 번역해서 출간한 번역본의 3판 1쇄 버전이다. 그 책을 1995년에 읽은 것 같다. 최근 선생께서 20여 년 만에 새 번역본을 출간하셨다는 소식을 듣고 곧바로 신간 《이방인》(민음사, 2011)을 구입했다. 몇 페이지만 비교해봐도 어휘나 구문이 더 자연스러워졌다. 물론 그 강렬한 줄거리는 그대로다. 어머니가 돌아가신 다음 날에도 슬퍼하기는커녕 한 여자를 만나 코미디 영화를 보고 정사를 나누는 타입의 청년인 뫼르소가 프랑스 식민지 알제리의 휴양지에서 한 아랍 청년을 총으로 쏴 죽이는데 재판정에서 사형을 선고받고도 상고를 거부하고 죽음을 택한다는 이야기다.

우리는 소설의 3요소를 '주제·구성·문체'라고 배운다. 간단한 이야기다. 목적과 재료와 기술이 있어야 한다는 것. 이 중 재료를 이루는 세 가지를 따로 '구성의 3요소'라 부르는데 흔히 '인물·사건·배경'이라 외운다. 사실 정확한 순서는 '인물·배경·사건'이라야 한다. 특정 타입의 인물이 특정 배경 속에 던져질 때 특정 사건이 발생하는 게 소설이라는 세계다. 김승옥의 〈무진기행〉을 예로 들자면, 하필 윤희중 같은 타입의 인물이 하필 무진이라는 공간에 던져졌기 때문에 하필 그와 같은 연애 사건이 발생하는 것이다. 즉, 인물은 모든 이야기의 출발점이다.

'캐릭터 박물관'이라는 것이 세워진다면 뫼르소는 특실에 전시되어야 한다. 같은 방에는 도스토옙스키의 '지하생활자'(《지하생활자의 수기》), 멜빌의 '바틀비'(《필경사 바틀비》), 그리고 카뮈보다 3년 먼저 태어난 이상(李箱)이 탄생시킨, 뫼르소보다 6년 앞선 〈날개〉의 주인공… 정도가 있을 것이다. 이런 소설들에서는 하나의 캐릭터가 소설의 거의 전부다. 《이방인》역시 '뫼르소를 어떻게 이해할 것인가?'라는 물음으로 이루어진, 그를 독자에게 이해시키는 게 관건인 그런 작품이다. 구성 자체가 그렇다. 작가는 1부에서 뫼르소의 성격과 그가 자행한 사건을 소개하고, 2부에서 그를 이해·오해하기 위한 법정을 열어 독자와 토론을 벌인다.

토론의 구도는 이렇다. 그는 사건 1(모친상)을 겪었고, 사건 2(살인)를 저질렀다. 이 두 사건의 관계를 조합하는 세 가지 시각이 존재한다. 첫째, 1은 2의 근거다. 모친상을 당하고도 냉담할 정도의 인간이니 무고한 아랍인도 죽인 것이다. 둘째, 1과 2

는 별개다. 그가 무정한 아들이건 말건 그것은 사법이 아니라 도덕에 속하는 문제이고, 그의 (비도덕 혹은 반도덕이 아니라) 무도덕은 오히려 우리의 위선적인 도덕주의를 성찰하게 하는 의의를 갖는다. 셋째, 1과 2는 은밀하게 매개돼 있다. "그것은 태양 때문이었다." 두 사건 모두에 등장하는 저 태양의 의미는 무엇일까? 그러나 인간 뫼르소의 핵심이자 이 소설의 가장 깊은 신비인 이것은 가려져 있다.

첫 번째 시각은 바로 검사와 배심원의 논리 그대로다. 카뮈는 이런 통념적인 시각에 맞서 두 번째 시각을 제기하려 한 것 같다. 뫼르소의 무도덕은 정직함의 어떤 극단적인 양상일 뿐이라고 말이다. 그가 어머니의 장례식에서 눈물을 흘리지 않았고 다음 날에는 애인과 섹스를 했다는 사실이 당신에게 그토록 불편한가? "육체적 욕구에 밀려 감정은 뒷전이 되는 그런 천성"이 뫼르소만의 것인가? 그는 단지 "삶을 좀 간단하게 하기 위해" 우리가 늘 하는 거짓말을 안 할 뿐이다. 더 나아가 카뮈는 뫼르소에게 기어이 이렇게 말하게 한다. "건전한 사람은 누구나 사랑하는 사람들의 죽음을 다소간 바랐던 경험이 있는 법이다."

이 지독한 문장은 카뮈의 다른 글에도 있다. "우리는 가장 평범한 인간들이 이미 하나의 괴물이라는 것, 예를 들어서 우리는 모두 다 우리가 사랑하는 사람들의 죽음을 다소간 바란다는 것을 증명해 보일 수 있다. 이것이 적어도 어떤 문학이 말하고자 하는 바이다."(《알베르 카뮈 전집 7》, 책세상, 490쪽) 이런 매력적인 단호함으로 카뮈가 (특히 미국판 서문에서) 두 번째 시각에 힘을 싣고 있지만, 또 이것이 작품의 윤리적 급진성을 잘 추려내는 독법이겠지만, 작품은 늘 작가보다 더 많이 말하는 법이다. 세 번째 시각으로 봐야 할 뫼르소의 심연은 여전히 깊어서 그것은 백인백색의 탐구 대상이다. 이 예외적인 내면의 매력 덕분에 이 소설이 70년째 읽히고 있다.

(2011. 5. 6)

삶과의 게임에서 지다

이상

《이상 소설 전집》

시중에서 구할 수 있는 이상(李箱) 소설 단행본이 있기는 하다. 그러나 전공자를 위해 당대의 표기를 따른 책이거나(소명출판사), 방대한 주석 때문에 너무 두꺼워져서 휴대하기 어렵거나(뿔), 몇 편이 빠져 있어서 전집이 아닌 선집이거나(문학과지성사) 그랬다. 모두 훌륭한 책들이지만, 이상의 소설을 한 편도 빠짐없이 온전히 모으되 일반 독자들도 수월하게 읽을 수 있게 정리돼 있는 단행본이 나왔으면 하던 차에, 반갑게도《이상 소설 전집》(민음사, 2012)이 나왔다.

새삼스럽게 무슨 이상이냐고 하실 분들도 있을 것이다. 그러나 1930년대에 쓰인 그의 소설이 갖고 있는 예외적인 현대성은 놀랍다. 맨 앞에 실려 있다고 해서 〈지도의 암실〉과 〈휴업과 사정〉 같은 초기작부터 읽기 시작했다가는 현대성을 맛보기는커녕 두 쪽을 채 못 넘기고 책을 내려놓게 될 수 있다. 들인 노력을 보답받기 어려운 이 작품들은 건너뛰어도 좋다. 〈봉별기〉를 먼저 읽고 〈지주회시〉와 〈날개〉로, 〈단발〉을 먼저 읽고 〈종생기〉와 〈실화〉로 나아가는 순서가 적절하다고 생각한다.

이 소설들을 어떻게 읽으면 좋을까. 이것들은 넓은 의미에서의 연애소설이다. 그러나 그 연애 이야기가 감추고 있는 것은 이상과 세상의 공방전이다. 예컨대 창부 금홍과의 연애 전말기를 적은 〈봉별기〉에서 발견되는, 남녀관계가 상식과 상궤를 벗어날수록 그 연애는 더욱 순수해지고 진실해진다는 역설적인 메시지는 그가 삶을 대하는 태도를 반영한다. 표준적인 삶은 따분하다는 것. 삶은 하나의 예술작품이 되어야 한다는 것. 그러기 위해서 삶은 비틀리고 왜곡돼야 한다는 것.

물론 이런 반항의 논리는 이상의 독창이 아니다. 이와 같은 삶의 기술의 선구자들을 찾자면, 보들레르가 범례적으로 실천하고 '데 제생트'(위스망스의 소설 《거꾸로》의 주인공)에게서 상징적인 형상을 얻은, 19세기 후반 이래로 세기말까지 유럽을 휩쓸었던 이른바 '데카당티슴'으로까지 거슬러 올라갈 수도 있다. 흔히 퇴폐주의 정도로 번역되지만 적절하다고 하기 어렵다. 이것은 부르주아의 관습에 침을 뱉고 삶을 예술로 만들기 위해서는 무엇이든 하겠다는 도저한 정신적 태세다.

예컨대 데 제생트는 "기만술이 인간의 천재성을 특징짓는 증거"이고 "위조"야말로 진정한 욕망 추구의 방법이라고 말하며 최고급 식당에서 보란 듯이 싸구려 포도주를 마시는 행위를 권장한다. 이는 이상이 저 유명한 〈날개〉의 프롤로그에서, "인생의 제행(諸行)이 싱거워서 견딜 수가 없게끔" 된 자신의 동족들에게, "제일 싫어하는 음식을 탐식하는 아이러니"와 "자신을 위조하는 것"을 권하는 대목과 공명한다. 이것이 바로 '인공적 생활(vie factice)'에 대한 찬미다.

그러니 이 심미주의자들이 저 흔해빠진 사랑에 빠지는 일을 얼마나 경멸했는지 능히 짐작할 수 있다. 사랑이 결혼으로 이어지고 출산과 양육으로 귀결되는 것은 그들에게 끔찍한 노릇이다. 보들레르는 유고 산문 〈벌거벗은 내 마음〉에서 "사랑의 유일하며 지고한 관능이란 악을 행한다는 확신 속에 존재한다"고 단언하며 "사랑, 그것은 매음에의 취향이다"라고 덧붙인다. 매음을 사랑의 이상으로 떠받들며 악행으로서의 사랑을 권한다. 왜 하필 매음인가.

데카당들에 대한 고전적인 설명에서 아르놀트 하우저는 그들이 창부에게 깊은 연대감을 느낀 이유를 이렇게 설명한다. "창부는 격정의 와중에서도 냉정하고, 언제나 자기가 도발시킨 쾌락의 초연한 관객이며, 남들이 황홀해서 도취에 빠질 때에도 그녀는 고독과 냉담을 느낀다. 요컨대 창부는 예술가의 쌍둥이인 것이다."(《문학과 예술의 사회사》, 창비, 1996, 226쪽) 그들은 이런 태도에서 '정신의 귀족주의'를 발견했고 바로 그것에서 따분한 삶의 탈출구를 찾았다.

네 단락에 걸쳐 거칠게 요약한 이와 같은 데카당들의 지향을 이상은 공유했다. 그러나 많은 소설들에서 그는 도저한 데카당이 아니라 "경기자 중 한 사람이 반드시 자기 통제 기능을 상실해야만 하는 지독한 게임"(보들레르, 같은 책)인 사랑에서 패배한 자로 등장한다. 이것은 그가 삶과의 게임에서 졌음을 의미할 것이다. 그러나 삶을 예술작품으로 만들겠다는 그의 추구가 좌절됐다 하더라도 그 목표만큼은 '현대적'이라면 그 패배까지도 현대적인 것이 아닐까. 아니면 삶을 예술작품으로 만들겠다는 것 자체가 가당찮은 목표이며 삶은 예술작품이 아닌 한에서(이상의 표현대로라면 "생활"인 한에서) 오히려 가치가 있는 것일까. 이 물음들에 답하기 위해서 나는 여전히 이상을 읽는다.

(2012. 12. 7)

오독의 빛에 의지하여

호르헤 루이스 보르헤스

〈유다에 관한 세 가지 이야기〉

유다에 대한 이야기라면 어떤 것이건 들을 준비가 돼 있다. 성경을 '진리'가 아니라 '작품'으로 간주하는 이에게는 유다만큼 매혹적인 캐릭터도 없을 것이다. 역사상 가장 유명한 배반이지만 그 배반의 동기를 이해하기가 쉽지 않기 때문이다. 왜 그는 그토록 사랑한 스승을 배반하고 목숨을 끊어야 했나. 그가 마귀에 들린 자였다거나 남다른 탐욕의 화신이었다거나 하는 복음서의 설명을 진리로 받아들이는 이에게는, 유다는 물론이고 인간 일반에 대해서도 신비로운 것이라고는 하나도 없으리라. 그런 이들에게는 세 공관복음서의 필자들(마태, 마가, 누가)이 유다에 대해 들려주는 이야기의 세부가 엇갈린다는 사실도 전혀 문제가 안 될 것이다.

그러나 문학을 통해 인간을 탐사하고자 하는 이에게 배반자 유다의 내면은 두렵고도 매혹적인 심해처럼 느껴진다. 단테의 《신곡―지옥편》(1321)에서부터 레이디 가가의 노래 〈유다 (Judas)〉(2011)에 이르기까지, 숱한 예술가들이 유다에 대해 말하기를 멈추지 않은 것도 그 때문일 것이다. 그중 보르헤스의 것은 가장 심오한 경우에 속한다. 그의 《픽션들》(민음사, 2011)이 다시 번역됐는데, 이 책에는 〈유다에 관한 세 가지 이야기〉라는 작품이 수록돼 있다. 보르헤스의 소설답게 '닐스 루네베리'라는 가공의 인물이 쓴 책을 소개하는 형식으로 쓰였다. 그에 따르면 세 가지 (난해하지만 흥미로운) 설명이 가능하다.

1. 유다의 배반이란 그가 적들이 보는 앞에서 예수에게 입을 맞추어 그들이 체포해야 할 사람이 누구인지를 알려준 행위를 가리킨다. 그런데 그럴 필요가 있었던가? "회당에서 매일 설교를 하고 수천 명의 군중이 보는 앞에서 기적을 행하던 스승을 확인하기 위해서는 굳이 사도의 배신이 필요하지 않았다."(198쪽) 그러나 성경에 실수가 있다고 말할 순 없는 노릇이니, 그의 배반은 어떤 다른 필연적인 이유 때문에 행해진 것이라고 봐야 한다. 하위 질서는 상위 질서를 반영(해야)한다는 것, 신이 자신을 희생했으니 인간의 희생도 필요하다는 것, '말씀'이 자신을 낮추어 사람이 되었으므로, '말씀'의 제자인 유다도 자신을 낮추어 밀고자가 되어야 했다는 것.

2. 이 논변이 격렬한 반발에 부딪치자 닐스 루네베리는, 전지전능한 신이 인류를 구원하는 데에 다른 인간의 도움이 필요했을 리가 없다며 자신의 주장을 철회하지만, 유다를 달리 이해하

겠다는 의지만은 굽히지 않는다. 예수의 사도가 고작 은화 서른 닢 때문에 배반을 감행했을 리 없다는 것. "구세주가 발탁한 사람의 행적이기에, 그 행적은 우리에게 가장 훌륭한 해석을 받을 가치가 있다."(200쪽) 그래서 그는 주장한다. 유다를 지배한 것은 '탐욕'이 아니라 '금욕'이라고. 선행과 행복은 신의 것이지 인간의 것이 아니라는 것, 그래서 신의 영광을 드높이기 위해 유다는 스스로 추락했다는 것. 무한한 금욕의 정신으로 천국을 포기하고 지옥으로 갔다는 것.

3. '희생자' 유다와 '금욕주의자' 유다에 이어 닐스 루네베리가 제시하는 마지막 유다의 상은 다음과 같다. 하느님은 인류를 구원하기 위해 자신을 인간으로 낮추었다. 예수라는 인간? 아니다. 하느님의 자기희생이 완전했을 것이라고 추정할 수 있다면, 하느님은 더욱 철저하게 인간에 가까운 인간, 즉 죄의 인간이 되길 선택했을 것이다. 인간성과 무죄성은 양립할 수 없기 때문이다. 그렇다면? 놀라운 결론이 이어진다. "신은 완전히 인간이 되었다. 심지어 부정한 인간, 영원한 벌을 받아 끝없이 깊은 구렁에 빠질 정도의 인간이 되었다. (…) 그는 비열하고 경멸스러운 운명을 선택했다. 그것이 바로 유다였다."(203쪽) 유다가 곧 하느님이라는 것!

보르헤스 자신이 '기독교적 환상 문학'이라 명명한 이 소설의 가설들이 놀랍도록 흥미로운 것은 사실이지만, 내가 더 끌리는 논변은 지젝의 것이다. 《죽은 신을 위하여》(2003)에서 그는 유다

의 행위가 '신뢰의 궁극적 형태로서의 배반'이라고 말한다. 어떤
이가 공적 영웅이 되려면 누군가의 배반이 필요한 경우가 있다
는 것, 그럴 때는 그를 가장 사랑하는 사람만이 기꺼이 그를 배
반할 수 있다는 것. 그렇다면 유다는, 가장 사랑하는 대상을 배
반해야만 그 사랑을 완성할 수 있는 상황에 처했던, 비극적인 인
물이다. 물론 신학적으로는 터무니없는 오독처럼 보일 것이다.
그러나 문학은 이 오독의 빛에 의지해 인간이라는 심해로 내려
간다.

(2012. 3. 30)

음악 서술자 시점

가즈오 이시구로

《녹턴》

클래식도 프로그레시브록도 힙합도 다 좋다. 그러나 왜 새벽
에 위로가 되는 것들은 오래된 팝 발라드나 스탠더드 재즈 같은
부류일까. 배리 매닐로의 〈이븐 나우(Even Now)〉 같은 노래. 이
노래는 내게 하나의 상징과도 같다. 사변적이지도 전위적이지도
논쟁적이지도 않은, 그냥 팝. 누구도 배제하지 않는, 상냥하게 쓸
쓸한. 그런 노래들을 들을 때면 내가 노래를 듣고 있는 것이 아
니라 그 노래가 내 이야기를 들어주고 있다는 느낌을 받는다.

내가 가르치는 학생들은 넓게는 두 그룹으로 나뉜다. 긴
머리에 치렁치렁한 옷을 입고 프로그레시브록을 좋아하는
히피 유형과 말끔한 옷차림에다 고전음악이 아닌 모든 것
을 끔찍하게 여기는 유형으로 말이다. (…) 그러므로 '그레
이트 아메리칸 송북'을 음미할 줄 아는 사람, 그것도 여자

를 발견한 것은 참으로 기분 좋은 일이었다.

가즈오 이시구로의 중단편소설집 《녹턴》(민음사, 2010, 45쪽)
에서 한 인물이 이렇게 말한다. 말하자면 이 책은 '그레이트 아
메리칸 송북'에 수록될 만한 노래를 좋아하는 그런 사람들을 위
한 책이다.

첫 번째 소설 〈크루너〉는 이제는 한물간 가수 토니 가드너의
이야기다. 베네치아의 어느 카페에서 기타를 연주하는 '나'는 왕
년의 인기 가수 토니 가드너를 발견하고 설렌다. 만나서 영광입
니다, 우리 어머니가 당신의 노래를 좋아했어요. 그런 '나'에게
토니가 갑작스러운 제안을 한다. 오늘 밤 아내를 위해 객실 가까
운 곳에서 선상 공연을 하려 하니 반주를 해줄 수 있겠는가 하
고. 밤이 오고, '나'의 반주에 맞춰 토니가 노래를 부르기 시작한
다. 첫 곡은 글렌 캠벨의 1967년 히트곡 〈피닉스에 도착할 즈음
에(By the Time I Get to Phoenix)〉. 소설에는 나오지 않지만 노랫
말을 이렇게 번역해보았다.

> 피닉스에 도착할 즈음이면 그녀는 깨어나겠지
> 내가 문에 붙여놓은 쪽지를 발견하겠지
> 작별을 고한 부분을 읽고 그녀는 웃겠지
> 전에도 여러 번 그렇게 떠났었으니까

앨버커키에 도착할 즈음이면 그녀는 일을 하고 있겠지
점심시간에 잠시 일손을 놓고 나에게 전화를 걸겠지
그러나 벽에 부딪치는 벨 소리만 듣게 되겠지 그뿐이겠지
오클라호마에 도착할 즈음이면 그녀는 자고 있겠지
부드럽게 돌아누워서 내 이름을 부르게 될 거야
그리고 그녀는 내가 정말 떠났다는 것을 알고 울게 되
겠지
떠날 거라고 그토록 얘기해왔건만
내가 정말 떠날 줄은 몰랐던 거지

번역해놓고 깜짝 놀랐을 정도로 멋진 가사이기는 하지만, 이
건 이별 노래가 아닌가. 이 낭만적인 밤에 어째서 이 노래인가.
어쩐 일인지, 아내가 좋아하는 노래라고 말하면서 토니는 울고
노래를 들은 그의 아내도 운다. "27년은 긴 시간이고 이 여행이
끝나면 우리는 헤어지기 때문이오."(40쪽) 어리둥절한 나에게
토니는 말한다. 27년 전 토니는 절정의 가수였고 그녀는 그런 그
를 사랑한다기보다는 선망해서 결혼했다고, 그러나 이제 토니는
한물간 가수가 되었다고, 여전히 아름다운 그녀를 더 늦기 전에
보내줘야 한다고, 토니 자신에게도 재기를 위한 새 출발이 필요
하다고. 이런 이별도 있는가? 있다고, 이 소설에 흐르는 음악들
이 대신 답한다.

곳곳에서 음악이 흐르는 이 책을, 음악을 들으며 읽는 것과 그

냥 읽는 것의 차이는 크다. 소설에서 음악이 흐른다는 것은 무엇을 뜻할까. 노래는 거기 그대로 있는데 삶에는 변하지 않는 것이 없다. 사랑은 식고 재능은 사라지고 희망은 흩어진다. 삶의 그런 균열들 사이로 음악이 흐를 때, 변함없는 음악은 변함 많은 인생을 더욱 아프게 한다. 이 세상을 흐르는 음악이, 흐르면서, 인생을 관찰하는 이야기. 그러니까, 인물들이 음악을 듣는 것이 아니라 음악이 인물들의 얘기를 듣는 이야기. 말하자면 이 책은 음악 그 자체가 서술자의 역할을 한다. '음악 서술자 시점' 소설이랄까. 인생은 짧고 음악은 길다.

(2010. 12. 24)

언어의 이주민을 위하여

다와다 요코

《영혼 없는 작가》

저는 당신의 약력을 가만히 들여다보고 있습니다. "다와다 요코(多和田葉子). 1960년 일본 도쿄에서 출생하여 와세다대학에서 러시아 문학을 공부했다. 열아홉 살에 시베리아 횡단 열차를 타고 홀로 독일로 갔다." 그 뒤 당신은 일본어와 독일어를 오가며 글을 쓰셨군요. 그런가 보다 하고 넘어가도 될 텐데 이번만큼은 그렇게 되지가 않았습니다. 일본인이 독일어로 쓴 글을 한국어로 읽고 나서 저는 낭패감을 느꼈습니다. 어떻게 이렇게 쉽고 단순한 문장이 이토록 깊고 유연한 생각을 운반할 수 있을까. 저는 그 비밀을 당신의 약력에서 찾아보려 했던 것이지요.

저는 언어의 이주를 경험해보지 못했습니다. 35년 동안 모국어와 떨어진 적이 없어요. 모국어와의 유착 관계가 제게는 아늑했습니다. 한국에서도 많은 사람들이 '경계'와 '횡단'을 이야기하지만 제게는 이 주제가 절실한 것으로 느껴지지 않았습니다. 그런데 당신의 책 《영혼 없는 작가》(을유문화사, 2011)는 저를 조금 바꿔놓는군요. 저는 모국어에 갇혀 있다고 생각해본 적이 없었는데 역설적이게도 그것이 바로 갇혀 있는 자의 생각이었군요. 세상에는 해답을 알기 전에는 문제가 뭔지조차 알 수 없는 종류의 일이 있습니다. 독일에 막 도착했을 때 당신도 그랬던가요.

> 내 입에서 나오는 대부분의 단어는 내 감정과 딱 맞아떨어지지 않았다. 그때 나는 모국어에도 역시 내 마음과 딱 맞아떨어지는 단어가 없다는 것을 알게 되었다. 내가 낯선 외국에서 살기 시작할 때까지 그것을 느끼지 못했을 뿐이다. 나는 유창하게 모국어를 말하는 사람들을 보면 가끔 구역질이 났다. 그 사람들은 말이란 그렇게 착착 준비되어 있다가 척척 잽싸게 나오는 것이고 그 외의 다른 것은 생각하거나 느낄 수 없다는 인상을 주었기 때문이다.(14쪽)

외국어를 배우면 모국어를 상대화할 수 있다는 평범한 얘기가 아닙니다. 지금 이 이야기의 층위는 '하나의 언어'가 아니라 '언어 그 자체'이니까요. 성인이 되어서 낯선 외국어를 배워본 '언어의 이주민'만이 '언어 자체'에 대해 생각할 수 있다는 것, 그를 통해 모국어가 내 온몸에 기입해놓은 온갖 생각의 코드를 비로소 의식하게 된다는 것, 그렇게 나를 먼저 타자화하지 않으면 타자와의 소통이 힘들다는 것. 당신이 '유창한 모국어'에 느낀 구역질이란 '자기가 편협함인지를 모르는 편협함'에 대한 구역질이겠지요. 세상에는 문제가 뭔지조차 몰라서 이미 오답을 말해버린 경우도 있군요.

> 영혼은 비행기처럼 빨리 날 수 없다는 것을 인디언에 관해 쓴 어떤 책에서 읽은 적이 있다. 그래서 사람들은 비행기를 타고 여행할 때 영혼을 잃어버리고 영혼이 없는 채로 목적지에 도착한다. 심지어는 시베리아 열차도 영혼이 나는 것보다 빨리 간다. 나는 처음 유럽에 올 때 시베리아 기차를 타고 오면서 내 영혼을 잃어버렸다. (⋯) 그다음에 나는 몇 번 비행기를 타고 오고 가고 했는데 도무지 내 영혼이 어디에 있는지를 알 수 없었다. 어찌 되었든 그것이 여행자들은 왜 모두 영혼이 없는지에 대한 이유가 된다. (26~27쪽)

그래서 당신은 "영혼 없는 작가"입니다. 아니, 작가란 본래 영혼이 없어야 한다는 뜻일까요. 영혼이라는 게 있다면 그것은 '하드롤빵'이나 '물고기' 같은 것일지 모르겠다고 당신은 적었습니다. 이런 생각은 모국어에 민족의 영혼(얼)이 담겨 있다는 식의 생각과 얼마나 다른지요. 중요한 것은 언어를 자유롭게 구사하는 것이 아니라 언어로부터 자유로워지는 것이겠지요. 궁극적으로는 자유로부터도 자유로워지는 것입니다. 애초에 어떤 얽매임도 없기 때문에 딱히 자유로워야 한다는 의식 자체가 없는 상태 말입니다.

저는 이 편지를 당신이 아니라 한국의 독자들에게 띄웁니다. 당신의 아름다운 글이 더 많은 독자와 만나기를 바라면서요. 부끄럽게도 이 책을 읽고 뒤늦게 알게 됐지만, 이 책이 한국에 소개된 당신의 첫 책은 아니네요. 서경식 선생과 주고받은 편지들이 《경계에서 춤추다》(창비, 2010)라는 제목으로 이미 나왔습니다. 이 책에는 당신의 이름이 '다와다 요코'가 아니라 '타와다 요오꼬'로 표기돼 있습니다. 그래서 한국의 인터넷 서점에는 서로 다른 두 인물인 것처럼 등록돼 있네요. 어쩐지 당신은 그편이 더 재미있다며 좋아하실 것만 같군요.

(2011. 9. 30)

제발트만큼 고집불통인

　다른 지면에서 '올해의 시집'을 선정해 짧게 몇 마디 적었다. 그래서 이번에는 '올해의 소설'을 선정해보면 어떨까 싶어 지난 1년간 출간된 한국 소설의 목록을 정리해봤다. 비평이 개입할 가치와 여지가 있어 보이는 책들로만 골라도 장편 45권, 단편소설집 30여 권이 추려졌다. 책들을 다시 들춰보다가 나는 조금 허전해졌는데, 읽지 못한 책이 많아서가 아니라, 읽다가 중단한 책들이 많아서였다. 그랬던 까닭을 되새기다가, 올해의 소설을 선정해보겠다는 생각을 이내 접고, '소설이란 무엇인가'라는 해묵은 물음 속으로 또 걸어 들어가고 말았다.

　이런 얘기는 좀 쓸쓸하지만 그래도 해볼까. 우리가 어떤 소설을 읽다가 내려놓는 이유에는 여러 가지가 있을 것이다. 독자 각자가 소설에 기대하는 최소한의 어떤 것이 책의 뒷부분에서도 제공될 가능성이 없다고 판단되는 그 순간에 책을 내려놓겠지. 나에게 '이 책을 그만 읽는 게 어떨까' 하는 유혹이 찾아오는 1차 고비는 처음 10쪽 부근, 2차 고비는 3분의 1 지점이다. 고비가 두 군데라는 것은 내가 소설에 기대하는 최소한의 어떤 것이 적어도 두 가지라는 뜻이다. 여기서는 10쪽 부근에서 하는 생각들만 말해보려고 한다.

신기할 것도 대단할 것도 없는 얘기다. 모든 예술 장르는 각자의 매체를 갖는다. 음악이 소리를, 회화가 색을, 영화가 영상을, 무용이 몸을 갖고 있듯이, 문학은 언어를 갖고 있다. 이 사실을 모르는 소설가는 없다. 그러나 이 사실에 '시달리는' 소설가는 드물다. 시달리지 않는 소설가들은, 그냥, 쓴다. 그럴 때 문장들은 달콤한 먹이를 실어 나르는 개미들처럼 부지런히 이야기를 실어 나른다. 여기엔 매체에 대한 자의식이 끼어들 여지가 없다. 그러나 이 자의식이야말로 예술가의 존재 증명이라면? 10쪽까지 읽었는데도 그 자의식을 증명해주지 않으면 나는 그 소설을 내려놓고 언젠가 영화화되길 기다리게 된다.

말하자면 나는 '소설적인 문장'이라는 것이 따로 있다고 믿는 편이다. 그저 아름답게 쓰면 된다는 뜻이 아니다. 요령부득의 문장을 써놓고 폼을 잡아야 한다는 뜻도 아니다. 동어반복처럼 들리겠지만, 소설적인 문장은 '소설적인 문장이란 무엇인가'라는 물음 속에서 고뇌한 흔적을 품고 있는 문장이다. 추상적인 명제이지만 정직한 진리라고 생각한다. 그 고뇌는 반드시 전달된다. 속도감 있게 읽힌다는 말이 최고의 칭찬이라고 믿는 소설가, 동시대의 전위적인 시를 따라 읽지 않는 것을 부끄러워하지 않는 소설가들에게는 아마 무의미한 진리이겠지만.

그런 작가들은 자신은 전문적인 기능인일 뿐이며 예술가 대접까지 받을 생각은 없다고 냉소적인 태도를 취할 것이고 그 입장은 존중받아야 한다. 나 역시 소설가는 모두 예술가여야 한다고 주장할 생각은 없다. 그러나 반(反)예술가적 타입의 작가라면 자신이 평단의 주목을 받지 못한다는 사실도 받아들여야 앞뒤가 맞을 것이다. 다른 분야의 비평가들 역시, 사운드의 미세한 차이를 분별하는 데 관심이 없는 프로듀서, 카메라의 윤리적 위치 따위에는 관심 없이 스토리텔링에만 열중하는 감독 등에게는 관심이 없는 것 같다. 그것은 불가피한 일로 보인다.

내가 신뢰하는 몇몇 작가들로부터 존경에 가까운 지지를 얻고 있는 독일 작가 W. G. 제발트는 비평가 제임스 우드에게 이런 말을 한 적이 있다고 한다. "나는 화자 자신의 불확실성을 인정하지 않는 소설 쓰기란 매우, 매우 받아들이기 힘든 사기의 한 형태라고 생각해요. 화자가 자기 자신을 텍스트 안에서 무대담당자이자 연출자, 판사이자 집행자로 내세우는 그 어떤 형식의 작가적 글쓰기도 용납되지 않아요. 나는 이런 종류의 책을 도저히 읽어내지 못하겠어요."(제임스 우드, 《소설은 어떻게 작동하는가》, 창비, 15쪽) 매체에 대한 자의식이 윤리적 자기 검열에까지 이른 경우다.

근래 번역된 소설 《토성의 고리》(창비, 2011)에서도 이 작가의 기질적 신념은 철저히 관철된다. 그는 3인칭 전지적 작가 시점과 (서술자와 인물의 내면이 뒤섞이는) 자유간접화법을 거의 혐오하면서, 실로 경건할 지경인 벽돌 같은 문장들을 써나간다. 물론 제임스 우드의 말마따나 이것은 지나친 태도다. 소설의 다른 가능성들에 이렇게까지 소극적일 필요는 없다고 믿기 때문에 나는 제발트의 작품이 소설의 최대치라고 생각해본 적은 없다. 그러나 올해 내려놓은 많은 소설들을 생각하면서, 나는, 제발트만큼 고집불통인 어떤 자의식을 모국어 소설에서 자주 만나고 싶다는 바람을 갖는다.

(2011. 12. 23)

아포리즘에 대하여

　직접 트위터를 할 정도로 부지런하지는 못해도 가까운 이들이나 저명한 분들의 트위터를 엿보기는 한다. 의도적으로 신변잡기만을 늘어놓는 트위터가 있는가 하면, 의미심장한 아포리즘을 꾸준히 공급하는 트위터도 있다. 전자의 경우 미니홈피나 블로그 등이 해왔던 역할을 이어받고 있는 것이겠지만, 후자의 경우는 글자 수가 제한돼 있는 트위터의 조건이 북돋은 현상일 것이다. 트위터의 세상 속에는 너무 많은 아포리즘이 있어서 나는 그것을 다 소화할 수조차 없다. 도대체 아포리즘이 무엇이기에 우리는 이토록 그것을 사랑하는 것일까.

　사전의 '아포리즘(aphorism)' 항목에는 "간결하고 기억하기 쉬운 형태로 말해지거나 쓰인 어떤 독창적인 생각"이라는 설명이 적혀 있다. 보통 '잠언'이라고 옮긴다. 히포크라테스의 《잠언집(Aphorisms)》이 최초의 용례라고 한다. 그 책의 첫 문장인 "인생은 짧고 예술은 길다"가 아포리즘의 전형을 만들었다. (많이 알려진 대로 이 번역은 오역이다. '인생은 짧고 의술은 길다'가 맞다. 의술에 통달하기에는 인생이 너무 짧다는 탄식이다.)

우리는 아포리즘의 대가들을 몇몇 알고 있다. 니체는 아포리즘을 철학적 사유의 한 무기로 끌어올렸다고 평가받는다. 그의 책 《우상의 황혼》(청하, 1984)을 펼치니 이런 구절이 보인다. "음악이 없다면 삶은 하나의 오류일 것이다." 또 이런 구절도. "걸으면서 얻은 사상만이 가치를 지니는 것이다." 절망의 대가 에밀 시오랑 역시 신랄한 아포리스트다. 그의 책 《절망의 끝에서》(강, 1997)를 펼쳐보니 이런 구절에 밑줄이 그어져 있다. "지나치게 자신에게 관심을 기울이게 되면 필연적으로 자신을 터무니없이 사랑하거나 미워하게 된다."

여기에 한 사람을 더 추가한다면 그것은 마땅히 오스카 와일드여야 할 것이다. 출처를 확인하지 못한 그의 아포리즘 중 하나를 나는 기억한다. "사랑에 빠진 남자는 여자를 위해 모든 것을 다 할 수 있다. 단, 영원히 사랑하는 것만 빼고." 이런 문장은 일단 한번 듣고 나면 결코 잊을 수 없게 된다. 그의 재기발랄한 문장들을 음미하며 맞장구를 치고 있자니 짓궂은 그가 또 이런 말을 한다. "사람들이 나에게 동의할 때마다 내가 틀렸다는 느낌이 든다."

그러나 아포리즘은 가끔 우리를 속인다. 움베르토 에코는 어떤 아포리즘들은 그것을 뒤집어도 여전히 그럴듯해 보인다고 꼬집는다. 예컨대 "무지란 섬세한 이국 과일과 비슷하다. 살짝 건드리기만 해도 곧바로 시들어버린다"라는 와일드의 문장에서 '무지' 대신에 '앎'을 넣어도 여전히 말이 되지 않는가. "뒤집기 가능한 아포리즘은 지극히 부분적인 진리를 담고 있으며, 일단 뒤집어놓고 보면 종종 거기에서 펼쳐지는 두 개의 전망에서 어느 것도 진리가 아니라는 사실이 드러나기도 한다. 단지 재치 있기 때문에 진리처럼 보였던 것이다."(《나는 독자를 위해 글을 쓴다》, 열린책들, 98쪽) 그러니 어떤 이들이 아포리즘을 경멸하는 것은 이해할 만하다. 토마스 베른하르트의 소설 《몰락하는 자》(문학동네, 2011)의 한 등장인물의 말이다.

그건 정신적 호흡이 짧은 저급 예술이야. 특히 프랑스에 살았던 어떤 이들이 생계를 위해 만들어낸 예술, 말하자면 야근하는 간호사들이나 읽을 법한 가짜 철학, 달력 명언에 지나지 않는 시시한 철학이라 부를 수도 있겠지. 나중에 의료기관의 대기실마다 붙어 있는 명언으로만 남아 순서를 기다리는 동안 읽을 수 있지. 부정적 평가를 받든 긍정적 평가를 받든 아포리스트로 불리는 작자는 다 역겨워.(66쪽)

나는 아포리즘을 경멸하지 않는다. 나로서는 중언부언과 지리멸렬이 차라리 더 견디기 힘들다. 그러나 아포리즘이 시나 소설에서 반드시 긍정적인 역할을 한다고 단언할 수는 없다. 아포리즘 따위는 쓰지 않겠다는 고집이 오히려 독창적인 문학적 개성을 만들기도 한다. 예컨대 근래 새삼스런 주목을 받고 있는 정영문의 소설책 열두 권 어디를 펼쳐도 관습적인 의미에서의 아포리즘은 찾기 어려울 것이다. 그것은 그가 무의미한 세계의 무의미함을 빈손으로 견뎌내고 있다는 증거다. 아마 그에게 아포리즘은 어떤 타협의 산물처럼 보일 것이다. 이것은 존중받아 마땅한 태도이며 우리가 그의 소설을 좋아하는 이유 중 하나다.

(2013. 1. 25)

소설의 인식적 가치

은희경

《태연한 인생》

　문학작품에는 몇 가지 가치가 있는데, 이를 인식적·미학적·정서적 가치로 명명해볼 수 있을 것이다. 이 가치들의 우열 관계가 시대별로 어떻게 변동하는지를 통시적으로 말해볼 수도 있겠다. 거칠게 말하자면 이렇다. 어떤 시대에 사람들은 소설로 세계를 '인식'하는 방법을 배우려고 한다. 그 시대가 저물면 그 반작용처럼 소설의 '미학'적 본질에 관심을 기울이는 때가 온다. 그런가 하면 요즘처럼 멘토·공감·힐링 등의 어휘가 유행하는 시절에는 소설도 그런 '정서'적 맥락에서 많이 읽힌다. 이런 식으로 그 상대적 우열 관계가 변하며 소설의 특정 가치는 주목되거나 간과되거나 한다.

　어디까지나 상대적으로 그렇다는 것을 전제하고 하는 얘기지만, 근래 한국 소설에서 인식적 가치는 다른 가치들에 비해 힘을 잃은 듯이 보인다. 그런 상황이 조금 답답하던 차에 읽은 은희경의 새 장편《태연한 인생》은 우리가 사회학·심리학·철학 등에서 기대하는 것과는 다른 종류의 인식에 자주 힘 있게 도달해서 인상적이다. 밑줄을 치고 싶은 문장이 많다는 정도의 얘기가 아니다. 물론 이 소설에는 그런 문장이 무수히 많으며 그것은 그 자체로 미덕이다. 그러나 더 중요한 것은 '인식'을 '생산'해내는 데 성공했느냐 아니냐에 걸려 있다. '인식의 생산'이 없는 아포리즘의 수명이 짧다는 것을 이 작가는 잘 안다.

밀란 쿤데라는《참을 수 없는 존재의 가벼움》(1984) 3장에서 이런 요지의 말을 한다. 중년의 나이쯤 되면 특정한 단어가 각자의 사전에서 서로 전혀 다른 것을 의미하게 된다는 것. 그래서 그는 '이해받지 못한 말들의 조그만 어휘집'이라는 부제하에, 자신이 창조한 주인공들이 특정 단어를 어떻게 달리 이해하고 있는지를 보여주는 방식으로 등장인물들의 성격을 구축해낸다. 어떻게 보면《참을 수 없는 존재의 가벼움》전체가 '가벼움과 무거움'이라는 어휘를 각자 달리 이해하고 살아내는 인간(삶)의 몇 가지 유형을 보여주기 위해 쓰였다고 말할 수도 있을 것이다. 이것은 소설이 인식을 생산해내는 방법의 한 사례다.

은희경의 이번 소설의 두 중심인물인 '류'(여)와 '요셉'(남)에게도 각자를 위한 키워드들과 그 은유적 대응물이 배당돼 있다. '류'의 경우 키워드는 '고통과 고독'이고, 그의 은유 체계는 '영화적'(극장과 배우)이다. 류의 서사는 부모의 첫 만남에서부터 결혼 생활의 파국과 그것이 그녀에게 끼친 영향을 순차적으로 기술하는 방식으로 쓰였다. 부모의 삶을 통해 타인 있는 삶의 고통과 타인 없는 삶의 고독을 함께 배운 류가 그 두 함정 사이의 좁은 길을 걷는 모습을 작가는 시종 담담히 관찰한다. 이런 방식의 서술은, 우리 삶의 어떤 영역이, 이미 결정된 극장에서 특정한 배역을 떠맡는 것으로 이루어진다는 사실을 성찰하게 한다.

한편 '요셉'의 경우 키워드는 '패턴과 고유성'이고, 그의 은유 체계는 '소설적'(플롯과 인물)이다. 패턴을 따르는 삶은 따분한 플롯과 진부한 인물로 이루어진 소설을 닮는다는 것, 집단의 패턴에 맞서 개인의 고유성을 사수해야 한다는 것. 류와는 달리 요셉은 자신의 이런 키워드로 세계의 여러 인식의 문을 거침없이 열어젖힌다. 작가가 주인공인 소설에 질색하는 독자가 적지 않다는 것을 알고 있고 그럴 만하다고도 생각하지만 이 소설은 다르다. 상상력의 빈곤을 작가의 일상사로 대체하지 않는다. '패턴과 고유성'에 대한 인식을 생산해내는 데에 소설가라는 직업의 은유 체계가 효율적이기 때문에 선택된 것이다.

둘 중 한 인물을 실제 작가와 동일시하고 싶은 유혹을 받게 되는 소설이다. 그러나 작가는 가끔 류의 키워드로 요셉의 삶을 열어보기도 하고 요셉의 은유 체계로 류의 삶을 이해하기도 하며 균형을 잡는다. 요셉의 목소리가 통렬하게 독자를 압도하지만 류의 침묵에 더 귀 기울일 독자도 있을 것이다. 두 인물 모두 작가의 일부이겠지만 어떤 인물도 완전히 그녀와 일치하지는 않을 것이다. 다시 쿤데라를 인용하자면, 소설은 "아직 밝혀지지 않은 실존의 어떤 가능성"을 탐구해보는 장소다. 소설은 실험실이고 작가는 실험한다. 그리고 우리에게 중요한 것은 그 실험 보고서의 인식적 가치다. 은희경의 이번 보고서는 예리하고 우아하다.

(2012. 7. 6)

왜 소설을 읽는가

김숨, 윤이형, 백영옥

왜 소설을 읽는가, 라는 물음에 어떻게 답하면 좋을까 자주 궁리한다. 누군가 멋진 대답을 해놓은 게 있으면 메모를 해두기도 한다. 예컨대 다음과 같은 대답은 메모의 전당에 올라간다. 다른 글에서도 인용한 적이 있는, 솔로몬 볼코프가 엮은 쇼스타코비치 회상록 《증언》(이론과실천, 2001)에 의하면, 쇼스타코비치는 작가 체호프를 열광적으로 흠모했던 것 같은데 그의 말이 이렇다. "나는 체호프를 게걸스럽게 읽는다. 그의 글을 읽으면 삶의 시작과 종말에 대해 무언가 중요한 생각을 곧 만나리라는 것을 알기 때문이다."(306쪽) 우리가 소설을 읽는 이유를 이처럼 간결하고 정확하게 말하기도 어려울 것이다.

'삶의 시작과 종말에 대한 무언가 중요한 생각'이라는 문구에서 '시작'과 '종말'이라는 말을 폭넓게 받아들이는 편이 좋을 것 같다. 그것은 일단은 출생과 죽음이겠지만, 더 나아가 기쁨과 슬품, 소유와 상실, 에로스와 타나토스, 만남과 이별 등등이기도 할 것이다. 나는 이런 것들이 가장 중요하다는 것은 아는데 정작 그런 것들을 가장 잘 모른다. 그러니 소설을 읽는 것이다. '무언가 중요한 생각'을 곧 만나게 되리라 기대하면서. 한동안 신간들을 따라 읽지 못했는데 그새 소설집이 여러 권 나왔다. 일단 유독 끌리는 한 편씩만을, 체호프를 읽는 쇼스타코비치처럼, 게걸스럽게 읽었다.

1974년생 작가 김숨의 《간과 쓸개》(문학과지성사, 2011)의 표제작에는 간암을 앓는 67살 사내가 있고 쓸개즙이 넘쳐 장기가 썩는 중인 92살의 누님이 있다. 이 소설을 읽으면, 병에 걸려 서서히 죽어가는 일이 한 존재의 의미를 어떻게 변화시키는지, 또 그런 이의 눈에 그를 둘러싼 인간과 세계가 어떤 방식으로 낯설어지는지 알게 된다. 아무래도 이 소설의 핵심은 바닥 모를 저수지나 귀뚜라미 시체 같은 이미지들과 사내의 마지막 울음 속에 있겠지만, 나는, 주인공 사내가 떨어진 머리카락 한 올의 무게가 천 근처럼 느껴져 줍지 못했고, 수도꼭지 잠글 일이 아득하여 서너 대야의 물을 흘려보냈다, 라는 식의 무심한 디테일들에 특히 오래 머물렀다.

1976년생 작가 윤이형의 소설집 《큰 늑대 파랑》(창비, 2011)에서는 〈결투〉를 먼저 읽었다. 어떤 이유로 어떤 인간들이 두 개의 개체로 분리된다고 하자, 각각을 '본체'와 '분리체'라고 하자, 그럴 경우 어느 쪽이 본체인지 어찌 알겠는가, 그러니 둘은 목숨을 건 결투를 해야 한다, 이긴 자가 곧 본체다, 라는 식의 이야기다. 왜 분리되는가? 사회의 부조리에 대한 비판적 자각이 정도 이상으로 축적되면, 이라고 소설은 답한다. 여기가 핵심이다. 철거민들이 죽어나가고 동물들이 살육되는 세계에서 죄의식 없이 살려면? 첫째 아무 자각 없이 살아서 분리를 모면하거나, 둘째 분리되더라도 더 윤리적인 쪽을 죽여라. 독한 전언이다.

1974년생 작가 백영옥의 《아주 보통의 연애》(문학동네, 2011)에서도 표제작을 읽었다. 두 권의 장편소설에서 현대인의 '스타일'과 '다이어트'를 탐구한 이 작가는, 장신구나 손잡이나 식사예절 따위의 사소한 것들의 사회학을 시도했던 게오르그 짐멜처럼, 그러나 당연히 그보다는 훨씬 더 경쾌하게, 현대성의 디테일들을 연구한다. 이번에는 영수증이다.

한 장의 영수증에는 한 인간의 소우주가 담겨 있다. (⋯) 술 먹은 다음 날, 화장실 변기에 쏟아놓은 끈적한 토사물처럼 영수증은 우리가 토해낸 일상을 투명하게 반영한다. 몇 개의 숫자, 몇 개의 단어로. 인생이 쓸데없이 길어지는 걸 비웃는, 기이한 미니멀리즘의 세계.(10~11쪽)

'메모의 전당' 운운하면서 말문을 열었으니 또 다른 메모로 글을 닫자. 문학 전공자들에게는 이른바 '신비평'의 이론가로 기억되지만 시와 소설 두 부문에서 모두 퓰리처상을 받은 유일한 저자이기도 한 로버트 펜 워런은 〈우리는 왜 소설을 읽는가?〉 (1962)라는 글에서 이런 대답을 했다. "소설은 우리에게 우리가 원하는 것만을 주지는 않는다. 더 중요한 것은, 소설이 우리에게, 우리가 원하는지조차 몰랐던 것들을 줄 수도 있을 거라는 사실이다."

(2011. 4. 22)

우리는 더 좋은 사람이 될 수 있을까?

백낙청 선생의 평론집 《문학이 무엇인지 다시 묻는 일》(창비, 2011)이 출간되었다. 기왕 말을 꺼냈으니 제대로 된 서평을 써야 도리일 텐데 그럴 형편이 못 된다. 특별히 오래 머문 대목이 있다. "오늘도 수많은 문학론·시론·소설론 들이 '문학이란 무엇인가'라는 물음을 계속 묻고 있는 듯 보인다. 문제는 대개가 어떤 정답을 이미 전제하고 출발하거나 쉽게 정답에 도달하고 만다는 것이다. 그러나 이 물음을 제대로 물을 때 정답이란 없다." (39쪽) 왜 정답이 없는가. 누군가 쓰고 또 누군가 읽을 때마다 매번 새로운 '문학' 개념이 탄생하기 때문이라는 것. 저 문장의 더 두터운 본래 맥락과는 별개로, '쓰기와 읽기'라는 행위의 의미를 새삼 생각해보게 되었다.

그러다 떠올린 것은 몇 개월 전에 출간된 두 권짜리 앤솔러지 《우리가 보낸 순간》(마음산책, 2010)의 말미에 소설가 김연수가 적어놓은 문장이다. 먼저 '쓰기'에 대해. "자신을 비난하지 않고 매일 쓴다고 해서 반드시 글을 잘 쓰게 된다고는 말할 수 없지만, 더 나은 인간이 된다는 사실만은 장담할 수 있다. (…) 어떻게 쓰느냐에 따라 우리의 모습은 달라진다."(《우리가 보낸 순간 · 소설》, 221~222쪽) 인간은 긍정적인 신호보다 부정적인 신호를 다섯 배 더 강하게 받아들인다는 것, 그러므로 한 번 비난을 받으면 다섯 번 칭찬을 받아야 마음이 원래 상태로 되돌아갈 수 있다는 것, 글을 쓰는 행위는 자신을 긍정하는 일인 것이어서 그 덕분에 우리 존재가 실제로 바뀔 수 있다는 것 등이 그의 체험적 결론이다.

그리고 '읽기'에 대해. 그는 '무용한 독서'의 소중함을 말하는 와중에 이런 문장을 적었다. "우리가 지금 좋아서 읽는 이 책들은 현재의 책들이 아니라 미래의 책이다. 우리가 읽는 문장들은 미래의 우리에게 영향을 끼친다. 그러니까 지금 읽는 이 문장이 당신의 미래를 결정할 것이다. '아름다운 문장을 읽으면 당신은 어쩔 수 없이 아름다운 사람이 된다.'"(《우리가 보낸 순간 · 시》, 287쪽) 읽고 쓰는 일을 업으로 삼고 있는 후배로서 선배의 결론은 큰 위로와 격려가 된다. 그런데 한편으로는 이런 생각도 드는 것이었다. 정말 그럴까? 읽고 쓰는 일만으로 우리는 점점 더 좋은 사람이 될 수 있을까?

그로부터 얼마 뒤 대학생 독자를 대상으로 발행되는 매체의 기자와 만날 일이 있었다. 이번에는 내가 선배의 위치에서 몇 마디 늘어놓아야 했다. "저는 멘토가 될 자격도 능력도 없지만 이것만은 말할 수 있습니다. 앞으로 꽤 많은 것들이 여러분 뜻대로 안 될 겁니다. 특히 인간관계가 그렇겠죠. 아무리 조심을 해도 분명히 상처를 주거나 받게 될 거예요. 그 난관을, 여러분은 지극히 이기적인 방식으로 돌파하려고 할 것이고, 마침내 돌파할 거예요. 인간이니까. 인간이란 그런 존재이니까. 그리고 훗날 회한과 함께 돌아볼 때가 올 텐데, 바로 그때, 뭔가를 배우게 될 겁니다. 그리고 아주 조금 달라질 거예요. 내가 좋은 사람이 아니라는 것을 깨닫는 순간, 나는 아주 조금 더 좋은 사람이 됩니다."

인간은 무엇에서건 배운다. 그러니 문학을 통해서도 배울 것이다. 그러나 인간은 무엇보다도 자기 자신에게서 가장 결정적으로 배우고, 자신의 실패와 오류와 과오로부터 가장 처절하게 배운다. 그때 우리는 겨우 변한다. 인간은 직접 체험을 통해서만 가까스로 바뀌는 존재이므로 나를 진정으로 바꾸는 것은 내가 이미 행한 시행착오들뿐이다. 간접 체험으로서의 문학은 다만 나의 실패와 오류와 과오가 어떤 종류의 것이었는지를 '파악'하는 데 도움을 주기는 할 것이다. 그러나 피 흘릴 필요가 없는 배움은, 이 배움 덕분에 내가 달라졌다고 믿게 할 뿐, 나를 실제로 바꾸지 못한다. 안타깝게도 아무리 읽고 써도 피는 흐르지 않는다.

피 흘려 깨달아도 또 시행착오를 되풀이하는 것이 인간이다. 그런 의미에서 인생은 반복들로 이루어진다. 그러므로 점점 더 좋은 사람이 된다는 건 얼마나 어려운 일일까. 그러나 믿을 수밖에. 지금의 나는 10년 전의 나보다 좀 더 좋은 사람이다. 10년 후의 나는 더 좋아질 것이다. 안 그래도 어려운데 믿음조차 없으면 가망 없을 것이다. 문학은 그 믿음의 지원군이다. 피 흘리지 않으면 진정으로 바뀌지 않는다고는 했지만, 거꾸로 말하면, 피 흘리지 않고 인생을 시뮬레이션 할 수 있는 공간이 있으니 얼마나 다행인가. "문학이 무엇인지 다시 묻는 일"을 나대로 시도해보았으나 결과는 이렇게 변변찮다. 수없이 다시 물어야 하리라.

(2011. 6. 17)

그래도 우리의 나날

| 사회 |

* 3부의 제목 '그래도 우리의 나날'은 시바타 쇼의 동명 소설에서 빌렸다.

굿바이, 박정희

――――――

탄핵과 그 이후

1. 두 번의 탄핵

《정의란 무엇인가》의 저자 마이클 샌델은 1974년에 워싱턴의 《휴스턴 크로니클》에서 인턴 기자로 일하고 있었기 때문에 당시 미국 하원 법사위원회에서 진행된 리처드 닉슨의 탄핵 심사를 가까이에서 지켜볼 수 있었다. 1974년 7월 27일 저녁, 거의 종교적일 정도로 엄숙한 분위기에서 첫 번째 탄핵 사유에 대한 투표가 끝나자마자, 샌델은 워터게이트 청문회 내내 뛰어난 언변으로 주목을 끌면서 탄핵을 주도했던 텍사스 최초 아프리카계 여성 하원의원 바바라 조던의 코멘트를 듣기 위해 달려갔다. 그런데 뜻밖에도 그녀는 "지금은 아무 말도 하고 싶지 않습니다"라고 말한 뒤 두 눈에 눈물을 머금은 채 자리를 떴다. 샌델은 이렇게 회고한다. "나는 그녀의 모습에 깜짝 놀라 흠칫했다. 심지어 닉슨에게 적대적이었던 민주당 의원들조차 대통령을 실제로 탄핵했다는 무겁고 괴로운 부담감에 시달리고 있었다."(《정치와 도덕을 말하다》, 와이즈베리, 2016, 99~100쪽)

샌델이 위의 글을 쓴 때는 1998년 빌 클린턴 대통령의 섹스 스캔들로 인해 탄핵 정국이 조성된 때였다. 샌델은 24년의 시간 차이를 두고 자신이 경험한 두 번의 탄핵 국면이 꽤 다르다는 이야기를 하기 위해서 위 에피소드를 꺼낸 것이었다. 닉슨의 워터게이트와는 달리 클린턴의 지퍼게이트가 미국 국민들에게 훨씬 더 관대하게 다루어진 것은, 물론 사안 자체가 워낙에 다르기도 했지만, 거기에 더해, 미국인들의 삶에서 대통령의 역할과 지위가 이십수 년 전과는 달라졌기 때문이라는 것이 샌델의 분석이다. 닉슨 시대의 대통령은 국민에게 "권위적이고 제왕적인 아우라"를 가지고 있었으므로 대통령의 거짓말과 속임수가 안긴 배신감은 돌이킬 수 없는 것이었지만, 대통령이 각종 미디어를 통해 제 약점조차 다 내보이는 것이 일반화된 시대의 대통령이었던 클린턴은 닉슨보다 큰 사랑을 받으면서도 더는 경외의 대상이 아니었기 때문에 더 관대한 처분을 받을 수 있었다는 것이다.

우리로 말할 것 같으면 24년이 아니라 12년 만에 두 번의 대통령 탄핵 정국을 경험했다. 바바라 조던은 닉슨 탄핵에 한 표를 던지고 미국 정치 현실에 책임감을 느끼며 눈물을 흘렸지만, 2004년 3월 12일 당시 노무현 대통령 탄핵소추안 투표를 마친 후 당시 박근혜 의원은 만면에 미소를 지었다. 13년 전 박근혜와 그의 동료들은, 국민이 뽑은 대통령을 1년 남짓 동안 저잣거리

장삼이사만도 못한 취급을 하다가 그냥 내쫓기로 결심하고 그 일을 한 것이었으므로, 눈물을 흘리기는커녕 오히려 집단 린치의 쾌감을 숨기느라 피곤했을 것이다. 눈물을 흘린 것은 그들에 맞서 촛불을 든 국민들이었다. 그리고 13년 뒤 우리는 그때와는 다른 탄핵을 경험했다. 전적으로 국민의 뜻대로 된, 국민의 힘으로 이룬 대통령 탄핵이므로, 당연하게도 이것은 혁명이라고 불려야 한다. 그렇다고 우리가 13년 전의 박근혜 의원처럼 웃을 수는 없었다. 쌓인 울화가 많았으므로, 이번에도 눈물이 났다.

2. 냉전 멜랑콜리

박정희의 생일이 1917년 11월 14일이니 자칫 2017년은 그의 출생 100년을 기념하는 해가 될 뻔했다. 그의 딸인 박근혜 전 대통령이 하필 이 해에 탄핵되지만 않았더라면 말이다. 역사의 드라마가 보여주는 복잡한 인과관계의 실현 과정은 언제나 한낱 인간의 상상력을 뛰어넘는다. 이 역사의 간지(奸智)에 대한 해석은 엇갈린다. 조갑제 씨는 '박정희 탄신 100주년'에 일어난 박근혜 씨의 추락 앞에서 그리스비극을 떠올리며 장엄한 비감에 젖었던 모양인데, 그를 더욱 못 견디게 한 것은 이 비극에 '관객의 연민'이라는 필수 요소가 빠져 있다는 점이었다. "그리스비극은 못 되더라도 국민적 연민의 부족, 이 점이 한국식 비극의 핵심일지 모르겠다는 생각도 든다. 아버지-어머니-딸이 대(代)를 이어서 동족(同族)의 손으로 요절이 나는데 외국 언론이 동정론을 펴는 게 그래서 더 인상적이다. 한국인은 원래 이토록 잔인한 민족인가? 과연 영웅을 가질 자격이 있는 사람들인가?"(《주간조선》, 2439호)

저 질문에 답을 해주기로 하자. 한국인은 헌법을 유린한 범죄자에게 이 정도로 "잔인"할 만큼의 정치적 이성은 갖고 있다고. 또 현대사를 수십 년 퇴행시키려는 것이 아니라면 오늘날의 민주공화정에 파시스트 "영웅" 따위는 필요 없다고. 그리고 "국민적 연민"으로 말할 것 같으면 그것은 국가가 방치해서 바닷속에 가라앉은 304명을 위한 것이지, 그들이 죽어가는 동안 행방불명 상태였고 이후에도 유가족을 철저하게 외면한 한 냉혈한을 위한 것이 아니라고. 그러나 죄 없이 죽은 이들의 죽음을 위로하기 위해서는 그래도 지난 4년이 헛된 것이 아니라고 말해야 한다. 가까스로 생각해보면 박근혜 씨가 행한 가장 위대한 일은 그가 탄핵을 당해주었다는 것이다. 이것이 왜 업적인가. 실비아 플라스의 시 〈아빠(Daddy)〉(1962)에는 "만일 제가 한 남자를 죽였다면, 그것은 둘을 죽인 셈이에요"라는 구절이 있는데, 화자에게는 현재의 남편을 인생에서 삭제하는 일이 곧 고인이 되어서도 영향력을 행사하는 파시스트 아버지를 함께 지우는 일이기도 하다는 뜻이다. 비슷하게 말해보자면, 박근혜 씨는 우리가 한 사람을 탄핵하면서 두 사람을 탄핵할 수 있도록 했다.

딸과 함께 탄핵된 것은 물론 그의 부친이다. 38년 전이 아니라 이제야? 38년 전에 그가 부하의 총을 맞아 급사한 것은 그 자신의 불행일 뿐만 아니라 한국 현대사의 불행이다. 영욕을 누린 이후의 자연사가 아니라 부하의 배신으로 인한 사고사였으므로 그 갑작스러운 죽음은 그가 충분히 탈신화화될 수 있는 기회를 앗아갔고 그 대신 그를 그 자리에 신화적으로 못 박고 말았기 때문이다. 오늘날 일부 노년층에게 그 사건은, 갑작스럽게 자신의 리비도를 부권적 대상으로부터 회수해야만 했지만 그것을 다른 곳에 재투자하지 못하고 제 안에 품게 만든, 그래서 그 에너지로 자신을 박정희와 그의 시대에 맹렬하게 동일시하도록 유도한 사건이다. 이를 '냉전 멜랑콜리'라고 하자. 안타깝게도 그들은 '박정희'와 함께 자신의 일생을 영웅적으로 회상하고, '박근혜'와 함께 고아처럼 살아온 제 삶의 고독을 재음미한다. 이 강력한 자기 동일성은 자기 자신과의 영원히 끝나지 않는 대화를 지속하게 한다. 프로이트가 1915년 무렵에 나르시시즘이라는 메커니즘을 발견하고 멜랑콜리 연구를 시도한 것은 당연한 일이다. 멜랑콜리 자체가 나르시시즘이기 때문이다.

3. 박정희의 유령들

이 멜랑콜리가 박정희의 유령들을 불러들였다. 20년 전 김영삼 정부 지지도 하락과 맞물려 박정희 향수가 살아난 것이 시발점이었다. 소설가 이인화가 박정희를 모델로 한 영웅서사시《인간의 길》(살림) 세 권을 출간하며 화제를 모은 것도 1997년 봄의 일이었다. 오랜 은둔을 끝내고 박근혜 씨가 현실 정치에 뛰어든 것도 바로 그해다. 대선을 앞두고 이회창 후보의 편에 가담함으로써 그는, 자신의 아버지가 1971년 선거에서 당시 김대중 후보와 맞섰듯이, 이번에는 자신이 그 일을 했다. 그리고 이듬해인 1998년에 보궐선거에 당선되어 국회의원이 됐고 김대중·노무현 정부 10년 동안 수구정당의 간판 정치인으로 성장했다. 그러나 2007년에는 이명박 후보에게 밀려 대선에 출마하지 못했다. 박정희의 유령은 먼저 이명박의 얼굴로 되돌아와야 했다. 당시 국민들에게는 박정희 왕조의 복권보다는 기업가 정부의 화끈한 청사진이 더 매력적이었을 것이다. 물론 5년 뒤에는 수구세력의 대표자가 되었고 마침내 대통령이 됐다. 정권의 연장이기만 한 것이 아니라 악화가 될 것이었다.

'이명박'과 '박근혜'라는 고유명사를 줄여 '이명박근혜'라고 부르지만 이를 다시 세 글자로 줄이면 '박정희'가 된다. 과감히 말하자면 두 사람은 박정희의 두 가면을 각기 쓰고 권좌에 올랐다. 박정희 신화가 가진 두 얼굴은, 공세(攻勢)적 개발주의자의 얼굴과, 가진 것은 애국심뿐인 고독한 단독자의 얼굴이다. 이를테면 그것은 독재자의 낮과 밤이었다. 그러나 두 전직 대통령이 실제로 행한 것에는 더 정확한 이름을 붙여줘야 한다. 그것을 '물신 정치'와 '공작 정치'라고 부를 수 있을 것이다. 이명박 정부의 물신 정치를 상징하는 사건은 용산참사와 4대강사업이다.

이 물신 정치는 '인간'과 '생태'라는 최상위 가치에 대한 몰이해와 거부감에 기초한 폭력적 성과주의다. 그 과실은 대통령과 그 측근들의 몫이었을지언정 국민의 것은 아니었다. 박근혜의 공작 정치를 상징하는 것은 물론 세월호참사와 블랙리스트다. 세월호 참사는 사실상 '죽게 내버려둔' 결과를 낳았고 블랙리스트의 본질은 '내버려두지 않고 죽이는' 데 있었다. 전자로 육체가 수장됐고 후자로 상상력이 검열됐다. 그들은 전자를 무릅쓰고라도 후자에 몰두하는 것, 즉 '어떤 희생이 따르더라도 좌파를 척결하여' 냉전 왕국을 부활시키는 것만이 애국이라고 믿은 시대착오적 편집증자들이었다.

이번 19대 대선에서 자유한국당은 이명박과 박근혜가 없는 (즉, 박정희가 없는) 대한민국 수구 세력이 얼마나 한심한 집단인지를 부끄럼 없이 드러냈다. 그들이 유일하게 기댈 수 있는 것은 자칭 보수층의 비합리적 광기가 총결집하는 일인 듯 보였다. 홍준표 후보는 선거 운동 기간 내내 이번 선거는 '자유 대한민국의 체제를 결정하는' 선거라고 부르짖었다. 그 후보가 속해 있는 타락한 정치집단이 선거 때마다 동원하는 이 '비상사태'론은 혹세무민을 위한 겁박에 불과한데, 이를 통해 국민의 정책 판단 능력을 혼탁하게 만드는 것은 대한민국 정치를 과거로 후퇴시키는 일종의 역사적 범죄다. 이는 박정희가 1970년대 이후 자신의 독재적 권력 행사에 국민적 동의가 뒤따르지 않자 70년대 내내 반복했던 "영원한 긴급상황(permanent emergency)"론(전인권, 《박정희 평전》, 이학사, 254~257쪽)에서 한 치도 벗어나지 않은 것이며, 더 과감히 거슬러 올라가자면 결국 천국과 지옥을 팔아 권력을 보지(保持)한 중세의 부패한 종교 권력 집단의 현대적 변용이기 때문이다. "감히 당신의 지성을 사용할 용기를 가져라!"라는 말로 계몽의 정신을 요약한 칸트의 시선으로 보자면 그들은 국민의 지성이 아니라 감정(공포)을 자극하는 것으로 시종했으니 그들의 정치란 이 나라를 몇십 년이 아니라 몇백 년 전으로 되돌리는 일에 불과하다.

그 세력과 맹목적 지지자들이 결여하고 있는 것은 '지성'만이 아니다. 2010년대 이후 한국 사회는 어쩌면 새로운 계몽의 시대로 접어든 것처럼 보이는데, 이 계몽의 물결은 앞서 인용한 칸트의 저 문장에서 '지성(understanding)'의 자리에 '감수성(sensitivity)'을 넣을 것을 요청한다. 오늘날 '미성숙한'(즉, 계몽되지 못한) 인간이라 불리는 이들이 결여하고 있는 것은 지성이 아니라 감수성이기 때문이다. 성숙한(계몽된) 인간이 갖고 있는 감수성이란, '젠더 감수성'이나 '인권 감수성'이라는 개념에서 그 용례를 찾아볼 수 있는 것처럼, 사람과 사람 사이에 존재하는 '차이'들을 이해하고 행여 그것에 대한 잘못된 지식/믿음(즉 '무지'와 '미신')이 '차별'의 근거로 작동할 수 있는 상황을 예방하거나 비판할 줄 아는 민감함을 의미한다. 이런 감수성은 있으면 좋고 없어도 그만인 것이 아니다. 나에게 그것이 없다는 것은 내가 누군가에게 상처와 고통을 줄 수 있는 가능성을 상시적으로 품고 있다는 뜻이다. 홍준표 후보가 쏟아낸 반여성·반소수자·반호남 발언들은 폭력적인 몰감수성의 소산일 것인데, 그런 정치를 견뎌낼 인내심을 새로운 세대는 갖고 있지 않다.

4. 정치의 도덕적 차원

다행히 현재 우리의 대통령은 그가 아니라 다른 사람이다. 새로 출범한 문재인 정부를 향한 국민들의 절대적 지지는 지난 9년 동안의 물신 정치와 공작 정치를 일소하고, '물신'이 아니라 '인간'을, '공작'이 아니라 '소통'을 내세우는 정부가 되어달라는 간절한 염원의 표현일 것이다. 지난 5·18 민주화운동 37주년 기념식에서 1980년 5월 18일에 태어나자마자 아버지를 잃어야 했던 김소형 씨의 편지 낭독이 끝나자 문재인 대통령은 무대를 내려가는 그를 돌려세워 안아주었는데 많은 사람들이 지적했다시피 이는 단지 감동적인 순간이기만 한 것이 아니라 새로운 정부의 정치가 어떤 것이어야 하는지를 상징적으로 보여주는 장면이기도 했다. '사망자 ○○○명'이라는 통계 자료의 추상 속에서 느껴지지 않는 고통을 개별화해내서 그 개별적 고통들에 성실히 응답하는 정치, 그것이 현실의 모든 고통들에 대해 실현 가능한 것은 아닐지언정, 최소한 정치의 목표로 설정될 수는 있겠다는 희망을 품은 것만도 오랜만이었다. 이 장면을 통해 우리가 얻은 것은 지난 9년 동안 두 전직 대통령에게 결여돼 있는 능력이 무엇이었는지에 대한 실감이며, 사람이 사람을 위해 행하는 '정치'라는 과업이 인간성에 대한 신뢰를 고양시키는 데 기여할 수 있다는 새삼스러운 확신이었다.

혹시 우리는 지금 정치와 윤리를 부주의하게 뒤섞으려는 것인가? 그리하여 정치를 윤리로부터 분리해냄으로써 정치 고유의 역학을 밝혀낸 마키아벨리를, 또 그를 이어받아 '영혼을 구제하고자 하는 자는 정치가 아니라 다른 일을 택해야 한다'고 일갈한 베버를 깜빡 잊어버리려는 것인가? '정치적 윤리'는 '사인(私人)적 윤리'와 충돌할 수 있으며, 전자는 후자보다 한층 더 복잡한 가치 판단을 요하고 더 심원한 수준에서 관철되는 윤리다. 그러나 그렇다는 것을 명심해야 하겠으나 이 냉철한 정치적 현실주의 '너머'에 아무것도 없지는 않을 것이다. 정치적 윤리가 사인적 윤리와 합치되는 경지가 있을 것이고, 그것에 대한 염원을 우리가 일부러 멈춰야 할 이유는 어디에도 없다. 《비통한 자들을 위한 정치학》(글항아리, 2012)의 저자인 파커 J. 파머는 "정치라는 것이 모든 사람을 위한 연민과 정의의 직물을 짜는 것이라는 점을 잊어버릴 때, 우리 가운데 가장 취약한 이들이 맨 먼저 고통을 받는다"라는 헌사로 책을 시작한다. 정치가 영혼을 구제할 수는 없다 하더라도 최소한 비통한 자들의 고통이 무엇인지를 아는 사람들의 일이어야 한다.

그러나 현실 정치에는 다양한 정치인들이 있다. 그러니까 다음과 같은 사람들만 있는 것은 아니라는 뜻이다. 청년 심상정은 학부 3학년이던 때에 구로공단에 취업했다. "내 나이 스물 둘, 서울 명일동의 한 직업훈련소에서 어렵사리 미싱사 자격증을 따던 날 벅찬 마음으로 외쳤던 기억이 새롭다. 전태일 동지, 저도 이제 미싱사가 됐어요!"(심상정, 《당당한 아름다움》, 레디앙, 2008, 35쪽) 그는 고통받는 이들과 함께 고통받을 수 있게 돼서 벅찼다. 갓 서른을 넘긴 문재인은 사법연수원을 차석으로 졸업한 1982년에 부산으로 내려가 노무현을 만나 사무실을 함께 썼고 곧 그들의 명함에 이런 구절을 적어 넣었다. "억울한 일을 당하고도 법을 잘 모르거나 돈이 없어 애태우는 근로자 여러분을 돕고자 하니 어려운 일이 있으면 주저 없이 상담 문의 바랍니다. 상담료는 받지 않습니다." 지금 언급한 두 사람은 제도권 정치에 뛰어들기 전까지 25년을 그렇게 살았다. 타인의 고통에 대한 민감성과 그를 외면하지 못하는 결벽성은 타고나는 것이 아니라 길러지는 것이다. 타인에게 열려 있는 통각(痛覺)이 마비돼 있거나 미발달된 이들이 하는 정치는 우리를 고통스럽게 한다. 우리는 그런 시대로 다시 돌아갈 수 없다.

'진정성의 정치'를 믿는 것은 순진한 일일 뿐 아니라 위험한 일이기도 하다. 선한 것에서 선한 것이 나오고 악한 것에서 악한 것이 나온다고 믿는 사람은 권력/폭력을 다루는 난해한 기술일 수밖에 없는 정치의 본질을 모르는 '정치적 유아(乳兒)'에 불과하다는 것 역시 베버의 가르침이다. 더 나아가 그는, 모든 행위가 그렇지만 정치가 특히 그러하다고 말하면서, 정치 안에는 '근본적 비극성'이 있다고 말한다. "정치 행위가 진정으로 내포하고 있는 비극성"이라는 표현에는, 정치 행위의 경우 그 결과가 의도와 동떨어져 있거나 심지어 정반대로 귀결되기도 한다는 취지가 담겨 있다. 그래서 그는 "자신이 제공하려는 것에 비해 세상이 너무나 어리석고 비열해 보일지라도 이에 좌절하지 않을 자신이 있는 사람"만이 정치에 대한 소명을 가지고 있다고 적었다.(《막스 베버 소명으로서의 정치》, 후마니타스, 2013, 231쪽) 이 말이 감동적인 것은 '참으로 어려운 일이 진정으로 옳은 일'이라는 진리를 또 한 번 되새기게 하기 때문이다. 그 '정치에의 소명'이 우리 모두의 것이 될 때 2017년 이후 대한민국은 결코 그 이전으로 되돌아갈 수 없을 것이다.

(2017. 6. 4)

비무장의 예언자들

2018년의 '남북'과 '남녀'

마키아벨리에 따르면, 신생 개혁 군주가 구체제 기득권 세력과 맞서 자신의 과업을 추진해야 할 때, 그가 제힘만으로 개혁을 밀어붙일 수 있는 상황인지, 아니면 타인들의 도움에 의존해야 하는 상황인지를 구별하는 것은 중요하다. 역사를 돌아보면 대체로 전자의 경우는 성공했지만 후자일 때는 실패했기 때문이다. 마키아벨리는 이 차이를 '무장'과 '비무장'의 차이와 같다고 이해한다. "바로 이러한 이유로 무장한 예언자는 모두 성공한 반면, 무장하지 않은 예언자는 실패했습니다."(《군주론》, 6장) 마키아벨리가 이 '비무장 예언자'의 사례로 든 것은 수도사 사보나롤라(Savonarola)인데, 1494년 이후 4년간 피렌체를 통치할 기회를 얻어 적폐 청산을 시도한 그는 마키아벨리가 말하듯 한낱 도덕주의에 의존했을 뿐인 '무장하지 않은' 예언자였기 때문에, 그 자력 부족의 한계로 인해 반대 세력의 역습과 민심 이반에 직면했고 결국 화형에 처해졌다. 그런데 본디 무장이 불가능한 예언자도 있지는 않을까. 그 비무장 예언자가 정직한 예언자인 한에서는 적대 세력과 불화할 것이고 또 운명은 비극적 결론을 피하기 어려울 테지만, 그럼에도 끝내 예언자이기를 포기하지 않는다면 그에게 남아 있는 선택지는 무엇일 수 있을까?

한국문학사에서 예언자의 존재론을 성찰한 인상적인 사례로는 이청준의 중편소설 〈예언자〉(1977)가 있다. 살롱 '여왕봉'을 인수한 카리스마적인 여성 '홍마담'은 경영 혁신 차원에서 뜻밖에도 10시 이후에는 손님과 여급 모두 가면을 써야 한다는 규칙을 만든다. 이 거추장스러운 규칙에 반발하던 단골들이 언젠가부터 가면 놀이에 익숙해지고 외려 이를 즐기기까지 하는 광경을 불편해하는 기색으로 지켜보는 이가 바로 나우현이다. 홍마담 체제 이전에는 여급이나 손님들을 대상으로 신통한 예언을 해오던 그였는데, 기이한 가면 풍속이 생긴 이후로는 예언을 중단함으로써 새 체제에 대한 거부감을 드러내온 터다. 홍마담은 자신의 왕국을 건설해놓고도 여느 독재자들이 그러하듯이 배반에의 예감으로 불안을 느끼고, 나우현이 근래 예언을 중단했다는 사실을 알고는 배반의 진원지가 나우현이 될지도 모른다는 불길한 추측에 사로잡힌다. 이렇게 권력자와 예언자의 대립 구도가 성립된다. 아직은 암묵적이었던 대립 구도는 나우현이 오랜 침묵을 깨고 발설한 예언을 통해 수면 위로 떠오른다. 홍마담이 지배 체제를 완성하기 위해 급기야 손님 중 하나를 죽이게 된다는 것이 그 예언의 내용이기 때문이다.

권력 기제와 지배 양식에 대한 이청준의 천착은 그 특유의 알레고리적 작법과 함께 많은 주목을 받아왔다. 이 소설 역시 독재자가 '가면 씌우기'로 상징되는 권력의 테크놀로지를 활용해 대중을 포섭해가는 과정을 그린 사례임은 쉽게 알아볼 수 있다. 눈여겨볼 대목은 소설의 후반부에서 나우현이 자신의 예언으로 인해 처하게 되는 상황인데 바로 여기에 예언자의 존재론이 담겨 있기 때문이다. 나우현의 예언은 홍마담의 불안을 점점 더 가중시키고, 결국 홍마담은 그녀의 심리적 노예가 되어버린 한 단골을 조종해 나우현을 살해하기에 이른다. 나우현의 예언이 홍마담 체제의 폭력적 본질을 꿰뚫어보았다는 것을 지적하는 것만으로는 충분하지 않다. 그가 체제의 본질을 폭로하기 위해 '자기실현적 예언'을 행해서 실제로 살인을 이끌어냈고, 그 과정에서 사실상 자신을 제물로 바쳤다는 점을 지적하는 것이 더욱 중요하다. 권력과의 대결 구도 속에서 예언이란 한낱 점치는 일 따위가 아니라 목숨을 걸고 진실을 발설하는 일이며, 그 예언의 실현 과정 속에는 예언자 자신의 역할이 이미 포함돼 있다는 것이 핵심이다.

이것이 바로 예언자의 존재론이고, 더 정확히 말하면, 비무장 예언자의 고독한 사명이자 비극적 귀결이다. 이 소설에서 나우현의 전직이 소설가라는 점은 시사적인데, 이청준이 염두에 둔 비무장 예언자의 구체적 형상은 어쩌면 '작가'가 아닌지 모르겠다. 작가들이 이는 지나치게 과중한 사명이라며 손사래를 칠 수 있겠고, 독자 편에서는 작가의 역할에 대한 과대평가가 아니냐는 말이 나올 법하다. 그러나 이청준이 암시하듯 예언이 동시대의 사회역사적 진리에 대한 통찰이자 그 통찰에 대한 헌신일 수 있다면, 우리 문학사에서 그런 예언자를 발견하는 일은 불가능하지 않다. 올해 50주기를 맞은 김수영이야말로 그에 부합하는 사례일 수 있다. 김수영 자신은 "나는 사후 백 년 후에 남을 시를 쓰려고 노력할 수는 없지만, 작품이 끝난 후 반년 정도의 앞을 예언할 만한 시를 쓰고 싶다"(《시작 노트 2》)라고 말한 바 있다. 그는 지나치게 겸손했던 것이 아닐까. "복사씨와 살구씨가 한번은 이렇게 사랑에 미쳐 날뛸 날이 올 거다!"(《사랑의 변주곡》) 이를테면 이런 구절은 1980년 5월, 1987년 6월, 그리고 2016년 겨울에 대한 예언이라고 할 수는 없겠는가.

내가 기획에 참여하는 계간지 《문학동네》가 김수영 50주기 좌담을 2018년 4월 27일에 열기로 기획할 때만 해도 남북 관계의 급변을 예상할 수 없었거니와, 하필 같은 날짜에 남북정상회담이 열릴 줄은 더더욱 몰랐다. '분단체제'에 맞섰던 김수영의 몇몇 구절들을 내가 4월 27일 오후에 되새겨본 것은 자연스러운 일이었다. 강력한 아이러니로 쓰인 문제작 〈김일성만세〉는 말할 것도 없고, 〈시여, 침을 뱉어라〉의 저 유명한 구절들도 빼놓을 수 없다. 예컨대 시인이 시의 내용적 차원에서 '자유가 없다'는 말을 끊임없이 되풀이하는 것은 낙숫물이 바위를 뚫듯이 38선을 뚫는 일일 수 있다는 것. 그리고 그것이 시인의 헛소리일지언정, "헛소리다! 헛소리다! 헛소리다! 하고 외우다 보니 헛소리가 참말이 될 때의 경이"를 기대해볼 수 있으며, 바로 이것이 "나무아미타불의 기적이고 시의 기적"이라는 것 등등. 좌담 패널 중 하나인 이영준은 당일 오전 두 정상이 손을 잡고 함께 분단의 선을 넘는 장면을 보며 "너무 진리가 어처구니없이 간단해서 웃는"(〈꽃잎〉) 김수영적인 웃음을 터뜨렸다고 고백하기도 했다. 왜 아니었겠는가.

《문학동네》가 같은 호의 특집을 '♯미투'에 할애하기로 하고 필자를 섭외하던 때도 역시 남북정상회담을 예상할 수 있는 시점은 아니었다. 이 절묘한 시간차 속에도 생각해봄직한 의미가 담겨 있을 것이다. 지금까지는 여성들의 발화가 그보다 더 중요하다고 간주된 다른 이슈에 밀려왔다면 이제는 그럴 수도 없고 또 그래서도 안 된다는 그런 의미 말이다. 이런 상념의 와중에 또 다른 예언자 카산드라를 떠올리게 된 것도 필연적인 일이었다. 잘 알려진 대로, 그녀는 '트로이의 목마'의 진실을 예언했으나 오히려 동포의 비웃음을 사서 조국의 패배를 막지 못했고, 승전국 그리스의 총사령관인 아가멤논에 의해 그리스로 끌려가서는 자신에게 임박한 비극을 예언하고 비참하게 죽었다. 조국에서나 적국에서나 그녀의 예언은 타인을 설득하지 못하고 자신을 구제하지 못했다. 그러니 그녀의 죽음은 그녀가 당면했던 전쟁보다 더 근원적인 어떤 '남성적' 체제의 결과라고 해야 하리

라. 크리스타 볼프(Christa Wolf)가 분단 독일에서 카산드라를 되살려낸 것도 이런 맥락에서다. 남성의 전쟁으로 여성이 희생될 때 그 여성들의 국적을 따지는 것은 의미가 없으며 전쟁을 넘어서는 평화의 길 역시 '여성적인 것'으로부터 가능하다는 메시지가 그의 소설《카산드라》(1983)에 담겨 있다.

분단된 한반도에서, 그것도 평화 체제로의 질적 전환을 예감하는 이 시점에 카산드라를 생각해보는 일에는 이런 실천적·실용적 의미가 있겠지만, 그보다 먼저 그리고 오래 생각해야 할 것은 트로이전쟁 이전에도 그녀의 삶은 이미 전쟁이었다는 사실이다. 카산드라가 예언 능력을 갖게 된 것은 아폴론의 사제였기 때문인데, 그녀가 아폴론의 구애를 거절한 탓에 그로부터 저주를 받아 누구도 그녀의 예언을 믿지 않게 되었다는 것이 표준적 전승의 내용이다. 아이스킬로스는 〈아가멤논〉에서 카산드라가 아폴론을 "배신"했다고 적고 있지만(1212행), 설사 아폴론이 카산드라의 예언 역량 발휘를 조력했다 한들 그 대가로 그녀의 사랑쯤이야 요구할 수도 있다고 믿는다면 이는 그야말로 남성 중심적 시각일 것이다. 말하자면 그녀는 남성 상급자의 '위력에 의한 간음' 시도에 불응함으로써 제 업무 분야에서 배제된 여성인 셈이다. 한 여성이 출중한 능력을 갖고 있음에도 공동체의 무시와 조롱 속에서 발언권을 빼앗기고 마는 이 설정은 근래 '#미투' 운동이 폭로한 권력적 성 착취와 그 은폐의 메커니즘을 놀랍도록 원형적으로 담고 있다. 그렇다면 우리 주변에는 얼마나 많은 카산드라가 있는 것인가. 2018년의 '남녀'는 '남북'보다 결코 덜 중요하지 않다.

이청준은 〈예언자〉에서 나우현의 입을 빌려 예언자의 외로움에 대해 말한다. "그는 그저 정직한 예언자가 되려고 애를 써온 것이었다. 그런데 바로 그 자신에 대한 정직성 속에 외로움이 있었다."(《눈길》, 문학과지성사, 2012, 96쪽) 한편 카산드라가 아가멤논과 함께 죽음에 이르렀을 때 그녀가 남긴 마지막 말은 다음과 같았다. "아아, 이방인들이여, 나는 덤불을 피하는 새처럼 결코 두려워 비명을 지르는 게 아녜요. (…) 여러분들은 내가 어떻게 죽었는지 증언해주세요. 내 죽음을 앞두고 이런 호의를 여러분들에게 부탁해요."(《아이스퀼로스 비극 전집》, 천병희 옮김, 숲, 2008, 1315~1320행) 마키아벨리식으로 말하면 이는 곧 비무장 예언자들의 외로움이다. 김수영과 카산드라는 당대에 외로웠으나 오늘날의 예언자들은 더는 외로워서는 안 될 것이다. 마키아벨리의 문장을 다시 보면 예언자의 '무장'이란 결국 다른 것이 아니라 예언자를 지지하는 이들의 단합된 힘 그 자체를 가리키는 것일 뿐이다. 분단체제와 성폭력의 역사를 더는 되풀이할 수 없다고 생각하는 많은 이들이 이제 함께 비무장의 예언자 곁에 설 것이다.

(2018. 5. 28)

이 글을 쓸 때만 해도 읽지 못하고 있던 책《남자들은 자꾸 나를 가르치려 든다》(창비, 2015)를 뒤늦게 읽고서야 리베카 솔닛이 카산드라에 대해 더 훌륭하게 적어두었다는 사실을 알았다. 여기에 옮겨 적는다. "카산드라 신화의 여러 버전 중 가장 유명한 버전에서, 사람들이 그녀의 예언을 믿지 않게 된 것은 그녀가 아폴론과의 섹스를 거부함으로써 아폴론으로부터 저주를 받았기 때문이었다. 까마득한 옛날부터도 자기 몸의 권리를 주장하는 것과 신뢰성을 잃는 것이 연관된 일이라는 개념이 존재했던 것이다."(173쪽)

깊이 있는 사람

　문학작품을 읽고 글을 쓰는 것이 업이라 어떤 작품을 선호하느냐는 질문을 더러 받는다. 평론가마다 다 다를 그 대답에 점수를 매긴다면, '깊이 있는 작품'이라는 답은 아마 낙제 점수를 받을 법하다. 진부한 데다가 별 뜻도 없는 말로 간주될 가능성이 높을 것이다. 작가들은 도대체 당신이 말하는 '깊이'라는 게 뭐냐고 불평을 터뜨릴 것이다. 그런데 나는 그 말이 그리 싫지가 않다. 그렇게밖에 말할 수 없는 부분이 좋은 작품에는 있다고 믿기 때문이다. 인간의 깊은 곳까지 내려가서 그 어둠 속에 앉아 있어본 작가는 대낮의 햇살에서도 영혼을 느낄 것이다. 내게 작품의 깊이란 곧 '인간 이해'의 깊이다.

　마찬가지로 어떤 사람을 존경하는가 하고 묻는다면 '깊이 있는 사람'이라고 답할 수밖에 없을 것 같다. 내게는 한 인간의 깊이 역시 인간 이해의 깊이다. 인간의 무엇을 깊이 이해한다는 것인가. 나는 '타인의 고통'이라는 평범한 답을 말할 것이다. 물론 이 대답 역시 진부하게 들린다. 그러나 고통받는 사람들의 고통은 진부해지기는커녕 날마다 새롭다. 세상에 진부한 고통이란 없으니 저 대답도 진부할 수 없다. 그러므로 나는 투표할 것이다. 깊은 사람에게, 즉 타인의 고통을 자기 고통처럼 느끼는 사람에게 말이다. 국민과 함께 슬퍼할 줄 몰랐던 두 명의 전직 대통령을 보면서 그런 각오를 했었다.

그런데 문제는 이것이다. 어떤 사람이 타인의 고통을 이해할 줄 아는 깊이 있는 사람인지 아닌지를 어떻게 판단할 수 있는가. 내게는 분명한 기준이 있다. 고통의 공감은 일종의 능력인데, 그 능력은 타고나는 것이 아니다. 인간은 자신이 잘 모르는 고통에는 공감하지 못한다. 그것은 우리 모두의 한심한 한계다. 경험한 만큼만, 느껴본 만큼만 알 수 있을 뿐이다. 그래서 고통에 대한 공부가 필요하다고 늘 생각한다. 자의든 타의든 타인의 고통 가까이에 있어본 사람, 많은 고통을 함께 느껴본 사람이 언제 어디서고 타인의 고통에 민감할 것이다. 그러므로 '어떤 곳에서, 어떻게 살아왔는지'를 보고 판단할 수밖에 없다.

대선 후보들이 낸 책을 통독했다. 그들이 생의 갈림길에서 어떤 선택을 했는지 살폈다. 청년 시절의 그들은 누구 하나 못난 사람이 없었다. 모두 수재였고 좋은 대학에 갔으며 탄탄대로가 열려 있었다. 그러나 어떤 이들은 그 대로를 곧장 걸어갔는데 어떤 이들은 엉뚱한 길로 접어든 것이었다. 그 후로 그들은 수십 년을 다른 방식으로 살아왔다. 음식점에서 메뉴를 고르는 일 따위가 아닌 것이다. 운명을 결정하는 중요한 선택 앞에서 대다수는 자신에게 편안한 길을 택하며 그것은 비난받을 일이 못 된다. 그러나 세상에는 아주 드물게도 고통이 더 많은 쪽으로 가는 이상한 사람들이 있다.

물론 다른 이들도 열심히 살았을 것이다. 그러나 열심히 살아서 입신출세한 사람을 선망은 할 수 있어도 존경까지 할 필요는 없다. 나는 고통받는 사람들을 위해 스스로 그 고통을 함께하기로 결심한 사람, 타인의 고통을 덜어주려고 자신의 안락을 포기한 사람들만을 존경한다. 나는 우리의 대통령이 부디 존경할 만한 사람이었으면 좋겠다. 혹자는 성품이 아니라 능력을 봐야 한다고 말할지 모른다. '성품이냐 능력이냐'라는 물음은 잘못된 양자택일이다. 대통령에게 필요한 능력이란 다른 것이 아니다. 성품이 곧 능력이다. 이 판단이 정치적으로는 매우 순진한 것일 수 있음을 안다. 그러나 고집을 부리고만 싶다.

환상을 품고 있지는 않다. 누구도 완벽하지 않고 구세주가 될 수도 없을 것이다. 그러나 그가 살아온 삶이 오늘의 그를 믿게 한다. 타인의 고통을 함께 느끼는 능력과 그것을 차마 외면하지 못하는 능력 때문에 그렇게 살 수밖에 없었을 것이다. 그런 치명적인 능력을 가진 사람은 귀 기울일 것이다. 세월호 유가족들의 말을, 반값 임금에 혹사당하는 비정규직 노동자의 말을, 차별당하는 소수자들의 말을. 그 고통을 알겠어서, 차마 도망칠 수 없어서, 무슨 일이라도 할 것이다. 대통령(大統領)이 대통령(大痛靈)이면, 우리 중에 가장 크게 아파하는 사람이면 좋겠다.

(2017. 5. 4)

시기상조의 나라

시기상조라는 말은 듣기에 착잡하다. 당위성과 필요성은 인정하되 실행은 나중으로 미루자는 뜻이다. '미루고 싶다'라고 느끼는 사람에는 두 종류가 있을 것이다. 그 계획이 실현되기를 바라는 사람과 그렇지 않은 사람. 전자에 해당하는 사람은 그 일이 정말 실현되기 위해서라도 조건이 무르익는 때를 기다려야지, 섣불리 밀어붙였다가 일을 그르치기라도 하면 그 실패의 충격이 재기의 기회마저 앗아갈 수 있다고 염려한다. 이 말은 옳다. 문제는 후자에 해당하는 사람들, 즉 사실은 그 계획이 실현되지 않기를 바라는 사람이 가끔 전자의 흉내를 내며 우리 사회의 진보를 가로막고 있다는 점이다.

우리 사회에는 일종의 '시기상조 리스트'가 있어왔고 지금도 있다. 아직 한국 사회에서 서구식 민주주의는 시기상조다, 일본 문화 개방은 시기상조다, 공무원의 노동조합 가입 허용은 시기상조다, 국가보안법 폐지는 시기상조다, 노동자의 경영 참여는 시기상조다, 공교육 현장에서의 체벌 금지는 시기상조다, 비정규직의 정규직 전환은 시기상조다…… '시기상조의 현대사'를 서술해볼 수 있을 정도다. 이 중에는 이제 시행된 것도 있고, 아직도 '시기가 상조하여' 여전히 제자리인 것들도 있다. 그런데 이런 정책들을 이미 시행하고 있는 나라들은 수도 없이 많으며 놀랍게도 그 나라들은 망하지 않았다.

최근 한 성소수자 군인이 영외에서 합의하에 행한 성행위를 군 당국이 문제 삼아 결국 그는 실형을 선고받았고 법정에서 졸도했다. 이제 성소수자 군인은 군대를 가지 않아도 처벌받고 가도 처벌받는다. 이 사건에 대해서도, 호모포비아들은 차치하고, 적지 않은 이들이 '안타깝지만 아직은 어쩔 수 없다'라는 입장을 말하고 있으니 시기상조 리스트는 또 한 줄 늘었다. 세계 최강군인 미군은 군인의 성적 정체성에 대해 어떠한 법적 제재도 가하지 않으며 동성애자인 장성까지 있는데 왜 우리는 시기상조인가. 동성애자들에게도 국민성이 있어서 우월한 미국은 돼도 열등한 한국인은 안 되는 것인가.

시기상조가 아니라 만시지탄이다. 서구 사회가 동성애는 '질환'이 아니며 따라서 '치료'의 대상도 아니라는 과학적 진실에 도달한 것은 1970년대다. 그것이 자유롭게 선택할 수 없는 '주어진 정체성'이므로 '찬반'의 대상이 될 수 없다는 것도 세계의 사회적 상식이 되었다. 그러나 지금도 대한민국의 몇몇 목회자들은 동성애에 대한 저주를 퍼부으며 월급을 받아간다. 그리스도의 가르침은 사랑이다. 그 사랑은, '원수를 사랑하라'는 말 그대로, 누구나 할 수 있는 사랑이 아니라 누구도 감히 하기 힘든 사랑이어야 한다. 그러니 성소수자들을 가장 먼저 사랑해야 하는 것은 바로 그들이다. 그러나 그들은 그리스도를 배반했다.

지난 대선 토론 때 논란이 된 동성 결혼 합법화 문제 역시 그렇다. 한국성소수자연구회(준)에서 제작한 자료집에 따르면 동성 결혼을 법적으로 허용하는 나라는 영국, 미국, 프랑스, 아르헨티나 포함 23개국(2018년 기준 26개국)이며, 시민 결합 제도를 통해 동성 커플을 법적으로 인정하는 나라까지 포함하면 총 44개국이 된다. 세계 10위권의 경제 대국인 대한민국은 왜 이 같은 관용과 성숙의 지표에서는 44위 안에도 들지 못하는 나라여야 할까. 안타깝게도 이 나라는 물질적 진보 말고 정신적 진보의 수준을 보여주는 거의 모든 지표에서 세계 순위 하위권에 속한다. 그 처지를 벗어나는 일도 아직은 시기상조인가.

어슐러 르 귄의 유명한 소설 〈오멜라스를 떠나는 사람들〉의 전반부는 미래 세계의 어느 작은 나라 '오멜라스'가 얼마나 풍요로운 나라인지를 설명하는 데 할애돼 있다. 그러나 그 전반부는 후반부의 끔찍한 진실과 대조 효과를 만들기 위해서만 필요하다. 오멜라스의 어느 지하실에는 아무 죄도 없는 한 아이가 짐승처럼 묶인 채 굶주림과 외로움에 시달리고 있다는 것. 왜인지는 모르지만 여하튼 그 아이 하나가 그런 고통을 받아야만 오멜라스의 그 풍요로운 행복이 가능하다는 것. 이런 비열한 사회적 계약을 알고도 우리는 계속 이 오멜라스에서 '행복하게' 살아갈 수 있는가. 그러나 누군가가 당장 그 아이를 구출해내야 한다고 말할 때 다른 누군가는 이렇게 답하리라. 시기상조, 라고.

(2017. 6. 1)

사회적 인정의 복지

태극기 부대를 바라보며

지금 박근혜 전 대통령과 관련된 대다수 여론조사 문항의 답들은 대략 80대 20정도로 나뉜다. 20퍼센트가 채 안 되는 사람들 중의 일부가 거리에서 태극기를 들고 연일 시위를 벌이는 중이다. 단지 소수라는 이유만으로 어떤 집단과 그 집단의 의견이 무시되어서는 안 된다는 것을 모르지 않는다. 그러나 지금 80이 20(중의 일부)을 '존중'하기 위해서는 상당한 인내심을 가지지 않으면 안 된다. 그들의 주장이 '사회적으로 존중받을 가치가 있는' 의견으로서 최소한의 요건을 갖춘 것으로 보이지 않기 때문이다. 그들은 검찰과 특검은 물론 진보와 보수를 아우르는 거의 모든 언론이 인정하고 있는 '사실'조차도 부정한다.

그들은 대통령이 억울하다고 믿는다. 대통령 주변의 일들을 대통령은 의도하지 않았거나 몰랐다는 것이다. 그러나 초등학생도 충분히 가질 만한 이런 의문을 그들은 외면한다. '억울한 사람이 왜 피하는가?' 억울한 사람이 가장 간절히 원하는 것은 자신의 억울함을 호소하고 진실이 무엇인지를 스스로 밝힐 수 있는 기회(자리)일 것이다. 그런 기회를 스스로 마다한다면 '억울한' 사람이 아니라 '두려운' 사람일 가능성이 높다. 그러나 대통령은 사법 제도와 모든 언론이 열정적으로 제공하려 한 그 기회를 전부 거절하고 어느 인터넷 방송국 진행자를 독대했다.

온 세상이 함께 검증한 사실도 부정하고 명백히 의심스러운 것도 외면하는 이들을 어떻게 바라보아야 할 것인가. 정신병리학이라면 망상(delusion)에 가깝다고 할 것이다. 이 경우는 '대통령과 우리는 부당한 박해를 당하고 있다'는 식이니까 피해망상이 되겠다. 의학 사전에 이렇게 적혀 있다. "주변 사람이 아무리 그 잘못을 지적해도 교정되지 않으며 또 치료에도 도움이 되지 않으니 망상의 내용을 가지고 논쟁하지 마라." 환자는 토론의 대상이 될 수 없다는 것이다. 그러나 이렇게 그들을 '피해망상증 환자'로 규정하고 대화를 포기하면 그만일까?

나는 그러고 싶다는 유혹을 느끼면서도 그 유혹에 저항하려 애쓰고 있다. 그 대상이 누구건 어떤 이들을 간편하게 '규정'하고 '배제'하는 행위는 그 자체로 폭력일 수 있기 때문이다. 그러다 내가 본 것은 서울시청광장에서 노숙하며 태극기 농성을 하는 분들의 인터뷰였다. 세상의 모든 언론에 저주를 퍼붓고 심지어 계엄령의 필요성까지 역설할 때, 그들의 어조는 분명 분노에 차 있었지만, 그 순간 그들에게서 내가 감지한 정서는 어떤 벅찬 충만감이었다. 그것은 아주 오랜만에 '살맛 나는' 시간을 보내는 중인, 삶의 입맛을 되찾은 이의 에너지였다.

애초부터 진실 따위는 중요하지 않았던 것인지도 모른다. 나는 그들이 대통령을 '호위'하고 있다기보다는 오히려 '이용'하고 있다고 느꼈다. 나쁜 뜻으로 하는 말이 아니다. 누구나 무엇을 이용한다. 공허한 삶을 '의미'로 채우기 위해서는 이용할 무엇이 필요하다. 나에게 할 일이 있다는 것, 그 일을 할 때 나는 중요한 사람이 된다는 것, 그러므로 나는 여전히 살 가치가 있다는 것…… 그런 느낌이 우리를 사로잡을 때 삶은 얼마나 충만해지는가. 그런 의미에서 어쩌면 태극기 집회는 정치적 저항이라기보다는 존재론적 축제일지도 모른다.

김현경의 책 《사람, 장소, 환대》(문학과지성사, 2015)에 따르면 '인간'과 '사람'은 다르다. 인간은 그냥 '자연적 사실'의 문제이고 사람은 '사회적 인정'의 문제라는 것. 한 '인간'이 '사람'이 되기 위해서는 "사회가 그의 이름을 불러주어야 하며, 그에게 자리를 만들어주어야" 한다는 것.(31쪽) 우리 사회가 장년층·노년층을 사회적 인정의 장에서 배제하고 있다면, 그래서 그들이 서로가 서로를 인정해주고 삶의 의미를 생산해내는 거대한 발전소를 만든 것이라면, 그것은 단지 비난과 조롱의 대상이기만 할까. '사회적 인정'의 영역에서도 복지 시스템이 필요하다는 생각을 해보는 날들이다.

(2017. 3. 9)

메릴 스트립의 용기

최근 특검이 밝힌 바에 따르면 박근혜 대통령은 "《창작과 비평》이나 《문학동네》 같은 좌파 문예지들만 지원하고 건전 문예지들은 지원을 안 해서 건전 세력이 불만이 많으니" 해당 출판사에 대한 지원을 삭감하라는 지시를 직접 했다고 한다. '좌파 문예지' 제작자들을 감옥에 처넣지 않고 그저 돈줄만 죄었으니 차라리 고맙다고 해야 할까. 사실 할 수만 있다면 그들은 반대자들을 배제(exclude)하는 정도가 아니라 절멸(exterminate)시켜버리고 싶었을 것이다. 배제에는 포함(include)이라는 반대말이 있지만 절멸에는 없다. 그것은 말 그대로 끝장내버리는(terminate) 일이다.

저들을 '괴물'이라고 간주해버리면 마음이 편해진다. 그러나 그런 식으로 나를 그들로부터 완벽하게 구별/구원해낼 수 있다고 믿는 것은 윤리적 판타지다. 다른, 이해할 수 없는, 그래서 끔찍한 이들에게 나도 그런 욕망을 품는다. 비근한 예로 나는 광화문에서 단식 중이던 세월호참사 유가족 앞에서 피자를 시켜 먹는 이들을 보며 저들을 절멸시켜버리고 싶다는 생각을 분명히 했다. 그러나 나는(우리는) 그러지 않는다. 인정과 공존의 윤리를 교육받은 민주 시민이어서? 그럴 수도 있지만 감히 그런 욕망을 실천할 수 있는 권력을 가질 수 없어 못 하는 것이기도 하다면?

그러므로 권력은 위험한 것이다. 배제 혹은 절멸에의 욕망을 강하게 품고 있는 자가 권력을 가지게 될 때 특히 그렇다. 그리고 그렇기 때문에 언론이 필요한 것이다. 권력자가 자신의 욕망에 패배하지 않도록 그의 욕망을 대신 감시해주는 존재가 필요하기 때문이다. 이것은 지난 8일 골든글로브 시상식장에서 메릴 스트립이 그의 놀랍도록 용기 있고 지적이며 감동적인 수상 소감을 통해 내게 새삼 가르쳐준 사실이기도 하다. 5분 30초 동안 진행된 그 연설은 구조적으로 완벽했고 지금 우리에게 필요한 거의 모든 메시지를 담고 있었다.

메릴 스트립은 먼저 '할리우드란 무엇인가'를 물었다. 그에 대한 대답으로 그는 현장에 있는 여러 배우들의 출신 지역과 성장 배경을 다정한 어조로 하나하나 짚어나갔다. 단지 예닐곱 명만을 언급했을 뿐인데도 그 면면은 다양했다. 차이를 차이 자체로 존중하는 그 호명만으로도 이미 뭉클했다. 그 호명의 끝에 그는 이렇게 말했다. "이렇게 할리우드는 다양한 아웃사이더와 외국인 들로 들끓는 곳입니다. 이들을 다 내쫓으면 미식축구와 격투기 외에는 볼 것이 없겠죠." 트럼프의 배타주의를 비꼬는 그의 말에 박수가 쏟아졌다.

이어 그는 '배우란 무엇인가'를 물었다. "배우가 하는 유일한 일은 우리와 다른 사람의 삶 속으로 들어가서 그것이 어떤 느낌인지 관객들에게 전달하는 것입니다." 그리고 메릴 스트립은 작년 최악의 연기로 트럼프가 장애인 기자를 흉내 내던 순간을 꼽았다. 타자에 대한 공감을 유도하는 것이 연기의 본질인데 트럼프의 그것은 정반대의 목적에 기여하는 연기였기 때문이라는 것. 다음과 같이 말할 때 그는 조금 울먹였다. "그 연기는 제 가슴을 무너지게 했고 지금도 잊히지가 않습니다. 왜냐하면 그것은 영화가 아니라 실제였으니까요."

그러므로 그의 연설이 '권력이란 무엇인가'로 넘어가는 것은 자연스러웠다. "혐오는 혐오를 부르고 폭력은 폭력을 선동합니다. 권력을 가진 자가 타인을 괴롭히기 위해 제 지위를 이용할 때, 우리는 모두 패배할 것입니다." 단 1초도 버릴 것이 없는 5분 30초의 연설이었지만 나는 특히 이 문장에 밑줄을 그어 우리의 대통령에게 보내드리고 싶었다.

마지막으로 메릴 스트립은 '언론이란 무엇인가'에 대해서도 말했지만 그 말을 요약하기보다는 차라리 이 점을 곱씹고 싶다. 우리의 언론이 지금 열정적으로 비판하는 것은 '물러나는' 권력이지만, 그날 메릴 스트립이 무대에서 맞서고 있었던 것은 '들어서는' 권력이었다는 사실 말이다. (2017. 1. 12)

해도 되는 조롱은 없다

프랑스의 주간지 《샤를리 에브도》가 작년 9월 난민 소년 쿠르디의 죽음을 희화화하는 만평을 게재하고 이를 풍자라 변호했을 때, '노(Roh)'라는 사람이 부엉이바위에서 뛰어내려 머리가 나빠졌다는 내용의 영어 지문이 포함된 시험 문제를 출제한 홍대 모 교수가 전직 대통령은 신이 아니니 비판받아도 된다며 자신을 변명했을 때, 또 어느 영화 평론가의 특정 영화에 대한 견해를 비판한다는 미명하에 그의 외모를 조롱하고 비열한 말을 내뱉는 이들을 보았을 때, 나는 뭔가가 심각하게 잘못돼 있다는 생각을 했다. 여기서 '비판'과 '풍자'와 '조롱'은 구별되지 않는 것처럼 보였다. 비판은 어떤 논리에 대항 논리로 반박하는 행위로서 나머지 둘과 명백히 다르다. 그러나 풍자와 조롱은 둘 다 웃음과 관련이 있다는 점에서 자주 혼동된다. 이 둘을 구별해보자.

첫째, 대상이 '강자인가 약자인가'는 오래된 기준 중 하나다. 부당한 권력을 행사하는 강자를 대상으로 할 때에만 풍자다. 그 때 그 일은 위험을 무릅쓰고 진실을 폭로하는 숭고한 행위가 되기도 한다. 그런데 실제적 권력자와 단순한 유명인의 차이를 모르는 사람들이 있다. 권력자는 대개 유명인이지만, 유명인이 언제나 권력자인 것은 아니다. 자신의 힘으로 나에게 위해를 가할 수 있는 사람이 권력자라면, 직업의 성격상 대중에게 이름이 알려졌을 뿐인 사람은 유명인이다. 유명인을 향한다고 해서 조롱이 풍자로 변하지는 않는다. 오늘날의 매체 환경 속에서 실명이 노출된 유명인과 익명의 보호를 받는 네티즌 중에서 누가 더 강자인가. 유명인이라면 감수해야 할 고통이라는 것이 있다는 말은 가학을 합리화하는 궤변이다.

둘째, 대상의 속성이 '선택인가 조건인가'의 문제도 중요하다. 권력자의 판단과 행위와 그 결과가 광범위하고 부정적인 대중적 영향을 끼쳤을 때, 그의 그런 '선택'과 관련된 사항들은 풍자의 대상이 될 수 있을 것이다. 그러나 그 존재가 스스로 선택한 바 없는 자신의 '조건'은 웃음거리가 될 수 없다. 장애인을 웃음거리로 만드는 일이 어떤 경우에도 용납되지 않는 것은 그 때문이다. 김대중 전 대통령의 걸음걸이를 문제 삼는 일은 비판도 풍자도 아니다. 이명박 전 대통령은 여전한 권력자이고 박근혜 현 대통령은 그야말로 권력자다. 그러나 누가 그들의 판단과 행위와 그 결과를 문제 삼는 것이 아니라 그들의 외모와 성별을 웃음거리로 만든다면 그 대상이 아무리 권력자라 해도 그 행위는 비열하다.

셋째, 그 웃음이 궁극적으로 무엇을 위한 것인가 하는 문제. 풍자는 상호 토론을 제안하는 일이며 결국 대상에 영향을 미쳐 무언가를 바로잡기 위한 것일 터다. 그런 목적과 무관한 웃음은 미심쩍은 것이다. 여기서 죽음과 웃음의 관계가 문제가 된다. 죽은 자도 풍자의 대상이 될 수는 있다. 생전 그의 부당한 판단과 행위와 그 결과를 평가하기 위해서, 또 여전히 그의 뜻을 지지하는 이들에게 토론을 제안하기 위해서 말이다. 그러나 지금 '죽어가는 사람'과 그의 '죽음 자체'는 웃음의 대상이 될 수 없다. 그 웃음은 풍자에 동반되어야 하는 목적과 의미를 갖지 않는다. 그러므로 '죽은 노무현'을 풍자할 수는 있어도 '노무현의 죽음'을 풍자할 수는 없다. 그것은 그 무슨 학문의 자유가 아니라 언어로 행하는 시신 훼손일 뿐이다.

비판은 언제나 가능하다. 풍자는 특정한 때 가능하다. 그러나 조롱은 언제나 불가능하다. 타인을 조롱하면서 느끼는 쾌감은 인간이 누릴 수 있는 가장 저급한 쾌감이며 거기에 굴복하는 것은 내 안에 있는 가장 저열한 존재와의 싸움에서 패배하는 일이다. 이 세상에 해도 되는 조롱은 없다.

(2016. 2. 11)

보수의 반대말은 민주

소설가 황석영이 광주·전남 지역 문화 운동에 쓸 돈을 마련하기 위해 잠시 서울에 들른 것은 1980년 5월 16일 금요일이었다. 받을 돈을 받기 위해 어쩔 수 없이 주말을 서울에서 지내던 중 그는 광주로부터 올라온 비보를 듣는다. 문동환 목사의 교회 겸 공동체였던 '새벽의 집'에 도착해 있는, 광주 상황을 알리는 자료들은 "마치 조난자가 절해고도에서 구해달라고 아득하게 먼 곳에서 파도 속에 띄워 보낸 병 속의 편지" 같았고, 그는 서울의 몇몇 동지들과 함께 그 '병 속의 편지'에 담긴 진실을 알리기 위해 소위 UP(underground paper)조를 만들어 거리로 나서야만 했다.

최근 출간된 황석영의 자전 《수인》(문학동네, 2017)에는 아득해지는 대목들이 많다. 무엇보다 안타까운 것은 진실의 자유로운 유통이 봉쇄됐던 시절의 저 숱한 희생들이었다. 유신정권 이래의 광기 어린 언론 통제 속에서 운동가 혹은 활동가들의 투쟁이란 결국 진실로부터 격리돼 있는 이들에게 그것을 알리기 위해 목숨을 걸거나 혹은 바치는 일이었다는 사실을 이 책을 읽으며 실감했다. 그분들의 입장에서 촛불혁명을, 이를테면 태블릿 PC의 진실을 보도한 언론과 그 진실을 신속히 공유하며 자발적으로 거리로 나온 시민들을 생각해보면, 나조차도 벅찬 격세지감을 느끼게 된다.

지난 시대 진실의 운명을 생각할 때 또 한 번 착잡한 것은 당시 그토록 위태로운 진실의 생명을 짓이긴 이들 중에 문인들도 있다는 사실이다. 다시 《수인》의 한 대목을 펼친다. 1988년 서울 올림픽을 앞두고 국제펜클럽은 뜻한 바 있어 펜클럽 세계대회를 서울에서 개최하기로 결정한다. 그러나 "당시 한국펜클럽은 문인협회나 예총 등과 마찬가지로 관변단체에 불과"했으므로, 미국펜클럽 회장이었던 수전 손택은 황석영 등을 위시한 민주진영 문인들과 접촉하여, 김남주 시인 등 구속 문인들의 석방을 촉구하는 결의문을 통과시키고 한국의 진실을 세계에 알리겠다는 뜻을 전한다.

그러나 뜻밖에도 결의문 채택은 부결됐는데 그때 분해서 눈물을 삼키던 수전 손택에게 더욱 충격적이었던 것은 한국펜클럽 측의 환호였다. 당시 기사에 '동료 문인을 석방하자는 해외 문인들의 결의안을 부결시키고 오히려 기뻐하는 한국 문인들의 정체성에 국제펜클럽 회원들은 혼란을 느꼈다'라는 내용이 실릴 정도였으니 말이다. 훗날 밝혀진 저 부결과 환호의 내막은 이렇다.

한국펜클럽 회장과 관련자들이 대회 전날 해외 문인들의 호텔방을 방문해 거액이 담긴 봉투를 돌리며 반대와 기권을 유도했다는 것. 자, 이것이 군부독재 시절 자칭 '보수' 문인들의 활동이다.

　대한민국에서 '보수'란 무엇이었던가. 최근 출간된 사회학자 김종엽의 저서 《분단체제와 87년체제》(창비, 2017)의 한 대목에서 저자는 '보수와 진보' 대신에 '보수와 민주'라는 명명법을 택하고 그 이유를 밝힌다. "구별의 두 항은 각각 상대가 아닌 것을 통해 의미를 획득한다." 즉, '보수와 진보'라는 구별에서 보수는 '진보가 아닌' 것이 되지만, '보수와 민주'라는 구도에서 보수는 '민주가 아닌' 것으로 제 자리를 부여받는다는 것. "이렇게 구별하면 분단체제 아래서 보수가 민주적 법치를 온전하게 수용하지 않는 집단임을 보여줄 수 있다."(95쪽)

　'수구'라 불리는 '냉전형 보수'와는 구별되는 소위 '합리적 보수'도 있지 않느냐는 반론이 제기될 법하다. 그러나 "수구 세력이 이른바 합리적 보수에 대해 헤게모니를 장악하고 있는 것이 우리 사회 보수파의 특징"(같은 곳)이라는 것이 저자의 답변이다. 과연 그렇다. 자신들도 안 믿는 안보 선동으로 생존을 도모해온 '냉전형 보수' 정당의 최근 지지율이 15퍼센트인데, '합리적 보수'를 선언한 정당의 지지율은 여전히 5퍼센트니 말이다. 이것이 한국적 보수의 참담한 실상이다. 보수의 위기? 아니, 진실을 감옥에 가두고 돈 봉투로 틀어막아온 '반민주' 세력의 위기일 뿐이다. 한국의 보수는 시작된 적도 없다.　　(2017. 6. 29)

혐오와 농단

'올해의 단어'를 꼽으라면 가장 강력한 두 후보가 바로 '미소
지니'(misogyny, 여성혐오)와 '국정농단(國政壟斷)'일 것이다. 물론
신조어는 아니어서 그간 사용하는 사람이 없지는 않았지만, 대
체로 학계 내부에서 사용되거나 신문 기사 등에서나 볼 수 있는
말이었다고 해야 맞을 것이다. 그러나 2016년에는 한국어 사용
자 모두에게 널리 받아들여지기에 이르렀으니 올해의 단어라고
해도 과언이 아니다. 이처럼 하나의 언어공동체가 새로운 개념
을 받아들이는 일이 갖는 의미는 크다. 오래전부터 존재해왔으
나 간과되거나 무시되다가 정확한 개념이 언중에게 주어질 때
뒤늦게 가시화되고 공론화되는 것들도 있기 때문이다.

앞에서 일단 '미소지니'라고 먼저 쓰고 '여성혐오'를 괄호 안
에 넣은 것은 이 번역어 자체가 최선은 아니라는 의견도 있어서
다. "근대에 이르러 헤아릴 수 없이 복잡하고도 정교한 방식으

로 여성이 배치된 원리 그 자체를 가리키는 미소지니의 구조적 측면이 이 용어(여성혐오)에서는 잘 드러나지 않는다."(김신현경, 《말과활》, 2016년 가을호) 핵심은 '구조적 혐오'에 있는데 그보다 '개인적 혐오'의 층위를 먼저 떠올리게 만든다는 단점이 있다는 것. 그래서 남성들로 하여금 '나는 여성을 혐오하지 않는다'라는 개인적 층위의 반론을 제기하게 만드는 면도 있다는 것. 일각에서는 말을 어떻게 바꿔도 이해할 사람은 하고 안 할 사람은 안할 것이라는 회의론도 있지만 말이다.

딴에는, 이참에 '혐오'라는 말 자체의 근본적 의미를, 이를테면 애초 '혐오'라는 감정 자체가 전적으로 자발적인 것만은 아니라 '구조'에 의해 습득된 것일 수 있다는 가능성을 새롭게 성찰해보기 위해서라도, 번역어를 교체하지 말고 그냥 두는 것이 낫겠다는 생각도 해보게 된다. 번역어에 대한 논란이 계속되는 것이 이 사안에 대한 관심을 지속시키기 위해서도 나쁠 것 없다는 뜻이기도 하다. 내가 속해 있는 세대의 남성들에게 페미니즘은 낯선 담론이 아니지만, 언젠가부터 관심과 긴장의 끈을 놓고 살아왔다는 반성을 시작한 남성들이 많아 보이며, 부끄럽지만 나도 거기에 속한다.

한편 '국정농단'에서 '농단'이라는 말이 짐작과는 달리 '희롱'이 아니라 다른 뜻을 갖고 있다는 것을 알게 된 것도 나로서는 올해의 일이다. 그 말의 정확한 의미는 '깎아 세운 듯이 높이 솟은 언덕'이다. 사전에 붙어 있는 풀이는 이렇다. "홀로 우뚝한 곳을 차지한다. 가장 유리한 위치에서 이익과 권력을 독점한다.”
유래는《맹자》에 있다. 한 상인이 있어 가장 높은 곳(농단)에 올
라가 시장의 구조를 파악한 뒤 어떻게 해야 큰 이익을 얻을 수
있을지 저울질했다고, 사람들이 그 얄미운 상인에게 세금을 물
리기 시작한 데서 ‘농단’이라는 말이 부정적인 의미로 사용되기
시작했다는 것이다.

　이번 사안의 핵심은 대통령과 그 비선 측근이 대한민국의 최
정상에서 그들의 이익을 저울질하느라 국정을 망가뜨렸다는 점
에 있으니, ‘게이트’보다는 ‘농단’이 더 정곡을 찌르는 말이라고
할 수 있겠다. 그들뿐이겠는가. 최정상 농단을 차지한 이들만큼
은 아니더라도, 그 부근 어디쯤에서 특혜를 누려온 이들이 적지
않을 것이다. 흥미로운 것은 대다수의 당사자들에게 부끄러움이
감지되지 않는다는 것이다. 모든 것들이 ‘선택받은 소수’인 자신
들에게 따르는 당연한 보상이라 생각했던 것처럼 보인다. 그들
이 타고난 악당이라고 생각하지 않는다. 반복되는 혜택 앞에서
서서히 자기 성찰 능력을 잃어버릴 수 있다는 점에 대해서라면
나도 예외가 아닐 것이다.

　‘혐오’에 대해서나 ‘농단’에 대해서나 내가 이야기의 끝에 자
꾸 ‘나’를 주어로 삼은 문장을 써보고는 하는 것은 의례적인 반
성적 제스처를 집어넣어서 스스로 면죄부를 발송·수신하기 위
해서가 아니라 나 자신에 대한 경계를 늦추지 않기 위해서다. 위
두 사안 사이에는 차이점이 훨씬 많지만 시스템 자체에 문제가

있을 때 그 안에서 성찰적 긴장을 잃으면 자신도 모르는 사이에 악의 편이 될 수 있다는 사실을 생각하게 한다는 점에서는 일말의 공통점도 있다. 특히 대한민국에서 40대 이상의 남성이 여하한 구조적 폭력(혐오와 농단)의 주체가 되지 않고 살아가기 위해서는 말 그대로 필사적인 자기 성찰이 필요하다는 생각을 하게 되는 요즘이다.

(2016. 12. 15)

절망을 즐기지 않기

김성수

〈아수라〉

세상에는 영화보다 중요한 것이 많지만, 영화보다 중요한 것들을 생각하게 하는 중요한 영화들도 세상에는 있다. 김성수 감독의 영화 〈아수라〉는 천국의 장인이 건설한 지옥이다. 최상의 연출력임을 알겠으나 결코 두 번은 볼 자신이 없다. 이 영화가 재현하는 폭력을 나는 견뎌내기 어려웠다. 특히 포식자가 피식자에게 일방적으로 가하는 폭력의 시청각적 자극을 이 영화는 마치 제의를 치르듯 준엄하게 쏟아붓는다. (초반부에 경찰 한도경이 자신의 끄나풀에게 퍼붓는 폭력과 중반부에 검찰 수사관이 한도경에게 가하는 폭력이 대표적이다.) 그들은 때리고 때리고 또 때린다. 이 영화에서 '때리다'는 동사가 아니라 형용사 같다.

'폭력의 미학'이라는 말이 있다는 것을 알고 있고 또 있을 만하다고 생각하지만, 그것은 폭력적인 것에서 아름다움을 느낄 수 있는 (매우 희귀한) 경우에 떠올려야 할 말이다. 이 영화의 폭력이 내게는 아름답지 않았고 고통스러웠다. 고통스러운 폭력을 계속 감내하고 있다 보면, 그러고 있는 자기 자신에 대해 생각하게 되는 순간이 온다. 이 영화를 보면서 경험한 일 중 하나가 그것이다. 스크린 속에서 행사되는 폭력을 보면서 정작 내가 보고 있었던 것은 나 자신이었다. '나는 왜 여기에 있는가?' 나는 왜 입장료를 지불하고 들어가서 편안한 의자에 앉아 타인의 고통을 구경하고 있는 것인가. 어떠한 쾌락도 없이, 스스로 고통을 당하면서.

영화가 관객을 고통스럽게 하는 일이 그 자체로 옳거나 그르진 않으리라. 문학도 마찬가지다. 피해서는 안 되는 고통이 있다는 것을 안다. 최근 나는 한국 사회의 끔찍한 본질을 집요하게 재현하는 한 소설가에게 지지를 표명하면서 이런 문장을 적기도 했다. "'예술은 현실의 재현'이라는 유서 깊은 논의에서 '재현'이란, 현상의 복사가 아니라 본질의 장악이다. 남길 것과 지울 것을 선택하는 지성이 필요한 일이다. 또 독자에게 고통을 전이시켜야 한다. 세상이 고통스럽다고, 고통스럽게 말해야 한다. 그것 없이는 인지의 충격이 발생하지 않기 때문이다."(《중앙일보》 2016년 4월 23일 자) '본질의 장악'의 부산물이자 '인지의 충격'의 유발자로서의 고통, 그것은 옳다.

그러나 〈아수라〉가 그렇다고 말하기는 주저됐다. 인터뷰를 보니 감독의 취지는 내가 옳다고 생각하는 그것과 다르지 않았다. 이런 폭력성이 한국 사회의 본질이기 때문에 피해서는 안 된다고 생각했고('본질의 장악'), 실상을 충격적으로 경험하도록 하기 위해 시각적으로나 청각적으로 가장 강한 자극을 가했다는 것('인지의 충격'). 그러나 이렇게 반문해야 한다. 이 영화는 우리가 미처 서 있어본 적이 없는 어떤 곳으로 우리를 데려가서 그곳에서만 보이는 한국 사회의 본질을 볼 수 있게 하는가? 만약 그렇지 못하다면 그때 화면에서 재현/생산되는 저 폭력과 고통은 도대체 누구를 또 무엇을 위한 것일까?

〈아수라〉가 이런 질문에 제대로 답을 하고 있는 것 같지 않다. 〈아수라〉는 한국 영화가 오랫동안 한국 사회의 본질을 포착하기 위해 사용해온 인식의 프레임(영화 제목을 빌리자면 '내부자들'의 '부당거래'로 굴러가는 대한민국)을 거의 그대로 받아들인다. 영화의 공간적 배경이 바뀐다 한들 인식의 거점이 바뀌지 않으면 새로운 인식이 생산되지 않는다. 그 대신 폭력은 더 과감해졌고 고통은 더 끔찍해졌다. 심화될 수 있고 또 그래야만 하는 영역이 정체되자 다른 영역이 과잉 심화된 경우가 아닌가. 요컨대 '본질의 (새로운) 장악'이 없는 곳에서 도모되는 '인지의 (강화된) 충격'이란 공허할 뿐 아니라 부당한 것이다.

어두운 극장에 여러 사람들과 함께 앉아, 뼈가 부러지고 살이 찢어지는 어느 인간의 고통을 관람하면서, 우리는 정말 무엇을 하고 있는 것일까. 이 세상은 지옥이었고 지옥이며 지옥일 것이라는 점만을 끊임없이 되새기면서 우리는 어떤 사람이 되어가는 것일까. 이제 우리는 도무지 바뀔 가능성이 없어 보이는 이 사회에 적응하기 위해 지옥의 엔터테인먼트를 발명하고 체념을 쾌락으로 바꾸는 법을 연습하고 있는 것일까. 정직한 절망은 소중한 것이지만 그것이 오래 반복되면 기묘한 향락이 된다. 우리는 허황된 희망과도 싸워야 하지만 즐거운 절망과도 싸워야 하지 않을까.

(2016. 10. 20)

희망은 종신형

김승희

《희망이 외롭다》

수많은 사람들이 독재와 싸워 얻어낸 대통령 직선제로 독재자의 딸이 합법적 대통령이 됐다. 이 사태를 두고 '참혹한 아이러니'라고 부르지 않을 도리가 없다. 그래서 어딘가에 적었다. 이제 세계인들은 역사적 아이러니(historical irony)의 한 사례로 한국의 18대 대선을 거론할 것이라고. 청년 문재인을 감옥에 집어넣은 박정희의 딸 박근혜가, 문재인 같은 이들이 피 흘려 쟁취한 선거제도를 통해, 그 문재인에게 승리하게 된 이 상황보다 더 아이러니한 일이 있겠느냐고. 그러나 그 글의 끝에서 나는 희망을 말해야 한다는 강박에 졌다. 진정으로 절망할 권리가 있는 사람은 따로 있을 것이며 나는 그럴 자격이 없다고 생각했다. 그래서 믿지 않으면서도 희망에 대해 적었다. 한 번 더 역사적 아이러니를 기대하자고. 독재자의 딸이 민주주의를 꽃피우는 아이러니를.

남들은 절망이 외롭다고 말하지만

나는 희망이 더 외로운 것 같아,

절망은 중력의 평안이라고 할까,

돼지가 삼겹살이 될 때까지

힘을 다 빼고, 그냥 피 웅덩이 속으로 가라앉으면 되는

걸 뭐……

그래도 머리는 연분홍으로 웃고 있잖아, 절망엔

그런 비애의 따스함이 있네

(…)

사전에서 모든 단어가 다 날아가버린 그 밤에도

나란히 신발을 벗어놓고 의자 앞에 조용히 서 있는

파란 번개 같은 그 순간에도

또 희망이란 말은 간신히 남아

그 희망이란 말 때문에 다 놓아버리지도 못한다,

희망이란 말이 세계의 폐허가 완성되는 것을 가로막는다,

왜 폐허가 되도록 내버려두지 않느냐고

가슴을 두드리기도 하면서

오히려 그 희망 때문에

무섭도록 외로워지는 순간들이 있다

(…)

도망치고 싶고 그만두고 싶어도

이유 없이 나누어주는 저 찬란한 햇빛, 아까워

물에 피가 번지듯……

희망과 나,

희망은 종신형이다

희망이 외롭다 (〈희망이 외롭다 1〉 중에서)

마침 이런 시를 읽었다. 김승희의 새 시집 《희망이 외롭다》(문학동네, 2012)에 수록돼 있는 작품이다. 이 시에서 '희망이 외롭다'라는 명제는 두 가지로 읽힐 수 있다. 첫째, 희망은 지금 외로운 처지라는 것. 희망이라는 말만 있을 뿐 어디에도 희망은 없기 때문이다. 둘째, 희망 때문에 내가 외롭다는 것. 희망 같은 거 없다고 생각해버리면 마음껏 망가질 수 있을 텐데 희망 때문에 그럴 수도 없어서 내가 외롭다는 것. 요컨대 희망은 주어로서도 또 목적어로서도 외롭다. 공감하는 분들이 꽤 있을 것이다. 인터넷 공간에서 두 종류의 목소리를 들었다. 마음껏 절망이라도 해야 살겠다고 말하는 분들과 이럴수록 희망을 가져야 한다고 냉정해지는 분들이 모두 있었다. 나는 전자에 동의하며 후자인 양 어떤 글을 썼었다.

또 그러려고 한다. 여전히 참혹한 기분이지만 다시 희망에 대해 말하려고 한다. 블랑쇼를 펼치니 그는 '잠들어 있음'과 '깨어 있음' 사이의 관계를 성찰하고 있었다. 통상적으로 우리는 둘이 모순 관계라고 생각한다. 그러나 블랑쇼는 이 관계를 변증법적으로 전복한다. "잠은 밤을 가능성으로 변모시킨다. 깨어 있음은 밤이 오면서 잠이 된다. 잠을 자지 않는 자는 깨어 있을 수 없다. 깨어 있음은 항상 깨어 있을 수는 없다는 사실에서 성립한다. 왜냐하면 깨어 있음은 '깨어남'을 그 본질로 하기 때문이다."(《문학의 공간》, 그린비, 2010, 387쪽) 항상 깨어 있는 사람은 '깨어남'이라는 사태를 체험할 수 없다는 것. 잠을 잘 수 있고 또 자는 사람만이 깨어남이 무엇인지 알 수 있다는 것. 그러므로 이런 역설이 성립한다. '항상 깨어 있으면 진정으로 깨어날 수 없다.'

이것은 말장난이 아니다. 예컨대 불면증 환자들은 늘 깨어 있을 수밖에 없다. 그들은 어느 순간에는 자신이 지금 깨어 있는지 아닌지 혼란에 빠지고 말 것이다. 장자의 호접몽 속에 있는 사람처럼, 자신의 이 기나긴 깨어 있음이 사실은 기나긴 잠 속의 무한한 꿈이 아닐까 의심하게 될 수도 있을 것이다. 그러므로 수면은 각성의 반대말이 아니다. 수면은 각성의 근거다. 자야만 깨어날 수 있다. 이 통찰을 절망과 희망이라는 짝에다가 적용해보려고 한다. 앞으로 5년 동안 한국 사회가 다시 긴 잠에 빠진다 하더라도, 5년이 지난 뒤에도 우리가 여전히 자고 있지는 않을 것이라고. 오히려 그 5년 동안의 잠 때문에 우리는 깨어남이라는 사건을 처음인 것처럼 확실하게 경험할지도 모른다고 말이다. 사실은 믿지 않으면서, 나는 쓴다. 희망은 종신형이니까.

(2012. 12. 24)

국가의 살인

김일란 · 홍지유

〈두 개의 문〉

제목은 어려웠고 포스터는 생경했다. 그렇더라도 영화 자체는
얼마간 익숙한 방식으로 찍었으리라 짐작하며 영화관으로 들어
갔다. 분노와 슬픔을 예감하면서, 그리고 그런 감정적인 반응에
머물고 말 나 자신을 미리 조금 냉소하면서. 그러나 영화 〈두 개
의 문〉은 예상과 달랐다. 분노와 슬픔보다는 분석과 성찰을 유도
하고 있었다. 그런 의미에서 제목과 포스터는 정직한 것이었다.
이미《씨네21》이영진 기자가 이 영화의 목표와 성취를 다음과
같이 정확히 요약했으니 인용으로 대신하자.

국가의 무자비한 폭력을 증명하는 방식에 있어 〈두 개
의 문〉은 유사 주제의 다큐멘터리들과 다른 방식을 취한
다. 대개는 희생당한 이들의 편에 서서 억울함에 대한 호소
를 강조하게 마련이다. 하지만 〈두 개의 문〉에는 사지로 내

몰렸던 철거민들의 피맺힌 절규가 거의 나오지 않는다. 대신 철거민들의 입장에서 볼 때 가해자라고 불렸던 경찰들의 드러나지 않은 희생을 밝혀냄으로써 〈두 개의 문〉은 면죄부를 받은 국가 폭력에 곱절의 중형을 선고하고자 한다. 《씨네21》858호)

이 말 그대로다. 보고 나니 제목도 이해가 됐다. 참사 현장인 남일당 건물 4층에는 옥상으로 통하는 문이 두 개 있었는데, 건물에 진입한 특공대원들은 그 두 개의 문 중 어디를 열어야 망루로 갈 수 있는지조차 알지 못했다. 진압 지도부는 인명 피해를 예방하기 위해서 절대적으로 필요한 최소한의 정보도 제공하지 않은 채 그저 올라가서 진압하라고 명령했을 뿐이다. 즉, '두 개의 문'이란 말단 특공대원들이 체험한 현장의 부조리함을 상징하는 말일 것이다. 특공대원 중 하나는 현장을 '생지옥'에 비유했다.

그러나 이것은 제목의 1차적인 의미를 설명한 것에 지나지 않는다. 더 심층적인 의미가 있다. '문'이란 참사를 보는 '시선'의 은유이기도 하다. 일단은 다섯 명의 희생자와 유족들의 시선으로 이 참사를 봐야 한다. 그러나 갑작스런 명령을 받고는 생지옥으로 걸어 들어가야 했던 특공대원들의 시선으로도 봐야 한다. 이 두 개의 시선은 서로 모순되지 않는다. 이 '두 개의 문'을 함께 열어야만 참사의 진실에 도달할 수 있다. 이미 다 알고 있는 사실 아니냐고 반문할 분도 있으리라. 그러나 이 영화는 이미 알고 있었던 사실을 전혀 몰랐던 것처럼 다시 생각하게 만드는 힘을 갖고 있었다.

특공대원 한 명을 죽인 것은 물론 현장의 철거민들이 아니었다. 반대로 철거민 다섯 명을 죽인 것도 현장의 특공대원이 아니었다. 그들은 모두 희생자다. 가해자들은 그날 새벽 작전 명령이 떨어진 전화기 저편에 있었을 것이다. 이 여섯 명을 한꺼번에 죽인 범인은 '국가'라는 시스템이다. 더 정확히 말하자면, 스스로 '국가'임을 자임하는 몇몇 인사들이다. 일신의 영달을 위해 무력진압을 강행한 지도부와 그 수장, 그리고 그들의 충성의 대상이 된 정부와 그 핵심 권력자들이다. 이 상황을 정확히 명명하려면 '국가 폭력'이라는 익숙한 용어 대신 '국가 살인'이라는 용어를 도입해야 할지도 모른다.

용산참사는 예외적인 사건이 아니라 상징적인 사건일 것이다. 참사는 곳곳에서 다른 형태로 일상화되어 있다. 군사독재 시절과는 달리 이제 국가는 죽음을 방치하는 방식으로 살인을 한다. 쌍용자동차 해고 노동자들 중 22명이 목숨을 잃거나 버리는 동안 국가는 무엇을 했나. OECD 가입국 중 자살률 1위인 대한민국에서는 매일 40명씩 자살한다. 입시 지옥 속에서 학생들은 자살하고, 정리해고와 가계 부채로 4, 50대는 자살하며, 극빈과 고독 속에서 노인들은 자살한다. 처음 한 명의 죽음은 '자살'일지도 모른다. 그러나 두 번째 죽음부터는 '타살'이고, 수백 수천 번째가 되면 그것은 '학살'이다. (2012. 7. 5)

정치소설이 필요한 시간

안토니오 타부키

《페레이라가 주장하다》

책의 뒤표지에 이렇게 적혀 있었다. "역사의 진실과 마주한 외롭고 고독한 신문기자, 페레이라가 펜을 들고 주장을 시작한다." 드물게도 '정치소설'이라는 타이틀까지 달고 있었다. 낯선 작가의 낯선 책이었지만 요즘 우리에게 필요한 것이 바로 '정치소설'이라는 생각을 하며, 이탈리아 작가 안토니오 타부키의 대표작 중 하나인 《페레이라가 주장하다》(문학동네, 2011)를 읽었다. 현대 이탈리아 작가라고 하면 《보이지 않는 도시들》(1972)의 이탈로 칼비노나 《장미의 이름》(1980)의 움베르토 에코 정도를 떠올리게 되지만, 최근 몇 년째 이탈리아를 대표해서 노벨문학상 후보에 오르고 있는 이는 이 작가, 안토니오 타부키다.

자주 사용하는 방법이지만, 장편소설의 구조를 '사건, 진실, 응답'의 세 층위로 분석해보는 것은 유용하다. 사건이 발생하고, 진실이 드러나고, 주체는 응답한다. 그 일이 있기 전으로 되돌아갈 수 없는 것이 '사건'인데, 되돌아갈 수 없는 것은 그 사건이 어떤 '진실'을 산출했기 때문이며, 이제 그 진실 앞에서 주체는 어떤 식으로건 '응답'을 할 수밖에 없다. (물론 이것은 '하나의 관점'일 뿐이어서, 이 관점을 팅겨내는 좋은 장편소설도 얼마든지 가능하다.) 이 세 요소는 장편소설의 성취를 판별하는 세 개의 평가항목이 될 수도 있다. 사건의 충격, 진실의 무게, 응답의 울림이라는 측면에서 이 소설은 무엇을 얼마나 성취했는가.

1938년의 포르투갈. 작은 신문의 문화면을 전담하고 있는 중년의 기자 페레이라는 최근 아내를 잃었고 그 자신의 건강도 좋지 않다. 죽은 아내의 사진과 대화를 나누고, 자신이 좋아하는 프랑스 소설들을 번역·게재해 문화면을 채우면서, 야심도 비탄도 없는 고요한 나날을 보낸다. 파시즘의 창궐과 스페인 내전 등으로 유럽 전체가 들썩였지만 그에게는 의미 없는 일이다. 그러던 그가 잡지에서 우연히 로시라는 청년의 글을 읽고 호감을 느껴 그를 보조기자로 채용하면서 서사는 시작된다. "어느 여름날 그를 만났다고 페레이라는 주장한다." 소설의 첫 문장이다. 이 소설에서 '사건'은 이 만남 자체다.

이 만남을 사건이라 부를 수 있는 것은 페레이라가 로시를 만나기 이전으로 되돌아갈 수 없게 되었기 때문이다. 로시는 파시스트들에 맞서서 스페인의 공화파를 지원하기 위한 국제조직인 '국제여단'과 깊은 관련을 맺고 있는 이였다. 당시 포르투갈은 친(親)파시스트 정권이 장악하고 있었고 자국 내의 저항 세력들은 비밀경찰들에 의해 은밀히 감시·탄압받고 있었다. 모든 언론은 통제되었고 어떤 신문도 이 사실을 보도하지 못했다. 내성적이고 탈정치적인 문화부 기자 페레이라가 로시를 용인할 수는 없는 일이었다. 그러나 그는 로시의 정체를 알고 나서도 그를 해고하지 못한다. 겉으로는 거부하지만 속으로는 외려 이끌린다.

로시와의 만남이라는 사건을 통해 페레이라가 자신의 내면에서 또 다른 자아의 목소리를 듣기 시작했다는 뜻이다. 그 목소리는 로시가 옳다고 말한다. 그는 로시가 옳다는 것을 알고 있는 자신을 모른 척하지만 역부족이다. 이 소설에서 가장 인상적인 부분은 그런 페레이라의 균열과 변화를 섬세하게 짚는 대목들에 있다. 죽은 아내와 대화를 나누는 시간이 줄고, 그가 번역하는 프랑스 소설들은 점점 급진적인 것들로 바뀌며, 로시를 대하는 마음에는 차츰 동료애가 섞여든다. 급기야 로시에게 치명적인 일이 벌어지고 페레이라는 더 이상 자신의 '진실'을 외면하지 못한다. 그리고 그는 기자로서, 결정적으로, '응답'한다.

안토니오 타부키는 1994년의 이탈리아에서 왜 하필 1938년의 포르투갈을 배경으로 한 소설을 출간했을까. 1994년은 이탈리아 최대의 부호였던 베를루스코니가 총리에 올라 막강한 권력으로 언론을 통제하기 시작하던 때였으므로, 이 소설은 그에 대한 저항적 실천의 일환일 수 있다는 것이 번역자의 추측이다. 1938년의 포르투갈, 1994년의 이탈리아, 2012년의 대한민국 사이에 아무런 공통점이 없다면 이 소설을 읽지 않아도 될 것이다.

그러나 안타깝게도 우리는 '임금님 귀는 당나귀 귀'라고 외치는 이들을 감옥에 처넣는 나라에 살고 있다.

(2012. 1. 13)

─**부기**

안토니오 타부키는 2012년 3월 타계했다.

희망은 버스를 타고

이영주

〈공중에서 사는 사람〉

선배에게서 메시지를 받았지만 희망버스에 오르지 못했다. 기자, 편집자, 동료 문인들과의 글 약속 하나 제대로 지키지 못해 늘 그들을 힘들게 하는 내가 누군가에게 희망이 되려고 나서는 일이 가당찮게 여겨졌다. 당면한 일들을 먼저 해내야 했다. 이 하찮은 사정을 말하는 일이 부질없게 느껴져서 회신도 보내지 못했다. 다녀온 선배가 쓴 글을 읽으며 미안해했고 또 고마워했을 따름이다. 그러므로 나는 한 줄도 쓸 자격이 없지만, 시인의 이런 좋은 시를 외면할 자격도 나에게는 없을 것이다. 덜 미안해지기 위해서가 아니라 더 미안해지기 위해서 이 글을 쓴다. 이영주의 시 〈공중에서 사는 사람〉(《문학과사회》, 2011년 여름호)은 총 열 개의 단락으로 돼 있다. 전문을 5연씩 나눠 옮긴다.

우리는 원하지도 않는 깊이를 가지게 되었습니다

땅으로 내려갈 수가 없네요 보이지 않는 사람들과 싸우는 중입니다 지붕이 없는 골조물 위에서 비가 오면 구름처럼 부어올랐습니다 살냄새, 땀냄새, 피냄새

가족들은 밑에서 희미하게 손을 내밀고 있습니다 그 덩어리를 핥고 싶어서 우리는 침을 흘립니다

이 악취의 이름은 무엇일까요 공중을 떠도는 망령을 향하여 조금씩 옮겨 갑니다 냄새들이 뼈처럼 단단해집니다

상실감에 집중하면서 실패를 가장 실감나게 느끼면서 비가 올 때마다 노래를 불렀습니다 집이란 지붕도 벽도 있어야 할 텐데요 오로지 서로의 안쪽만 들여다보며 처음 느끼는 감촉에 살이 떨립니다 어쩌면

그가 처음으로 올라간 것이 아니다. 그는 거기서 죽은 동료를 생각하며 거기에 올라갔다. 그래서 이 시의 주어는 '우리'인 것일까. 그들은 올라가서 거꾸로 깊어졌다. 이 표현이 지상과 공중 사이의 거리를 물리적으로 지칭한 것인지, 아니면 몸이 올라갈수록 오히려 마음은 깊어지는 심리적 역설을 표현한 것인지 확정하기 어렵지만, 이 첫 구절은 힘 있게 시를 연다. 시인들은 '그곳에서는 가족이 더욱 그립다'라고 적지 않는다. '높은 곳에서는

단지 희미한 덩어리로만 보이는 가족들을 핥고 싶어서 침을 흘린다'라고 사무치게 적는다. 그들은 영웅적 자부심과 승리에 대한 예감으로 거기에 있는가? 아니, "상실감에 집중하면서 실패를 가장 실감나게 느끼면서" 거기에 있다.

지구란 얇은 판자 같은 것인지도 모르겠습니다 조심스럽게 내려가지 않으면 실족할 수밖에 없는 구멍 뚫린 곳

우리는 타오르지 않기 위해 노래를 불렀습니다 무너진 골조물에 벽을 세우는 유일한 방법

서서히 올라오는 저녁이 노래 바깥으로 흘러갑니다 그림자를 길게 드리우며 우리는 냄새처럼 이 공중에서 화석이 될까요

집이란 그런 것이지요 벽이 있고 사라지기 전에 냄새의 이름도 알 수 있는

우리는 울지 않습니다 그저 이마를 문지르고 머리뼈를 기대고 몸에서 몸으로 악취가 흘러가기를 우리는 남겨두고 노래가 내려가 떨고 있는 두 손을 핥아주기를

지구가 구멍 뚫린 판자일지도 모른다는 표현은 공중에서의 두려움을, 노래를 부르면 그것이 벽으로 우리를 둘러싼다는 표현은 그곳에서의 안간힘을 전달한다. 아니, 전달하려고 애쓴 흔적들이다. 보다시피 이 시에는 어떤 독자들이 바랄 만한 선명한 울분과 명쾌한 선동이 없지만, 그 대신, 상상하기 힘든 어떤 고행의 실감에 조금이나마 도달해보려는 조용한 노력이 있다. 이 점이 마음에 들어서 나는, 이 시가 과연 김진숙 씨에게 바쳐진 것인지 아닌지 정확히 알지도 못하면서, 이 자리에 옮겨 적었다. 그리고 이 시의 후반부를 이렇게 이해했다. '공중에서 화석이 되어서는 안 됩니다. 노래만 내려오지 말고 노래를 부른 당신도 반드시 함께 내려와야 합니다.'

우리의 상상 체계 속에서 신은 하늘에 있다. 신과 가까운 곳이 곧 낙원이지 싶어, 낙원도 하늘에 있을 거라고 믿는다. 그래서 그곳을 '천국'이라 부른다. 이 나라 곳곳에는, 천국에 더 가까이 가겠다는 듯이, 아니 여기가 이미 천국이라는 듯이 초고층 아파트들이 솟아 있다. 그런 나라의 남쪽 어느 하늘에 한 사람이 산다. 축복과 은총 따위는 기대해본 적도 없을 것이다. 다만 지상에서 살아갈 희망만은 빼앗지 말아달라고 간구하기 위해 신에게 더 가까이 가 있는 것이리라. 그러나 희망은 천상의 어디에서가 아니라, 지상의 먼 곳에서 버스를 타고 달려온다. 신이 인간에게 내려보내기 전에, 인간이 다른 인간에게 올려보낸다.

(2011. 7. 29)

저급한 이야기꾼들의 신

하인리히 폰 클라이스트

〈칠레의 지진〉

가르시아 마르케스의 자서전 제목은 '이야기하기 위해 살다' 이지만 소설가가 아닌 우리에게는 '살기 위해 이야기하다'라는 말이 더 실상에 가까울 것이다. 우리는 대체로 '나'라는 서사가 어떻게 진행되어왔고 또 진행될 것인지를 잘 알고 있다고 생각 하며 살아간다. 내가 '나'라는 서사의 주인공인 동시에 작가라고 믿는다. 그러다 어떤 사건이 벌어져서 서사의 흐름에 균열이 오 거나 반전이 생기면 '다시 쓰기'를 해서 그 사건을 내 삶 안으로 통합해낸다. 예컨대 예기치 못한 이별을 겪고 나서 '아픈 만큼 성숙해지고'라는 옛 노래 제목을 떠올리는 순간, 당신은 당신의 삶을 '쓰고' 있는 것이다. 그러지 않고서는 앞으로 나아갈 수가 없다.

이 과정에서 우리는 가끔 타인의 삶도 나의 관점에서 하나의 이야기로 구성하곤 한다. A라는 사람의 이야기를 누군가에게 전

할 때, 우리는 'A의 서사' 혹은 'A라는 서사'의 인과관계를 다듬어서 더 매끄러운 이야기를 만들어내는 자신을 발견하고 놀랄 때가 있다. 그런데 그것이 타인의 재난과 관련된 것일 때 그것을 서사화하는 행위는 지극히 조심스러운 일이 된다. 자칫 비윤리적인 개입이 될 수 있기 때문에 대개는 서사화를 포기하고 그저 재난의 당사자가 무사히 그 사건을 자신의 서사 안으로 통합할 수 있게 되기를 응원하고 격려하는 수밖에 도리가 없는 것이다. 그런데 최소한의 예의를 내던지는 이들이 있다.

"일본 대지진으로 사망·실종만 2,500여 명, 연락 불통 1만여 명입니다. 원자력발전소가 폭발하고 있습니다. 한반도를 이렇게 안전하게 해주시는 하느님께 조상님께 감사드립니다." 현직 경기도지사가 트위터에 올린 문장이다. 최초의 반응이 공포와 안도인 것은 인지상정이다. 저런 끔찍한 일이 나에게 닥치지 않았으니 얼마나 다행인가. 그러나 그 느낌을 공적으로 발설하는 것은 무례하고 유아적인 행위다. 하긴 '한류 열풍 타격'을 걱정하고 '한국 기업의 반사이익'을 계산하는 이들에 비하면 차라리 양호하다 해야 할까. 타인의 재난 앞에서 나의 목숨과 재산을 먼저 챙기는 태도는 서사화에 미달하는 동물적인 반응이어서 정색하고 논의할 가치가 없어 보인다.

그런데 더 심각한 사례가 있다. "일본은 집집마다 섬기는 신이 있다고 한다. 무신론자도 많다고 한다. 물질주의가 발달해서 하느님이 들어갈 자리가 없다고 한다. 이런 것에서부터 돌이키기를 원하는 하느님의 경고는 아닌가 하는 생각도 들었다." 서울 여의도에서 신도 수가 45만 명인 세계 최대 규모의 교회를 이끄는 목사님께서 하신 말씀이다. 이분은 타인의 재난에 '범죄와 처벌'이라는 인과관계를 부여해 서사를 만들었다. 자연이 행하는 모든 일에는 메시지가 담겨 있다는 원시 신앙의 세계관에 근거하는 이 플롯은 세상의 모든 작가들이 마지막까지 피해야 할 최악의 플롯이다. 종교적 도그마는 윤리적인 서사가 지향하는 재난의 개별성을 완전히 뭉개버린다.

하인리히 폰 클라이스트의 〈칠레의 지진〉(1807)이라는 소설이 있다. 종교적으로 용인될 수 없는 불경한 사랑에 빠진 두 남녀가 있어 남자는 감옥에 있고 여자는 막 처형되려는 참이다. 그때 1647년 칠레 산티아고 대지진이 일어난다. 지진 때문에 오히려 목숨을 건지고 해후한 두 연인은 타인의 불행이 나의 행복이 된 아이러니 앞에서 죄책감을 느낀 나머지 위험을 무릅쓰고 생존자들의 기도회에 참석한다. 그때 누군가 그들을 알아보고 외친다. "저들 때문에 이 재난이 닥쳤다." 광신의 난도질로 연인들이 도륙되면서 이 이야기는 끝난다.

상상하기도 싫지만 만약 이 땅에 모종의 재난이 일어나 여의도의 그 교회마저 피해를 입는다면 그곳에서는 어떤 서사가 탄생할까? '우리 중에 다신교, 무신론, 물질주의에 빠진 죄인이 있어 하느님이 벌을 내린 것이다. 죄 없는 우리가 피해를 입은 것도 그들 때문이다.' 이런 서사가 완성되면 현실에서 클라이스트의 비극이 재현되지 않을 것이라고 누가 장담할 것인가.

어떤 이들의 신은 마치 정기적으로 세금을 걷어 가고 '나와바리'를 관리하면서 불복종에는 피로 보복하는 특수직종 종사자처럼 보인다. 그 신은 인간의 천상에 있는 것이 아니라 조직원들의 배후에 있는가. 나는 인간이 더 인간다워지기 위해 신이 필요할 수도 있다고 보지만, 신이 더 신다워지기 위해 인간이 필요하다고 생각하지는 않는다. 문학의 임무 중 하나는 바로 이 저급한 이야기꾼들의 서사와 싸우는 것이다.

(2011. 3. 25)

—**부기**

이 글은 2011년 도호쿠 지진 때문에 쓰였다. 이 글을 쓸 때만 해도 지진은 다른 나라의 이야기였다.

천안함, J 선생님께

우주에서 벌어지는 일의 원인까지도 계산해내는 세상이라고 알고 있는데, 이 나라의 바다에서 배가 부서져 사람이 46명이나 죽었는데도 원인을 알 수 없다고 하네요. 차분하게 사실을 따지기보다는 거만하게 의견을 말하는 데 익숙한 일부 언론은 일찌감치 북한의 침공으로 단정하고 막무가내의 기사를 쏟아내고 있습니다. 이런 상황에서 문학은 무엇을 할 수 있을까요? 답답하지만, '46명의 죽음'이라는 유일한 팩트에 근거해 그 죽음을 슬퍼하고 추모하는 것 외에 무엇을 더 할 수 있을까요. 가까운 어떤 분께서 사람들이 타인의 죽음에 대해 점점 무감해지는 것 같다고 하시는 말씀을 들었습니다. 그게 사실이라면 오늘날 시인들의 책무가 하나 더 늘어난 셈입니다. 가장 먼저 울지는 못하더라도 가장 마지막까지 우는 일이 그것입니다. 그러다 선생님께서 쓰신 칼럼을 읽었습니다. 절망하지 말고 분노하라, 라고 적으신 그 글이요.

그냥 슬퍼하기만 했으면 좋았을 것입니다. 선생님께서 오래전에 시인의 책무로 떠맡은 일도 그것이었음을 기억합니다. 그런데 선생님은 그 이상의 일을, 이를테면 "단호한 응징"을 촉구하셨습니다. 그리고 이런 문장을 덧붙이셨지요. "부처님은 어디선가 독 묻은 화살이 날아와 허벅지에 박혔을 때 먼저 그 화살부터 빼라고 하셨다. 허벅지에 독 묻은 화살이 꽂혀 있는데도 화살을 쏜 사람이 누구인지, 왜 쏘았는지, 활을 만든 나무가 뽕나무인지 물푸레나무인지 먼저 알고 싶어 한다면 그것을 알기도 전에 온몸에 독이 퍼져 죽고 말 것이라고 하셨다." 부처님은 화살을 빼라고 하셨지 화살을 쏘았다는 증거가 없는 이에게 그 화살을 되쏘아버리라고 말씀하시지는 않았습니다. 망집(妄執)과의 단호한 결별 혹은 중생 구원의 시급함을 말하는 귀한 말씀이 성급한 호전의 논리로 전용되어서는 곤란하다고 생각합니다.

그리고 선생님께서는 또 이렇게 적으셨습니다. "적에게 기습 공격을 당해도 물증을 찾아야만 항의할 수 있는 시대에 사는 나는 우울하다." 저는 이 문장이 놀랍습니다. 선생님께서는 지금 '아무런 물증이 없다, 그러나 이것은 북한의 짓이다'라고 말씀하신 것입니다. 이것은 정말 이상한 말입니다. 물증이 없으면 일단은 침묵해야 합니다. 물증이 없어서 피의 사실을 유포하고 여론 재판을 유도해 전 대통령을 자살로 몰고 간 검찰의 행태를 우리는 반복해서는 안 됩니다. 시인들이 대개 논리에 연연하지 않는 것은 논리 너머의 진실을 말하기 위해서지 논리에 미달하는 선동에 미사여구를 제공하기 위해서가 아닐 것입니다. 문학이 이렇게 사용되어서는 안 된다고 생각합니다.

선생님의 글을 읽고 저는 플라톤의 《국가》에 나오는 저 유명한 '시인 비판론'을 생각했습니다. 진리로부터 두 걸음이나 떨어져 있다는 '철학적인' 이유로 시인을 타박한 것이라 알려져 있지만, 플라톤의 본의는 오히려 '정치학적인' 것에 더 가까웠지요. 감정에 호소하는 시가 그 강력한 영향력으로 사람들의 이성을 마비시키면 "개개인의 혼 안에 나쁜 통치 체제가 생기게끔 한다"(10권 605c)는 것, 그래서 결국 국가의 정체(政體)가 무너진다는 것이 '비판'의 깊숙한 이유였습니다. 아리스토텔레스에서부터 알랭 바디우에 이르기까지 많은 학자들이 이 주장을 논박하기 위해 애써왔습니다. 그러나 적어도 이번 일에서만큼은 플라톤의 말을 반박하기 어렵게 됐습니다. 선생님께서는 북한을 공격해도 될 물증이 없어서 우울하다고 하셨습니다만, 저는 선생님의 글이 저 시인 비판론의 물증이 된 것 같아 우울합니다.

선생님, 저는 본래 남의 허물을 잘 탓하지 못합니다. 그럴 자격이 없다고 생각해서입니다. 하물며 인생과 문학의 선배가 그 대상이라면 더욱 그렇습니다. 플라톤 역시 시인 비판론의 도입부에서 "어릴 적부터 호메로스에 대해서 갖고 있는 일종의 사랑과 공경" 덕분에 말을 꺼내기가 쉽지 않다고 고백했군요. 그러나 그는 다음과 같이 말하면서 결국 그의 논지를 밀어붙입니다.

"진리에 앞서 사람이 더 존중되어서는 아니 되겠기에 내 할 말은 해야만 하겠네." 지금 제 마음이 바로 그렇습니다. 덧붙여, 설사 천안함을 박살낸 것이 북한으로 밝혀진다 해도 이 글을 철회할 생각이 없습니다. 선생님의 글은 그 사실이 밝혀지기 전에 발표되었으니까요. 선생님과 더불어 다시 한번 46명 수병들의 명복을 빕니다.

(2010. 5. 12)

평화가 곧 승리

우리가 전쟁을 벌이는 건 우리가 옷을 입고 있기 때문이죠. 누가 더 큰 고추를 가지고 있는지 아무도 알 수가 없기 때문이죠. 만약 제가 작은 고추를 가진 남자라면, 저는 제 것이 작다는 것을 아무도 알지 못하게 하기 위해 정말로 거대한 빌딩을 짓거나, 넓은 땅덩어리를 차지하려고 발버둥치거나, 아니면 아주 긴 책을 쓰려고 할 거예요. 맞지요?

데이비드 헨리 황의 희곡《M. 나비》(동인, 1998)에 나오는 한 여성의 대사다. '아주 긴 책'을 한 권 낸 나로서는 별로 유쾌하지 않지만, 그녀의 말을 더 들어보자.

나라를 정복하건 혹은 다른 무슨 일을 하건, 옷을 입고 있는 한, 누구 것이 더 크고 더 작은지를 확실하게 증명할 길이 없단 말이죠. 이게 바로 우리가 소위 문명화된 사회라고 부르는 곳에서 일어나는 일이에요. 핀 정도 크기의 작은 고추를 가진 무수한 남자들이 전 세계를 통치하고 있다고 해도 과언이 아닐걸요.

언젠가는 이 재치 있고 통렬한 문장을 인용할 날이 오겠거니 했다. 그러나 이런 식의 상황이 닥치리라고는 생각지 못했다. 게다가 무고한 목숨들이 희생된 이 슬픔의 시절에 적절한 문장도 아니다.

분노는 당연하다. 그렇다고 맹목적인 분노만이 필요한 시점이라고 생각지도 않는다. 일각에서는 사실상 전쟁이 불가피하다는 듯이 국민을 선동하고 있다. 이런 분위기 속에서 전 국방장관은 북한을 철저히 응징하지 못하고 물러나 아쉽다고 했고, 현 국방장관은 북한의 추가 도발이 있을 경우 끝까지 응징하겠다고 했다. 이것이 지금 가장 절실히 필요한 말일까. 오히려 전자는 북한의 도발을 막지 못해 죄송하다고 머리 숙여야 하고, 후자는 북한의 추가 도발을 어떤 일이 있어도 막겠다고 결의했어야 하는 것 아닌가.

사과하거나 안심시켜주는 이들은 없고 화를 내는 사람들뿐이다. 외교 담당자, 국방 책임자, 국회의원들 중 많은 수가 북을 비난하고 아랫사람을 질타하고 복수를 외친다. 평소 가부장의 권위를 내세우던 이가 정작 위급한 상황에서는 제 가족의 목숨조차 지켜내지 못했으면서 오히려 다른 가족 구성원들보다 더 화를 내고 있는 형국이다. 게다가 상황이 응전과 확전으로 이어지면 결국 희생되는 이들은 탁자에서 소리만 지르고 뒤늦게 현장 순시나 하는 권력자들이 아니라 또 힘없는 아내와 자식들일 뿐이지 않은가.

민간인 거주 지역에 폭격을 가한 북한의 어처구니없는 만행에 대해서는 어떠한 분노로도 울분이 풀리지 않는다. 그러면서 한편으로는 이 나라의 위정자들에게 가부장의 단호함과는 또 다른 역할도 더불어 기대하게 된다. 비슷한 상황에서 어머니들이라면 먼저 제 자신을 탓하고 다친 자식의 곁을 지킬지도 모른다고 생각하는 것은 그런 사례를 많이 봐왔기 때문이다. 그러나 나는 피난민들이 눈물과 한숨의 시간을 보낸 찜질방에서 그들과 숙식을 함께하며 사과하고 위로한 남성 정치인이 있다는 이야기를 들어보지 못했다.

제 자식이 죽고 난 뒤 영웅으로 대접할 일이 아니라 애초에 죽지 않도록 지켜줬어야 했다. 응전의 대상이 될 북한의 병사들도 무슨 추상적인 목표물이 아니라 누군가의 자식이라는 점을 잊는 일은 다른 불행의 시작일 수밖에 없다. 가부장제를 옹호할 생각은 없지만 그것을 거부하기 불가능한 상황에서라면, 최소한 믿고 의지할 수 있는 가부장이면 좋겠다. 강력한 대응은 정당하고 당연한 것이지만 응전과 확전을 부르짖는 방식이 아니라 더 이상 비극이 일어나지 않도록 할 수 있는 일을 다했으면 싶다.

가장 크게 화를 내면 가족들이 제 진심에 감동받을 거라 믿는 가부장을 제외한 다른 가족들은 평화가 곧 승리라고 믿기 때문이다.

(2010. 12. 5)

4부

시는 없으면 안 되는가

|시|

시는 없으면 안 되는가

문학동네시인선 50호 발간에 부쳐

2011년 1월에 첫 세 권을 낸 문학동네시인선이 50권에 이르렀다. 회고의 시간을 가져볼 만한 시점이라 여겨 여기 특별한 시집 한 권을 펴낸다. 그동안 문학동네시인선에 동참해준 시인들이 자신의 시집에서 한 편의 시를 고르고 짧은 산문을 보내주었다. 그중 한 시인의 산문에서 맞춤한 표현을 얻어 이 시집의 제목으로 삼는다. 제목대로 시가 '영원한 귓속말'이라면, 그것은 시가 가장 특별한 종류의 언어적 실천이라는 뜻이고('귓속말') 그 실천이 멈춰서는 안 된다는 뜻이다.('영원한')

마셜 매클루언은 오래전에 "미디어는 메시지(message)이자 마사지(massage)"라고 말한 적이 있지만, 그와는 다른 맥락에서, 시는 메시지이고 또 마사지이다. 인류가 오랫동안 연마해온 말하기 기술을 동원하여 어떤 취지를 가장 놀라운 방식으로 전달할 때의 시는 '언어를 통한 메시지'이고, 말들이 무슨 취지를 실어 나르기보다는 제 자신을 돌아보고 반성하고 배려하여 한 공동체의 퇴락한 말들에 다시 생명력을 불어넣을 때의 시는 '언어에 대한 마사지'이다.

시가 그토록 대단한가. 그렇다면 시는, 있으면 좋은 것인가 없으면 안 되는 것인가. 소설과 영화와 음악이 없는 삶을 상상할 수 있다면 시 역시 그렇다. 그러나 언어는 문학의 매체이기만 한 것이 아니라 삶 자체의 매체다. 언어가 눈에 띄게 거칠어지거나 진부해지면 삶은 눈에 잘 안 띄게 그와 비슷해진다. 그래서는 안 된다고 생각하는 마음들이 계속 시를 쓰고 읽는다. 시가 없으면 안 되는 것이 아니라 해도, 시가 없으면 안 된다고 믿는 바로 그 마음은 없으면 안 된다.

(2014. 2. 26)

시를 사랑한다는 말

문학동네시인선 100호 발간에 부쳐

시인은 어떻게 발생하는가? 이럴 때 인용하기 좋은 것은 역시 "그래 그 무렵이었다⋯⋯ 시가 날 찾아왔다"로 시작되는 파블로 네루다의 작품 〈시〉이겠고, 나는 이 시를 좋아하지만, 이 시를 둘러싸고 있는 어떤 다정한 신비주의까지 그대로 받아들일 필요는 없을 것이다. 나는 시인에 대한 여하한 신비주의도 품고 있지 않다. 아니, 품지 않으려고 노력한다. 내가 아는 훌륭한 시인들은 타고난 사람들이라기보다는 그저 노력하는 사람들이기 때문이다. 필사적인 노력에 신비로운 것이라고는 없다. 노력이란, 시도하고 실패하고 다시 시도하고 다시 실패하는, 처절한 세속의 일이다. 조금도 신비롭지 않은 그 노동이 멈추면 시인도 함께 소멸된다.

매번 다시 발생하기를 그치지 않는 우리의 시인들은 세상의 모든 폭력에 반대한다. 폭력과 싸우는 일에는 수단과 방법을 가릴 필요가 없는 것이 아니라, 오히려 수단과 방법을 세심히 가려야 한다고 믿는다. 그들은 시인이라서 무엇보다도 언어를 통해 그러기를 원한다. 극소량의 폭력성도 함유하고 있지 않은 언어의 상태에 도달하여, 그로써 세계의 폭력성을 드러내려고 한다. 자주 오해되지만 그런 비폭력적인 언어의 상태가 순한 단어와 예쁜 표현들로 달성되지는 않는다. 그것은 어떤 '시선'에서 생겨나는 것이고, 그런 시선을 가능케 하는 어떤 '자리'에 설 때 생겨난다. 그럴 때 시인은 발생하는 것이다. 그런 시를 읽으면 또 우리에게는 어떤 일이 발생하는가?

시 평론가 데이비드 오어가 그의 책 《아름답고 무의미한(Beautiful & Pointless)》에서 보고하기를, 어떤 임의의 X에 대해 '나는 X를 좋아한다'와 '나는 X를 사랑한다'의 구글 검색 결과를 비교해보면, 대체로 '좋아한다(like)'가 '사랑한다(love)'보다 세 배 더 많다고 한다. 예컨대 '나는 음악을 좋아한다'가 '나는 음악을 사랑한다'에 비해 훨씬 많다는 것. X의 자리에 '영화', '미국', '맥주' 등등을 넣어도 역시 마찬가지. 그러나 이상하게도 '시(poetry)'만은 결과가 반대여서 시를 사랑한다고 말하는 사람이 두 배 더 많다고 한다. 왜일까? 나로 하여금 좀 더 나은 인간이 되고 싶다는 생각을 하게 만드는 사람은 내가 '사랑하는' 사람들이다. 그리고 훌륭한 시를 읽을 때, 우리는 바로 그런 기분이 된다.

(2017. 11. 27)

시, 정답 없는 질문

릴케, 하나

《정확한 사랑의 실험》에서도 인용한 바 있지만 영화 〈노예 12년〉(2014)의 감독 스티브 맥퀸은 이 영화의 주제가 '서바이브(survive)'와 '리브(live)'의 차이를 생각해보는 데 있다는 요지의 말을 한 적이 있다. (맥락을 잘 살리면서 대구를 이루도록 번역하고 싶은데 여의치가 않다. '살아남기'와 '살아내기'를 떠올려보았지만 만족스러운 것은 아니다. '단순한 생존'과 '진정한 삶'이라고 풀어 옮기면 될까.) 인간이라면 기본적인 생존에 만족할 수 없으며 자신의 삶이 보다 더 가치 있는 것이 되기를 바란다는 것. 그런 갈망이 없다면 그것이 곧 노예의 삶이라는 것.

대단히 독창적인 논제는 아닐지도 모른다. 그러나 나는 자주 저 논제의 깊이를 헤아려보고는 한다. 물론 '진정한 삶'은커녕 '단순한 생존'조차 힘겨운 시대임을 모르지 않는다. 대한민국은 OECD 가입국 중에서 출산율은 최하위이고 자살률은 1위다. 지겹도록 들어온 것이지만 생각할수록 뼈아픈 지표다. 가장 적게 태어나고 가장 많이 자살한다는 뜻이다. 생명을 얻어 탄생하는 것 자체가 쉽지 않을 뿐 아니라, 수명만큼 다 살고 죽으면 그것만으로도 꽤 다행인 셈이다. 방송가를 휩쓸고 있는 서바이벌 포맷 프로그램은 차라리 현실의 순화된 반영에 가까울 것이다.

이런 상황임에도 불구하고, 아니, 그렇기 때문에 더 질문해야 한다고 믿는다. 단순한 생존과 진정한 삶의 차이를. 출발은 소박해도 좋다. 생존의 트랙을 정신없이 달리다가 문득 이런 의문을 갖는 때가 오는 것이다. '도대체 이게 무슨 의미가 있지?' 가장 성공적인 질주를 하는 것처럼 보이는 인간조차도 가끔 이런 의문에 걸려 넘어진다. 이것은 인간이 의미를 추구하는 동물이라는 또렷한 증거다. 인간은 의미를 잊고 살 수는 있어도 의미를 빼앗긴 채 살 수는 없다. 다시 굴러떨어질 바위를 끝없이 밀어 올리는 시시포스가 경험한 것은 바로 무의미의 지옥이다.

즉, '진정한 삶'을 사유한다는 것은 곧 '삶의 의미'를 사유한다는 것과 다르지 않다. '삶의 의미는 어디에 있는가?' 더 줄이면 이렇다. '왜 사는가?' 요즘 인기 있는 질문은 아니다. 의미가 아니라 효율을 추구하는 사회에서 사람들이 궁금해하는 것은 효율을 위한 '노하우(know-how)'이지 의미에 관여하는 '노와이 (know-why)'가 아니다. 인문학이 필요한 이유는 바로 이 대목에서 장렬히 실패하기 위해서다. 자기계발서가 '노하우'를 알려줄 때 인문학 서적은 '노와이'를 알려주지 못한다. 인문학은 질문이기 때문이다. 그리고 가장 중요한 질문에는 원래 답이 없다.

지금 내 앞에는 최근에 새로 출간된 릴케 시선집 《두이노의 비가》(손재준 옮김, 열린책들, 2014)가 놓여 있다. (이 번역본은 각별하게 아름답다.) 수록작 중 〈두이노의 비가〉는 총 열 편으로 이루어진 연작시인데, 제1비가를 여는 질문이 특히 유명하지만 제2비가의 도입부에도 질문이 있다. "토비아의 시대는 어디로 갔는가?" 구약 외경 〈토비트서〉의 등장인물인 토비아는 그와 함께 걸었던 이가 천사 라파엘임을 알지 못했다. 역자는 이 질문에 다음과 같은 주석을 달았다. "천사와 인간의 만남이 가능했던 전일(全一)의 시간에 대한 동경이 강하게 드러나 있다."

릴케의 시가 쉽고 유용한 답을 제시해주지는 않는다. 인간의 언어로 제기된 역사상 가장 아름답고 심오한 질문을 던질 뿐이다. (물론 그는 특정 종교의 신도들이 아니라 삶의 의미를 추구하는 우리 모두를 위해 질문을 던졌다.) 우리 시대 서바이벌리즘의 전도사들은 반문하리라. '정답이 없는 질문을 던지는 릴케의 시 따위를 도대체 왜 읽어야 한단 말인가?' 나의 오랜 대답은 이렇다. '왜냐하면 삶이란 의미를 찾기 위해 질문을 던지는 그 순간에만 겨우 의미를 갖기 시작하는 것이니까.' 이 대답은 아직 충분히 강하지 못하다. 그래서 나는 (당신과 함께) 더 많은 시를 더 필사적으로 읽지 않으면 안 된다.

(2015. 5. 7)

고대 아폴로의 토르소

릴케, 둘

'시는 매끈한 해답을 쥐여주기보다는 예리한 질문을 던지는 데 소질이 있는 예술이다. 삶이 조금이라도 더 의미 있어지려면 삶의 의미에 대한 질문을 멈추지 말아야 한다. 고로 우리는 시를 읽어야 한다.' 앞의 글에서 이런 요지의 말을 했더니, 그럼 어떤 시를 읽으면 좋으냐고 묻는 분들이 계셨다. 앞에서도 언급했던 릴케 이야기를 좀 더 하자면, 그의 유명한 시들 중에서 〈고대 아폴로의 토르소〉라는 것이 있는데, 오래 곱씹을 만한 작품이라 소개해보려 한다.

주지하다시피 '아폴로(Apollo)'는 그리스신화의 신 '아폴론'의 이름을 로마식으로 적은 것이다. 태양과 이성과 예언의 신으로, 그리스 문명을 상징하는 신이기도 하다. 또 '토르소(torso)'란 머리와 사지(四肢)가 없이 몸통만 있는 조각을 가리킨다. 파손되었거나 만들다 만 작품으로 여겨진 때도 있었으나 지금은 그 자체로 완성된 작품 대접을 받는다. 그러니까 이 시는 '아폴론의 토르소'를 보고 느낀 바를 적은 것이다. 이 시를 쓸 당시 릴케는 파리에 체류 중이었으니 아마도 루브르에 소장돼 있는 그 토르소를 본 것이리라.

> 거기 두 개의 눈망울이 무르익고 있던
> 아폴로의 엄청난 머리를 우리는 알지 못한다. 그러나
> 그 토르소는 지금도 촛대처럼 불타고 있다.
> 거기에는 그의 사물을 보는 눈이 틀어박힌 채,
>
> 그대로 남아 빛나고 있다. 그러지 않고서야 그 가슴의 풍만함이
> 너를 눈부시게 하지는 못하리라. 그리고 허리를
> 조용히 돌리며 보내는 하나의 미소가
> 생명을 가져다주던 그 중심을 향해 흐르지도 않으리라.
>
> 그렇지 않다면 이 돌은, 두 어깨는 투명한 상인방(上引枋) 같지만
> 밑은 흉측하고 볼품없는 돌덩이에 지나지 않으리라.
> 그렇게 맹수의 모피처럼 반짝이는 일도 없고,
>
> 그 모든 가장자리에서마다 마치 별처럼

빛이 비치는 일도 없으리라. 이 토르소에는 너를 바라보지 않는

부분이란 어디에도 없기 때문이다. 너는 너의 삶을 바꾸지 않으면 안 된다. (손재준 옮김)

릴케는 이 토르소를 보고 강렬한 충격을 받은 것 같다. 그저 몸통뿐인 조각상의 그 무엇이 자신을 감동시켰는지는 그 자신에게도 흥미로운 생각거리였을 것이다. 머리가 없는 조각이다. 나를 보는 눈이 없다는 얘기다. 그러나 역설적이게도, 오히려 눈이 없기 때문에, 그것은 왠지 나를 주시하는 것처럼 느껴진다. 보이지 않는 눈이 빛난다는 느낌. 그것이 몸통의 다른 부분들, 즉 근육질 가슴과 미묘한 곡선의 허리까지 빛나게 한다. 이제 시인은 이 토르소가 매력적인 이유를 이렇게 납득한다. "토르소에는 너를 바라보지 않는 부분이란 어디에도 없기 때문이다." 즉, 온몸이 눈이라는 것.

이 토르소 앞에만 서면 무언가 압도당하고 마는 것은 눈이 없어서 온몸으로 관객을 주시할 수 있기 때문이다, 라고 답하는 이 상상력은 확실히 심오하다. 그러나 결정적인 마지막 문장이 아직 남아 있다. 이 토르소에게는 입이 없으니 아무 말도 할 수가 없는데, 릴케에게는 그 '침묵의 말'이 이렇게 귀에 들려왔던 모양이다. "너는 너의 삶을 바꾸지 않으면 안 된다." 시인을 따라 루브르의 토르소를 상상하며 느긋하게 시를 읽어나가다 보면

이 마지막 구절이 죽비처럼 어깨를 내리친다. 왜인가.

첫째, 바꾸라 했으니 'A에서 B로'라는 지침이 있을 법도 한데 아무것도 없기 때문이다. 지금 어떤 상태에 있건 당신은 바뀌어야 한다. 지금 자신을 바꾸지 않아도 되는 사람은 없다. 둘째, 언제 이 구절을 읽든 우리는 똑같은 명령을 다시 받기 때문이다. '그동안 바꾸려고 노력했는가? 계속 더 바뀌어야 한다.' 요컨대 아폴론의 불완전하고 미완성인 몸통은, 바로 우리의 삶이 언제나 그처럼 불완전하고 미완성인 상태에 있다고, 그러므로 변화란 '예외도 없고 끝도 없는' 우리 모두의 숙제라고 말한다. 삶이 아주 느린 자살처럼 느껴질 때 나는 이 시를 자주 복용한다.

(2015. 8. 6)

시의 천사

진은영

《훔쳐가는 노래》

오늘 나는 릴케의 근심을 이해할 수 있다. 그로 하여금《로댕론》(1902)의 첫머리를 이렇게 시작하게 한 그 감정이 근심이 맞는다면 말이다. "유명해지기 전에 로댕은 고독했다. 그리고 그에게 명성이 찾아온 뒤에 그는 어쩌면 더 고독해졌는지도 모른다. 명성이란 결국 하나의 새로운 이름 주위로 모여드는 온갖 오해들의 총합일 뿐이기 때문이다." 그러나 릴케는 그 뒤에 바로 낙관적인 말을 덧붙였다. 로댕의 위대한 작품들이 결국 그에 대한 오해를 바로잡을 것이라고. 오늘 나는 릴케의 그 낙관도 이해할 수 있다.

시인 진은영이 예전에도 고독했다고 말할 수는 없지만 확실히 최근 2, 3년 동안에 그는 더 유명해졌다. '정치'나 '실천' 같은 말이 자주 그를 따라다녔다. 그가 몇 년 동안 보여준 지성과 용기를 보건대 이는 당연하고 정당한 일이다. 그가 늘 오해만 받은 것도 아닐 것이다. 그에게는 새로운 친구들도 생겼으리라. 그러나 그의 시는 더 고독해졌을지 모른다. 나는 사람들이 그의 당당하고 예리한 산문들에 대해 말하는 것만큼, 아니 그보다 더 많이, 그의 고요하고 아름다운 시들에 대해서도 말했으면 싶었다.

시가 물리적 의미에서 가장 '순수'해졌을 때 시에서는 시의 목소리만 들린다. 그때 시는 누구 것도 아니고 그저 언어의 것이다. 그러니까 시가 쓴 시다. 말라르메를 따라서 이것이 시의 가장 지고한 경지라고 생각하는 사람들이 있고, 진은영이 이 시집에 인용한 프랑스의 비평가 블랑쇼의 생각도 그렇다. "시적인 말은 더 이상 어느 누구의 말이 아니다. 그 말 속에서 어느 누구도 말하지 않고, 말하는 자는 어느 누구가 아니다. 오히려 말 홀로 스스로를 말하는 것 같다."(《문학의 공간》, 그린비, 2010, 45쪽)

나는 이것이 시의 빛나는 한 경지라고 생각하지만 그것을 '지고한' 경지라고 말함으로써 우리가 시를 사랑하는 다른 많은 이유들을 쓸쓸하게 만들 생각은 없다. 그리고 내가 시인 진은영을 예나 지금이나 좋아하고 존경하는 이유는 그가 저 '무위(無爲, désœuvrement)'의 언어로 쓰이는 시, 혹은 시의 목소리만이 울려나오는 시가 어떤 것인지 누구보다 잘 알면서도 끊임없이 타자의 목소리를 받아들이려 노력한다는 점에 있다. 용산의 목소리, 4대강의 목소리, 죽은 김남주와 산 김진숙의 목소리, 두리반의 목소리, 그리고 그 모든 이름 없는 것들의 목소리.

그런데도 그 결과물은 언제나 아름답다. 다른 시에서는 하나 있을까 말까 한 놀라운 직유들을 그는 어린아이가 과자를 흘리듯이 한 편의 시 안에 아무렇게나 흩뿌려놓는다. 그가 제아무리 헌신적으로 타자의 목소리를 받아들인다 해도 그의 시가 아름답지 않다면 나는 그를 좋아하지 않고 존경하기만 했을 것이다. 아름다움이라는 말에 질색하고 시에서 그 가치를 수상쩍어하는 이들도 있지만, 나는 그들이 아름다움을 포기하고 얻은 것들에 조금도 질투를 느끼지 않는다. 시는 세계와 싸울 때조차도, 아름다움을 위해, 아름다움과 함께 싸워야 한다.

클레의 그림 〈새로운 천사(Angelus Novus)〉(1920)에서 천사는 폭풍에 떠밀리듯 뒤쪽으로 날아가고 있지만 거기에 저항하듯 앞쪽을 바라보고 있다. 이 그림에서 벤야민은 진보라는 신화를 맹신하며 미래를 '내다보는' 천사가 아니라, 파국에 파국을 거듭하는 중인 역사를 우울하게 '돌아보는' 천사를 봤다. 그리고 그 천사에게 '역사의 천사'라는 이름을 붙여주었다. 그리고 나는 아직 그려지지 않은 그림 하나를 상상해본다. 그 그림에서 천사는 천상으로 떠밀리듯 날아오르고 있지만 필사적으로 지상을 바라보고 있다.

천사가 가장 순수해져도 좋은 때에 그의 언어는 무위의 언어다. 그것이 천사를 하늘로 밀어올린다. 그러면서도 지상을 바라보기를 포기하지 않을 때 천사의 언어는 탄원의 언어가 된다. 그 언어가 그를 지상으로 끌어내린다. 그래서 천사는 중간에 있다. 밀어올리는 힘과 끌어내리는 힘 사이에서, 상승이기도 하고 하강이기도 한 날갯짓으로, 무위와 탄원의 언어를 함께 말하면서, 천상과 지상의 중간 어디쯤에 떠 있는 천사. 그 천사의 이름은 '시의 천사'일 것이다. 이 시집 《훔쳐가는 노래》(창비, 2012)에는 그 천사가 깃들여 있다. 그렇지 않고서야 이럴 수가 없다.

(2012. 9. 7)

새 질병으로 태어날 거야

김혜순

《슬픔치약 거울크림》

결과에 대한 예측이 과정에 영향을 끼쳐서, 일어나지 않을 수도 있었을 일이 실제로 일어나게 되는 경우가 있다. 이를 '자기실현적 예언'이라고 부른다. 자크 프레베르의 시 〈귀향(Le Retour au Pays)〉이 그런 얘기다. 지금 막 고향에 돌아온 탕아가 있다. 슬픔에 잠겨서 자신의 인생이 왜 이렇게 꼬였나를 생각한다. 그러다가 어릴 적 그에게 "너는 단두대에서 끝장을 볼 거야"라고 예언했던 사악한 동네 아저씨를 떠올린다. 그 예언이 자기 삶을 지배해왔다는 것을 비로소 깨닫는다. 이제 그가 갈 곳이 어디겠는가. "안녕하쇼, 그레지야르 아저씨." 아저씨의 목을 비틀고 그는 결국 단두대에서 '끝장'을 본다. 예언이 자기를 실현한 것이다. 다음 경우는 어떤가.

너는 여자로 태어났으니 귀도 뚫어야 하고

어깨에 뽕도 넣고, 땅에 못을 치듯 걸어야 할 거다

느닷없이 찾아온 숨을 들이쉬지 못하는 고통!

그건 첨 들어보지? 그 속에서 아기를 밖으로 밀어내야
할 거다

아니면 아기를 떼고 땅에 머리가 처박힌 참새 신세가 될
거다

그 버릇없는 표정은 제거 수술을 받아야겠다

너는 아무래도 얼굴에 칼을 대는 날이 올 거다

평생 교실을 떠날 수 없듯이 평생 부엌도 떠나지 못할 거
다

(…)

그리고 무엇보다 가슴속의 그물이 아파

더러운 공기를 내보내지 못할 것이고

세상의 두꺼비들이 다 미쳐 날뛰는 것을 볼 것이고

그놈들 중에 하나를 선택해서 시집을 가야 할 것이다

〈〈출석부〉 중에서〉

김혜순의 시집 《슬픔치약 거울크림》(문학과지성사, 2011)의 한
대목이다. 지각을 했다는 이유로 교무실 담임선생님의 책상 위
에 무릎 꿇고 앉아 있을 때, 지나가던 학생주임 선생님이 출석부
로 내 머리를 후려치면서 퍼부은 말이다. 저런 예언들은 으레 다

음과 같은 말을 뒤에 거느린다. '그러니 그렇게 살고 싶지 않다면 모범생이 되도록!' 이런 가르침들이 "버릇없는 표정"을 한 아이들의 표정을 바꾼다. 이 '나'는 훗날 어떤 어른이 되었을까. 이를 알기 위해서는 이 시집 전체를 꼼꼼히 읽어야 할 텐데 그중 한 편의 시에서 '나'는, 첫차가 도착하지도 않은 지하철역에 서서, 어쩐지 "모두 작별해버리고 싶은 아침"이라 생각하며 이렇게 중얼거린다.

나는 작별의 전사
나는 죽을 아이를 생산한 몸
나는 마이너스 생산 기계
나랑 더해지면 누구나 마이너스누구누구가 되어버리지
내 음악은 왜 빼기만 하고 더하기는 할 줄 모르는지
내 음악에 실려 내가 초음속으로 사라져간다

이 동네는 그 누구도 타락을 선택할 자유가 없는 곳
모두 달려들어 치유해주겠다고 난리를 치는 곳
그러나 나는 당분간 타락천사와 살림 차리겠다

내가 내 이름을 지을 수 없는 곳, 안녕
내가 내 병명을 지을 수 없는 곳, 안녕
내일 아침은 내 침상에서 새 질병으로 태어날 거야

그 질병에 나를 꽂을 거야

그러니 모두 안녕

이제 마이너스 당신이 된 당신님도 안녕

(〈아침 인사〉 중에서)

　'학생주임 선생님'의 시선으로 본다면 지금 '나'의 삶은 결코 '생산적'이라고 하기 어렵다는 게 '나'의 자체 평가다. 그렇다면 예언이 실현된 것인가. 그러나 그래서 어쨌단 말인가. "이 동네"의 기준대로 살 필요는 없지 않은가. 인생에서 '플러스'와 '마이너스'의 의미를 누가 함부로 정할 수 있는가. 누가 "타락"을 규정하고 "치유"를 강제하는가. 시인이 이 사회를 "내가 내 이름을 지을 수 없는 곳"이자 "내가 내 병명을 지을 수 없는 곳"이라고 규정한 것은 지극히 명쾌해 보인다. '성명'은 출생과 동시에 '나'를 얽어매는 그 많은 이데올로기적 요구를, '병명'은 그 요구를 거절한 주체들을 분류하고 통제하는 폭력적 기준을 상징할 것이다.

　그래서 '나'는 문득 그 모든 것에 작별을 고하고 이렇게 선언한다. "새 질병으로 태어날 거야 그 질병에 나를 꽂을 거야." 이 재치 있는 구절에서 질병은, 병(病)과 병(瓶) 사이의 말놀이를 거쳐, 꽃병으로 변신한다. 거기에 '나'를 꽂겠다는 것은 사회가 부여한 성명/병명을 반납하고 주체적인 성명/병명을 쟁취하겠다는 것이다. 시인이라는 이름으로, 시라는 질병을, 계속 앓겠다는 것이다. 이렇게 자신의 (혹은 다른 모든 여성의) 진정한 이름을 되찾기 위해, 시인 김혜순은 30년 넘게 시를 써왔다. 놀랍지도 않지만 이번 책은 김혜순의 열 번째 시집이다. 그녀의 신간을 읽고 실망하는 날은 영영 오지 않으리라.

(2012. 2. 17)

축제로서의 노벨문학상

노벨문학상이 모레 발표된다. 기다리는 와중에 이런저런 이야기들을 듣는다. 어떤 분들은 노벨문학상의 유럽중심주의를 날카롭게 질책한다. 할 만한 얘기긴 하지만, 상을 지역별로 골고루 나눠주라는 말로 오해될 소지도 있어 보인다. 문학의 기준은 오로지 문학 자체일 뿐이라고 믿는 이들은 문학에 국적이 어디 있으며 지역 안배가 도대체 고려 사항이 되느냐고 냉소할 것이다. 그러나 이 상이 오로지 문학 자체만으로 여기까지 왔다고 믿기도 어렵다. 추앙하기도 무시하기도 곤란한 이 상을 어떻게 받아들여야 할까.

그저 매년 가을에 벌어지는 문학 축제로 받아들이면 좋을 것이다. 나에게 노벨문학상 발표는 노벨문학상 수상작이 곧 (재)출간된다는 예고 이상도 이하도 아니다. 이 상이 없었던들 오에 겐자부로의 그 깐깐한 소설들이 무려 전집의 형태로 나올 수 있었을 것이며, 우리가 몰랐던 헤르타 뮐러의 그 섬세한 작품들이 한꺼번에 소개될 수 있었을까. 어떤 문학 애호가들에게는 내가 읽을 수 없는 언어로 아름다운 문학작품을 쓰는 작가가 세상에 있다는 것 자체가 속상한 일이다. 그들에게 이런 번역 붐은 일종의 축제다.

어떤 작가가 상을 받고 그의 책이 쏟아져 나오고 덕분에 많은 사람들이 관심을 갖게 되면 되레 그 작가에게 시큰둥해지는 타입의 독자들도 있을 것이다. 나는 그런 고고한 독자가 아니어서, 일단 수상자가 발표되면 그 작가에 대한 정보를 뒤져 완벽한 서지 목록을 작성한다. 이미 번역돼 있는 작품을 주문하고 곧 번역될 작품들을 기다리면서 '그래, 이번 달에는 당신의 책을 읽어주겠다' 하는 자세를 갖춘다. 그러나 대가급의 작가라면 작품 목록이 꽤 길 것이다. 아무리 축제여도 그 많은 책을 다 읽을 수는 없다.

그래서 요령이 필요하다. 한 작가에 대해 신속·정확하게 알고 싶으면 일단 세 권의 책을 읽으면 된다. 데뷔작, 대표작, 히트작. 데뷔작에는 한 작가의 문학적 유전자가 고스란히 들어 있기 때문에, 대표작에서는 그 작가의 역량의 최대치를 확인할 수 있기 때문에, 히트작은 그가 독자들과 형성한 공감대의 종류를 알려주기 때문에 읽을 가치가 있다. 재작년 수상자인 르 클레지오의 경우라면, 데뷔작인 《조서》(1963), 대표작으로 간주되는 《사막》(1980), 베스트셀러 《황금 물고기》(1997)를 우선 갖춰놓는 식으로 말이다.

올해 노벨문학상은 시인에게 돌아갈 가능성이 높다고 했던가. 그러나 '문화 강국'이니 '국위 선양'이니 하는 관료풍의 말들이 따분하다고 느끼는 이들은 축제의 주인공이 꼭 한국의 시인이 아니어도 상관없다고 생각할 것이다. 토마스 트란스트뢰메르(스웨덴), 아담 자가예프스키(폴란드), 아도니스(시리아) 등과 같은 미지의 시인들이 수상을 해서, 덕분에 그들의 시를 한국어로 읽을 수 있게 된다면 그것도 즐거운 일이다. 우리가 1996년 수상자인 비스와바 심보르스카(폴란드)를 그렇게 알게 되었고 마침내 사랑하게 되었듯이 말이다. 어느 쪽이건, 이만하면 즐길 만한 축제가 아닌가.

(2010. 10. 3)

━부기

이해의 노벨문학상은 페루의 소설가 마리오 바르가스 요사가 수상했다.

작가는 주크박스가 아니지만

토마스 트란스트뢰메르

〈소곡〉

올해의 노벨문학상은 시인 토마스 트란스트뢰메르에게 주어졌다. 1931년 스웨덴 스톡홀름에서 태어나 20대 초반부터 시를 쓰기 시작해 60년째 시인으로 살고 있는 분이다. 해외 언론에서는 노벨위원회가 자국의 시인에게 상을 준 것에 시비를 거는 의견들도 있는 것 같지만, 나는 '복지' 앞에 '망국적'이라는 수식어를 붙이는 나라의 독자로서, 지구상에서 가장 모범적인 복지국가의 시인으로 산다는 것은 어떤 일일까 하는 착잡한 부러움에 잠겼다가 책을 펼쳤다. 시선집 《기억이 나를 본다》(들녘, 2004)에서 한 편 소개해드린다.

좀처럼 가지 않는 어두운 숲을 물려받았다. 하지만 죽은 자와 산 자가 자리바꿈하는 날이 오리라. 숲은 움직이게 되리라. 우리에겐 희망이 없지 않다. 많은 경찰들의 노력에도 불구하고 가장 심각한 범죄들은 미결로 남으리라. 마찬가지로 우리 삶 어딘가에 미결의 위대한 사랑이 있는 것이다. 나는 어두운 숲을 물려받았지만 오늘은 다른 숲, 밝은 숲을 걷는다. 노래하고 꿈틀대고 꼬리 흔들고 기는 모든 생명들! 봄이 왔고 공기가 무척 강렬하다. 나는 망각의 대학을 졸업하였고, 빨랫줄 위의 셔츠처럼 빈손이다. (〈소곡〉 전문)

시인이 물려받았다고 말하는 "어두운 숲"은 죽음의 세계일 것이다. 그러나 첫 문장을 쓰자마자 시인은 "하지만"이라고 말하며 전혀 다른 얘기를 들려준다. 죽음과 삶이 자리를 바꾸며 숲은 다시 움직이게 될 것이라는 것. "우리에겐 희망이 없지 않다(We are not without hope)." have 동사가 아니라 be 동사다. 희망은 언제나 '있는' 어떤 것이다. 그 희망을, 영구 미결 범죄와 나란히 놓고, "미결의 위대한 사랑(a great unsolved love)"이라고 표현한 것이 매력적이다. 으레 '미스터리' 같은 단어에나 어울릴 수식어를 '사랑' 앞에 얹었다.

그런 희망을 시인은 봄이 올 때마다 본다. 봄의 생명들은 풀리지 않은 미스터리가 비로소 풀리듯 풀려나온 사랑들이다. 그 사랑 앞에서 시인은 잊어야 할 걸 잊고 버려야 할 걸 버린 채로 행복하다. 인상적인 마지막 문장이 이 기분을 요약한다. "나는 망각의 대학을 졸업하였고, 빨랫줄 위의 셔츠처럼 빈손이다." 1990년대 초에 뇌졸중으로 쓰러져 몸이 불편한 노시인이 그런 와중에 쓴 시임을 고려한다면 이 시는 인간이라면 피할 수 없는 죽음이라는 유산을 물려받고서도 현재의 생을 긍정하는 데 성공한 어떤 정신의 나지막한 찬가로 읽힌다.

고작 한 편을 읽었을 뿐이지만 이 시만으로도 "그의 압축적이면서도 반(半)투명한 이미지를 통해 우리는 현실에 신선하게 접근할 수 있게 된다"라는 노벨위원회의 공식 코멘트가 그저 그런 말을 늘어놓은 것이 아니라 어느 정도 정확한 요약에 근접했다는 점을 확인할 수 있다. 그의 시는 '개인적'이면서 동시에 '우주적'이다. 노벨위원회 사무차관 페테르 엥글룬드는 "그는 큰 질문들에 대해 쓴다"라고 말하며 '죽음·역사·기억' 등의 소재를 거론했는데, 이 '큰' 소재들은 어디까지나 '작은' 개인의 자리에서 다루어진다.

그런데 개인적이면서 동시에 우주적이라는 것은 그 중간 규모의 층위, 즉 '사회적인 것'이 존재하지 않는다는 것으로 간주되기도 한다. 이 점은 그의 시에 종종 의구심이 제기되도록 하는 빌미가 된 것 같다. 《워싱턴 포스트》는 기사 말미에 이 시인의 작품에는 최근의 수상자들과 달리 '사회적 논평'이 거의 보이지 않는다는 점에 의문을 제기하는 비평가들이 있음을 언급했고, '위키피디아'도 1970년대에 고국에서 그가 사회적 이슈를 다루지 않는다는 이유로 비판받았음을 빼놓지 않고 적어두었다.

그런데 시인이 단지 어떤 것을 '쓰지 않았다'는 이유로 비판을 받아도 되는 것일까? 나는 수전 손택이 예루살렘상 수상 연설에서 소개한 일화를 떠올렸다. 인종주의를 비판하는 시를 쓰지 않는다고 아프리카계 미국인들에게 비난받던 미국의 한 흑인 시인은 이렇게 응수했다고 한다. "작가는 주크박스가 아닙니다." 어떤 시인의 사회적 발언을 지지하는 것과 어떤 시인이 특정한 내용을 쓰지 않는다고 비난하는 것은 전혀 별개의 일이다. 후자는 어떤 문화적 폭력의 은밀한 시작일 뿐이다.

(2011. 10. 28)

—**부기**

토마스 트란스트뢰메르는 2015년 타계했다.

노르웨이의, 숲이냐 가구냐

무라카미 하루키

《무라카미 하루키 잡문집》

　　존 레넌과 폴 매카트니가 함께 만들어 비틀스의 1965년 앨범
《러버 솔》에 수록한 곡 〈노위전 우드(Norwegian Wood)〉는 1987
년에 출간된 무라카미 하루키의 동명 소설로도 유명합니다. 아
시다시피 이를 무라카미는 'ノルウェイの森', 즉 '노르웨이의
숲'이라 옮겼습니다. 그런데 이게 오역이라는 설이 꽤 파다합니
다. '노르웨이산 가구'가 옳다는 것입니다. 그런가요? 노랫말을
우리말로 옮겨보겠습니다. 단, 문제가 되는 부분은 그냥 영어로
놔두기로 합니다.

> 한때 난 한 여자와 사귀었지
> 아니 그녀가 나랑 사귀어준 거라고 해야 하나
> 그녀는 방을 보여줬어
> Isn't it good? Norwegian wood.

놀다 가라며 아무 곳에나 앉으라고 했지

그래서 둘러보았지만 의자가 없더군

바닥 깔개에 앉아 와인을 홀짝이며 시간을 죽였어

2시까지 이야기를 나눴고, 그때 그녀가 말했어

이제 잘 시간이야

자기는 아침에 근무라며 웃기 시작하더군

난 아니라고 말하고는 욕조로 기어들어가 잤지

눈을 떴을 때는 혼자였고 새는 날아가버렸더군

그래서 난 불을 질렀어

Isn't it good? Norwegian wood.

　자, 문제가 되는 부분을 어떻게 해석해야 할까요? 문장 자체
로는 의미를 확정하기가 확실히 애매합니다. wood는 나무이고
woods는 숲이다, 흔히 이렇게 알고 있지만 꼭 그런 것만도 아니
니까요. 문맥을 참조해 확정할 수밖에 없는 경우도 있다는 겁니
다. 그런데 여기서는 문맥 자체가 야릇한 데가 있습니다. 화자가
청자에게 "죽이지 않아? 노르웨이의 숲이었단 말이야"라고 한
것일 수도, 혹은 그녀가 화자에게 "멋지지 않아? 노르웨이산 가
구야"라고 한 것일 수도 있다는 것입니다.

　숲이냐 가구냐. 사실 2000년대 초에 이미 한 번 논란이 있었
습니다. 《비틀즈 시집》(더불어책)이라는 책이 나왔는데, 초판
(2001)에는 '숲'으로 옮겼다가 개정판(2004)에서는 비틀스 전문

가의 감수를 받아 '가구'로 바꿨던가 봐요. 1960년대 영국에서 노르웨이산 가구가 인기였다는 겁니다. 소설 때문에 '숲'이라 철석같이 믿고 있던 분들은 놀랐겠죠. '비틀스 명곡 번역 논란'이라는 제목의 기사(《문화일보》 2004년 9월 9일 자)까지 났더군요. 영어 상용자들의 감각으로는 어떨까요? 위키피디아를 보니 노랫말을 보면 '명백히(clearly)' 가구임을 알 수 있다고 돼 있네요.

그럼 역시 '노르웨이산 가구'가 맞는 것일까요? 영미 소설 번역가이기도 한 무라카미의 실수? 저는 그의 입장이 궁금했지만 그간 그의 코멘트를 어디에서도 볼 수 없었습니다. 그러다 최근에 그 궁금증이 풀렸습니다. 일본 신초샤에서 한 달 전에 출간된 신간 《무라카미 하루키 잡문집》(2011)에 관련 글이 있더군요. 단행본에는 이번에 처음 수록됐지만, 잡지에 글이 발표된 시점은 벌써 17년 전. 일본에서는 출간 당시부터 이미 오역 논란이 있었던 모양입니다.

결론부터 말하면 오역이 아니랍니다. "노위전 우드라는 표현의 애매한 울림이 이 음악과 가사를 지배하고 있다"는 것, "그 불가사의한 깊이야말로 이 노래의 생명"이라는 것이 무라카미의 설명입니다. "노르웨이의 숲이 아닐지도 모른다. 그러나 마찬가지로 노르웨이산 가구도 아니라는 것이 나의 견해다." 그다운 영리한 대답이라고 생각합니다. 이 글의 제목도 재치 있군요. '노르웨이의 나무는 보고 숲은 보지 못함'.

그런데 저에게 더 재미있었던 것은 그가 소개해준 뒷이야기입니다. 조지 해리슨의 (사무실 직원의) 증언에 따르면 저 노래의 원래 제목은 'Knowing She Would'였답니다. 문제가 되는 가사도 "Isn't it good? Knowing she would"였다는 것입니다. 그럼 이렇게 되는 것일까요. "멋지지 않아? 그녀가 (나와) 하려는 것을 안다는 건 말이야." 곧 사랑의 행위가 시작될 것 같은 설렘의 순간을 그린 것? 그런데 레코드 회사에서 음란하다며 반대하자 존 레넌이 홧김에 '노잉 쉬 우드'를 '노위전 우드'로 바꿔버렸다는 겁니다. "이것이 진실이라면, 존 레넌이라는 사람은 최고죠." 좀 의심스럽기는 합니다만, 저는 그냥 믿기로 합니다.

(2011. 3. 11)

―**부기**

여기서 언급한 무라카미 하루키의 책은 그로부터 몇 달 후에 《무라카미 하루키 잡문집》(비채, 2011)으로 번역, 출간됐다.

고독과 행복에 대하여

―――――――――――

무라카미 하루키와 심보선

토니 다키타니는 거의 평생을 혼자 살면서도 한 번도 고독하다고 느껴본 적이 없었다. 고독이 깊은 습관이 된 사람이었기 때문이다. 그런 그 앞에 한 여인이 나타나고 토니는 변한다. 토니는 이렇게 생각한다. "고독이 돌연 알 수 없는 무거운 압력으로 그를 짓누르며 고뇌에 빠지게 했다." 그녀를 만난 후에야 고독이 무엇인지를 깨닫게 된 것이다. 사랑은, 이제 다른 삶이 가능하다는 것을 알려주면서 지금까지의 삶은 부자연스러운 것이었다고 속삭인다. 무라카미 하루키의 단편소설 〈토니 다키타니〉(《렉싱턴의 유령》, 열림원, 1997)는 그렇게 시작된다.

토니의 청혼을 그녀가 받아들여 둘은 결혼하지만 행복은 오래가지 못한다. 불의의 사고로 아내가 죽는다. 어느 날 사랑이 찾아와 그의 삶을 뒤바꿔놓고는 그렇게 떠나가버렸다. 이제 그는 그녀를 만나기 이전과는 전혀 다른 사람이 되었으니 과거로 돌아가는 일은 두 배의 고통이다. 다시 토니의 말이다. "말하자면 나는 주변 공기의 압력 같은 것을 조금씩 조정해나가지 않으면 안 되는 것이다." 그러나 결국 그는 되돌아간다. 소설의 마지막 문장은 이렇다. "토니 다키타니는 이번에야말로 진짜 외톨이가 되었다."

무라카미는 위에서 인용한 두 문장, 즉 "고독이 돌연 알 수 없는 무거운 압력으로 그를 짓누르며 고뇌에 빠지게 했다"와 "말하자면 나는 주변 공기의 압력 같은 것을 조금씩 조정해나가지 않으면 안 되는 것이다"에서 공통적으로 '압력'이라는 단어를 사용했다. 이 표현은 고독이라는 감정을 공기와 같은 것으로 이해할 수 있게 해 준다. 이치카와 준 감독은 2004년에 소설 〈토니 다키타니〉를 아름다운 영화로 만들어냈는데, 이 영화의 국내판 DVD 케이스에는 남녀 주인공이 각자 텅 빈 푸른 방에 앉아 있거나 누워 있다. 이 이미지는 소설의 전언을 명쾌하게 압축해낸다. 고독이 공기와도 같은 것이라면, 저 텅 빈 방은 지금 비어 있는 것이 아니라 고독으로 가득 차 있을 것이다.

우리는 '고독이 밀려왔다'라는 표현을 흔히 사용하지만, 고독은 어쩌다가 밀려오는 것이 아니라 늘 그 자리에 있는 것일지도 모른다. 고독이 가끔 밀려오는 것이 아니고, 고독하지 않다는 착각의 시간들이 가끔 밀려오는 것이다. 그러므로 텅 빈 (사실은 고독으로 가득 찬) 푸른 방에 제아무리 살림살이를 들여놔도 그 방의 빈틈을 완전히 채울 수는 없으리라. 사랑에는 증오라는 반대

말이 있지만 고독에는 그 정도로 명확한 반대말이 없다. 공기처럼 늘 확실히 존재하는 어떤 것에는 반대말이 있을 수 없다는 뜻일까.

이런 생각을 하던 차에 어떤 분이 나에게 물었다. 행복이 무엇이라고 생각하는가, 하고. 그래서 나는 행복은 그저 "불행하지 않은 것"이라고 대답했다. 행복은 우리가 불행하다는 사실을 잊고 있는 그 모든 시간의 이름이거나, 혹은 내가 불행해진 뒤에, 불행하지 않았던 시간들이 뒤늦게 얻는 이름이라고. 그래서 아도르노는《미니마 모랄리아》(1951)에서 이렇게 말했을까. "나는 행복하다고 말하는 사람은 거짓말을 하고 있다. (…) 나는 행복했었다고 말하는 사람만이 행복에 대해 신의를 지키고 있는 것이다."(72장)

최근에 읽은 아주 멋진 시에는 이런 행복의 이미지들이 있다.

> 나는 어렴풋이 기억한다
> 목욕을 막 끝낸 여자의 어깨 위에 맺힌 물방울들
> 남자가 용기를 내 닦아주려 하자
> 더 작고 더 많은 구슬로 흩어지던 그것들
> 커튼 사이로 흘러들던 한 줄기 미명과
> 입술 사이에 물려 있던 한 조각 어둠
>
> (…)

나는 이제 모든 것을 기억할 수 있다

거미줄처럼 서로를 이어주던

눈빛과 눈빛의 무수한 교차

그 위를 바삐 오가는 배고픈 거미처럼

새벽녘까지 끝날 줄 모르던 이야기

바로 그날 태곳적부터 지녀온

아침이라는 이름을 잃어버린

환하고 낯선 하나의 세계

　　심보선의 시 〈매혹〉(《문학동네》, 2010년 겨울호)의 후반부다. 목욕을 끝낸 여자의 어깨 위에 맺힌 물방울들을 닦아주던 때, 밤새 이야기를 나누고 맞이한 아침이 더 이상 "아침"이라는 이름으로 불릴 수 없을 정도로 새롭게 느껴지던 때, 그때는 과연 불행하지 않았을 것이다. 그러나 아도르노식으로 말한다면 이런 구절들이 진정으로 행복의 빛깔을 띠게 되는 것은 "나는 어렴풋이 기억한다"와 "나는 이제 모든 것을 기억할 수 있다"와 같은 문장들이 있어서가 아닌지. 그러니까 고독은 공기처럼 어디에나 있어서 잠시 잊어먹을 수 있을 뿐이고, 행복은 늘 등 뒤에 있어서 단지 기억될 수 있을 뿐인 것인지.　　　　　　　　　　　(2010. 12. 10)

—부기

　　위의 시는 이후 시집 《눈앞에 없는 사람》(문학과지성사, 2011)에 수록됐다.

어떤 순간의 진심

―――――――
신철규
―――――――
〈유빙〉

1월 첫째 주에는 신춘문예 당선작들을 천천히 읽었다. 알다시
피 지난 세기 초 러시아의 이론가들은 시란 일상어에 가해지는
구조적 폭력이고 당대의 언어 규범에 대한 반역이라고 주장하면
서 '낯설게 하기'야말로 문학성의 실체라고 단언한 바 있다. "시
는 일종의 창조적 변칙, 활력을 주는 언어의 질병이다. 말하자면
그것은 우리가 실제로 아파서 신체를 당연시하지 않게 될 때 신
체를 새롭게 경험하는 반갑지 않은 기회를 갖는 것과 같다."(테
리 이글턴, 《시를 어떻게 읽을까》, 경성대학교출판부, 2010) 이를 일
러 흔히 '러시아 형식주의'라고 부른다. 그러나 누구도 '형식주
의자'가 될 필요는 없는데, 저와 같은 의미의 형식주의란 일종의
'기본'이기 때문이다.

해마다 신춘문예 당선작들을 읽을 때 흔히 느끼는 것은 저 '기
본'에 대한 심사숙고의 흔적이 잘 보이지 않는다는 아쉬움이다.

시인이 진실에 도달하기 위해 제 무능한 언어를 학대한 흔적이 없고, 언어가 시인의 통제를 벗어나 날뛴 축제의 흔적이 없다. 시인과 언어가 이렇게 서로 사이가 좋아도 되는가. 그러니 늘 모범 답안처럼 보여 재미가 없는 것이다. 그러나 시란 참 흥미로운 것이어서, 올해 당선작들 중에서 내 마음을 잠깐이나마 흔든 작품은, 그런 형식주의적 '기본'을 강하게 의식한 '학대'와 '축제'의 시가 아니라 차라리 그 반대에 가깝다고 해야 할 작품이었다. 이상한 일이다. 신철규의 시 〈유빙〉을 옮겨 적는다.

입김으로 뜨거운 음식을 식힐 수도 있고
누군가의 언 손을 녹일 수도 있다

눈물 속에 한 사람을 수몰시킬 수도 있고
눈물 한 방울이 그를 얼어붙게 할 수도 있다

당신은 시계 방향으로,
나는 시계 반대방향으로 커피잔을 젓는다
맞물린 톱니바퀴처럼 우리는 마지막까지 서로를 포기하
지 못했다
점점, 단단한 눈뭉치가 되어갔다
입김과 눈물로 만든 (1~3연)

찻집에 한 연인이 앉아 있다. 이미 이별이 진행되고 있으나 그들은 결단을 내리지 못한다. 이 연인들이 '헤어져야 한다'와 '헤어질 수 없다' 사이에서 주저하며 얼어붙고 있기 때문에, 그들의 "입김"(한숨)과 "눈물"도 모두 양가적인 의미를 부여받아 흔들린다. 그러던 중 '나'는 찻집 유리창 너머의 풍경을 내다본다. 창밖에는 눈이 내리는 중이고 그 풍경 속에는 행복해 보이는 다른 연인들이 있다. '나'는 어쩌면 그 풍경에서 해답을 찾게 될까.

유리창 너머에서 한 쌍의 연인이 서로에게 눈가루를 뿌리고 눈을 뭉쳐 던진다
양팔을 펴고 눈밭을 달린다

꽃다발 같은 회오리바람이 불어오고 백사장에 눈이 내린다
하늘로 날아오르는 하얀 모래알
우리는 나선을 그리며 비상한다

공중에 펄럭이는 돛
새하얀 커튼
해변의 물거품 (4~6연)

'나'는 지금 창밖의 커플이 아니라 그들 자신이 "나선을 그리

며 비상"하는 환각을 본다. 이별밖에는 어쩔 도리가 없다는 '나'
의 마음이 그렇게 보게 했을 것이다. 그리고 이어지는 대목에서
는 그런 '나'의 마음의 현황을 보조하는 이미지들이 차례로 등장
한다. 공중에 펄럭이는 돛, 새하얀 커튼, 해변의 물거품이 그런
것들이다. 각기 떠남, 무(無), 소멸 등의 의미를 머금고 있음을 알
겠으되, 내게 이 이미지들의 호소력은 크지 않았다. 고백하자면,
이어지는 7연을 읽고, 나는 이 시를 좋아하기로 마음먹었다.

> 시계탑에 총을 쏘고
> 손목시계를 구두 뒤축으로 으깨버린다고 해도
> 우리는
> 최초의 입맞춤으로 돌아갈 수 없다
>
> 나는 시계 방향으로
> 당신은 시계 반대방향으로
> 우리는 천천히 각자의 소용돌이 속으로
> 다른 속도로 떠내려가는 유빙처럼, (7~8연)

　시는 이렇게 쉼표를 찍고 끝난다. 이 연인들은 결국 헤어졌
을까? 시계탑에 총을 쏘고 손목시계를 으깨버려도 우리는 최초
의 입맞춤으로 돌아갈 수 없다는 말의 그 쓸쓸한 단호함에 마음
이 흔들렸다. 형식주의가 요구하는 언어의 폭력, 반역, 변칙, 질

병…… 등이 이 시에는 많지 않지만, 그 대신 다른 중요한 것이 있었다. 그것은 진심이다. 입김은 찬 것을 녹이기도 하지만 뜨거운 것을 식게도 한다. 눈물은 당신을 감동시키기도 하지만 당신을 얼어붙게도 한다. 이처럼 사랑이 변한다는 것은, 동일한 것이, 어느 날 문득 정반대의 의미를 갖게 되는 일이다. 그때 우리는 '최초의 입맞춤'으로 돌아가고 싶어서 가슴을 치며 울고 싶어진다. 그 순간의 진심을, 이 시인은 알고 있는 것 같다.

(2011. 1. 21)

—**부기**

위의 시는 이후 시집 《지구만큼 슬펐다고 한다》(문학동네, 2017)에 수록됐다.

모른다고 말하는 시

황인찬

《구관조 씻기기》

새해 첫날에 읽은 신춘문예 시 당선작들은 대체로 잘 만들어진 것들이었지만 한두 작품을 빼면 매혹적이지 않았다. 대단한 진리도 아니지만, 잘 쓴 것과 매혹적인 것은 확실히 같지가 않다. 왜 이런 것일까 하는 해묵은 궁리를 또 했다. 답은 매번 달라진다. 이번에는 이렇게 답하자. 대다수의 당선작들은 '알고 있는' 시였다. 자신이 무엇을 쓰려고 하는지를, 또 어떻게 쓰면 되는지를. 그러나 어떤 매혹적인 시들의 공통점 중 하나는 '모르는' 시들이라는 데 있다. 그 시들은 모른다고 말한다. 자신이 지금 무언가를 포착했고 느꼈고 썼지만 그것이 무엇인지는 모르겠다는 것. 며칠 전에 스물여섯 살이 된, 그러나 모른다고 말하는 것의 매혹을 알 만큼은 현명한 어느 시인이 최근에 출간한 첫 시집에는 이런 시가 있다.

아카시아 가득한 저녁의 교정에서 너는 물었지 대체 이게 무슨 냄새냐고

그건 네 무덤 냄새다 누군가 말하자 모두 웃었고 나는 아무 냄새도 맡을 수 없었어

다른 애들을 따라 웃으며 냄새가 뭐지? 무덤 냄새란 대체 어떤 냄새일까? 생각을 해봐도 알 수가 없었고

흰 꽃잎은 조명을 받아 어지러웠지 어두움과 어지러움 속에서 우리는 계속 웃었어

너는 정말 예쁘구나 내가 본 것 중에 가장 예쁘다 함께 웃는 너를 보면서 그런 생각을 하였는데

웃음은 좀처럼 멈추질 않았어 냄새라는 건 대체 무엇일까? 그게 무엇이기에 우린 이렇게 웃기만 할까?

꽃잎과 저녁이 뒤섞인, 냄새가 가득한 이곳에서 너는 가장 먼저 냄새를 맡는 사람, 그게 아마

예쁘다는 뜻인가 보다 모두가 웃고 있었으니까, 나도 계

속 웃었고 그것을 멈추지 않았다

안 그러면 슬픈 일이 일어날 거야, 모두 알고 있었지
〈유독〉 전문)

　황인찬의 첫 시집 《구관조 씻기기》(민음사, 2012)에 수록돼 있
는 시다. 이 시는 나를 사로잡았다. '모른다'고 말하는 시여서일
것이다. 아카시아가 만발한 교정이었으니 향기가 자욱했을 것
이다. 그러나 나는 모른다. 어떤 향기인지, 아니, 향기가 나긴 나
는지. 누군가 과시적인 재치를 발휘해 이것은 "네 무덤 냄새"라
고 말한다. 그러나 무덤 냄새라니, 그건 또 뭐란 말인가. 이 와중
에 '너'는 웃고 있다. 내가 아는 가장 예쁜 아이. 너는 왜 웃고 있
니. 너에겐 이 향기가 느껴지니. 네가 아는 것을 나는 모르는구
나. 그게 내가 널 좋아하는 이유일까. 어찌 보면 공평하군. 내가
너를 좋아한다는 것을 너는 모르니까. 그래도 상관없어. 지금 내
게 중요한 것은 너와 같이 있다는 것이니까. 네가 웃으니, 나도
힘껏 웃어야지.
　이 무지는 특정한 시기의 것이다. 삶이 "어두움과 어지러움"
일 뿐인 때. 그러나 이 아이들이 아무것도 모르기만 하는 것은
아니다. 무지하기 때문에 얻을 수 있는 어떤 예감이 있다. 그들
은 왜 웃음을 멈추지 않는가. "안 그러면 슬픈 일이 일어날 거야,
모두 알고 있었지." 웃음을 멈추는 순간 슬픈 일이 생길지도 모

른다는 예감. 삶이 무엇인지는 몰라도 그 이면에는 죽음 같은 슬픔이 분명 존재할 것이라는 예감. 이를테면 "무덤 냄새"라고 부를 수밖에 없는 어떤 "유독(有毒)"한 것이 세상에는 있는 것만 같다는 예감. 그렇다면 지금 웃음을 멈추지 않는 아이들은 슬픈 것을 생각하지 않기 위해 웃는 것이다. 아이들의 웃음은 일종의 안간힘이었던 거다. 무지가 특정한 시기의 것이라면 예감도 그렇다. 모른다고 말하는 시는 그 대가로 이런 예감을 거느릴 수 있다. 짝이 될 만한 시 한 편.

"우리들의
잡은 손안에 어둠이 들어차 있다"

어느 일본 시인의 시에서 읽은 말을, 너는 들려주었다 해안선을 따라서 해변이 타오르는 곳이었다 우리는 그걸 보며 걸었고 두 손을 잡은 채로 그랬다

멋진 말이지? 너는 물었지만 나는 잘 모르겠어,
대답을 하게 되고

해안선에는 끝이 없어서 해변은 끝이 없게 타올랐다 우리는 얼마나 걸었는지 이미 잊은 채였고, 아름다운 것을 생각하면 슬픈 것이 생각나는 날이 계속되었다

타오르는 해변이 아름답다는 생각이 타오르는 해변이
슬프다는 생각으로 변해가는 풍경,

우리들의 잡은 손안에는 어둠이 들어차 있었는데, 여전
히 우리는 걷고 있었다. (〈기념사진〉 전문)

아름다운 것 다음에는 왜 슬픈 것이 떠오르는지, 이 시 역시,
모른다. 그 대신 '손안에 들어찬 어둠' 같은 예감만이 거기에 있
다. 이렇게 시는 어떤 특별한 무지의 상태를 포착하는 작업이다.

(2013. 1. 11)

이토록 뜨거운 태도들

이상과 김수영

저는 국문학과의 학부와 대학원에서 10년 동안 공부했고 지금은 문학평론을 쓰고 있습니다. 문학과 관련된 일을 하는 사람들, 특히 시를 공부했거나 쓰고 있는 사람들 중에서 이상(李箱)과 김수영(金洙暎)을 좋아하지 않는 분은 거의 없을 겁니다. 물론 좋아하지 않아도 됩니다. 그러나 그 대신 내가 왜 그들을 좋아하지 않는지를 한 번쯤은 자문해보고 적당한 답을 준비해둬야 할지도 모릅니다. 말하자면 싫어하는 데도 반드시 이유가 필요한 시인들이라는 뜻입니다. 이유 없이는 싫어할 자유가 없는, 달리 말하면, 누구도 간단히 무시할 수가 없는 시인들인 것이지요. 저로 말할 것 같으면 이 두 시인을 몹시 좋아합니다. 그래서 석사논문을 김수영으로, 박사논문을 이상으로 쓴 것은 저에게는 자연스러운 선택이었지요.

이 두 사람이 저에게 왜 중요하냐고 묻는다면 '태도'라는 단어로 답을 할 수 있을 것 같습니다. (요즘에는 '태도'라는 우리말 대신에 '애티튜드(attitude)'라는 영어 단어를 쓰는 분들이 많더군요. 저는 그냥 '태도'라고 적겠습니다.) 문학에서 가장 중요한 것은 무엇인가, 라는 질문을 던지면 아마 수많은 대답이 나올 겁니다. 문학은 그만큼 복잡한 것이니까요. 그런데 그중 하나가 바로 이 '태도'입니다. 최근 시인 이성복 선생을 찾아뵈었는데 선생께서도 이런 말씀을 하시더군요. "축구선수가 찬 공은 발의 각도를 그대로 가지고 날아간다. 공이 작품이라면 발은 정신이다." 이 '정신'을 다른 말로 '태도'라고 부를 수 있을 겁니다. 제게는 이상과 김수영이 삶과 문학을 대하는 태도가 무척 흥미롭습니다.

김수영의 태도를 한마디로 '정직'이라 부를 수 있을 겁니다. 그럴듯한 시를 만들어내기 위해 자기에게 있지도 않은 무엇을 보태어 시를 꾸며내는 일을 그는 혐오했습니다. 그런 사기를 김수영은 포즈(pose)라고 불렀습니다. 포즈는 사진을 찍을 때만 인위적으로 취하는 자세니까요. "거짓말이 없다는 것은 현대성보다도 사상보다도 백배나 더 중요한 일이다."(《요동하는 포즈들》) "진지성이다. 포즈 이전에 그것이 있어야 한다. 포즈의 밑바닥에 그것이 깔려 있어야 한다."(《포즈의 폐해》) 그래서 김수영은 포즈를 버리고 자신의 옹졸함과 폭력성을 시로 썼습니다. 자기 자신을 폭로하는 시 쓰기가 읽는 이의 눈살을 찌푸리게 하는 것이 아니라 오히려 전율을 불러일으킬 수도 있다는 점을 입증한 사람이 바로 김수영입니다.

반면에 이상은 포즈가 거의 전부인 사람이었다고 해도 과언이 아닙니다. 김수영이 싫어한 그런 의미의 포즈가 아닙니다. 자신의 삶을 예술작품으로 만들기 위한 노력, 그것이 이상이 생각하는 포즈의 의미였습니다. 그냥 살아지는 대로 자연스럽게 사는 것이 아니라, 어떤 배역의 성격을 창조해나가듯 인위적으로 연기하는 삶. "그대는 이따금 그대가 제일 싫어하는 음식을 탐식하는 아이러니를 실천해보는 것도 좋을 것 같소. (…) 그대 자신을 위조하는 것도 할 만한 일이오. (…) 포즈가 부동자세에까지 고도화할 때 감정은 딱 공급을 정지합디다."(〈날개〉) 자기를 위조하는 연기가 완전히 몸에 배면 지금 자신이 연기를 하고 있다는 의식조차 사라진다는 것입니다. 그럴 때 나는 타인(즉, 작품)이 될 수 있는 것이지요.

이상은 1910년에 태어나 1937년에 일본 땅에서 요절했고, 김수영은 1921년에 태어나 1968년에 불의의 사고로 죽었습니다. 두 사람은 살아 있는 동안 한 번도 만난 적이 없습니다. (이상이 남긴 미발표 유고가 60년대에 발견되어 잡지에 발표될 때 그 유고 중 일부를 김수영이 번역했었습니다. 둘 사이에 인연이 전혀 없는 것은 아니지요.) 저는 가끔 이 두 사람이 요절하지 않고 살아서 언젠가 만날 수 있었다면 어떤 대화를 나눴을까 생각해봅니다. 김수영이 이상에게 '삶이란 그런 게 아니다'라고 타박하면 이상은 김수영에게 '예술이란 그런 게 아니다'라고 반격했을 것 같습니다. 서로 다른 태도를 갖고 있었지만 그 열도(熱度)만큼은 막상막하인 두 사람입니다. 이 두 사람의 유례없는 뜨거움을 저는 오랫동안 사랑해왔습니다.

(2013. 6. 13)

풀, 저항도 절망도 아닌

김수영

〈풀〉

　시인 김수영은 1921년 11월 27일에 태어났다. 그래서 지난 11월 27일은 김수영이 태어난 지 90년이 되는 날이었다. 그가 떠난 지 몇 년이 되었는지를 추념(追念)하며 그의 빈자리를 되새기는 일이라면 몰라도, 그가 태어난 날을 기념하는 일에 무슨 큰 의미가 있을까 싶기는 하다. 제사는 빠뜨려선 안 되는 것으로 되어 있지만 생일잔치는 가끔 생략하기도 한다. 그런데 한 포털 사이트는 그날 하루 동안 '김수영 탄생 90주년'이라는 문구와 함께 그의 시 〈풀〉을 메인화면 브랜드 로고 자리에 올려두었으니 그래도 이것은 참 좋은 일이다. 김수영의 시집이라면 무슨 핑계를 대서라도 한 해 두 번 정도는 들춰볼 만하지 않을까.

　　풀이 눕는다

비를 몰아오는 동풍에 나부껴

풀은 눕고

드디어 울었다

날이 흐려서 더 울다가

다시 누웠다

풀이 눕는다

바람보다도 더 빨리 눕는다

바람보다도 더 빨리 울고

바람보다 먼저 일어난다

날이 흐리고 풀이 눕는다

발목까지

발밑까지 눕는다

바람보다 늦게 누워도

바람보다 먼저 일어나고

바람보다 늦게 울어도

바람보다 먼저 웃는다

날이 흐리고 풀뿌리가 눕는다 〈〈풀〉 전문〉

　그의 '대표작'이라고 생각하지는 않는다. 더 결정적인 메시지를 더 강력하게 실어 나르는 시, 특유의 '변주곡' 스타일이 더 역동적으로 구사된 시는 얼마든지 있다. 그러나 그가 마지막에 도달한 정신의 높이를 보여주기 때문에 각별히 중요한 시인 것은 사실이다. 이 시를 어떻게 읽어야 할까. 여러 뛰어난 해석들이 제출돼왔는데도 "바람"을 독재나 외세의 표상으로, "풀"을 그에 맞서는 민초(民草)의 표상으로 간주하는 독법이 여전히 끈질기게 통용되는 것 같다. 그렇게 읽으면 이 시는 간단해진다. 시가 간단해지면 독자는 편안해진다. 이를 '길들이기' 독법이라 불러도 좋을 것이다. 각자가 달리 읽는 연습을 해보면 어떨까. 다음은 내 연습의 결과다.

이 시는 "풀이 눕는다"라는 현상의 의미를 해석하는 화자의 의식이 세 단계로 변모해가는 과정을 보여준다. 1연에서 화자는 자신이 풀밭에서 보고 있는 현상을 '바람이 분다-풀이 눕는다-풀이 운다'로 계열화한다. 바람이 부니까 풀이 눕는 것이다, 바람이 원인이고 풀이 결과라면 풀은 수동적이고 무력하다, 그때 풀은 우는 것처럼 보인다, 라는 화자의 해석은 특별해 보이지 않는다. 이것은 통념(doxa)적인 인식이다. 그러나 1연과 2연 사이에서 화자는 자신의 해석이 혼란에 빠지는 경험을 한다. 바람이 불고 풀이 어지러이 나부끼는 장면을 보다가 원인과 결과가 더이상 구별되지 않는 듯한 순간을 경험했을 것이다.

그래서 2연에서 인과관계는 역전된다. 원인이 있어 결과가 있는 것이 아니다. "바람보다도 더 빨리" 혹은 "바람보다 먼저" 풀은 눕고, 울고, 일어난다. 2연에서 이 세 운동의 운동에너지는 동일하다. '권력과 저항'이라는 도식으로 접근하는 관행적 독법은 풀의 세 운동 중 풀이 일어나는 현상에만 과도한 에너지를 부여할 뿐, 풀(저항)이 왜 바람(권력)보다 먼저 눕고 우는지를 설명하지 않는다(못한다). 2연의 핵심은 '풀'이라는 결과가 '바람'이라는 원인보다 '먼저-빨리' 발생한다고 볼 수도 있겠구나, 라는 시인의 벅찬 발견 속에 있다. 그래서 시인은 1연의 순방향 통념(doxa)을 2연에서 역방향으로 꺾어 역설(para-doxa)을 만든다.

급기야 3연에서는 인과관계 자체가 소멸된다. 1연에서 풀은 바람보다 늦었지만 2연에서 풀은 바람을 앞섰다. 3연의 핵심 구절에는 이 두 방향이 뒤섞여 있다. "바람보다 늦게 누워도 바람보다 먼저 일어나고 바람보다 늦게 울어도 바람보다 먼저 웃는다." 이렇게 인과가 해체되면 '풀이 운다'라고 생각할 이유는 또 뭐겠는가. 마침내 화자는 풀의 웃음소리를 듣는다. 흐린 하늘과 눕는 풀을 원경으로 보여주는 시의 마지막 장면에서는 이제 비관주의만은 아닌 어떤 것이 배어나오기 시작한다. 시는 여기서 끝나지만, 그 시작은 삶에서 계속 실험될 것이었다. 그러나 불의의 교통사고로 그 실험은 중단되고 말았다.

당대 한국 사회의 후진성에 절망하지 않으려고 고투했던 김수영은 풀에 자신의 절망을 투영했다가 풀로부터 다시 희망을 길어 올린다. 희망은 '희망이 있다고 믿는 능력'의 산물이다. 이것은 지금 우리에게 필요한 능력이기도 하다.

(2011. 12. 8)

이후 2018년에 출간된 개정판《김수영 전집》(민음사)에 다음과 같은 추천사를 적었다.

"시인 김수영은 한국시사에 최소 두 개의 시학적 발명품을 선사했다. 비속한 일상어로도 계시적 효과를 거두는 기술, 그리고 카오스모스에 가까운 시적 구조로 역동적인 난해함을 창출하는 기술. 시를 쓰는 데에만 사용된 기술이 아니다. 일상적 시어는 제 자신의 속물성을 적발하고 고백함으로써 나날이 거듭나려 했던 그의 사인(私人)적 고투의 반영이고, 카오스모스적 구조는 한국 사회가 억압적인 질서정연함이 아니라 해방적인 혼란으로 가득하기를 바랐던 그의 무한 자유를 향한 시민적 신앙의 반영이었다. 그는 각각을 '죽음의 연습'과 '사랑의 변주'라 불렀는데, 이는 4·19에서 목격한 빛을 5·16 이후의 동굴 속에서도 끝내 잊지 않기 위해 그가 연마한 존재의 기술이기도 했다. 다시 온 세상이 '사랑에 미쳐 날뛸' 날이 오기를 바랐던 그의 희망은 1987년과 2017년의 시민혁명으로 실현됐으니, 과연 희망은 희망이 있다고 믿는 능력의 산물이기도 하다는 것을 그에게서 배운다. 그러나 아무리 배우고 또 배워도 언제나 새로운 그를 누구도 완전히 극복하지는 못하리라. 이 시인·사인·시민의 성(聖)삼위일체를 우리는 '김수영'이라고 부른다."

동춘동 디오게네스의 초상

김영승

〈흐린 날 미사일〉

소크라테스 이후 그를 추종하는 무리가 생겨나 이른바 '소크라테스학파'를 형성했는데 그중 하나가 시닉스(Cynics), 즉 견유(犬儒)학파다. '개처럼 살고 싶은 선비들의 모임' 정도 되겠다. 이 모임의 대표자 격인 디오게네스가 가진 것이라곤 물 떠먹는 호박 사발뿐이었는데, 개가 사발 없이 물을 먹는 것을 보고 사발마저 버렸다는 데서 그런 이름이 붙었다. 극단적인 무욕을 추구하고 세속적 가치를 냉소하는 급진주의자들이었다. '시니컬'(cynical, 냉소적인)이라는 형용사가 그래서 생겨났다. 당대 최고의 권력자 알렉산더대왕이 디오게네스를 만나 탄식한 일화는 유명하다. "내가 알렉산더가 아니라면 디오게네스가 되고 싶다!" 디오게네스는 시인이 아니었지만 시인들 중에는 디오게네스가 있다. '내가 시인이라면 디오게네스도 되고 싶다!'

이런 생각을 하면 떠오르는 시인은 김영승이다. 그가 《무소유보다 더 찬란한 극빈》(나남출판, 2001)이라는 시집을 낸 적이 있어서만은 아니다. 시민 김영승의 실제 생활이 어떠한지 나는 모르고 또 알 필요도 없을 텐데, 적어도 시인 김영승의 목소리는 한국시에서 유례가 없을 정도로 무장무애하다. 그는 심오하게 적나라하고 정교하게 제멋대로인 시를 쓴다. 그의 첫 시집은《반성》(민음사, 1987)이고 가장 최근 시집은《화창》(세계사, 2008)이다. 특히 전자는, 약간만 과장하자면, 우리 또래 문청들에게는 거의 '전설'이었고, 후자는 그의 건재와 변화를 함께 보여준 반가운 시집이었다. 그의 최근 시 한 편 덕분에 나는 며칠이 즐거웠다. (원문의 한자들을 한글로 고친 것이 시인에게 결례가 되지 않기를 바란다.)

　나는 이제
　느릿느릿 걷고 힘이 세다

　비 온 뒤
　부드러운 폐곡선 보도블럭에 떨어진 등꽃이
　나를 올려다보게 한다 나는
　등나무 페르골라 아래
　벤치에 앉아 있다
　자랑스러운 일이다

등꽃이 상하로

발을 쳤고

그 휘장에 가려워

나는

비로소 아무것도 안 해도 된다

미사일 날아갔던 봉재산엔

보리밭은 없어졌고

애기똥풀 군락지를 지나

롤러스케이트장 공원

계단 밑 노인들 아지트는

멀리서 보면 경회루 같은데

내가 그 앞에 있다

명자꽃과 등꽃과

가로등 쌍 수은등은

그 향기를

바닥에 깐다

등꽃은

바닥에서부터 지붕까지

수직으로 이어져

꼿꼿한 것이다

허공의 등나무 덩굴이
반달을 휘감는다

급한 일?
그런 게 어딨냐

(〈흐린 날 미사일〉 전문,《문장 웹진》, 2010년 6월호)

　화자는 지금 인천 연수구 동춘동 어딘가에 있다. 거기서 그는
'아무것도 하지 않음'을 한다. 이런 식이다. 나는 걷는다, 나는 앉
는다, 나는 아무것도 안 한다, 나는 서 있다…… 그리고 즐거워
한다. 일단은 '내가 이럴 수도 있구나' 하는 발견이고, 거기에 은
근한 자부심이 더해지면서 '이런 삶은 어떤가' 하는 제안이 된
다. 이 시를 두고 '무위(無爲)에의 찬미' 운운한다면 그것은 너무
당연해서 좀 따분하게 들릴 것이다. 김영승의 시는 대체로 당연
했던 적이 없으며 확실히 따분했던 적이 없고 이 시도 그렇다.
그리고 우리는 드디어 마지막 문장을 만난다. "급한 일? 그런 게
어딨냐." 아, 이건 정말이지 멋진 마무리다. 그래, '무위' 운운은
그 자체가 '인위'다. 그냥 저렇게 말해버리는 것이 김영승이다.
매인 데가 없는 천진함, 그 천진한 눈에 비친 세상의 투명함, 근
거 없어서 더 빛나는 자부심 등이 이 마지막 구절에 응축돼 있다.

화법은 가볍지만 질문마저 그렇진 않다. 작게는 한 개인의 생에서, 크게는 한 국가의 경영에서, 과연 무엇이 "급한 일"인지 이 시는 묻는다. 우리에게 가장 급한 일은 지금 우리에게 진정으로 급한 일이 무엇인지를 아는 일이 아닐까. 그래서 나는 이 멋진 구절을 어떤 분에게 보여주고 싶다. 그분께서 디오게네스를 만난 알렉산더처럼 탄식할 것이라고 기대하지는 않는다. 위정자들은 급한 일들의 우선순위를 결정하느라 늘 바쁘고 그것은 응당 그럴 법하지만, 때로는 넥타이 풀고 디오게네스의 통나무에 기대어서, 도대체가 '급하다'라는 게 뭔지를 근본적으로 생각해보자는 거다. 국민의 65퍼센트가 반대해도, 여당이 지방선거에 참패를 해도, 장맛비가 내려 공사장에 난리가 나도, 스님께서 소신공양을 해도, '국책사업'은 멈추지를 않는다. 도대체 얼마나 급한 일이기에! 급한 일? 그런 게 어디 있나.

(2010. 8. 6)

—**부기**

위의 시는 이후 시집《흐린 날 미사일》(나남출판, 2013)에 수록됐다.

우리는 시를 포기하지 말기

문학과지성 시인선 400호 발간을 축하하며

당신이 한번 포기한 적 있는 대상은, 절대로 포기 못 할 대상
이 다시는 될 수 없다. 그것을 포기할 때, 절대로 포기 못 하겠다
는 그 마음까지 함께 포기한 것이므로. 그러므로 한번 포기한 대
상을 다시 포기하는 일은 처음보다 훨씬 쉬워진다. '문학과지성
시인선'이 399번째 책을 냈다. 곧 400호 기념 시집이 나올 것이
다. 이것은 어느 출판사가 33년 동안 시를 포기하지 않았다는 뜻
이 아니라, 한국 사회가 시를 포기하지 않았다는 뜻이다. 다른
나라들과 비교해보면 이건 좀 놀라운 일이다.

이 시리즈의 1번인 황동규 선생의 시집《나는 바퀴를 보면 굴
리고 싶어진다》(1978)를 다시 꺼낸다. 서른 살이 넘은 이 시집을
나는 15, 16년쯤 전에 읽었을 것이다. 접혀 있는 여러 쪽 중 하나
를 펼쳤더니, 이런 대목에, 아마 감탄의 흔적일 어떤 표시가 남
아 있었다.

지금 사랑은 아무것도 아니기.

사랑, 그 엄청나게 흐린 날

거리 가득 눈 퍼붓은 저녁

차(車)들이 어둡게 막혀 있는 거리

갇힌 택시 양편에 죽마(竹馬) 붙이고

세차게 뛰는 엔진 감싸안고

양옆구리에 단 죽마 짚고

껑충껑충 뛰어가기.

앞이 막히면 좌우로 뛰기.

그대 팔을 들면

사랑, 그 조그만 서랍들을 모두 열고

엉켰던 핏줄 새로 빨며

흐린 구름 뚫고

함께 떠오르기.

눌렸던 춤이 튀어오른다.

지금 사랑은 아무것도 아니기.(〈사랑의 뿌리〉 중에서)

　운문에서 종결어미는 중요하다. 명사구를 종결어미처럼 사용한 이 선택이 당시 내게는 신선했다. '춤처럼 튀어오르는' 사랑이 이 선택 안에도 있었다. "이 밀물도 되고 썰물도 되는 세상에서 인간처럼 살려한 것 용서하시압."(〈초가을 변두리에서〉) 다른 시의 이런 문장에서 시인이 '~시압'이라는 공고(公告)형 어미에 쓸쓸한 뉘앙스를 부여한 것도 빛나는 사례다. 곳곳에 배어 있는 유신 말기의 비린내가 이 시집의 역사성을 증명하지만, 탄식할 때조차 활달한 언어들은 이 시인의 개성을 증명한다. 말을 부리는 타고난 재능을 암울한 시대도 진압하지 못했던 것일까, 아니면 암울함에 맞서는 길 하나를 언어만큼은 끝내 암울해지지 않는 것에서 찾았던 것일까.

땅 밑에서 잠자는 모자들이 올라올 때
모자에 영향을 미칠게요
모자의 테두리가 허용되거든
깨어나기 직전의 머리를 끄집어내요

무거운 눈꺼풀을 끄집어내요
8월은 조용하게 말할 수 있어요

잠든 집들이 올라올 때
알려지지 않은 합창을 다시 시작하려 할 때
지붕 위로 손들이 올라서기라도 하면

도시 및 도시 근교의 유효기간에 어울리는
커다란 잠의 아침으로
어느 여름의 아침이 개방적일게요

어느 눈길을 끄는 주장에 둘러싸일게요

소식이 늘어나지 않는 곳에서
사실들이 늘어날 것을 제안할게요

그리고 짧은 확신에 갇혀
큰 모자를 날려 보낼 겁니다.
머리를 끄집어내요
모자를 본떠
머리가 생길게요 (〈8월의 아침〉 전문)

　399번으로 나온 이수명 시인의 시집 《언제나 너무 많은 비들》
(2011)에서 옮겼다. 다시, 종결어미는 중요하다. 이것은 이 세계
가 삶에 강요하는 모든 상투적인 종결의 방식을 거부하겠다는
시인들의 권리 주장이다. '추측'이나 '의문'이 어울릴 자리에 '의
지'(~할게요)를 집어넣은 선택 덕분에 이 시는 '8월의 어느 아침'
에 시인이 느꼈을 어떤 긍정의 기분 속으로 독자를 끌어당긴다.
흔히 그러듯이 이 '시인선'의 모토를 '자유'라고 할 수 있다면,
1번과 399번 역시 그렇다. 1978년의 시집이 모든 것이 억압돼
도 상상력만은 끝내 자유라는 역사적 증거라면, 2011년의 시집
은 다시 되돌아온 억압적인 시대에 점점 빈곤해지고 있는 우리
의 상상력을 위한, 은밀할 정도로 겸손한 '영양제'다.

한 나라의 상상력의 영토는 국가 총면적보다 넓다. 이 400권의 시집이 품고 있는 상상력의 나라는 최소한 남한의 면적보다는 더 넓을 것이다. 그런데 요즘 시집이 팔리지 않는다고 한다. 시보다 중요한 것이 세상에 많다는 것을 알지만 그래도 이건 좀 쓸쓸한 일이다. 지하철이나 카페에서 시집 읽는 이를 보면 반가워서 무작정 말 걸고 싶은 걸 참았는데, 이제는 그럴 일도 없어졌다. 최근 어딘가에 이렇게 적었다. "우리말의 '같이'는 영어의 'like'와 'with'의 뜻을 함께 갖는다. 뭐든 당신과 '같이' 하면 결국엔 당신'같이' 된다는 뜻일까." 늘 시와 같이 살면 시와 같은 삶이 될까, 안 될까. 우리는 영원히 시를 포기하지 말기.

(2011. 10. 14)

정확한 칭찬

장승리

〈말〉

    대부분의 사람들에게는 비평이나 비평가에 대해 진지하게 생각해볼 시간이 없겠지만, 비평가 자신들은 꽤 많은 시간을 자기 자신에 대해 생각하는 데 보낸다. 어떤 비평가가 되길 원하느냐는 질문을 몇 번 받은 이후 나는 간결하고 명료한 대답을 준비해둬야겠다고 생각했는데, 마침 최근 어느 대담에서 같은 질문을 받고는 이렇게 답했다. "정확하게 칭찬하는 비평가." 이 대답은 곧바로 두 개의 추가 질문을 유발할 것이다. 길게 답할 수 없으니 오해를 사기 쉽겠지만 그래도 답해보자.

    첫째, 왜 칭찬인가. 어떤 텍스트건 칭찬만 하겠다는 뜻이 아니라, 칭찬할 수밖에 없는 텍스트에 대해서만 쓰고 싶다는 뜻이다. 나는 그런 글을 쓰고 나면 내 삶이 조금은 더 가치 있어졌다고 느끼는 부류의 사람이다. 누구에게나 그렇겠지만, 도대체가 시간이 너무 없다. 그 얼마 없는 시간을, 내 삶을 더 가치 있는 것으로 만들어주는 일에 나는 써야 한다. 비판이 비평의 사명이라고 생각하지 않는다. 비판은, 비판을 할 때 만족감을 느끼는 비평가들의, 사명이다. 훌륭한 사명이지만 모두의 사명일 수는 없다.

둘째, 왜 정확한 칭찬인가. 칭찬은 '좋은 게 좋은 것'이라서 하는 일이 아니다. 칭찬은, 칭찬의 대상에게도 그렇지만 칭찬의 주체에게도, 위험할 수 있는 일이다. 부정확한 비판이 분노를 낳는다면 부정확한 칭찬은 조롱을 산다. 어설픈 예술가만이 정확하지 않은 칭찬에도 웃는다. 진지한 예술가들은 정확하지 않은 칭찬을 받는 순간 자신이 실패했다고 느낄 것이다. 그러나 정확한 칭찬은 자신이 칭찬한 작품과 한 몸이 되어 함께 세월을 견디고 나아간다. 그런 칭찬은 작품의 육체에 가장 깊숙이 새겨지는 문신이 된다. 지워지지도 않고 지울 필요도 없다.

이런 생각이 보편적인 설득력을 가질 것이라고 자신하지 않는다. 동의해달라고 떼를 쓸 생각도 없다. 누군가는 왜곡 없이 이해할 것이라고 믿을 뿐이다. 그러던 중에 장승리의 두 번째 시집 《무표정》(문예중앙, 2012)을 읽었다. 좋은 시가 많았지만 특히 어떤 시가 나를 반갑게 했다. 그 시를 읽고 나서 나는 이 시인이 어떤 사람인지 알 것 같다는 생각이 들었다. 그리고 이 시인도 내가 어떤 사람인지 이해해줄 것 같다고 생각했다. 이것이 이중의 착각일지라도, 이런 착각은 어떤 에너지가 된다.

정확하게 말하고 싶었어

했던 말을 또 했어

채찍질

채찍질

꿈쩍 않는 말

말의 목에 팔을 두르고

니체는 울었어

혓바닥에서 혓바닥이 벗겨졌어

두 개의 혓바닥

하나는 울며

하나는 내리치며

정확하게 사랑받고 싶었어

부족한 알몸이 부끄러웠어

안을까봐

안길까봐

했던 말을 또 했어

꿈쩍 않는 말발굽 소리

정확한 죽음은

불가능한 선물 같았어

혓바닥에서 혓바닥이 벗겨졌어

잘못했어

잘못했어

두 개의 혓바닥을 비벼가며

누구에게 잘못을 빌어야 하나 (〈말〉 전문)

화자는 세 개의 소망을 말했다. 정확하게 말하고 싶고, 정확하게 사랑받고 싶고, 정확하게 죽고 싶다는 것.

이 모든 것의 출발은 우선 말이다. 그녀는 정확하게 말하고 싶었으나 말을 하고 나면 그것은 늘 부정확한 것처럼 여겨졌고 그래서 했던 말을 또 해야만 했다. 여기서 말(言)은 말(馬)에 비유된다. 니체는 채찍질당하는 말(馬)을 끌어안고 울었다. 그녀는 자신의 말(言)이 정확해지길 바라며 채찍질하는 사람이기도 하고 그것이 고통스러워 우는 사람이기도 하다. 그래서 그녀에게는 "두 개의 혓바닥"이 있다. 하나는 때리고, 하나는 운다.

정확하게 말하고 싶다는 이런 욕망은 정확하게 사랑받고 싶다는 다른 욕망과 연결돼 있다. 정확하게 사랑받는 것은 무엇일까. "나"는 "부족한 알몸"이 부끄럽다. 그런데 네가 나를 안으려들까 봐, 혹은 내가 너에게 안기고 말까 봐, 했던 말을 하고 또 하면서 딴청을 부려야 했다. 내 알몸을 부끄러워할 필요가 없도록, 네가 있는 그대로의 나를 사랑해주면 좋겠다. 그때 나는 정확하게 사랑받고 있다고 느낄 것이다.

정확하게 말하고 정확하게 사랑받는 일이 가능하다면 사람은 정확하게 죽을 수도 있는 모양이다. 정확한 죽음이란 또 무엇일까. 시인이 보여주는 것은 정확하지 못한 죽어감의 풍경이다. 무엇을 잘못했는지도 모르는 채 "잘못했어 잘못했어"라며 빌고 있는 사람, 그런데 도대체 누구에게 빌어야 하는지조차 모르는 사람. 그럼 정확한 죽음이란 그 반대의 것, 그러니까 그 누구에게도 잘못을 빌 필요 없는 죽음, 그렇게 회한도 미련도 없이 죽는 일일까. 그렇다면 그것은 과연 "불가능한 선물"을 받는 일일 것이다.

정확하게 말한다는 것, 정확한 문장을 쓴다는 것, 나도 그런 것에 대해서 생각해본 적은 있다. 그러나 정확하게 사랑하고 또 정확하게 죽는 일에 대해서는 생각해보지 못했다. 그러나 이 시 덕분에 그럴 수 있게 되었다. 거기서 더 나아가 창작자와 비평가의 관계에 대해서까지 생각해볼 수 있게 되었으니 나는 이 시에 큰 빚을 졌다. 세상의 어떤 이는 정확하게 말하고 싶고, 세상의 어떤 이는 그 말을 정확히 이해하고(사랑하고) 싶다. 그런 교감이 가능하다는 것을 경험하는 일이 먼 훗날 우리를 정확히 죽게 할 것이다.

(2013. 2. 8)

—부기

나는 2014년 2월에 '정확한 사랑의 실험'이라는 제목의 글을 썼고, 2014년 10월에는 같은 제목의 책을 냈다. 모두가 이 글로부터 시작된 일이다. 그리고 이 글에서 소박한 논리로 말해본 비평에 대한 내 생각은 최근 《문학과사회》 동인들과의 인터뷰에서 보다 상세하게 개진했다.(《문학과사회—하이픈》, 2018년 봄호)

5부

넙치의 온전함에 대하여

| 문화 |

넙치의 온전함에 대하여

사랑의 논리학을 위한 보충

'사랑이란 무엇인가?'라는 물음에 소박하게나마 대답을 시도해본 것은 아래 글에서였다. 사랑이라는 것이 실은 본능, 충동, 욕망 등의 변장일 뿐이라고 단정하는 입장에 반대하고, 사랑 고유의 구조를 도출해보자는 취지였다.

　욕망과 사랑의 구조적 차이를 이렇게 요약해보려고 한다. 우리가 무엇을 갖고 있는지가 중요한 것은 욕망의 세계다. 거기에서 우리는 너의 '있음'으로 나의 '없음'을 채울 수 있을 거라 믿고 격렬해지지만, 너의 '있음'이 마침내 없어지면 나는 이제는 다른 곳을 향해 떠나야 한다고 느낄 것이다. 반면, 우리가 무엇을 갖고 있지 않은지가 중요한 것이 사랑의 세계다. 나의 '없음'과 너의 '없음'이 서로를 알아볼 때, 우리 사이에는 격렬하지 않지만 무언가 고요하고 단호한 일이 일어난다. 함께 있을 때만 견뎌지는 결여가 있는데, 없음은 더이상 없어질 수 없으므로, 나는 너를 떠날 필요가 없을 것이다. (〈나의 없음을 당신에게 줄게요〉, 《정확한 사랑의 실험》, 마음산책, 2014, 26쪽)

    모든 관계는 일종의 교환이라는 생각이 출발점이었다. 사랑도 하나의 관계라면, 사랑 안에서도 모종의 교환이 이루어지고 있다고 가정해야 한다. 그런데 여타의 관계와는 다른, 사랑 고유의 교환 구조라는 것이 있지 않을까. 나는 그것이 '결여의 교환'이라고 생각했다. 누구나 결여를 갖고 있다. 부끄러워서 대개는 감춘다. 타인 역시 그러할 것이다. 그런데 어떤 결정적인 순간에 내가 그의 결여를 발견하는 때가 있다. 그리고 그때 이런 일이 일어날 수 있다. 그의 결여가 못나 보여서 등을 돌리게 되는 것이 아니라 오히려 그 결여 때문에 그를 달리 보게 되는 일. 그 발견과 더불어, 나의 결여가, 사라졌으면 싶은 어떤 것이 아니라 오히려 그의 결여와 나누어야 할 어떤 것이 된다. 내가 아니면 그의 결여를 이해할 사람이 없다 여겨지고, 그야말로 내 결여를 이해해줄 사람으로 다가온다. 결여의 교환 구조가 성립되는 것이다. 그것이 그들을 대체 불가능한 파트너로 만들었으니, 두 사람은 이번 생을 그 구조 안에서 견뎌나갈 수 있으리라. 말하자면 이런 관계가 있지 않을까. 있다면, 바로 그것을 사랑의 관계라고 불러야 하지 않을까.

그 이후 나는 다음과 같은 질문을 던지면서 위 논의를 보완하고 싶어졌다. '사랑의 관계 속으로 진입할 때 나에게 생기는 변화는 어떤 것일까? 흔히 다시 태어난다고들 하는데, 새로 태어난 나는 이전의 나와 어떻게 다를까?' 이 물음에 답하기 위해서는 '완전함'과 '온전함'을 분별할 필요가 있다.(그게 그거 아니냐고 말할 사람도 있겠으나, 영어의 'perfect'(완벽)와 'complete'(완성) 사이에도 어감의 차이가 있다. 이에 대해서는 뒤에서 다시 말하기로 하자.) 사랑의 관계를 형성한다고 해서 내 결여가 사라지지는 않을 것이다. 그러므로 결여가 없다는 의미에서의 '완전한' 사람이 될 수는 없다. 그러나 상대방을 통해서 내 결여와 새로운 관계를 맺을 수는 있다. 내 결여를 있는 그대로 인정하고 그것과 더불어 살아가는 관계. 결여가 더는 고통이 아닌 생, 그런 생을 살 수 있게 된 사람을 '온전한' 사람이라고 부를 수 있지 않을까. 그러니까 사랑은 나를 '완전하게' 만들지는 못해도 '온전하게' 만들 수는 있지 않을까. 그러므로 다음과 같이 말할 수 있다면 당신은 지금 사랑 속에 있는 것이다. '홀로 있을 때가 아니라 그와 함께 있을 때, 나는 더 온전해진다.'

  이렇게 정리해놓고 나니, 비슷한 말을 이미 한 사람들이 (당연하게도) 있었던 것 같다는 생각이 들었다. 무의식적 힌트를 주었을 두 개의 선행 텍스트를 돌이켜 찾아내 그 영향 관계를 밝혀둔다.

인간은 마치 넙치처럼

플라톤의 《향연》에서 아리스토파네스가 들려주는 이야기는 이미 널리 알려져 있으니 골자만 간단히 옮겨보자. 아주 먼 옛날, 인간은 두 개체가 한 몸으로 붙어 있었고, 옆구리와 등이 둥글어서, 전반적으로 구(球)에 가까운 모양이었다는 것. 얼굴은 서로 반대 방향을 바라보고 있었고, 네 개의 팔과 다리로 민첩하고 유연하게 움직였다는 것. 어떤 성별의 개체로 조합돼 있는가에 따라 세 종류로, 즉, '남자+남자', '여자+여자', '남자+여자', 이상 세 개의 유형으로 분류될 수 있었다는 것. 그들은 능력이 대단했으며 또 그런만큼 오만해서 급기야 신들을 공격하기 위해 하늘을 침공하기까지 했다는 것. 그래서 제우스가 고심 끝에 인간을 모두 반으로 쪼개버렸다는 것. 그러자 인간들은 잃어버린 반쪽을 그리워하며 시름시름 앓다가 죽어갔다는 것. 그래서 제우스는 그전에는 바깥쪽을 향해 있던 인간의 성기를 안쪽으로 돌려놓아서 남성과 여성이 서로 결합하고 출산하여 종을 유지할 수 있게 했다는 것. 결론을 요약하면 다음과 같다. (두 종의 번역본을 함께 옮긴다.)

결과적으로 우리들 각자는 하나가 둘로 나뉘어진 존재,

즉 반편(反片)의 사람이어서, 그 모습이 마치 넙치 같다네. 그리하여 우리들 각각은 자기로부터 나뉘어져 나간 또 다른 반편을 끊임없이 찾게 되는 것이라네. (…) 그래서 우리는 그 **하나가 되고자 하는 욕망과 노력**을 사랑이라는 이름으로 부르게 된 것이라네. (박희영 옮김, 문학과지성사, 2003, 87쪽, 90쪽, 강조는 인용자, 이하 동일)

그러기에 우리 각자는 한 인간의 부절(符節, 물건을 반으로 쪼개 나눠 갖고 나중에 맞춰보아 상대방의 신분을 확인했던 것―인용자 주)이네. 마치 넙치들 모양으로 하나에서 둘로 잘라져 있으니까 말일세. 각자는 자신의 부절을 하염없이 찾아다닌다네. (…) 그래서 그 **온전함에 대한 욕망과 추구**에 붙여진 이름이 사랑(에로스)이지. (강철웅 옮김, 이제이북스, 2014, 100쪽, 103쪽)

이를 사랑의 기원에 대한 신화라고 할 수 있을 것이다. 신화는 신비로운 현상의 원인에 대한 상상적 문답이다. 왜 우리는 누군가를 찾아 헤매는가? 원래부터 둘이었기 때문이라고 답하는 것만으로는 부족하다. 둘일 때가 더 좋기 때문이라는 것이 강조돼야 한다. 위의 두 번역 중에서 원문에 더 충실한 것이 어느 쪽인지를 밝히는 것은 내 능력 밖의 일이되, 적어도 내가 이해한 아리스토파네스의 취지에 더 부합하는 것은 후자다. 둘이 (다시) '하나임'을 만들어내는 일이 중요한 것이 아니라, 둘일 때라야 '온전함'에 도달한다는 것이 중요하다. 이것이 이 신화적 상상력의 현명한 핵심이라고 나는 생각한다. 우리가 오늘날에도 사랑이라는 것을 하게 되는 것은 하나일 때보다 둘일 때 우리가 더 좋은 사람이 될 수 있다는 희망 때문이다. 나는, 내가 부족한 인간이라는 사실로 더 이상 고통받지 않아도 되게 해주는 누군가를 만나서, 온전해진다. 다만 그것은 위 신화가 말하는 것처럼 운명적 짝을 다시 만나 이뤄지는 기적이 아니라, 상대방이 나로 인해 더 온전한 사람이 될 수 있기를 바라는 상호 배려로 성취되는 일일 터이다.

〔주석 2〕

"당신은 나를 완성시켜"

플라톤의 《향연》 말고 또 내가 떠올린 것은 하나의 문장이었다. "You complete me." 이 문장은 사랑의 관계 속에서 이루어지는 일을 설명할 수 있는 말은 '완전함'이 아니라 '온전함'이라는 나의 생각에 얼마간 영향을 미쳤을 것이다. 처음에는 이 문장의 출처가 영화 〈다크 나이트〉(크리스토퍼 놀란, 2008)라고 생각했다. 왜 나를 죽이려고 하느냐는 배트

맨의 물음에 조커는 다음과 같이 응수한다. "아니야. 난 너를 죽이고 싶지 않아. 너 없이 내가 뭘 하겠어. 다시 돌아가서 마피아 마약상들이나 등쳐먹으라고? 아니, 아니지, 아니야. **너는… 너는… 나를 완성시켜.** (I don't, I don't want to kill you! What would I do without you? Go back to ripping off mob dealers? No, no, NO! No. **You… you… complete me**.)"〈다크 나이트〉가 이례적으로 깊이 있는 오락 영화가 되는 데 결정적인 역할을 한 것은 이 영화가 다루고 있는 선과 악의 기묘한 적대적 공존/착종 관계인데, 저 대사는 그것을 절묘하게 함축한다. 그러나 사실 이 문장은 1996년에 이미 널리 회자된 적이 있다. 굳이 분명히 해두자면 저작권은 이쪽에 있다.

오늘밤, 우리의 작은 프로젝트, 그리고 우리의 회사는 엄청난 밤을 보냈어. 정말 정말 엄청난 밤이야. 그러나 그것은 완성이 아니었어. 완성되었다는 것과는 전혀 거리가 먼 것이었어. 당신과 나눌 수 없었기 때문이야. 당신의 목소리를 들을 수 없고 당신과 함께 웃을 수 없었기 때문이야. 나는 내 아내, 내 아내가 그리운 거야. 우리는 냉소적인 세상에서 살고 있어. 냉소적인, 세상. 게다가 거친 경쟁자들과 함께 일하고 있지. 당신을 사랑해. 당신이 나를 완성시켜.

(Tonight, our little project, our company had a very big night

- a very, very big night. But it wasn't complete, wasn't nearly close to being in the same vicinity as complete, because I couldn't share it with you. I couldn't hear your voice or laugh about it with you. I miss my - I miss my wife. We live in a cynical world, a cynical world, and we work in a business of tough competitors. I love you. You complete me.)

영화 〈제리 맥과이어〉(캐머런 크로, 1996)에서, 극적인 성공을 거두고 나서야 진정으로 소중한 것이 무엇인지를 깨닫게 된 한 남자가 별거 중인 아내를 찾아와 속내를 털어놓는 장면에서 행하는 긴 독백이다. "당신은 나를 완성시켜." 과연 아름다운 문장이지만, 이 문장을 포함하고 있는 위 대사 전체가 사랑의 관계 안에서 발생하는 사건을 정확히 지시하고 있는 것 같지는 않다. 앞에서 '완전함'과 '온전함'을 분별하고 이를 perfect(완벽)와 complete(완성)의 차이와 비교해볼 수 있겠다고 했는데, 이제 분명히 해두어야 할 것 같다. 위 대사는, 이런저런 요소들이 내 인생을 구성하고 있는데, 거기에는 당신이라는 요소가 없어서는 안 된다는 뜻으로 읽힐 소지가 있다. 이것은 사랑 속에서 주체가 '온전해지는' 일과는 다르다. 아무리 가장 중요하고 또 가장 소중한 요소라 할지라도 요소는 한낱 요소일 뿐이다. 내가 사랑하는 당신은 나를 채우는 '요소'가 아니라 나를 세우는

'구조'(여야 한)다. 나는 당신으로 채워지는 것이 아니라 당신 속에서 온전해진다. 결여는 여전히 있되 그 결여가 더는 고통이 되지 않는, 온전한 사람. 내가 사랑하는 당신은, 나를 그런 사람이 되게 한다.

(2016. 1. 18)

〔replay〕

곁에 있어줄게, 우리가 온전해지기 위해서

민용근의 단편영화 〈열병〉

점점 시력이 나빠져서 이제는 앞이 거의 보이지 않게 돼 사랑하는 여자에게 감히 다가서지 못하는 한 청년이 있습니다. 최근에 눈 성형 실패로 기괴한 인상을 갖게 돼 연인과 헤어지고 집에서도 선글라스를 낀 채 칩거 중인 한 여자가 있습니다. 청년이 앞을 볼 수 없으므로 그녀는 그에게 자신의 맨 얼굴을 보여줄 수 있었고, 앞이 보이지 않기 때문에 청년은 그녀가 아름답다고 상상하며 그녀를 어루만질 수 있었습니다. 하룻밤을 함께 보낸 다음 날 새벽, 먼저 일어난 청년은 자면서도 선글라스를 끼고 있는 여자에게서 선글라스를 벗겨내 제 얼굴에 쓰고 길을 나섭니다. 그는 이

제 자신이 시각장애인이라는 사실을 처음으로 받아들인 것처럼 보입니다. 그리고 어느새 일어나 그의 뒷모습을 바라보며 그녀는 희미하게 웃고 있습니다. 그녀는 이제 선글라스 없이도 세상을 살아갈 수 있을 것처럼 보입니다.

민용근 감독의 단편영화 〈열병〉(2010, 옴니버스 영화 〈원나잇 스탠드〉의 첫 번째 단편)의 내용을 많이 줄여서 정리해 보았습니다. '볼 수 없어 다가서지 못하는 남자'와 '보여주기 싫어 도망치는 여자'가 마주보고 있습니다. 그들은 '있는' 것이 별로 없고 '없는' 것만 있는 사람들처럼 보입니다. 자신의 결여 때문에 휘청대고 있는 사람들이라는 뜻입니다. 그런데 놀랍게도, 자신의 결여 때문에 세상을 무서워하는 두 사람이 만나자, 둘은 상대방을 무서워하는 것이 아니라 오히려 서로에게 다가갈 수 있게 되었습니다. 각자의 결여를 나눠 갖는 어떤 제의(祭儀)와도 같은 정사를 경험한 이후 두 사람은 이전의 자신과는 다른 존재가 된 것처럼 보였습니다. 결여의 교환, 어쩌면 이것이 사랑의 고유한 논리이자 사랑의 기적인지도 모르겠다고 저는 생각했고, 그로부터 2년 후 저는 〈나의 없음을 당신에게 줄게요〉라는 글을 썼습니다.

그 글을 요약하면 이렇습니다. 누구나 결여를 갖고 있고 또 부끄러워 대개는 감춥니다. 그러다가 어떤 결정적인 순간에 서로 상대방의 결여를 발견하고, 역설적이게도 바로 그 결여 때문에 서로가 서로에게 불가결한 존재가 되는 일이 벌어집니다. 나(너)만이 너(나)의 결여를 이해하고 또 보듬을 수 있다는 확신에 함께 도달하는, 작은 기적 같은 순간 말입니다. 물론 우리가 언제나 이런 식으로 누군가를 만나기 시작하는 것은 아닙니다. 욕망에 의해 시작되는 관계가 꼭 부정적인 평가를 받을 이유도 없습니다. 그러나 설사 상대방이 가진 것에 매혹되면서 관계가 시작되었다 하더라도, 그 관계가 상대방이 가지지 못한 것에 대한 이해로 돌이킬 수 없이 깊어질 때에만, 저는 그것을 사랑이라고 부르고 싶습니다.

그렇게 두 사람 사이에 사랑의 구조가 발생하면 그들에게는 어떤 일이 벌어지는 것일까요. 물론 우리가 사랑을 하는 이유는 하나일 때보다 둘일 때 우리가 더 좋은 사람이 될 수 있다는 희망 때문일 겁니다. 그런데 인간은, 그 옛날 철학자 플라톤의 책 《향연》에 나오는 것처럼, 잃어버린 제 반쪽을 만나면 완전해지는 것일까요. 완전한 인간이라니, 제게 그것은 너무 이상적인 이야기처럼 보입니다. 그래서 저는 '완전함'과 '온전함'을 구별해보는 것이 어떨까 생각하며 또 한 편의 글을 썼습니다. 〈넙치의 온전함에 대하여〉라는 글입니다. "그러니까 사랑은 나를 '완전하게' 만들지는 못해도 '온전하게' 만들 수는 있지 않을까."

이를테면 〈열병〉의 결말이 그렇듯이 말입니다. 두 사람은 단지 하룻밤을 같이 보내고 각자의 삶을 향해 헤어졌을 뿐입니다. 그럼에도 제가 감히 이 관계 안에 사랑의 구조가 압축 모형 상태로 존재한다고 말하는 것은 두 사람이 그날 새벽부터 갑자기 '완전한' 사람이 되어서가 아닙니다. 두 사람은 여전히 불완전합니다. 남자는 앞이 보이지 않고 여자의 눈은 흉측합니다. 그 대신 두 사람은 이제 자신의 결여를 인정할 수 있게 되었고 그 결여와 함께 살아갈 수 있는 용기를 가지게 되었습니다. 말하자면 두 사람은 '온전한' 사람이 된 것입니다. 서로를 몰랐던 때보다는 좀 더 '온전한' 사람이 될 수 있다면, 우리는 감히 사랑이라는 것을 해보는 것도 좋을 것입니다. 적어도 저는 그렇게 생각합니다.

왜냐하면 누구나 제 몫의 결여를 갖고 있는 것이 인간이고, 또 그런 인간이 홀로 살아가기에는 너무도 버거운 것이 바로 인생이라는 사실을 언젠가부터 저는 인정하지 않을 수 없기 때문입니다. 그러므로 저는 사랑이란 궁극적으로 우리가 서로를 살아가게 하는 힘이라고 생각합니다. 사랑하기 위해 사는 것이 아니라, 살기 위해 사랑한다는 것입니다. 대체로 이기적인 우리가 다음과 같은 놀라운 생각을 하게 되는 것은 사랑 속에 있을 때입니다. '나는 사랑한다, 내가 살기 위해서가 아니라 너를 살게 하기 위해서, 그렇게 너를 살게 함으로써 나 역시 살 가치가 있게 되기 위해서.'

신이 있다면 그가 우리를 사랑하겠지만, 신이 없다면 우리가 서로를 사랑해야만 한다는 것. 이것이 인간의 연약함이자 위대함이라는 것. 그러므로 사랑에 관한 한, 언제나 이렇게 말할 수밖에요. 곁에 있어줄게, 우리가 온전해지기 위해서.

(2016. 12. 21)

마르크스의 사랑

사랑받는 사람이 되는 가장 정확한 방법은 사랑받을 만한 사람이 되는 것이다. 정확한 길이기는 하지만, 쉽고 빠른 길은 아니다. 사랑받을 만한 사람이 되기 위해서는 타인과의 섬세하고 복잡한 커뮤니케이션에 성공해야 한다. 그 어렵고 느린 길을 걸을 능력도 의지도 없는 이들은 그 대신 권력을 가지려 한다. 권력을 얻어 명령의 주체가 되면 커뮤니케이션을 생략해도 된다고 믿기 때문이다. 최근 비행기나 호텔에서 여성에게 폭언과 폭력을 행사한 것으로 알려진 남성 권력자들은 사랑 대신 지배를 선택했고, 그런 의미에서 실패한 사람들이다. 이것은 넓게 보면 교환의 문제이기도 하다.

26세의 칼 마르크스는 《경제학·철학 수고(手稿)》(1844)에서, 돈이 인간관계를 비틀어놓지 않은 상태를 가정해보라고, 그때의 교환은 어떨지를 생각해보라고 말한다.

인간이 인간일 때, 그리고 세계에 대한 인간의 관계가 인간적인 것일 때, 그럴 때 당신은 사랑을 사랑과만, 신뢰를 오직 신뢰와만 교환할 수 있다. 당신이 예술을 향유하기를 바란다면 당신은 예술적인 소양을 쌓은 인간이어야 한다. 당신이 다른 사람에게 영향력을 행사하고자 한다면 당신은 현실적으로 고무하고 장려하면서 다른 사람에게 영향을 끼치는 인간이어야만 한다.

자본주의에서는 돈으로 거의 모든 교환이 가능하다. 그러나 청년 마르크스가 가정하는 "인간적인" 세계에서는 다르다. 그곳은 사랑/신뢰를 얻기 위해서는 먼저 사랑/신뢰를 줘야 하는 세계다. 대가 없이 무언가를 줄 때 그 무언가와 동등한 대가가 돌아온다. 그러고 나서 마르크스가 하는 말은 언뜻 당연해 보이는데, 실은 다 교환의 사례들이다. 예술로부터 무언가(즐거움과 깨달음)를 얻기 원한다면, 먼저 무언가(시간과 노력)를 예술 편에 줘야 한다는 것. 또 당신이 "고무"와 "장려"의 방식으로 타인에게 먼저 영향을 주면, 그들은 영향력이라 불리는 그 힘을 당신에게 준다는 것.

이렇게 읽으면, 이어지는 대목의 까다로운 첫 문장이 이해될 수 있고, 심상한 아포리즘처럼 보이는 마지막 문장에도 새삼스런 울림이 얹힌다.

인간(과 자연)에 대한 당신의 모든 관계는, 당신의 의지의 대상에 상응하는, 당신의 현실적인 개인적 삶의 '특정한 표현'이어야 한다. 당신이 사랑을 하면서도 되돌아오는 사랑을 불러일으키지 못한다면, 즉 사랑으로서의 당신의 사랑이 되돌아오는 사랑을 생산하지 못한다면, 그리고 당신이 사랑하는 인간으로서의 당신의 생활 표현을 통해서 당신을 사랑받는 인간으로 만들지 못한다면, 당신의 사랑은 무력하며 하나의 불행이다.

앞서 말한 것이 '교환'이라면 여기서 말하는 것은 '관계'다. 교환이라는 맥락에서 보면 관계란 어떤 것이어야 하나. "대상에 상응하는" 방식으로, 돈이 아니라 나의 삶을, 더 구체적으로는 삶의 "특정한 표현"을 주는 것이어야 한다. 누군가의 사랑을 받고 싶다면, 나에게 적합한 것이 아니라 그에게 적합한 방식으로, 어떤 '태도'를 줘야 한다는 것. 이것 자체로도 쉬운 일이 아니거니와 결과도 장담하기 힘들다. 내 사랑은 "되돌아오는 사랑"을 생산하지 못할 수도 있다. 그럴 때 나의 사랑은, 그것을 갖고 있다는 것 자체가 일종의 불행이 되고 마는, 무력한 사랑이다.

어쩌면 마르크스의 두 문단에 가장 대중적인 주석을 단 사람은 생텍쥐페리일지도 모른다.《어린왕자》(1943)의 여우는 '관계'의 사상가다. 관계를 맺는다는 것은 서로를 '길들이는' 일이라고 여우는 말하지 않았던가. 게다가 그는 이 문제를 '교환'의 층위에서 바라볼 줄도 안다. "사람들은 이제 시간이 없어서 아무 것도 알지 못하게 되었어. 상점에 가서 다 만들어진 물건들을 사는 거야. 하지만 친구를 파는 상점은 없으니까 사람들은 이제 친구가 없어." 최근의 뉴스들은 인간적인 교환/관계에 무능한 이들의 권력이 마르크스의 말마따나 그 자체로 "하나의 불행"임을 알려준다.

(2013. 5. 14)

나의 소중한 적

적(敵)을 만들지 않고 살기는 어렵다. 그렇다면 차라리 적과 함께 살아가는 생산적인 방법을 찾는 편이 현명할 것이다. 니체는 《도덕의 계보학》(1887) 앞부분에 이렇게 적었다. "도대체가 진정한 '적에 대한 사랑'이란 것이 있을 수 있다면 그것은 이와 같은 고귀한 인간에게만 있을 수 있다. 고귀한 인간은 적에게 이미 얼마나 많은 존경을 품고 있는 것인지! 그러한 존경은 사랑으로 이어지는 다리다. 고귀한 인간은 자기 자신을 위해, 자신의 특별함의 표지로 적을 요청한다. 경멸할 만한 점이 전혀 없고 오히려 매우 존경받아 마땅한 적만을 그는 용인할 수 있다!"

니체가 "적에 대한 사랑" 앞에 "진정한"이라는 수식어를 붙인 것은 자신의 주장을 기독교 도덕과 구별하기 위해서다. "그러나 나는 너희에게 말한다. 너희 원수를 사랑하고 너희를 박해하는 사람을 위해 기도하여라."(〈마태복음〉 5장 44절) 니체는 용서의 윤리학을 말하고 있지 않다. 오히려 적과 제대로 싸울 줄 알아야 한다고 말한다. 그러기 위해서 애초 존경할 만한 적만을 상대하라는 것. 그것은 나 자신을 위해서, 즉 내가 고귀해지기 위해서다. 언뜻 명장(名將)들의 결전 같은 것을 떠올리게 하지만 이것은 물론 실제 전쟁이 아니라 정신의 전쟁에 대한 이야기다.

존경할 만한 적과 정신의 전쟁을 치르며 고귀해지는 길이 있다면, 적에 대한 증오로 세월을 허비하느라 공허해지는 길도 있다. 후자에 대한 니체의 설명은 심오한데, 잘 알려진 대로, 이 대목이 니체 사상의 핵심 중 하나다.

반대로 원한(ressentiment)의 인간이 적을 상정하는 방식을 상상해보자. 바로 여기서 원한의 인간이 행위하고 창조하는 방식이 드러난다. 그는 '악한 적', 그러니까 '나쁜 놈'을 상정한다. 그런 인간을 기본 개념으로 삼고, 그로부터 어떤 잔상(after-image)이자 상대(counterpart)인 다른 존재를 도출해내는데, 그것이 바로 '착한 놈'이다. 바로 자기 자신 말이다!

도덕에도 계보가 있는데 기독교 도덕에 이르러 우려스러운 역전이 일어났다는 맥락에서 발설된 말이다. 적을 '악'으로 규정해야만 자신을 '선'이라 믿고 자족할 수 있는 이들의 근본 감정은 "원한"이고, 그것은 언제나 반작용에 불과한, 반동적인 행위만을 낳기 때문에 열등하고 위험하다는 것. 굳이 니체를 거론하지 않더라도, 타인을 부정해야만 자신을 긍정할 수 있는 삶은 비극적이다. 저명한 논리라 새삼 인용했지만 이 입론에 전적으로 동의하는 것은 아니다. 정당한 비판조차 원한 감정의 소산이라 매도하는 데 오용될 소지가 있는 논리라는 점도 주의해야 할 것이다.

 "적에 대한 사랑"이라는 말의 깊이를 다 헤아릴 수는 없으되, 니체로부터 몇 걸음 걸어 나와서, 글을 쓰는 사람으로서 내가 겨우 할 수 있는 말은 이것이다. 어떤 이를 비판할 때 해서는 안 되는 일 중 하나는 상대방을 '비판하기 쉬운 존재로 만드는' 일이다. 그에 대한 나의 비판이 공정하지 않다는 것을 입증하는 증거가 그의 다른 글에 이미 존재할 때, 그것을 못 본 척해서는 안 된다. 그런 비판으로는 아무것도 바뀌지 않는다. 비판당하는 적은 황당한 불쾌감을, 비판하는 나는 얄팍한 우월감을 느끼게 될 뿐, 그 이후 둘은 '이전보다 더 자기 자신인' 존재가 되고 말 것이다.

 요컨대 진정한 비판은 적의 가장 복잡하고 심오한 부분과 맞서는 일이다. 그럴 때 나의 비판 또한 가장 복잡하고 심오한 수준에 이르게 될 것이기 때문이다. 니체의 말대로 적을 대하는 태도는 나 자신을 대하는 태도와 연결돼 있다. 적을 사랑한다는 것은 나를 사랑한다는 것이다. 적을 사랑하면서 고귀해질 것인가, 적을 조롱하면서 공허해질 것인가. 수많은 매체가 생겨나고, 수많은 비판들이 쏟아진다. 좋은 비판과 나쁜 비판이 있다. 전자는 어려워서 드물고 후자는 쉬워서 흔하다.　　　　　(2013. 6. 23)

당신의 (역)진화

얼굴, 음성, 그리고 문자

불쑥 찾아뵈어서 죄송하다는 말은 이제 거의 할 일이 없어졌다. 특별히 불가피한 상황이 아니라면 미리 전화를 하지 않고 누군가를 찾아가는 사람은 이제 없는 것 같다. 그 대신 이제 우리는 불쑥 전화드려 죄송하다는 인사를 하기 시작했다. 그럴 필요가 없도록 하기 위해 문자메시지를 먼저 보내기도 한다. 안녕하세요, 아무개입니다. 편하실 때 잠시 통화하고 싶습니다. 언제 전화드리면 좋을까요. 어제만 해도 나는 이런 문자를 두세 사람에게 보냈고 또 두세 사람에게 받았다. 얼굴에서 음성으로, 음성에서 글자로, 우리는 축소돼왔다. 이것은 진화일까?

원래 당신은 하나의 '얼굴'이었다. 적어도 전화가 발명되기 전에는 그랬다. 걸어가서 기다리지 않으면 당신을 만날 수 없었다. 당신과 관계를 맺는다는 것은 당신의 맞은편에 앉아 당신의 얼굴을 바라본다는 것이었다. 그것은 무엇보다도 시선을 감당해내는 일이다. 그리고 표정이 머금고 있는 의미를 해독하는 일이다. 나와 당신이 친밀한 사이가 아니라면 이 일은 만만찮은 에너지가 소모되는 노동이다. 이때 당신은, 내가 잘 알지 못하므로 그만큼 부담스러운, 타인이다. 현대 인문학에서는 흔히 '타자(他者)'라고 부르니까 그렇게 하자. 이때의 당신은 '얼굴-타자'다.

전화가 발명된 이후에 당신은 하나의 '음성'이 되었다. 이 문명의 이기 덕분에 우리가 덜 수 있게 된 것은 걸어가고 기다리는 수고만이 아니다. 당신의 시선을 견뎌내고 표정을 읽어내야 하는 노역을 얼마간 내려놓을 수 있게 된 것이 더 중대한 변화였던 것은 아닌지. 전화 속의 당신은 나를 바라보지도 않고 의미심장한 표정을 짓지도 않는, 그저 하나의 음성일 뿐인 존재다. 이를 '음성-타자'라고 하자. 얼굴-타자보다 음성-타자가 더 편안하다. 전화는 만날 수 없는 고통을 덜어주는 기계이지만, 굳이 만나지 않아도 되는 핑계가 되어주는 기계이기도 하다.

휴대폰 덕분에 당신은 마침내 '글자'가 되었다. 물론 문자메시지는 편리하다. 그런데 그 편리함 중에서는 심리적 편리함의 비중도 만만치 않을 것이다. 통화보다 오히려 문자를 더 많이 이용하는 시대/세대가 그렇게 하게 된 이유 중 하나는, 얼굴은커녕 음성조차 갖고 있지 않은 글자로서의 타자, 즉 '글자-타자'만큼 우리를 편안하게 하는 것이 없기 때문일지도 모른다. 그래서 문자메시지는, 이후의 통화와 그 이후의 대면을 위한 준비 작업일 때도 있지만, 더 은밀하게는, 모든 일이 이 문자의 층위에서 다

해결되면 좋겠다는 소망의 매체이기도 하다.

얼굴에서 음성으로, 음성에서 글자로, 당신은 축소 조정돼왔다. 그러면서 당신은 쉬워졌다. 이 변화의 와중에 당신이 뭔가를 점점 잃어왔기 때문이다. 아, 이 사람은 나와 다르구나, 하면서 느끼게 되는 바로 그것, 그 '다름' 말이다. 철학 책에 자주 나오는 용어대로라면, 타자의 타자성(他者性, otherness) 말이다. 기술의 발달은 우리를 불편하게 하는 타자의 타자성을 본의 아니게 점차 축소하는 방식으로 진행돼온 것처럼 보인다. 이제 나는 당신을 만날 필요가 없다. 당신의 음성조차 듣지 않아도 된다. 당신이라는 글자와 대화를 나누면 되는 것이다.

이것이 바람직한 변화라고 누구도 단언하기는 어려울 것이다. 타자의 타자성을 회피하고자 하는 욕망은 나에게만 있는 것이 아니라 당신에게도 있을 것이기 때문이다. 그래서 내가 당신을 글자-타자로만 만나면서 편안해할 때 당신도 나에게 그럴 권리가 있다. 나는 결별 선언과 해고 통지를 문자메시지로 받은 사람을 알고 있다. 그의 불행이 예외적인 것이라고 생각하지 않는다. 우리가 글자보다 더 축소될 수 있다면 그것은 무엇일까. 우리의 관계는 어떻게 될까. 그것은 진화일까 아닐까. 이런 생각을, 당신에게 문자를 보내놓고 전화를 기다리면서, 나는 한다.

(2013. 1. 16)

황현산의 부정문

주위에서 보고 들은 것으로 미루어 짐작하건대 지금 한국의 문인들이 가장 많이 읽고 있는 책은 문학평론가 황현산 선생의 산문집 《밤이 선생이다》(난다, 2013)가 아닐까 싶다. 선생의 문명(文名)이 문단 바깥에 얼마나 알려져 있는지는 모르겠으나, 적어도 문단 안에서 그는 동시대 젊은 문인들이 가장 존경하는 평론가라고 해도 틀리지 않다. 후학들의 존경을 인위적으로 불러일으키려 하고, 또 그 존경을 가시적으로 확인하려 하고, 급기야 그 인위적 존경을 제도화하려 하는 어른들을 더러 보았지만, 선생의 경우 후학들의 자발적인 존경은 오로지 그의 글에만 힘입은 것이다.

선생의 글이 어떤 위력을 품고 있는지를 잘 설명하기 위해서는 더 많은 지면이 필요하지만 간단히 하나만 말하자. 그의 글에서는 '~인 것은 아니다'나 '~라고 하기는 어렵다'와 같은 식의 부정문들을 자주 보게 된다. 자연과학 쪽에서는 어떤 위대한 발견에다 최초 발견자의 이름을 붙이는 경우가 더러 있다. 이를 흉내내 보자면 나는 저와 같은 유형의 부정문을 '황현산 부정문'이라고 부르고 싶기까지 하다. 그가 이런 문형의 최초 사용자인 것은 물론 아니지만, 한국어의 저 문형에 남다른 리듬과 어감을 부여한 사람이 그라고 생각하기 때문이다.

그는 결론으로 천천히 나아가는 와중에 저 특유의 부분부정문들을 곳곳에 심는다. 고지를 점령하기 위해 적병을 하나씩 죽여나가는 식으로가 아니라, 강 저쪽으로 건너가기 위해 징검돌을 하나씩 놓는 식으로 그렇게 한다. '당신이 틀렸다'고 말하는 부정문이 아니라 '당신은 전적으로 옳지는 않다'는 부정문으로, 전래동화에서처럼 나그네의 옷을 벗기는 가장 좋은 방법은 스스로 옷을 벗게 만드는 것이라는 듯이, 세상의 힘센 주장들에게 자신을 되돌아볼 시간을 준다. 이것은 부정을 확신하기 위해서가 아니라 확신을 부정하기 위한 부정문이다.

이런 과정을 거쳐 도달하는 결론의 한 사례.

내가 생각하는 바의 좋은 서사는 승리의 서사이다. 세상을 턱없이 낙관하자는 말은 물론 아니다. 우리의 삶에서 행복과 불행은 늘 균형이 맞지 않는다. 유쾌한 일이 하나면 답답한 일이 아홉이고, 승리가 하나면 패배가 아홉이다. 그래서 유쾌한 승리에만 눈을 돌리자는 이야기는 더욱 아니다. 어떤 승리도 패배의 순간과 연결되어 있는 것이 사실이고, 그 역도 사실이다. 우리의 드라마가 증명하듯 작은 승리 속에 큰 것의 패배가 숨어 있는 것과 마찬가지로 큰 승리의 약속이 없는 작은 패배는 없다.(72쪽)

마지막 문장은 단호하지만 이것은 세상의 그 어떤 것도 완전히 단호하지는 않다는 것을 주장하는 단호함이다. 단호한 승리도 단호한 실패도 없다. 오로지 그렇다는 사실만이 단호할 것이다. 이것은 노회함도 유약함도 아니다. 늘 어떤 주장의 일면성을 지적하면서 이면을 가리켜 보여주되, 자신의 지적 자체도 일면적인 것일 수 있음을 동시에 의식하는 의식. 이것이 바로 '문학적 의식'의 한 본질일 것이다. 평론이 아니라 칼럼이 묶인 이번 책은, 그런 의미에서, 정치가나 과학자가 아니라 문학 하는 이가 쓰는 칼럼이란 어떤 것인지를 잘 보여주는 사례다.

강의실에서 선생의 강의를 듣는 호사를 누리지는 못했지만, 나는 선생의 책을 통해 많은 것을 배웠고 한 다리 건너 전해 듣는 선생의 인품에서도 배운다. 최근 사례 하나. 소소하지만 황송한 인연이 있어 선생께서 서명한 책을 받을 수 있었는데, 선생은 책의 속지에다 서명을 하지 않고, 따로 작은 메모지에 서명을 해서 그것을 테이프로 붙여 보내셨다. 이 특이한 조치의 속뜻이 짐작되지 않아서 알 만한 이에게 물어보니, 당신의 '졸저'를 다 읽으면 서명 쪽지를 떼어 버리고 중고서점에 팔라는 뜻으로 한 배

려라는 것이었다. 선생의 책 제목 그대로 "밤이 선생"이라면, 그
는 지금 한국문학의 가장 깊고 아득한 밤이다.

(2013. 7. 16)

—**부기**

선생님은 2018년 8월 8일에 세상을 뜨셨다. 추모의 말을 감히 여기다
다 적지 못한다.

봄날의 새끼 곰과 정말이지 굉장한 것

언젠가 강의실에서 학생들에게 이런 말을 한 적이 있다. "요즘 우리는 두 개의 단어에 지나치게 의존하고 있는 것 같다. 상황이 부정적일 땐 '헐!'이고 긍정적일 땐 '대박!'이다. 같은 단어를 여럿이 함께 사용하는 즐거움을 모르지 않지만, 반사적으로 저 말을 뱉어낼 때마다 마치 말하는 기계가 된 것만 같다. 무리 중의 하나가 아니라 유일한 한 사람이 되는 것도 즐겁지 않은가. 개인의 고유성은 그 사람이 사용하는 어휘와 어법에서도 생겨난다."

언어의 층위에서 '고유한 개인'이 되고 싶다. 물론 거저 될 수 있는 것은 아니다. 여하튼 새로운 것을 찾아보려고 노력해야 한다. 신선한 어휘를 구사하기 위해 노력하고 독창적인 표현을 만들어보려 애써야 한다. 이것은 능력의 문제이기도 하겠지만 성의의 문제에 더 가깝지 않은가 싶기도 하다. 잘 알려진 사례 하나를 가져와보자. 사랑에 빠진 이들의 달콤한 말놀이를 듣는 것이 괴로운 분들은 아래 인용을 읽지 말고 건너뛰시는 게 좋겠다.

> "네가 너무 좋아, 미도리."
>
> "'너무'라니, 얼마나?"
>
> "봄날의 곰만큼."
>
> "그게 무슨 말이야, 봄날의 곰이라니?"
>
> "봄날의 들판을 네가 혼자 거닐고 있으면 말이지, 저쪽에서 벨벳같이 부드럽고 눈이 똘망똘망한 새끼 곰이 다가오는 거야. 그리고 네게 말을 건네지. 안녕하세요, 아가씨. 나와 함께 뒹굴기 안 하겠어요? 그래서 너와 새끼 곰은 부둥켜안고 클로버가 무성한 언덕을 데굴데굴 구르면서 온종일 노는 거야. 그거 참 멋지지?"
>
> "정말 멋져."
>
> "그만큼 널 좋아해."

모르는 사람이 있을까 싶지만, 이것은 무라카미 하루키의 소설 《노르웨이의 숲》(1987)에 나오는 대화다. 이 대화 직후에 미도리가 말없이 '나'의 품에 안겨 오는 것은 당연하다. 이 정도 성의라면 감동받을 만한 것이다. 여기서 핵심은 '너무'라는 간편하고도 흔해빠진 부사어에 습관적으로 의존하지 않고 이를 여섯 줄의 문장으로 바꿔낸 성의(물론 이것은 사랑의 힘이다)에 있다. 상대방이 자신에게 클리셰(상투어)를 남발한다는 것은 그가 당신을 사랑하지 않는다는 뜻이다.

이런 경우는 어떤가. 본래 '진품임'을 뜻하는 'authenticity'의 번역어로 정착된 '진정성'이라는 단어는 철학과 사회학에서 긴 역사를 갖고 있는 개념인데, 정치인들이 그야말로 '진정성 없이' 습관적으로 사용한 탓에, 이제는 듣기만 해도 넌더리가 나는 말이 돼버렸다. 또 나는 최근에 어떤 좌담을 읽다가 참석자들이 '굉장히'라는 부사를 습관적으로 사용하는 것을 보고 좀 놀랐다. 정말 굉장할 때는 어쩌려는 것일까. '굉장히 굉장한'이라고 해야 할까.

정말 굉장한 것이란 어떤 것일까. 이런 이야기가 있다. 아내의 맹인 친구가 집으로 놀러 온다. '나'는 벌써부터 마음이 불편하다. 맹인이라니, 어떻게 대해야 하는 것일까. 어색하게나마 대화를 나누다가 아내가 자리를 비우자 '나'는 난감해져서 텔레비전을 튼다. 맹인 앞에서 텔레비전이라니. 그때 화면에 나오는 것은 어느 대성당. 대성당의 모습을 설명해주자 맹인 친구가 말한다. 눈을 감고, 나와 함께 연필 하나를 붙잡고, 그것을 그려보자고. 그림이 완성됐지만 나는 눈을 뜨지 못한다. 특별한 공감의 순간이 선물한 어떤 벅참. '나'는 말한다. "It's really something."

레이먼드 카버의 저 유명한 단편소설 〈대성당〉의 내용이다. 장벽을 뛰어넘고 하나가 되는 놀라운 순간. 나는 이 대목을 이렇게 옮기고 싶다. "이건 정말이지 굉장하군요." 이런 것이야말로 굉장(宏壯)한 것이다. '굉장하다'라는 표현을 쓸 수 있고 또 써야

360

마땅한 드문 순간. 정확한 순간에 제대로 사용될 때 어떤 오래된 단어는 갑자기 빛을 뿜어낸다. 새로운 것들을 찾아내는 길도 있지만 진부한 것들을 구원해내는 길도 있다. 그렇게 손에 쥔 말들로 우리는 아름답게 고유해질 것이다.

(2012. 10. 24)

문어체의 진심

Y님 보세요. 시인 허수경 선생님과 함께한 낭독의 밤 이후로 잘 지내셨지요? 선물로 보내주신 책, 잘 받았습니다. 기쁜 선물이었지만, 몇 년 동안 진척도 없이 붙들고만 있는 일을 더는 미룰 수 없는 처지여서, 그냥 나중에 천천히 읽자 했습니다. 책과 인사만 한다는 기분으로 그냥 한두 페이지만 읽자 했어요. 그런데 내려놓지를 못하고 계속 읽고 말았습니다. 그러다 책 표지를 다시 들여다보았습니다. 제목이 《편지로 읽는 슬픔과 기쁨》(마음산책, 2011)이더군요. '예술가의 육필 편지 49편'이라는 부제도 그제야 보았습니다.

책의 맨 앞에 놓여 있는 것은 해방 이후에 태어난 문학청년들의 멋스러운 연애편지였습니다. 화가 김병종 선생은 소설가 정미경 선생에게 20대 후반의 어느 날 이런 문장을 적었군요. "미경이 서울을 떠난 후 나는 다시 옛날로 돌아가 몹시 무뚝뚝하

오." 1971년의 어느 날 소설가 박범신 선생은 아내 황정원 여사에게, 아직은 그녀를 만나기 전인 어떤 때를 회상하며 이렇게 씁니다. "그때 어떻게 당신과 내가 함께 있지 않고도 불행하지 않았던가." 왜 이 두 편지가 책의 맨 앞에 있는지 넉넉히 알겠더군요.

이 편지들을 읽으며 미소 지었습니다. 한껏 예를 갖추고는 있지만 행간에는 20대 청년의 조급한 열정이 고스란했으니까요. 조급함을 감추느라 그들은 생텍쥐페리도 인용하고 버지니아 울프 얘기도 꺼내고 그랬겠지요. 소위 7080세대들의 저 사색과 뒤엉킨 낭만도 좋았지만, 저에게 더 애틋했던 것은 이광수, 김동인, 박용철 같은 한국근대문학의 주역들이 남긴 편지였어요. 가난한 가장의 의연한 척하는 목소리가 조금 눈물겨웠습니다. 이광수는 동경에서 의학을 공부하고 있던 아내 허영숙에게 이런 편지를 보냅니다.

"5월부터 매달 학비는 60원 보내리다. 그리고 여름 양복값 보낼 터이니 얼마나 들지 회답하시오. 공부하는 중이니 저금 아니해도 좋소. 학비가 곧 저금이오. 여름옷에는 레인코트 같은 것이 있어야 하겠으니 모두 값을 적어 보내시오." 이 책을 엮은 강인숙 선생은 이렇게 덧붙이셨군요. 1930년대에 남편을 두고 두 번이나 유학을 간 여인이 있었다는 것, 그리고 그것을 받아들이고 뒷받침해준 남편이 있었다는 것은 놀라운 일이라고. 그렇군요. 알 만큼 안다 했던 인물도 이렇게 다시 보게 하는 것이 편지인가 싶습니다.

책을 다 읽고 이런 생각을 했습니다. 손편지라는 것은 왜 별 내용이 없어도 이렇게 마음을 움직이는 것일까. 편지는 문어체의 공간입니다. 가족에게 보내는 다섯 줄짜리 편지라 해도 일단 편지의 세계로 들어가면 그이의 말투는 으레 그래야 한다는 듯이 달라집니다. 그런데 이것이 단지 양식의 문제만은 아니라고 생각해요. 그 문어체의 공간 안에서만 비로소, 구어체로는 담을 수 없는, 그 자신도 몰랐던 진심이 '발굴'되고 심지어 '생산'되는 일이 일어나는 것이라면 말입니다. 문어체만의 특별한 힘이라고 할까요.

그러나 이제는 손편지는커녕 이메일조차도 문자메시지에 밀리는 시대입니다. 문어체는 위선적이거나 촌스러운 것이 되었어요. 우리는 거의 완전한 구어체의 세계를 살면서 비로소 언문일치를 완성해가고 있습니다. 그 와중에 서울의 옛 동네가 철거되듯 문어체의 진심이 사라지고 있는 것은 아닌지요. 다 이 좋은 책 덕분에 한 생각들입니다. 다시, 고맙습니다. 한국어가 서툴렀던 이성자 화가가 쓴 편지의 따뜻한 인사를 되돌려드립니다. "봄이 곧 문을 두들길야고 합니다. 이걸만 하여도 희망에 늠침니다." 신형철 드림.

(2011. 2. 27)

네가 왜 미안해?

민용근 외

〈어떤 시선〉

옴니버스 영화 〈어떤 시선〉 시사회에 다녀와서 이 글을 쓴다. 지금부터 나는 내게 주어진 지면을 이 영화를 홍보하는 데 다 투자하려고 한다. 이 홍보가 용서받으려면 〈어떤 시선〉이 국가인권위원회에서 제작한 프로젝트 영화라는 사실을 밝히지 않으면 안 될 것이다. 그런데 어느 편이냐 하면, 나는 인권위 운운하는 설명들을 다 지워버렸으면 싶다. 바로 그 설명 때문에 얼마나 많은 사람들이 이 영화를 보지 않기로 결정하게 될까 싶어서다. '옳은' 영화니까 의무적으로 보자는 게 아니라, '좋은' 영화니까 안 보면 손해라는 얘기다. 세 개의 단편을 희미하게만 소개하자.

박정범 감독의 〈두한에게〉는 장애가 있는 소년 '두한'과 그의 친구 '철웅'의 이야기다. 두한의 말은 어눌해서 알아듣기 힘들고 동작도 굼떠서 동전치기에 백전백패다. 철웅은, 두한의 말을 유일하게 알아듣고, 두한을 지켜주려다 얻어맞기까지 하는, 좋은 친구다. 여기까지는 일방적인 관계다. 그리고 장애인은 늘 도움이 필요한 '객체'라고 생각하는 우리의 선입견에 부합한다. 그러나 이 영화는, 둘 사이에 벌어진 어떤 사건 하나를 해결해나가면서, 오히려 두한을 이해와 용서의 '주체'로 힘 있게 세운다. 그 빛나는 결말부에서 나는 여전히 어눌한 두한의 진심을 다 알아들었다.

이상철·신아가 감독의 〈봉구는 배달 중〉에서 주인공 '봉구'가 불편한 몸으로 오늘도 택배 배달을 하는 것은 로또에 당첨돼 미국에 있는 딸과 손자를 보러 가기 위해서다. 어느 날 그는 어린이집에 가지 않고 방황 중인 꼬마 '행운'이를 만나 먼저 그 아이부터 '배달'하려다 유괴범으로 몰린다. 자연스러운 웃음을 이끌어내는 소동극이지만, 더 깊숙이는, 의사소통과 존재 배달에 대한 이야기이기도 하다. 이 노인과 아이는 처음으로 서로의 이야기를 진지하게 들어주었고, 또 상대방을 더 좋은 곳(상황)으로 배달하는 데 성공했다. 노인과 아이여서 가능해진 일이다. 그들은 어리석고 약하지 않다.

민용근 감독의 〈얼음 강〉은 종교적 신념(양심)에 따라 입대를 거부하고 교도소에 가기로 결심한 청년 '선재'의 속내를 따라간다. 이미 두 아들을 같은 이유로 교도소에 보낸 전력이 있는 어머니는 막내아들마저 같은 길을 걷게 할 수 없다고 진저리를 치지만, 아들에게는 선택의 여지가 없는데, 그는 총을 '안' 드는 것이 아니라 '못' 드는 것이기 때문이다. (답답하다. '의지'와 '선택'

의 문제인 것처럼 오도하는 '양심적 병역거부자'라는 명칭 때문에 오히려 '비양심적 병역기피자'로 오해되는 것은 아닌지.) 모자(母子)가 눈물을 흘리며 서로를 설득하는 장면에서 많은 관객들은 함께 울었다.

아름답게 고유한 이야기들이지만, 공통점을 억지로라도 말해 볼까. 못 하는 일이 하나씩 있는 사람들이, 오히려 '우리'(이 말의 폭력성을 용서해주길)에게 더 큰 무능력이 있음을 알려주는 이야기다. 동전치기를 잘 못하고(두한), 한글을 못 읽고(봉구), 총을 못 든다(선재). 다시 강조하자. '안' 하는 것이 아니라 '못' 하는 것이다. 동전치기를 잘 못하는 두한이 자책하자 철웅이 소리를 지른다. "원래 그런 건데, 네가 뭐가 미안해!" 그래, 미안해야 할 사람들은 따로 있다. 못 하는 것이 아니라 안 하는 사람들. 귀가 있는데도 듣지 않는 사람들이 세 이야기 모두에 나온다는 것도 공통점이다. 길을 묻는 두한을 사람들은 외면한다. "미안해, 못 알아듣겠네." 봉구가 자신의 무죄를 해명할 때 경찰은 잘 안 듣는다. "이 양반, 치매인가?" 선재의 경우는 아예 말할 엄두조차 못 낸다. 이 문제에 관한 한 이 세상은 '얼음 강'이어서 귀가 없기 때문이다.

인권에 대해 이미 충분히 섬세한 사람들이 이 섬세한 영화를 보고 자신이 그동안 더 섬세했었어야 했다고 자책하는 일이 벌어지기보다는, 다 알기 때문에 안 봐도 된다고 생각하는 분들이 많이 보면 좋겠다. 이 세상에서 가장 열기 어려운 것은 '이미 다

안다'고 생각하는 사람의 마음의 문이다. 잘 만들어진 '이야기'
는 강철로 된 그 문을 연다.

(2013. 10. 15)

인간의 디폴트에 대하여

데이비드 포스터 월리스

《이것은 물이다》

한국에는 잘 알려져 있지 않지만 이제라도 깊이 소개돼야 마땅한 미국 작가 데이비드 포스터 월리스(1962~2008)는 2005년 케니언대학 졸업식 축사를 다음과 같은 우화로 시작했다. 어린 물고기 두 마리가 물속에서 헤엄치고 있다. 그러다가 맞은편에서 다가오는 나이 든 물고기 한 마리와 마주친다. 그가 어린 물고기들에게 인사를 건넨다. "잘 있었지, 얘들아? 물이 괜찮니?" 그와 헤어지고 어린 물고기 두 마리는 잠시 말없이 헤엄쳐갔는데, 문득 물고기 한 마리가 다른 물고기에게 말한다. "도대체 물이란 게 뭐야?"

물속에 살고 있으면서 정작 물이 무엇인지를 모르는 물고기. 우리도 다르지 않다는 것이다. 우리가 살아가고 있는 현실(물)이라는 것은 그 대부분이 엇비슷한 일상과 그것의 권태로운 반복으로 이루어져 있다. 그런데 그것이 너무 익숙하고 진부한 것이기 때문에 오히려 생각이라는 것을 하기가 가장 어려운 대상이라는 것. 그래서 우리는 실제로 그것에 대해 거의 생각하지 않는다. 그러나 일상과 그 반복이야말로 우리 인생에서 가장 많은 부분을 차지한다면, 그것들에 대해 어떤 생각을 갖고 사느냐 하는 것은 정말 중요한 일이 아닌가?

흔히 인문학은 생각하는 법을 가르치는 것이라고들 하는데, 월리스에 따르면 그것은 곧 '어떻게' 생각하는가와 '무엇을' 생각하는가에 대해 '선택'하는 방법을 배운다는 것이다. 생각하는 방법이란 곧 선택하는 방법이라는 것. 어떤 현실과 맞닥뜨렸을 때 이를 다르게 생각할 수도 있다는 사실을 깨닫고, 그 다른 생각을 의식적으로 선택하며 살아야 한다는 것. 그러지 않으면 우리는 늘 같은 방식으로만 생각하게 된다는 것이다. 그리고 그것은 사실상 생각을 하지 않는 것과 같다.

늘 같은 방식으로 생각한다고? 그렇다. 월리스는 이를 "디폴트 세팅(default setting)", 즉 '초기설정'이라고 부른다. 컴퓨터가 그렇듯이 인간에게도 초기설정이라는 것이 있다. "내면 깊숙이 자리 잡은 자기중심적인 본성과 자신이라는 렌즈로 만물을 보며 해석하도록 되어 있는 경향"이 그것. 타인의 생각이나 감정은 특별히 노력하지 않으면 알기 어렵다. 반면 나 자신의 생각과 감정은 언제나 생생하고 절박하며 현실적이다. 그래서 대체로 우리는 나를 중심에 놓고 세상을 해석한다.

물론 어떤 측면에서는 어쩔 수 없는 일이기도 하다. 그러나 그렇다는 사실을 인정한다고 해서 내내 그렇게 살아도 좋다는 것은 아니다. 세 시간밖에 못 자고 출근해서 온종일 격무에 시달리다 퇴근했고, 쓰러지기 직전에 마트에 들러 저녁 찬거리를 사 들고 계산대에 섰는데, 계산대에는 수많은 사람들이 길게 늘어서 있어 짜증이 치받쳐 오르고, 그중 어떤 아주머니는 소리를 질러가며 애원하듯이 전화를 하는 통에 견딜 수 없어져서, 나는 지금 내 마음에 들지 않는 인간들이 이 세상에서 몽땅 사라졌으면 좋겠다고 생각하는 중이다. 그래, 충분히 그럴 수 있다.

그러나 위와 같은 상황에서 우리는 초기설정의 노예가 되지 않고 달리 생각하기를 '선택'할 수도 있다. 저 아주머니가 사실은 골수암으로 죽어가는 남편의 손을 붙잡고 사흘 밤을 한숨도 못 잔 채로 마트에 나와 있는 것이라면? 그리고 그녀가 그저께 내 노모가 처한 곤경을 해결해주었다는 바로 그 친절한 아주머니라면? 이런 생각은 그 상황을 변화시킬 것이다. 역지사지가 필요하다는 진부한 말을 하려는 것이 아니다. 삶은 그 자체로 가치 있거나 무의미한 것이 아니며, 어느 쪽이 될 것인지는 우리의 '선택'에 달려 있다는, 아주 심각한 이야기다.

이것이야말로 여러분이 받은 인문학 교육의 진가라고 나는 감히 주장하고 싶습니다. 성인으로서의 삶을 그저 편안하고 순조롭게 그럴싸한 모습으로 죽은 사람같이 살지 않는 방법, 무의식적인 일상의 계속이 아닌 삶을 사는 방법, 또한 자기 머리의 노예, 즉 허구한 날 독불장군처럼 유일무이하며 완벽하게 홀로 고고히 존재하는 태생적 디폴트 세팅의 노예가 되지 않는 삶을 살아나가는 방법을 배우는 것입니다.(《이것은 물이다》, 나무생각, 2012, 66쪽)

인문학은 이런 것이다. 혹시 지금 이런 것이 아니라면, 이런 것이 되어야 한다.

(2016. 1. 14)

공자의 인간유형론

　석사논문을 쓸 때 처음 《논어》를 읽었다. 한 사나흘 걸렸던가. 읽어치웠다는 말이 더 어울릴 것이다. 곱씹고 음미할 능력이 내게는 없었다. 10년 만에 다시, 역시 어떤 필요 때문에, 《논어》를 뒤적이고 있다. 그런데 이번에는 좀 다르다. 예컨대 〈계씨(季氏)〉편에서 만난 이런 구절은 나를 멈춰 세운다. "태어나면서부터 아는 사람이 상급이고, 배워서 아는 사람이 그다음이며, 곤란을 겪고 나서야 배우는 사람이 또 그다음이다. 곤란을 겪고 나서도 배우지 않는 것은, 백성들이 바로 그러한데, 이는 하급이다." 요컨대 네 종류의 인간형이 있다는 얘기다.

　첫 번째, 태어나면서부터 아는 사람. 물론 공자님 말씀에서 이 앎의 대상은 '도(道)'다. 누가 가르쳐주지 않았는데도 언행이 모두 도에 부합한다면 이보다 더 바람직할 수는 없다. 아시다시피, 도는 길이고, 길은 방법이다. 어느 곳에나 그 분야만의 도가 있을 것이다. 특히 예술 분야에서는 출생과 더불어 득도한 것처럼 보이는 이들을 천재라 부르길 즐긴다. 나는 음악의 경우 정말 천재라는 것이 있는 게 아닐까 가끔 생각하지만 대체로 이 천재론을 불신한다. 천재라 지목된 이의 재능을 고사시키거나 천재가 아닌 이들의 의욕을 꺾기 십상이기 때문이다.

두 번째, 배워서 아는 사람. 다산(茶山)의 주석에 따르면 어렸을 때부터 꾸준히 학문을 닦는 사람이 바로 이 유형에 속한다. 얼핏 보면 이런 사람이 되기 위해서는 천재적 재능이 필요하지 않은 것 같고 또 어지간한 의지만 있으면 될 것도 같다. 그러나 그렇지가 않다는 것이 문제다. 내가 존경하는 어느 선생님은 나이 쉰을 넘겨 당신의 분야에서 일가를 이룬 지금도 여전히 새로운 스승을 찾아다닌다. 천재도 아니면서 나는 왜 그것도 못 하고 있는가. 또 다른 어느 선생님의 말마따나, 열정도 재능이기 때문이다. 고갈되지 않는 열정은 의지의 산물이 아니다.

세 번째, 곤란을 겪고 나서야 배우는 사람. 열정이라는 재능조차 없는 이가 배움의 길로 나서기 위해서는 다른 자극이 필요하다. 공자는 그것을 '곤(困)'이라 했다. 아시다시피 이 글자는 부족함, 난처함, 위태로움 등을 뜻한다. 목이 말라야 우물을 파는 자는 늘 한발 늦은 것이다. 우물을 파는 동안에 타는 목마름을 느껴야 하니까. 1번(生而知之者), 2번(學而知之者), 3번(困而學之者)에 붙여진 이름을 비교해보면 마치 맨 앞의 글자가 각 존재 양식의 본질을 상징하는 것처럼 보이는데, 1번이 사는 중이고

2번이 공부 중일 때, 이 3번은 자주 곤란 속에 있다.

　네 번째, 곤란을 겪고 나서도 배우지 않는 사람. 이쯤에서 우리는 속으로 생각한다. '내 비록 태어나면서부터 도를 알지는 못하였고, 또 꾸준히 배움에 힘썼다고 자신할 수는 없지만, 적어도 곤란을 겪고 나서는 시행착오를 되풀이하지 않기 위해 노력했다.' 나는 공자가 우리의 이런 속생각을 예측하고 바로 다음과 같은 말을 하기 위해 이 모든 인간유형론을 고안한 게 아닐까 상상해본다. '너는 네 생각과는 달리 3번이 아니라 4번이다. 네 자신이 3번이라고 생각하기 때문에 끝내 4번인 것이다.' 나는 내 시행착오가 한 번으로 끝나지 않는 이유를 이렇게 납득했다.

　덧붙이자. 네 유형을 다시 양분할 수 있다. 2번과 3번은 자의든 타의든 배우려는 사람들이니 가르침이 가능하다. 그러나 1번과 4번은 가르칠 수 없다. 태어나면서부터 아는 이는 가르칠 '필요'가 없고, 곤란을 겪고도 배우지 않는 이는 가르칠 '도리'가 없다. 그래서 〈양화(陽貨)〉 편에는 이런 말도 나온다. "오직 가장 지혜로운 사람과 가장 어리석은 사람만은 변화시킬 수 없다." 물론 최악의 경우는 '가장 어리석은 사람'이 자신을 '가장 지혜로운 사람'이라 믿고 변화를 거부할 때일 것이다.

(2013. 4. 16)

멘토르의 멘토링

2월 4일 밤에 MBC의 오디션 프로그램 〈위대한 탄생〉을 보다가 나는 조금 울어버렸다. 참가자 이동미 씨와 심사위원 중 하나인 가수 이은미 씨 때문이었다. 이동미 씨는 이전 예선에서 성대를 혹사하는 창법에 대해 혹독한 지적을 받은 모양이었다. 십수년 동안 몸에 배인 습관을 며칠 만에 고치기는 힘들었을 것이다. 며칠간 그녀는 익숙한 자기와 낯선 자기 사이에서 갈팡질팡한 듯 보였고 무대에 선 그녀는 보는 사람이 안타까울 정도로 불안정해 보였다.

노래를 겨우 끝내고 그녀는 울기 시작했다. 말 그대로 쏟아져 내리는 그 눈물을 보면서 따라 울지 않기는 힘들었다. 그러나 그에 못지않게 인상적인 것은 이은미 씨였다. 그는 좀 화가 난 것처럼 보이기까지 했는데, 우리가 흔히 가족에게 느끼는 그 기분 그대로, 너무 마음이 아프면 화가 나기도 하는 것이다. 심사 소감을 말하고 나서 그는 고개를 숙였고 한동안 고개를 들지 않았다. 함께 울고 있었던 것일까. 이은미 씨의 간곡한 진심이 느껴져서 조금 더 울게 되었다.

말하자면 멋진 도전이었고 또 그만큼 멋진 심사였다는 얘기다. 멋진 심사란 무엇일까. 그 프로그램에서 심사위원들은 참가자들에게 좋은 멘토(조력자)가 되어주고 싶다는 말을 자주 한다. 그렇다면 좋은 멘토란 무엇인가를 물어봐도 되겠다. 멘토라는 말의 출처는《오디세이아》다. 오디세우스가 트로이전쟁 출정길에 오를 때 그는 어린 아들 텔레마코스의 장래를 그의 오랜 친구인 멘토르에게 부탁한다. 덕분에, 오디세우스가 20년 만에 귀향했을 때 그의 아들은 의젓하게 성장해 있었다.

그로부터 영어권에서 멘토르라는 고유명사는 '아버지 같은 스승(father-like teacher)'을 뜻하는 보통명사로 사용되기 시작했다. 도움을 주는 자를 멘토(mentor)라 하고, 도움을 받는 자를 멘티(mentee)라 한다는 것도 잘 알려져 있다. 그런데 잘 알려져 있지 않은 흥미로운 사실 중 하나는《오디세이아》에서 그 멘토르가 정작 결정적인 순간에는 두드러지는 역할을 하지 않는다는 것이다. 아들 텔레마코스로 하여금 아버지 오디세우스를 찾는 모험길에 오르게 한 것은 실제 멘토르가 아니라 멘토르로 변장한 여신 아테나였다.

이런 설정에서 메시지 하나를 추론해낼 수는 없을까. 아테나가 멘토르로 변장할 수밖에 없는 불가피한 이유가 있기는 했지만, 그와는 별개로, 텔레마코스의 시선에서 보자면 아테나가 아버지의 오랜 친구인 멘토르의 모습으로 나타났다는 것은 큰 의미를 가질 것이다. 그래서 신뢰할 수 있었고 모험에 나설 수 있었으니까. 이를테면 좋은 '멘토'가 되기 위해서는 우선 '멘토르'가 되어야 한다는 얘기다. 지혜와 명성보다 더 중요한 것은 신뢰라는 것. 나를 잘 아는, 내 편인, 그런 사람만이 나를 진정으로 바꿀 수 있다는 것.

　모험을 앞두고 두려워하는 텔레마코스에게 멘토르(로 변장한 아테나)는 말한다. "걱정마라. 꼭 해야 할 말의 대부분은 네 스스로 생각해낼 수 있을 것이다. 그리고 미처 못다 말한 나머지는 신들께서 도와주실 것이다. 가자, 내가 너와 함께 가겠다." 멘토에 대한 신뢰가 없다면 이런 말은 얼마나 공허하게 들릴까. 그러니 '아버지의 오랜 친구'도 아닌 사람이, 예컨대 교육 현장에서, 짧은 시간 동안 그런 신뢰를 얻어 누군가의 멘토가 되려면 무엇이 필요할까. 이를테면 함께 우는 시간 같은 것은 아닐까. 〈위대한 탄생〉의 두 눈물이 그런 생각을 하게 했다.

(2011. 2. 6)

146배의 능력 차이

세 권의 책을 동시에 읽고 있는데 서로 연결되는 내용이 있어 적어보려 한다. 마이클 샌델의 베스트셀러 《정의란 무엇인가》(김영사, 2010)의 도입부에 이런 내용이 있다. 알다시피 기세등등했던 월스트리트가 2008년 이래의 금융위기로 거덜이 났다. 그해 10월, 의회는 7000억 달러의 구제 자금을 지원하는 데 동의했다. 그 동네가 망하면 미국 전체가 망할 테니 도리가 없었다. 그런데 그 돈 중 일부가 여느 해와 마찬가지로 고위임원들의 상여금으로 지급됐다. 미국은 분노했지만 임원들은 태연했다. 금융 위기는 일종의 '쓰나미' 같은 불가항력이었고 자신들은 그저 최선을 다했을 뿐 잘못한 게 없다는 것이었다.

샌델 교수는 이렇게 반문한다. "거대하고 조직적인 경제의 힘이 2008, 09년에 엄청난 손실을 초래한 주범이라면, 그보다 앞서 발생한 눈부신 이익도 마찬가지 아닐까?"(31쪽) 실패가 불가항력이었다면 성공도 얼마간 그렇다고 해야 하지 않겠는가. 그러나 2007년에, 그러니까 '잘나가던' 때에, 미국 주요 기업의 최고경영자들은 노동자들보다 평균 344배나 많은 보수를 받았다. 성공에도 외적 요인이 다수 개입하는 게 사실이라면, 왜 성공을 함께 일군 임원들과 노동자들의 연봉은 300배가 넘게 차이가 나야 하는가. 성공은 능력 때문이고 실패는 환경 때문이라는 기괴한 논리를 받아들이지 않고서는 이해하기 어렵다.

이것도 자연스러운 시장의 원리이니 놔둬야 하는가? 아니라고, 장하준 교수는 《그들이 말하지 않는 23가지》(부키, 2010)에서 말한다. 이 차이는 시장 논리의 결과가 아니라 시장 조종의 결과일 수 있다. "경영자 계층이 시장을 조종하고 자신의 결정이 부른 부정적인 결과를 다른 사람들에게 전가할 수 있을 정도로 정치적, 경제적, 이데올로기적 영향력이 강해진 마당에 그들에 대한 적절한 보수 체계가 시장의 힘에 의해 결정되고, 또 결정되어야 한다고 생각하는 것은 환상일 뿐이다."(280쪽) 이 환상을 방임하는 동안 공동체 전체의 경제는 큰 손실을 입고 만다. 여기에다 샌델의 말을 덧붙이자. "정의로운 사회는 이것들을 올바르게 분배한다."

과연 우리 사회에서는 '정의로운' 분배가 이루어지고 있는가? 아니, 그에 대한 진지한 논의가 있기는 한가? 다들 그 불공정한 피라미드의 윗자리에 올라가기만 바라고 있지는 않은가? 김두식 교수의 책 《불편해도 괜찮아》(창비, 2010)에 따르면, 국립대 교수들이 모여 앉아서 "철도공사 직원들이 우리보다 월급을 많이 받는다니 기가 막히지 않냐?"(194쪽)라며 한탄했다 한다. 저자의 반문이다. "철도공사 직원이 국립대 교수보다 월급을 많이 받는 게 도대체 뭐가 잘못된 일일까?" 그리고 덧붙인다. 그게 그렇게 불만이라면, 우리나라 최대기업 등기이사들의 평균 연봉이 78억이라는 사실에는 왜 분개하지 않는가.

철도공사 직원들의 월급에 분노하는 이들이 자신보다 100배나 많은 연봉을 받는 이들에 대해선 분노하지 않는다. 다시, 김 교수의 말이다. "저는 사람과 사람 사이에 능력의 차이가 있다고 생각하지만, 그 차이가 100배에 이른다고는 생각하지 않습니다."(같은 곳) 최근 감사원장 후보직에서 사퇴한 정동기 전후보의 인수위 시절 법무법인 월급은 1억 1000만 원이었다. 지금 해고되어 투쟁 중인 홍대 청소노동자들의 월급은 75만원이었다. 그 월급조차 줄이려고 해고했는가. 서글프고 답답하고 죄스러운 일이다. 나 역시 사람과 사람 사이에 능력의 차이가 있다고 생각하지만 그 차이가 146배에 이를 수 있다고 생각하지는 않는다.

(2011. 1. 16)

우울하게 애매하게

당신의 '소울 시티'는 어디인가, 라는 물음에 답하여

독서로 여행을 대신하기 시작한 지 오래되었지만 삶이 이 지경이 된 것에 불만은 없다. 내게는 가보지 못한 곳에 대한 동경보다는 읽지 못한 책에 대한 갈급이 언제나 더 세다. 그러니 누가 시키지도 않았는데 이렇게 살고 있는 것이다. '마이 소울 시티'가 어디일까 떠올려보려 했으나 실패했다. 가본 곳이 없어서만은 아니었다. 생각을 시작하자마자 소설 속의 한 장소가 떠올랐는데, 도무지 거기서 벗어날 수가 없었기 때문이었다. 코끼리를 생각하지 말자고 결심했더니 코끼리만 생각하게 된 꼴이다. 도리 없이 '그곳'에 대해서 쓰기로 한다. 그래, 나의 '소울 시티'는 무진이다. 김승옥의 단편소설 〈무진기행〉(1964)의 배경인, 아니, 그 소설의 주인공인 그곳.

국문학과나 문예창작학과의 수업 중에는 '현대'라는 글자가 붙는 것들이 많다. 현대소설론, 현대시인론, 현대비평론 등등. 그래서 처음 한두 주 동안에는 어쩔 수 없이 큰 이야기를 하게 된다. 현대(modern)는 어떤 시대인가, 현대를 현대이게 만드는 것(현대성)은 무엇인가, 현대문학은 어떤 방법으로 자신의 터전이자 적수인 현대성과 대결해왔는가, 운운. 누군가에게 진정한 타격을 주기 위해서는 그가 스스로 부끄러워하는 것 말고 가장 자신 있어 하는 것을 무너뜨려야 한다고 했던가. 현대문학이 현대성과 싸우는 방법도 그렇다. 현대는 밝힘(enlightenment, 계몽)의 시대다. 이성과 진보에 대한 당당하고 명료한 확신. 그렇다면 현대문학은 당당하고 명료한 것을 우울하고 애매하게 만들어버리는 길을 택해야 할 때도 있으리라.

우울하고 애매하게 만들기. 이를 각각 '멜랑콜리'와 '아이러니'라고 부른다. 잃어버린 것을 포기하지 못한 채 상실의 고통과 한 몸이기를 끝내 고집하는 것. 믿는 척하면서 안 믿고, 지는 척하면서 이기는 것. 전자는 우리가 무언가 결정적인 것을 잃어버린 채 살고 있음을 고독하게 증거하고, 후자는 절대적인 진리라 간주되는 것들이 한낱 상대적인 진리일 뿐임을 경쾌하게 폭로한다. 멜랑콜리는 '증상'이고 아이러니는 '태도'이지만 여하튼 둘 다 '방법'이다. 현대문학, 즉 우울함을 퍼뜨리고 애매함을 창조하는 어떤 방법. (물론 멜랑콜리와 아이러니는 고대 그리스 시대의 문헌에도 나오지만, 현대라는 적수를 만난 1800년대 초반 낭만주의자들에 의해 그 가치가 재발견되었으니, 그런 의미에서는 '현대적'이다.)

이제 무진으로 가자. 우울함과 애매함이 지배하는 곳. "무진의 명산물"인 안개가 거기에 있다. "밤사이에 진군해온 적군들" 혹은 "여귀가 뿜어내놓은 입김" 같은 안개 속에서 당당하고 명료한 것들은 힘을 잃는다. 그곳에서는 내가 지금 가진 것이 내가 잃은 것과 다르지 않음을 쓸쓸하게 인정하게 된다. 또 그곳에서는 성공과 실패, 진심과 거짓, 욕정과 사랑의 경계가 뒤섞인다. 그러나 안개 속에서만 보이는 이것이 우리의 진실이라면? 진실이란 본래 그렇게 우울하고 애매한 것이라면? 빨려들듯 찾아갔다 도망치듯 떠나오는, 진실의 공간. 무진은 우리에게 왜 문학이 필요한지를 알려주기 위해 거기 있다. 우울하게 애매하게. 무진은 주인공 윤희중의 고향이자 현대문학의 고향이며 나의 고향이다.

(2013. 6. 26)

문학에 적대적인 세계

말하기보다 글쓰기가 더 어렵게 느껴진다면 그것은 우리가 그만큼 말을 쉽게 해왔다는 뜻일 수 있다. 지금보다 훨씬 미성숙했던 시절, 나는 참 많은 말을 함부로 했던 것 같다. 처음부터 그런 생각을 하며 직업을 택한 것은 아니지만, 결과적으로, 내가 글을 쓰는 사람이 된 것이 다행스럽다고 여긴다. 내게 글을 쓴다는 것은 극도로 천천히 말한다는 것이다. 그래서 충분히 생각할 수 있고 잘못을 수정할 수 있으며 오해를 덜 받을 수 있다는 것이다. 말이 있는 세계에 글도 함께 있다는 것은 얼마나 다행스러운가. 그래서 나는 육체적으로는 말하기가, 정신적으로는 글쓰기가 더 편하다.

그러나 글도 '자주' 혹은 '빨리' 쓰면 말하기에 점점 가까워진다. 4, 5년 전까지만 해도 나는 지금 쓰고 있는 이런 종류의 짧은 글들을 자의 반, 타의 반으로 많이 썼다. 많이 써야 했기 때문에,

자주 또 빨리 썼다. 충분히 오래 생각할 수 없게 됐다. 내게 연재의 간격과 사유의 깊이는 반비례 관계였다. 일주일마다 쓰는 글에는 딱 일주일 생각한 만큼의 깊이가 담기는 것이었다. 물론 그런 종류의 글이 다 나쁘다는 뜻은 아니다. 글쓰기의 영역에서도 눈부신 단거리 주자는 있는 법이다. 자주 빨리 쓰는 분들 중에는 내가 한 달을 생각해도 가닿을 수 없는 깊이의 글을 써내는 이들도 있다.

나는 아니었다. 그래서 나는 내 글이 말에 가까워지는 것을 경계해왔고 내 말이 글에 가까워지기를 소망해왔다. 그러나 세상의 흐름은 반대로 가고 있는 듯 보인다. 글을 '자주', '빨리' 쓸 수밖에 없는 직업이라고 하면 우선 떠오르는 것은 신문기자다. 그러나 종이 신문만 내던 시절에 일간지 기자는 최소한 반나절은 생각할 시간을 가지면서 기사를 쓸 수 있었을 것이다. 데스크를 통과하면서는 지난한 재고와 수정의 시간도 거쳐야 했을 것이다. 즉 인쇄 시간 전까지는 최소한의 사유 시간을 어쩔 수 없이 가져야 했으리라. 그러나 요즘은 너무 빠르다. 사건 발생 몇십 분 만에 기사가 '뜬다'.

속도 경쟁은 언론의 숙명임을 모르지 않는다. 그 와중에 최선을 다해 느려지려고(신중해지려고) 노력하는 기자들이 많다는 것도 잘 알고 있다. 그러나 그분들의 노력이 무색하게도, 빨라지려다 보니 경솔해진 기사들도 점점 늘어나고 있는 것으로 보인다. 빠르기로는 그 기사를 트위터나 페이스북에 링크하고 자신의 의견을 밝히는 이들도 만만치가 않다. 헤드라인만 읽고 쓴 게 아닌가 싶을 정도의 피상적이고 과격한(피상적이니까 과격해질 수 있는 것이다) 의견들이 순식간에 인터넷 공간에 무더기로 쌓인다. 그러고는 끝이다. 느리고 신중한 의견은 이제는 아무도 없는 광장에 너무 늦게 도착한다.

모두가 자신만의 매체를 갖게 된 이 시대가 선사한 축복도 많을 것이다. 그러나 내 눈에 더 잘 보이는 것은 국민 모두가 언론인이 되면서 발생하기 시작한 명백한 재앙들이다. 언론이 (좋은 의미에서건 나쁜 의미에서건) 권력이라고 불리는 것이 하등 이상한 일이 아닌 것은 세상에 뿌려져 회수할 수 없게 되는 문장만큼 끈질기게 살아남는 것이 달리 없기 때문이다. 그런 의미에서 나는 펜이 칼보다 강하다는 말을 한 치의 의혹도 없이 믿는다. 그러나 SNS에 매일 새로운 기사(?)를 업데이트하는 많은 이들이 너무 쉽게 펜을 휘두른다. 거기에는 진실의 복잡성에 대한 두려움과 존중이 없다. 나는 세상의 펜들에 난자당하는 사람을 여럿 보았다.

나는 우리 시대 새로운 매체 환경의 부정적 측면에만 지나치게 초점을 맞추고 있는 것인지도 모른다. 만약 그렇다면 언어를 다루는 일을 직업으로 갖고 있는 사람이라서 유난스럽게 근심하고 있는 것이라고 이해받을 수는 없을까. 다음과 같은 생각을 오랫동안 해왔다. '문학은 단순한 것을 복잡하게 만드는 일이다. 아니, 단순한 것이 실은 복잡한 것임을 끈질기게 지켜보는 일이다. 진실은 단순한 것이라는 말이 있지만, 진실은 복잡한 것이라는 말도 맞다.' 세상은 점점 빨라지고 있고, 글과 말은 점점 섞이고 있다. 빠른 속도로 깊게 생각하는 법을 나는 모른다. 요즘 나는 어쩌면 이제 이 세계 자체가 문학에 적대적인 곳으로 바뀐 것이 아닌가 하는 비관적인 생각과 싸우고 있다.

(2015. 11. 5)

한 번 보고는 알 수 없다

  평론가가 쓴 글을 보고 어쩌면 이렇게 꼼꼼하게 분석할 수 있는가 하고 놀라는 분들이 있다. 어쩌다가 그런 얘기를 들을 때마다 내가 슬쩍 누설하는 비밀은 이것이다. "평론가가 여러분보다 능력이 뛰어나서가 아닙니다. 그들의 비밀은 작품을 여러 번 본다는 데 있습니다." 소설이건 영화건 그 무엇이건, 한 번 보고 알 수 있는 것은 많지 않다. 영화평론가에게 들은 적이 있는 말인데 좋은 영화는 최소 세 번은 봐야 한다는 것이었다. 첫 번째에는 이야기를 따라가느라 정신이 없고, 두 번째에는 비로소 구조가 보이기 시작하고, 세 번째쯤 돼야 영상과 음악 등에까지 신경을 쓸 수 있다는 것. 문학작품의 경우도 다르지 않다. 한 번에 다 파악할 수 있는 천재도 있기는 할 것이다. 나는 천재가 아니라서 보고 또 본다. 보일 때까지 말이다.

  여러 번 보는 것의 장점은 또 있다. 우리는 누구나 고유한 필터를 갖고 있어서 특정한 스타일의 대사나 연기 등에 거부감을 느낀다. 같은 영화를 봐도 A는 아무렇지도 않게 넘어가는 어떤 장면을, B는 어색하다며 진저리를 치는 일이 벌어지는 것은 그 때문이다. 그것은 그 작품의 객관적·보편적 결함이라기보다는 특정한 유형의 관객에게만 감지되는 거북함이다. 그 거북함을 강조하면 자신의 섬세한 미감이 증명된다고 생각하는 관객도 있으나, 그런 요소가 등장하는 순간 몇 번 때문에 한 편의 영화 전체에 마음을 닫아버리는 일은 좀 성급할 수 있다. 영화를 여러 번 보다 보면 어떤 면역 현상이 생겨서 그 거북한 요소들에 점차 관대해지기도 한다는 것을 나는 여러 번 경험했다. 그리고 그제야 그 작품의 장점이 보이는 것이다.

확실히 작품은 사람과 비슷하다. 첫인상이 전부는 아니라는 점에서 말이다. 더 심각하고 진지하게 말하자면, 한 번 보고는 아무것도 제대로 알 수 없다는 점에서 말이다. 이것은 평론가로서 내가 갖고 있는 '직업윤리'이지만, 창작자들에게 기대하는 '작업 윤리'이기도 하다. 게으르게 만들어진 영화들의 공통점 중 하나는 인간을 납작하게 그린다는 것이다. 어떤 영화에 한 번 보면 다 알겠는 평면적 캐릭터가 나온다는 것은 그 영화를 만든 사람이 타인이란 한 번 보면 대충 다 파악할 수 있는 존재들이라고 믿고 있다는 뜻이다. 언젠가 쓴 적이 있지만, 인간의 내면이 얼마나 복잡한 것이며 타인의 진실이란 얼마나 섬세한 것인지를 편리하게 망각한 채로 행하는 모든 일은 그 자체로 '폭력'이다.

창작이 폭력이 되어서는 안 된다.

이런 이야기를 지난주 토요일 어느 영화관에서 했다. 김희정 감독의 〈설행 ―눈길을 걷다〉 상영관에서 진행된 '관객과의 대화' 행사. 공정을 기하기 위해 밝혀두자면 나는 김희정 감독의 친구다. 많지 않은 예산으로 최선을 다해 영화를 만드는 그를 나는 존경한다. 무엇보다도 나는 그가 인간의 내면과 진실에 다가가는 그 신중하고 섬세한 태도를, 앞에서 말한 대로, 그의 '작업 윤리'를 좋아한다. 이번 영화도 그렇게 신중하고 섬세했기 때문에, 영화의 분위기에 전염되어, 관객 앞에서 같은 영화를 여러 번 보는 행위의 의미에 대해 말해보고 싶어진 것이었다. 안 본 분들을 위해 내용에 대한 논평은 생략하자. 대신 이 영화에 어울리는 문장이 있어 옮겨 적는다. 문학평론가 김인환 선생의 글인데 나는 이 글을 통째로 외우고 싶다.

나는 절실한 상처의 기록을 읽기 좋아한다. 인간의 마음을 찍는 사진이 있다면 그 사진에는 선인장처럼 온통 가시가 박혀 있는 마음의 형상이 찍혀 있을 것이다. (…) 작가는 누구에게서나 상처를 찾아낼 수 있는 사람이다. 그는 원효나 퇴계, 아리스토텔레스나 하이데거의 책을 읽으면서도 거기서 그들의 상처를 읽어낼 수 있어야 한다. (…) 그러나 아무리 상처가 영혼의 본질이라 하더라도 문학이 상처의 기록에 그칠 수는 없는 노릇이다. (…) 작품에는 상처를 달래는 지혜의 소중함과 어려움이 암시되어 있어야 한다. (…) 생명을 죽이지 않고 살 수 있는 사람은 없다. 남을 다치게 하지 않고 살 수 있는 길도 인간에게는 주어져 있지 않다. 우리가 할 수 있는 최선의 일은 나와 남의 다친 영혼을 달래는 길뿐이다.(《의미의 위기》, 문학동네, 2007, 82~84쪽)

(2016. 3. 10)

누가 대중을 존중하는가

홍상수 감독의 열일곱 번째 장편영화 〈지금은맞고그때는틀리다〉가 개봉됐다. (특이하게도 띄어쓰기를 하지 않은 제목이다.) 평론가들은 이번에도 일제히 별 네 개 반 이상의 평점을 부여하면서 열광했지만, 일반 관객들의 반응은 언제나 그랬듯 대체로 시큰둥하다. 아니, 늘 '비슷한' 영화만 만드는 이 감독과 늘 찬양 일색인 평론가들에게 이제는 염증을 느끼는 이들조차 생겨나고 있는 것 같다. "다른 영화에는 구별도 없이 5점, 6점을 주면서, 홍상수가 뭘 찍었다 하면 8점, 9점. 이젠 다 예상 가능한 점수들. 내가 보기엔 평론가들은 그냥 변태 집단일 뿐."(모 포털에 달린 어느 네티즌의 댓글) 흥미로운 것은, 창작자를 비판하는 목소리도 물론 있지만, 이처럼 평론가들을 비난하는 목소리가 더 크게 들린다는 점이다.

비슷한 일이 문학 강의실에서도 펼쳐진다. 고(故) 김현 평론가의 대표작《한국문학의 위상》(1977)을 읽고 학생들이 낸 과제에는 다음과 같은 대목에 대한 불편한 감정이 토로돼 있었다. "잘 팔리는 대중물이란 그러므로 미리 주어진 해답을 갖고 있으면서도 문제를 제시하는 척하는 나쁜 놀이이다."(《한국문학의 위상/문학사회학》, 문학과지성사, 1991, 64쪽) 대중문학과 본격문학이라는 분류법이 고리타분할 뿐만 아니라 폭력적이라는 반응이었다. 한 줌의 평론가들이 다수의 대중을 무시하고 훈계하는 것처럼 느껴졌을 것이다. 어쩌다 평론가들은 대중의 적이 되어버렸나. 내 실감으로 이것은 적어도 IMF 이후 십수 년 동안 점진적으로 진행돼온 일이며 지식인들의 가치 하락과 궤를 같이하는 현상이다. 2007년에 쓴 어느 글에서 나는 이런 분석을 해본 적도 있다.

정치(혁명)의 시대에 지식인(비평가)들의 말에는 귀담아 들을 만한 것이 있었다. 그러나 경제(생존)의 시대에 그 역할을 하는 것은 각종 투자 전문가들이다. 지식인/비평가들의 말은 아무런 도움이 되지 않는다. 정신분석학의 용어인 '전이(transference)'는 상대방이 뭔가 중요한 말을 할 거라 믿으면 정말 그의 모든 말이 의미심장하게 들리는 현상이라고 설명할 수 있다. 이제 비평가들에 대한 대중의 전이는 끝났다. 비평가들은 약육강식과 생존경쟁 시대에 유용한 진리를 갖고 있지 않다. 그들의 말에 뭔가 심오한 것이 있을 거라고 가정되지 않기 때문에 실제로 그들에게서 중요한 그 무엇도 발견할 수 없게 된다. 전이의 붕괴로 그들은 '권위'를 잃었다. 그 결과 역설적이게도 그들의 '권력'이 보이기 시작했다.(《사회비평》, 2007년 겨울호)

8년이 지난 지금, 상황은 별로 나아지지 않았으며 오히려 더 악화된 것처럼 보인다. "변태 집단"의 일원 중 하나로서 나는 창작자와 평론가들을 동시에 변호하기 위해 학생들에게 다음과 같은 이야기를 해야만 했다. "어렵고 지루한 소설이나 영화를 보거나 그것을 칭찬하는 평론가를 볼 때 화가 난다면, 그것은 아마도 그들로부터 자신이 무시당하고 있는 느낌을 받기 때문일 것이다. 그런데 나는 오히려 가장 대중친화적인 소설이나 영화라고 칭송되는, 그러니까 쉽고 재밌기만 한 작품을 보다가 비슷한 느낌을 받을 때가 있다. 그 작품들이 나를 포함한 대중을 '아무 생각 없이 재미만을 탐닉하는 소비자' 정도로 얕잡아 보고 있는 것 같아서다. 나는 거기서 '지갑을 열어. 그리고 아무 생각 말고 그냥 즐겨. 넌 원래 그렇잖아'라는 속삭임을 듣는다."

요컨대 '오로지 대중들의 즐거움을 위해' 만들었다고 겸손하게 소개되는 작품들이야말로 애초 대중에게 아무런 기대도 없이 만들어진 작품들이라면 그것들이야말로 대중을 은밀하게 무시하는 작품들일지도 모른다는 것이다. 그렇게 본다면, 전달하기 어려운 것을 어떻게든 전달하기 위해 복잡하고 심오한 내용과 형식을 동원하는 작품들은 대중이 자신의 말을 이해할 수 있는 능력이 있다는 믿음을 끝내 버리지 않고 진지하게 말을 건네고 있는 작품이라고 해야 한다. 상업적 실패를 무릅쓰면서도 그런 작품을 만드는 창작자, 그것을 열정적으로 소개하고 옹호하는 평론가들이야말로 실은 대중을 존중하는 이들이 아닌가. 그러므로 나는 이 세상의 모든 '홍상수들'에게 이렇게 말하고 싶은 것이다. '다시 한번 우리를 믿어줘서 고맙다.'

(2015. 10. 8)

시간의 네 가지 흐름

개가 울고 종이 들리고
기적 소리가 과연 슬프다 하더라도
너는 결코 서둘지 말라
서둘지 말라 나의 빛이여
오오 인생이여.

    김수영의 시 〈봄밤〉의 한 대목이다. 예전부터 "종이 들리고"가 좀 미심쩍었다. 종을 쳐서 현재 시각을 알리는 것은 서양 쪽 풍경이 아니던가. 최근 아폴리네르의 시 〈미라보 다리〉(1912)를 읽다가 다음 구절에 새삼 눈길이 멈췄다. "밤이 와도 종이 울려도/ 세월은 가고 나는 남는다."(황현산 옮김) 어느 봄밤 김수영의 귀에는 '미라보 다리'의 '종소리'가 들렸던 것일까. 여하튼 김수영은 서둘지 말자 했지만 지금은 봄밤이 아니라 겨울밤이어서 나는 시간에 대해 생각한다.

1. 봄밤이 아니라 겨울밤이어서, 2013년의 12월이어서, 나는 김수영처럼 자신을 다독일 수가 없다. 지금 내 귀에는 개가 미친 듯이 짖는 소리와 종이 전쟁처럼 울리는 소리가 들린다. 작년 말과 올해 초에 받은 연하장들이 책상 위에 1년째 놓여 있기 때문이다. 이 귀한 인사들에 이메일이나 문자메시지로 답할 수는 없으니 나 역시 예를 갖추어 답장하자 했었다. '오랜만에 문구점에 들러 편지지를 사자. 찻집에 앉아서 손편지를 쓰자.' 그러나 나는 1년이 흘러가는 동안 그 결심을 실천하지 못했다. 1년 동안! 어쩌다가 이런 일이 벌어졌을까. 내가 나를 이해할 수 없는데 그분들이 이해할 리가 없다.

2. 3년 전에 정년퇴임하신 H 선생님을 최근에 만나 여쭈어보았다. "선생님, 시간의 가차 없는 흐름에 어떻게 대처해야 하는지요." 나이를 먹어가는 일이 두려워서 한 질문이라 생각하셨는지 이런 답을 주셨다. "이 나이까지 살아보니까 인생의 모든 나이에는 각각의 나이에만 누릴 수 있는 행복이 있는 것이더군요. 너무 걱정하지 마세요." 시간과 싸우려 하지 말고 함께 놀아보라는 말씀으로 알아듣고 고개를 끄덕였다. 그런데 선생님과 헤어진 이후에 내가 못다 한 말이 있음을 깨달았다. '선생님, 그럼 고통은요? 인생의 모든 나이에는 각각의 나이에 감당해야 할 고통도 있겠지요?' 선생님은 뭐라고 답하셨을까.

3. 필립 로스의 소설 《에브리맨》(문학동네, 2009)에는 현재 34

세인 주인공이 행복의 절정에서 밤하늘의 별을 보다가 문득 미래의 죽음을 상상하는 대목이 나온다. "수많은 별은 그가 죽을 운명이라고 분명하게 말하고 있었다."(37쪽) 그러나 그는 이내 고개를 젓는다. "종말과의 무시무시한 만남? 나는 이제 겨우 서른넷인데! 망각을 걱정하는 일은 일흔다섯에 가서 하면 돼! 그는 그렇게 혼잣말을 했다. 머나먼 미래에는 궁극적인 파국 때문에 괴로워할 시간이 남아돌 거야!"(39~40쪽) 그러나 그는 188쪽에서 심장마비로 죽는다. 미래에서 돌아보면, 인생은 200쪽도 안 되는 소설일지도 모른다.

4. 잘해보려고 미루다 결국 못 하게 되는 일에는 여러 가지가 있는데 사람을 (못) 만나는 일도 그중 하나다. 만나기 가장 좋은 때라는 것이 있을까. 그냥 내일 아니면 모레 만나야 한다. J 형을 10년 만에 만났다. 어떤 사람을 10년 만에 만나면 시간의 생생한 물질성을 실감하게 된다. 10년만큼을 정직하게 늙어 있는 상대방을 통해서 나의 늙음을 덩달아 깨닫게 되기 때문이다. 이것은 유쾌한 일이 아니다. 그러나 J 형의 외모는 거의 달라진 게 없었는데, 변함이 없기로는, 한국 사회를 바꾸겠다는 그의 열정 역시 마찬가지였다. 그는 '기본소득운동'의 취지를 나에게 설명했다. 이런 변함없음은 뭔가 위안이 된다.

시간은 빠르다. (작년의 연하장에 답장을 쓰기도 전에 연말이 온다.) 시간은 정확하다. (삶의 각 시기에 겪어야 할 고통을 꼬박꼬박 청구한다.) 시간은 비정하다. (37쪽에서 죽음을 상상하고 터무니없어하던 사내를 188쪽에서 죽인다.) 시간은 완벽하지 않다. (시간의 흐름 속에서도 변하지 않는 것을 남겨둔다.) 그렇다면 시간과 관련해서는 이런 일을 해야 하리라. 변하지 않을 수 없는 것들이 변해가는 것을 받아들이고, 변하지 않으면 좋을 것들이 변하지 않도록 지켜내고, 변해야 마땅한데 변하지 않고 있는 것들이 변할 수 있도록 다그치기. 이 과분한 지면을 이제 반납하고, 그 일을 하러 가야겠다.

(2013. 12. 10)

부록

추천 리스트

노벨라* 베스트 6

　좋은 작품은 내게 와서 내가 결코 되찾을 수 없을 것을 앗아 가거나 끝내 돌려줄 수 없을 것을 놓고 간다. 책 읽기란 그런 것이다. 내게는 그 무엇도 이 일을 대체하지 못한다. 그런데 어떻게 아무 기준도 없이 그 많은 책들 중에서 몇 권을 골라낼 수 있단 말인가. 세 개의 기준을 정하기로 한다. 첫째, 소설일 것. 둘째, 시적일 것. 셋째, 짧을 것. 이 기준에 충실히 부합하는 작품 여섯 개를 골랐다. 이 소설들은 거의 완전무결한 축복이다. 소설을 써야 한다면, 이렇게 쓰고 싶다. 세상에 나온 순서대로 나열한다.

＊ 본래는 중편소설을 뜻하는 말이지만 여기서는 중편과 경장편을 두루 가리키는 말로 썼다.

마루야마 겐지 《달에 울다》(자음과 모음, 2015)

언젠가 어느 라디오 프로그램에서 가장 아끼는 문장을 제시해보라는 요구를 받았을 때 나는 이 세상에는 '불의 문장'과 '물의 문장'이 있다고 전제한 뒤에 청년 마르크스의 〈헤겔 법철학 비판 서설〉과 마루야마 겐지의 이 소설을 (그중에서도 82, 83쪽을) 내밀었다. 전자를 읽으면 정신이 타고 후자를 읽으면 영혼이 젖는다. 무슨 말이 더 필요한가. 내게는 '마르크스 그리고 마루야마'다.

크리스토프 바타이유 《다다를 수 없는 나라》(문학동네, 2006)

이 소설의 번역자인 김화영 선생의 말씀. "책을 다 읽고, 그 후 몇 번이나 다시 읽고, 그리고 번역을 하고 마침내 이 글을 쓰고 있는 지금도 나는 그 짧은 문장들 사이에서 배어나오는 기이한 적요함, 거의 희열에 가까울 만큼 해맑은 슬픔의 위력으로부터 완전히 놓여나지 못하고 있다." 이 소설을 읽은 지 십 년이 됐지만 나 역시 아직도 놓여나지 못하고 있다. 내 눈으로 읽고도 믿을 수 없을 만큼 아름다운 소설이다.

아고타 크리스토프 《어제》(문학동네, 2007)

이 소설에서 주인공은 두 번 칼을 드는데, 한 번은 남자의 등에, 또 한 번은 다른 남자의 배에 찌른다. 그러나 누구도 죽지 않는다. 이것이 이 작가가 삶을 바라보는 시각이다. 삶에 난자당하며 겨우 성장하는 불행한 아이들이 제아무리 칼을 휘둘러도 삶은 베어지지 않는다는 것. 칼로 사람을 찌르는 장면이 슬프게 느껴진다는 것은 아고타 크리스토프의 세계 안에서는 특별한 일도 아니다. 이 작가는 예상치 못한 순간에, 최소한의 문장으로, 가장 강렬한 감정을 창조하여 독자를 베어버린다.

배수아 《철수》(작가정신, 1998)

그녀의 소설에는 상투적인 인물, 상황, 대사, 통찰이 '전혀' 나오지 않는다. 배수아의 소설에 나오는 인물, 상황, 대사, 통찰은 오직 배수아의 소설에만 나온다. 그래서 배수아는 하나뿐이다. 1988년이 배경인 이 독한 '계급적 연애소설'에 '철수'라는 이름을 제목으로 얹을 사람이 또 있을까. 그리고 배수아의 문장이 번역 투라는 한물간 비난을 아직도 멈추지 않는 분들에게 한마디. 그녀의 소설에는 '상투적으로 자연스러운' 문장이 거의 없다. 그래서 그것이 무슨 문제란 말인가. 문학은 어학이 아니다. "뛰어난 작가는 모국어를 외국어처럼 사용한다."(프루스트)

파스칼 키냐르 《로마의 테라스》(문학과지성사, 2002)

이 작가의 다른 장점들이 더 많이 칭송되고 있지만 그는 멋진 이야

기를 만들어낼 줄 아는 작가이기도 하다. 키냐르의 책 중에서 한국
독자들에게 가장 덜 읽힌 작품이지만 나는 그의 다소 실망스러운 근
작들보다 이 책을 더 아낀다. 이 소설보다 더 짧은 이야기를 원하는
분들에게는《혀끝에서 맴도는 이름》의 2부를 권한다.

황정은 《백의 그림자》 (민음사, 2010)

이 책의 끝에는 내가 쓴 변변찮은 '해설'이 붙어 있는데, 글의 제목이
'백의 그림자에 붙이는 다섯 개의 주석'으로, 보시다시피 꽤나 삭막
하다. '사랑한다면 이들처럼'과 '살아간다면 이들처럼'이라는 두 제
목을 놓고 고민하다가 어느 쪽도 포기할 수 없어서 둘 다 포기해버
렸다. 어느 하나를 선택하는 순간 이 소설에 상처를 주게 될 것 같아
서였다. 차라리 둘 다 쓸걸 그랬지. 이 소설 앞에서는 뭔가 그렇게 조
심스러워진다는 얘기다.

여섯 작품을 골라놓고 보니 공통점이 보인다. 이들은 '하는
법' 말고 '하지 않는 법'을 아는 작가들이다. 말하지 않고, 쓰지
않고, 이야기하지 않음으로써 오히려 최대한의 것을 이뤄내는
이들이다. 왜 이렇게 긴 글을 썼냐는 물음에, 짧게 쓸 시간이 없
었노라고 대답한 지혜로운 작가가 누구였더라. 그러니 이 소설
들이 짧은 데에는 다 이유가 있다. 이들은 짧게 쓰는 데 성공한
것이다.

추천사 자선 베스트 10

소설

제임스 설터 《가벼운 나날》(마음산책, 2013)

모든 초월적인 버팀목들과 자발적으로 단절한 우리 근대인들이 치르는 대가는 이것이다. 시간은 가차 없이 흐르는데 삶의 의미는 드물게만 찾아진다는 것. 그래서 우리는 인생의 많은 시간을 인생 그 자체와 싸우며 보낸다. 근대 이후의 위대한 장편소설들이 대체로 '시간과 의미'라는 대립 구도 위에 구축돼 있는 것도 그 때문이고, 그 소설의 주인공들이 자명한 악과 싸우는 로망스적 영웅이 아니라 삶의 무의미와 대결하는 신경증적 영웅인 것도 그 때문이다. 그들을 영웅으로 만드는 것은 물론 성공이 아니라 실패다. 그러나 그들의 실패는, 의미란 무의미와의 싸움에서 승리하여 얻는 전리품이 아니라 싸움 그 자체 속에서만 존재하다가 사라지는 어떤 것임을, 그러므로 삶이란 의미를 찾기 위해 노력하는 그 순간에만 겨우 의미를 갖는 것임을 입증하는 데 성공한다.

제임스 설터는 이 모든 것을 거의 무정할 정도로 정확하게 해낸다. '정확하다'라는 평가는 우리가 소설가에게 바칠 수 있는 최상급의 찬사 중 하나일 것이다. 설터가 어떤 감정을 묘사하면 그것에서 불명확한 것은 별로 남지 않는데, 그럴 때 그는 마치 다른 작가들이 같은 것에 대해 달리 쓸 수 있는 가능성을 영원히 제거해버리려는 것처럼 보인다. 예컨대 한때 내가 가장 사랑한다고 믿은 대상이 이제는 내 삶의 무의미를 극명하게 증명하는 것처럼 보일 때의 그 비감(悲感)을 설터만큼 잘 그려내는 작가는 많지 않을 것이다. 이것은 숨 쉴 틈 없이 페이지가 넘어가는 소설이 아니라 수시로 깊은 숨을 내쉬느라 페이지가 넘어가지 않는 소설이다. 삶을 너무 깊이 알고 있는 작가의 소설을 읽을 때 느끼게 되는 피학적 쾌감 때문에 나는 그만 진이 다 빠져버렸다.

한강 《소년이 온다》 (창비, 2014)

어떤 소재는 그것을 택하는 일 자체가 작가 자신의 표현 역량을 시험대에 올리는 일일 수 있다. 한국문학사에서 '80년 5월 광주'는 여전히 그러할 뿐 아니라 가장 그러한 소재다. 다만 이제 더 절실한 것은 역사적 사실에 근거한 응징과 복권의 서사이기보다는 상처의 구조에 대한 투시와 천착의 서사일 것인데, 이를 통해 한국문학의 인간학적 깊이가 심화될 여지는 아직 많다. 《소년이 온다》는 한강이 쓴 광주 이야기라면 읽는 쪽에서도 마음의 준비가 필요하겠다고 각오한 사람조차 휘청거리게 만든다. 이 소설은 그날 파괴된 영혼들이 못다 한 말들을 대신 전하고, 그 속에서 한 사람이 자기 파괴를 각오할 때만 도달할 수 있는 인간 존엄의 위대한 증거를 찾아내는데, 시적 초혼과 산문적 증언을 동시에 감행하는, 파울 첼란과 프리모 레비가 함께 쓴 것 같은 문장들은 거의 원망스러울 만큼 정확한 표현으로 읽는 이를 고통스럽게 한다. 5월 광주에 대한 소설이라면 이미 나올 만큼 나오지 않았느냐고, 또 이런 추천사란 거짓은 아닐지라도 대개 과장이 아니냐고 의심할 사람들에게, 나는 입술을 깨물면서 둘 다 아니라고 단호히 말할 것이다. 이것은 한강을 뛰어넘은 한강의 소설이다.

얀 마텔 《포르투갈의 높은 산》 (작가정신, 2017)

일생 동안 읽을 수 있는 책의 양은 제한돼 있고 나는 이미 40년을 살아버렸다. 이제는 '그럭저럭 읽을 만한' 소설까지 읽을 여유가 없다. 이런 조바심 때문에 근래의 내 독서는 점점 강퍅해지고 있다. 다행히 얀 마텔의 신작은 나를 단호하게 만족시켰다. 아내와 사별한 세 남자의 이야기가 시대를 격하여 정묘하게 연결되면서 하나의 장편소설을 이룬다. 제 존재의 절대적 버팀목인 사람을 잃은, 그럼에도 계속 살아야 할 이유를 찾는 이들의 내적 투쟁의 서사다. 그것이 인간이라는 종(種)의 본질적 조건에 대한 성찰과 세속적 구원의 가능성에 대한 탐구로 간절하게 번져나간다.

인간의 삶에는 정답 없이 반복되는 근본 물음이라는 것이 있고 문학이란 그 물음을 잘 묻는 작업이어야 하며 그 과정에서 종교와의 성숙한 토론이 불가피하다고 믿는 나 같은 사람에게, 언제나 '인간적인 것'과 '문학적인 것'과 '종교적인 것'의 교차점에 경이로운 상상력을 적중시키는 얀 마텔의 작업을 따라가는 일이 이제는 거의 의무처럼 느껴진다. 두 번 읽을 가치가 없는 책은 한 번 읽을 가치도 없다는 지혜로운 말을 유미주의자인 오스카 와일드도 했고 크리스천인 찰스 M. 셸던도 했다. 《파이 이야기》가 다 읽은 후에야 다시 읽고 싶어지는 이야기라면, 《포르투갈의 높은 산》은 읽는 중에 이미 다시 읽고 싶어지는 그런 이야기다.

이기호 《차남들의 세계사》 (민음사, 2014)

어떤 사람에게 역사는 그저 저만치 지나가는 행인이지만, 다른 어떤 사람에게는 협잡꾼이고 폭력배이며 살인마다. 1980년 9월 1일, 육군 소장 전두환이 대한민국 11대 대통령에 취임하자 이후 경찰과 검찰은 출세를 위한 과잉 충성의 열기 속에서 전국적으로 '빨갱이 만들기'에 나섰다. 1981년 6월의 학림(서울), 부림(부산) 등으로 대표되는 당시 용공 조작의 광기를 강원도 원주도 피해갈 수 없었다. 1982년 3월 18일에 부산 미국문화원 방화 사건을 주도한 문부식과 김은숙은 원주 교구의 지학순 주교를 만나기 위해 원주에 왔고 4월 1일에 자수했는데, 수사 당국은 외려 관련자들을 찾아 소탕한다는 명분으로 피의 보복에 나섰다. 원주가 고향인 이기호는 당시 겨우 열 살 남짓의 소년이었지만, 그로부터 이십수 년 후에 그가 성실히 조사하고 간곡히 상상하여 썼을 이 소설은 그 광기의 역사 속에서 한 개인의 삶과 꿈이 어떤 식으로 파괴될 수 있는지를 보여준다.

말하자면 어느 피의자가 자신의 죄 없음을 입증하기 위해 필사적으로 노력하다가 온갖 착오와 거짓말과 부조리가 엉키는 와중에 결국 죄인이 되고 마는, 밀란 쿤데라(《소설의 기술》)였다면 카프카적인 (Kafkaesque) 악몽이라고 했을 법한 이야기다. 이런 무거운 소재 앞에서도 '이야기꾼'의 어조와 호흡을 절묘하게 운용하면서 시종 '희비극적'이라고 해야 할 어떤 균형을 유지한다는 것이 이기호 소설의 특징이다. 작가라면 비극적 감상에 빠지기보다는 차라리 고통스럽게 웃어야(웃겨야) 한다는 것이 그의 윤리적 준칙일지도 모른다. 그러나 누구도 이 소설을 끝까지 웃으면서 읽을 수는 없을 것이다. 후반부의 착잡한 진실 앞에서는 견디기 힘든 분노와 슬픔을 느끼게 될 것이다. 이기호의 소설에서는 많이 웃은 만큼 결국 더 아파지기 때문에 희극조차 이미 비극의 한 부분이다. 쉽게 읽히지만 빨리 덮기 어려운, 깊이 상처 입은 사람의 쓸쓸한 농담 같은 소설이다.

이상운 《신촌의 개들》(문학동네, 2015)

이런 소설을 싫어할 분들을 설득하기 위해서가 아니라 좋아할 분들이 모르고 지나치는 것을 막아보기 위해 이 글을 쓴다. 한국 소설의 특징이 '서사 결핍'이나 '내면 과잉'이라는 빈곤한 말로 다 요약된다고 믿는 분들에게 이 소설은, 때아닌 80년대 회고담의 형태를 띤, 바로 그런 소설로 보일 것이다. 그러나 소설이란 삶의 덧없음 앞에 최대한 정직해지기 위해 벌이는 정신적 투쟁의 결과라고 믿는 나 같은 이에게 이 소설은, 정교한 고압(高壓)의 문장으로 그 투쟁을 기록한, 지독한 선물이다. "세월은 흐르고, 모였던 것들은 흩어지며, 세워진 것들은 무너지고, 아름답게 담아낸 모든 음식의 마지막 흔적은 똥이다." 지난 이삼십 년 동안 우리의 고귀한 영역들은 곳곳에서 무너졌다. 이 소설에서 카페 '신촌의 개들'의 점진적 몰락은 저 전면적 속화(俗化) 과정의 쓸쓸한 풍속화이자 히스테리컬한 애가(哀歌)다. 그래서 작가는 '뒤늦은 애도'라 했겠지만 나는 '치열한 환멸'이라 말하고도 싶다. 애도는 조만간 잊는다는 것이고 환멸은 계속 싸운다는 것이다. 순수한 이의 최선을 다한 환멸이 속화된 독자에게 가하는 예리한 고통의 효용을 이 소설을 읽으며 실감했다. 이런 환멸이 여전히 가능하다는 반가움, 이 환멸마저 잃으면 우리는 끝이라는 두려움. 이를테면 50년 만에 다시 쓰인 〈환상수첩〉(김승옥)을 읽었다는 생각도 든다. 이상운의 다음 소설을 간과하지 않으려고 한다.

―부기

소설가 이상운은 2015년 11월 8일에 불의의 사고로 작고했다. 안타깝게도 우리는 그의 '다음 소설'을 읽을 수 없게 됐다.

에세이

김혜리《나를 보는 당신을 바라보았다》(어크로스, 2017)

비평가가 듣고 싶은 찬사 중에는 이런 것이 있다. '당신의 글을 읽기 위해서 그 작품들을 봤어요.' 내가 김혜리에게 하고 싶었으나 아직 못 한 말은 이것이다. '당신처럼 써보고 싶어서 영화를 제대로 보기 시작했어요.' 그의 글은 다음 네 요소로 이루어진 예술작품이기 때문이다.

첫째, 분석. 분석이란 본래 해체했다가 재구성하는 일이어서 작품에 상처를 입히기 십상인데 그가 우아하게 그 일을 할 때 한 편의 영화는 마치 사지가 절단되어도 웃고 다시 붙으면 더 아름다워지는 마술 쇼의 주인공처럼 보인다.

둘째, 인용. 그의 말이 지나치게 설득력이 있어 괜히 반대하고 싶어질 때쯤 되면 그는 그가 검토한 해외 인터뷰나 영화평들 중에서 중요한 코멘트를 적재적소에 인용해 독자로 하여금 이 영화의 모든 관계자들이 그의 글을 지지하고 있다는 느낌을 받게 한다.

셋째, 비유. 그가 개념적·논리적 서술을 훌륭하게 끝낸 후에 정확한 문학적 비유로 제 논지를 경쾌하게 재확인할 때면 그의 글은 매체(영상과 문장) 간 매력 대결의 현장이 되는데 그는 결코 영화를 이기려 들지 않지만 그렇다고 지지도 않는다.

넷째, 성찰. 그는 영화 서사에 잠복돼 있는 '윤리적' 쟁점에 극히 민감한데 그럴 때마다 특유의 실수 없는 섬세함을 발휘해 현재로서는 우리가 도달할 수 있는 최선이 이것이겠다 싶은 결론을 속삭여주고 는 한다.

세상에는 객관적으로 잘 쓴 글들이 많지만 김혜리의 글이 내게는 주관적으로도 그렇다. 그의 어휘, 수사, 리듬 등에서 나는 나를 거슬 리게 하는 그 어떤 것도 발견해내지 못한다. 그는 나의 전범 중 하나 다. 나는 그냥 잘 쓰고 싶은 것이 아니라 '바로 이 사람처럼' 잘 쓰고 싶다.

김승옥 《뜬 세상에 살기에》(예담, 2017)

김승옥의 등단작 제목인 '생명연습'은 오랫동안 내게 문학 그 자체 의 다른 이름인 것처럼 느껴졌는데, 불완전한 생명인 인간이 완성 없 는 연습을 반복하는 것이야말로 인생이고 문학은 그것의 반영이 아 닌가 싶어서였다. 또 내가 '인간은 이상하고 인생은 흥미롭다'라는 윤리 중립적이고 인식 지향적인 명제로 요약하곤 하는, 인간을 대하 는 문학의 기본 태도를 모범적으로 예시하는 작품이 바로 김승옥의 초기 소설들일 것이라는 생각도 해왔다. 시간의 흐름 속에서 쉽게 낡 아지는 것이 가수의 창법과 소설가의 문체인데, 한국문화사에서 그 제약을 돌파한 희귀한 사례가 있다면 (대중음악 쪽은 어떨지 몰라도) 소설가 중에는 바로 김승옥이 있겠다고도 생각해왔다.

이렇게 김승옥에 대해서라면 나는 생각이 많았고 앞으로도 그럴 것 이어서 그는 내게 영원한 동시대의 작가다. 그래서 이 오래된 산문집

(초판 1977년)의 재출간이 몹시 반갑다. 특히 맨 끝에 실려 있는 '산문시대' 동인 활동 회고담만으로도 이 책의 가치는 충분하다고 생각한다. 헤겔은 공동체로부터 분리된 개인이 낯선 현실 속에서 불안과 공포를 느끼는 시대, 오성(悟性)이 지배하고 예술이 붕괴하는 근대 이후의 그 시대를 '산문시대'라 명명하기도 했지만, 5·16 이후의 한국, 그야말로 어둡고 갑갑했던 그 '산문시대'를 문학이라는 빛에 의지해 헤쳐나간 이들의 뜨거운 호흡이 그 글에는 살아 있다. 어쩌면 그때가 한국문학의 '영웅시대'였던 것은 아닌가.

데이비드 포스터 월리스
《재밌다고들 하지만 나는 두 번 다시 하지 않을 일》 (바다출판사, 2018)

그러니까 문제는 내가 데이비드 포스터 월리스가 누구인지 몰랐다는 것이다. 《소설은 어떻게 작동하는가》나 《모든 것은 빛난다》 같은 최고의 책들이 이 작가에게 깊은 존경을 표하는 것을 보기 전까지는 말이다. '플로베르 이후 가장 빼어난 스타일리스트 중 하나'이자 '니체 이후 가장 깊은 곳에까지 이른 허무주의자'를 몰라서는 안 되는 것이었다. 유일한 국역본 《이것은 물이다》를 서둘러 읽었지만, 비범하되 소략한 저 책은 내 조갈증을 돋울 뿐이었다.

하여 이 책이 나오기를 나는 얼마나 기다렸던가. 크루즈 여행, 영어 어법 사전, 랍스터 등 어떤 것에 대해 쓰더라도 이 작가의 집요한 글쓰기는 다시없을 장관을 펼쳐놓는다. 넌더리가 날 정도로 강박적인 자기 관찰, 삶이 진부하거나 무의미하게 느껴지는 순간에 대한 또렷한 혐오, 심원한 존재론적 감수성에 촌스러운 비장함이 더해지는 것을 막는 냉소적 재치, 이 모든 것을 정확히 담아낼 문장을 쓰는 데 쏟았을 장인적 열정에 이르기까지 말이다.

협소한 지면이지만 그래도 기어이 번역가 김명남에 대해 말해야겠다. 월리스는 자신이 월리스라는 사실을 견뎌내지 못하고 자살했는데, 내게는 이 번역 덕분에 그가 최상의 한국어 문장을 구사하는 작가로 여기 다시 태어난 것처럼 느껴진다. 죽은 나사로를 살려내듯 월리스의 경련하는 수사학만이 아니라 정신의 전압까지 복원하는 데 성공한 이 작업에 경의를 표하지 않을 수 없다. 결코 과장이 아닌데, 이 역서의 완성도는 거의 기적적이다.

김민정 《각설하고,》(한겨레출판, 2013)

민정에 대해 누가 물으면 나는 '세상에서 제일 바쁜 사람'이라고 자주 답했다. 사실이 그러하니까 한 말이기도 했지만 이런 속뜻도 담았었다. '만약 당신이 민정의 배려 때문에 행복했다면 그토록 바쁜 와중에 당신을 챙긴 것이니 더 고마워해주세요. 반대로 당신이 민정 때문에 서운했다면 쓰러질 정도로 바빠서 범한 실수이니 부디 이해해주세요.' 도대체 그녀는 왜 그리 바쁜가. 유난한 욕심쟁이여서가 아니다. 그녀는 '전혀'라고 해도 좋을 정도로 직업적 야심 같은 것이 없는 사람이다. 부탁을 거절하는 데 단호하지 못하고 일의 경중을 재는

데 익숙하지 못해 그런 것이다. 저러다 문득 돌아보면 그 허무를 어찌하려나 함께 걱정했다. 그런 와중에 써낸 글들에서 일부만을 추린 것이 이 책이다.

나는 그녀가 무리한 연재를 떠맡을 때마다 의아했는데 이 책을 읽으니 알겠다. 어느 글에서건 그녀는 과거로 쓸려간 생의 사소한 순간을 다시 붙들어서 그것이 모종의 의미로 빛나는 순간이 되도록 만들고 있었다. 이런 글쓰기는, 갑자기 모든 것이 허무하다는 생각이 밀려와 삶이 무너지는 일이 없도록, 민정이 필사적으로 자신을 보호하는 방편이었을지도 모르겠다고 생각한다. 삶의 의미는 어딘가에 숨어 있다가 문득 발견되는 것이 아니라 각자가 있는 힘을 다해 부여하는 것일지도 모르는데, 그렇다면, 이 글들 덕분에 지난 몇 년간 민정의 삶은 버텨질 수 있었으리라. 그렇긴 하다만, 이제는 민정이 덜 바빠지고 더 건강해져서, 경험을 의미로 바꾸는 이 경쾌한 산문의 춤을 앞으로도 오래오래 추면 좋을 텐데.

시

허수경 《누구도 기억하지 않는 역에서》 (문학과지성사, 2016)

독일에서 시인은 아프다. 1992년에 독일로 떠난 이후에도 가장 아름다운 한국어로 시를 써온 허수경 시인이 많이 아프다. 젊은 시인·노동자·노점상들에게 아부하는 사회에서 살아보는 게 소망이라고 말하는 착한 시인인데, 이런 시인은 안 아프면 안 되냐고 나는 화를 낸다. 무슨 말도 무력하고 무참하게 여겨져 독일로 편지 한 줄 띄우지 못한 채 그저 시인의 시집만 내내 가방에 넣어 다닌다. 나는 본래 읽는 사람이니까, 기도하듯 그의 시를 읽으면 그가 낫기라도 할 것처럼, 그런 사나운 심정으로.

인생의 책 베스트 5

　선택한다는 것은 포기한다는 것이다. '내 인생의 책'을 다섯 권 골라달라는 주문을 받았으나 어려운 것은 다섯 권을 고르는 일이 아니라 그 외의 나머지를 포기하는 일이었다. 이 곤혹을 들여다보니 그 이면에 놓인 감정은 초조함이기도 했다. 내 인생을 겨우 다섯 권의 책으로 요약당하고 싶지 않다는 것. 그래서 이렇게 빠져나가기로 했다. 인생과 무관한 책은 없다, 그런데 인생의 '어떤 것'이 아니라 인생 '그 자체'를 다루는 책들이 있다, 이를 '인생의 책'이라 명명하고 이 장르에 속하는 책들 중 아끼는 것을 말해보자, 라고. 그러니까 '내 인생의, 책'이 아니라 '내, 인생의 책'이다.

릴케 《두이노의 비가》(열린책들, 2014)

성경이나 셰익스피어는 반칙이니까 20세기 이후에 나온 것들로 한정한다면 맨 앞자리는 릴케다. 거친 말이 되겠지만, 나는 보들레르에게선 인생의 한 측면을, 랭보에게선 인생의 한 시기를, 말라르메와 발레리에게선 '인생은 아닌' 어떤 아름다움을 본다. 그러나 나에게 인생 그 자체는 릴케다. 인생사의 소소한 세목들을 다룬다는 뜻이 아니다. 도대체 짐승도 아니고 천사도 못 되는 인간의 생이라는 것이 어떻게 정당화될 수 있는지를 질문한다는 뜻이다. 세상의 많은 답들이 무너질 때까지, 거기서 그만의 깊은 답이 나올 때까지.

1875년에 체코에서 태어난 릴케가 비로소 릴케가 되기 시작한 것은 1900년대 들어서다. 서른을 통과하면서 《기도시집》(1899~1903), 《형상시집》(1902), 《신(新)시집》(1907~1908) 등을 잇달아 펴냈다. 그 기간 중에 독일에서는 짐멜의 강의를 들었고 러시아에 가서는 톨스토이를 만났으며 파리에서는 로댕을 사숙했다. 이것은 그가 근대성의 본질과 근대 이후 인간의 존재론적 정처(定處)를 성찰했고, 그 결과를 조각처럼 세공된 언어의 덩어리로 표현하는 법을 연마했다는 뜻이다. 그리고 마흔을 향해가던 1912년경에 필생의 작품 〈두이노의 비가〉 연작을 쓰기 시작했다.

무리해서 요약하자면 〈비가〉 전체의 주제는 '무상(無常)'과 '변용(變容)'이다. 릴케 자신의 설명에 따르면 변용이란 세상의 무상한 것들을 "눈에 보이지 않는 것으로" 되살려 간직하는 일이다.(9비가) 세계를 내면화해서 그 본질만을 영원히 보존하기. "사랑하는 사람들이여,

세계란 우리들의 내면이 아니고는 어디에도 없다."(7비가) 그것이야 말로 사물로부터 "위탁"받은 인간의 사명이자,(9비가) 우리가 "행복" 을 가질 수 있는 방법이기도 하다고 그는 믿는다.(7비가) 물론 릴케의 시 쓰기는 그가 택한 변용의 방법이고 시인이 아닌 우리에게도 변용 의 길은 있으리라.

이 변용을 초월의 일종으로 보는 이들도 있지만 나는 초월과 변용을 맞세우고 싶다. ('행복'이라는 말이 내게는 너무도 지상적이다.) 나는 인 생의 무상함에 맞서는 길 중에서 '초월'을 경계하므로 '변용'에 관심 을 갖는다. 이 변용의 사상이라는 결론에 이르러 〈비가〉는 10년 만 에 완성됐다. 긴 시 열 편을 쓰는 게 그리 대단한 일인가? 아니라면, 베토벤이 교향곡 아홉 개를 작곡한 것도 별일은 아닐 것이다. 〈비가〉 열 편을 다 읽거나 교향곡 아홉 개를 다 듣는 데에는 일주일도 안 걸 린다. 그러나 누군가에게 그 일주일은 평생 동안 반복될 수도 있다.

손턴 와일더 《산 루이스 레이의 다리》(샘터, 2010)

'인생의 책'이라는 장르에 속하는 책은 우리가 겪는 상실 · 고통에 도대체 무슨 이유와 의미가 있는지 묻는다. 이런 작품들의 기원에는 〈욥기〉가 있지만, 여기서는 현대의 고전인 손턴 와일더의 소설 《산 루이스 레이의 다리》(1927)를 소개하려 한다. 《달콤한 내세》의 작 가 러셀 뱅크스가 이 소설을 두고 "완벽에 가까운 도덕적 우화"여서 "거의 성서와도 가까운 느낌"을 받는다고 했으니 〈욥기〉의 대안으로 적절할 것이다. 서른에 펴낸 이 두 번째 소설로 저자는 퓰리처상을 받았고 우리나라에도 일찍이 소개됐다.(《운명의 다리》, 신양사, 1958)

1714년 7월 20일 페루의 한 다리가 무너지고 그 시각에 다리를 건너던 다섯 명이 죽었다. 이런 일이 있을 때 언제나 반복되는 의문이 있다. '신의 섭리인가, 허무한 우연인가?' 한 수사(修士)가 죽은 이들의 삶을 조사했고 그 결과를 적은 것이 이 소설의 내용을 이룬다. 결론만 말하면 그들은 죽어 마땅한 사람들이 아니었을뿐더러, 아이러니하게도, 죽고 싶은 슬픔을 각자 이겨내고 다시 살아보자며 다리를 건너던 그 순간에 죽음을 맞았다. 이게 섭리라면 신은 잔혹하고, 한낱 우연이라면 인생은 무의미하다. 어떤 답을 택할 것인가?

저 질문은 이미 죽은 이들이 아니라 살아남은 이들에게 중요하다. 답을 찾아내지 않으면 안 되는 동기와 책임이 있는 것도 바로 그들이다. 결말부에서 비통함과 죄책감을 느끼며 한 자리에 모인 유족들에게 주어지는 답은 이것이다. 산 자와 죽은 자를 연결해주는 다리가 있으니 그것은 바로 사랑이라는 것. 고인을 사랑하듯 서로를 사랑하는 것 외에 다른 도리가 있느냐는 것이다. 이 소설의 답은 놀랄 만하지 않다. 그러나 사랑하는 사람을 잃은 이들이 원하는 답은 놀랄 만한 답이 아니라, 당신은 따라 죽지 않아도 된다고 말해주는 답일 것이다.

뉴욕에서 열린 9·11 테러 추모집회 때 당시 영국 총리 블레어가 이 소설의 결말부를 낭독했다. 나는 1994년 성수대교 붕괴 때는 이 소설을 몰랐고 2014년 세월호참사 때는 알았다. 2014년 이후로 나는 우리가 '신을 용서하지 않는 용기'를 잃지 않기 위해 어떤 이야기를 읽어야 하는지 고민한다. 그런 마음으로 얼마 전에는 2010년판 대신, 바스러질 듯한 1958년판을 도서관 보존서고에서 꺼내 봤다. 한국전쟁 때 가족과 친구를 잃은 이들도 제 고통을 이해하고 살아갈 이유를 찾기 위해 이 책에 매달렸으리라. 60년 동안 인생은 왜 변함이 없는가, 비극적인 부분일수록 더.

시바타 쇼 《그래도 우리의 나날》(문학동네, 2018, 근간)

시바타 쇼(柴田翔)의 소설 《그래도 우리의 나날》(1964)은 제51회 아쿠타가와상 수상작으로, 누적 판매부수 180만 부를 넘긴 일본 현대 소설의 고전 중 하나다. 한국에도 몇 차례 번역된 바 있으나 모두 절판됐다. 1995년에 내가 읽은 판본은 《그래도, 우리 젊은 날》(한마음사, 1993)이었다. 돌아보면 내가 이 책을 읽은 게 아니라 이 책이 나를 읽었다는 생각이 든다. 일본 전후 학생운동 세대의 이야기가 한 세대의 세월을 건너 스무 살의 내게 도착했고, 삶에 대해 질문하는 '방법'과 '언어'를 건네주었다. 그 도구들을 나는 아직도 사용한다.

작중인물 사노는 고교 시절 이미 일본 공산당에 가입하고 대학생이 되어서는 당의 방침에 따라 입산하여 군사 조직에 투신하기까지 했으나, '혁명을 두려워하는 혁명가'라는 자기 존재의 아이러니를 해결하지 못한 채 자신을 비겁한 배신자라 자책하며 당을 떠난다. 평범한 샐러리맨으로 살아가던 중 어떤 계기로 "죽는 순간에 나는 무엇을 생각하게 될까?"라는 질문을 던지게 되는데, 그에 대한 자신의 답이 여전히/영원히 "너는 배반자일 뿐이다"일 수밖에 없음을 깨달은 사노는 결국 목숨을 버린다.

그의 죽음은 이 소설의 끝이 아니라 또 다른 시작이다. 그의 유서 속에 담긴 저 질문이 다른 인물들의 삶까지 흔들고, 각자의 답을 찾기 위해 누구는 멀리 떠나고 누구는 더 깊이 침잠한다. 물론 오래된 소설이다. 소위 '육전협'(1955년 일본 공산당 제6회 전국협의회) 세대의 관념적 급진주의도, 보수적 성 역할 관념에 저항하는 전후 일본 여성의 고뇌도, 모두 반세기 전의 것이다. 그러나 질문이 낡았다고 생각하지는 않는다. 낡았다는 것은 극복됐다는 것이다. 그러나 사노를 죽음에 이르게 한 것과 같은 치명적인 질문을, 오만한 바보가 아니라면 누가 극복할 수 있겠는가.

이 소설은 내가 어떤 유형의 소설에 감응하는 독자인지를 일찌감치 깨닫게 해준 소설이기도 하다. 전후 일본의 가치관에 맞서 각자의 자리에서 고투하는 인물들의 내면이 정확하게 재현돼 있다. 200쪽이 채 안 되는 소설 속에, 누구의 내면도 자신의 언어를 갖지 못하는 법 없이. 덕분에 나는 소설이 인간의 내면(성)을 거의 '창조'라고 해도 될 만큼 섬세하게 '발견'해내는 현장이 될 수 있음을, 소설 속의 질문이 내 삶 속으로 곧장 날아와 꽂히는 일이 일어날 수 있음을 처음 알았다.

존 윌리엄스 《스토너》(알에이치코리아, 2015)

내 20대가 《그래도 우리의 나날》로 시작됐다면, 40대의 시작은 존 윌리엄스의 《스토너》(1965)와 함께였다. 영문학 교수 윌리엄 스토너의 청년기 이후 생애를 그리는 이 미국 소설은 출간 50년 만에 재발견돼 베스트셀러가 됐다. 1차대전 전에 시작해 2차대전을 거치는 서사인데도 이 소설에는 포연(砲煙)이 없다. 소위 '대학 소설(academic novel)' 장르에 속해서이기도 하지만, 스토너의 삶이 그 자체로 고요한 전쟁이기 때문이다. 그만큼 극적이어서? 반대에 가깝다. 그는 '평범한' 사람이다. 근대 이후 소설은 눈물겹게 평범하여 오히려 비범해진 인물을 그리는 데 그 본령이 있기도 하다.

부모의 농업을 도우러 농과대학에 진학한 시골 청년이 교양 영문학 시간에 문학에 눈뜨고 이전과는 전혀 다른 사람이 되는데, 문학을 모르는 부모의 세계에서 점점 멀어지는 자신을 발견하고 통증 같은 죄책감을 느끼다가, 결국 그들의 세계로 돌아가지 않을 것임을 부모에게 통보하는 장면까지를 쓰고 있는 첫 챕터는 독립된 단편소설처럼 완벽하다. 한 인간을 이전과는 다른 존재로 만드는 '사건', 사건 이후 그의 내면을 점령하기 시작하는 벅차고 아픈 '진실', 그 진실의 부름에 답하기 위한 한 인간의 힘겨운 '응답', 이 모두가 10여 쪽 안에 다 들어 있었다.

이어서 펼쳐지는 그의 삶은 뜻밖의 '기회'와 그에 따르는 '비용'에 언제나 공평하게 점령당한다. 작자는 세상의 모든 인생에 주어진 수학 문제를, 손 들고 앞에 나가지 않고, 주인공이 머무는 대학 연구실 책상 위에서 조용히 풀어나간다. 그의 계산에 따르면 삶이 우리에게 제공하는 기대와 실망의 총합은 결국 0이다. 이 계산 과정은 경이롭도록 정확해서 어떤 아름다움에까지 이른다. 이 소설에 대해선 할 말이 너무 많아서 나는 제대로 시작조차 할 수 없다. 그저 이 소설은 '인생의 무엇'이 아니라 '인생의 인생'에 도달했다고만 적자.

이 소설을 '2013년 올해의 소설'로 뽑으며 쓴 글에서 줄리언 반스는 말한다. "《스토너》의 슬픔은 이 작품 특유의 것이다. (…) 그것은 더 순수하고 덜 문학적인, 인생의 진정한 슬픔에 가까운 무엇이다. 독자인 당신은 이 소설에서 슬픔이 다가오는 것을 볼 수 있다. 종종 인생의 슬픔이 다가오는 것을 볼 수 있었던 때 그랬듯이, 속수무책으로 말이다."(《가디언》, 2013년 12월 13일 자) 그래서 반스는 이 소설을 하루에 30~40쪽 이상 읽을 수 없었다고 한다. 나는 그 심정을 이해하지만 그가 나보다는 이 소설을 덜 좋아한 것이라고 믿는다. 나는 스토너가 죽어 이야기가 멈출 때까지 이 소설을 따라 읽는 것 말고는 아무 일도 할 수 없었다.

휴버트 드레이퍼스·숀 도런스 켈리 《모든 것은 빛난다》(사월의책, 2013)

시와 소설을 거쳐 이번에는 에세이다. 이 책의 저자들에 따르면, 우리 현대인이 걸린 병은 '무의미에 이르는 병'이고 더 짧게 말하면 '허무주의'다. "실존적 선택에 직면했을 때, 저것 아닌 이것을 선택하게끔 해주는 참다운 동기가 없다는"(20쪽) 것이다. '결정 장애' 같은 것을 말하는 것이 아니다. 중세에 기독교 교리가 행했던 역할, 즉 삶에 의미를 부여해주는 광원(光源)으로서의 존재론적 패러다임이 현대에는 없다는 뜻이다. 그러나 중세로 돌아가자는 것은 아니다. 저자들이 가장 먼저 기각하는 대안이 맹목적인 기독교적 일신주의다. 우리는 현대적 허무주의와 기독교 일신주의 사이에서 제3의 길을 찾아야 한다.

하이데거의 질문과 사유에서 많은 영감을 얻고 있는 저자들이 내세우는 대안은 고대 그리스적 다신주의다. 그 핵심은 신'들'과의 관계다. 2007년 1월 2일 뉴욕 지하철 선로에 한 청년이 쓰러져 있었을 때, 쉰 살의 건설 노동자 웨슬리 오트리는 목숨 걸고 그를 구했다. 온 미국이 놀랐지만 정작 당사자는 무언가에 이끌리듯 행한 일일 뿐이라고 답했다. "행동의 원천"이 자기 자신이 아니었다는 것.(18쪽) 이처럼 우리는 누군가에게 경이로운 영웅적 행위를 할 수도 있고 또 내게 일어나는 경이로운 일을 체험할 수도 있다. 현대인은 이를 한낱 '확률적' 사건이라 할 테지만, 그리스인들이라면 '신성한' 존재의 배려로 일어난 일이라 할 것이다. 의미와 무의미는 이 중 어떤 방식의 사고에 각각 깃들게 될까.

하여 저자들은 설득한다. "호메로스가 그려낸 올림포스의 신들은 그리스인들에게 성스러움에 대한 감각을 부여해준다. 진정으로 의미 있는 실존의 기쁨과 슬픔을 보증해주는 성스러움 말이다. 이 호메로스의 신들을 다시 불러내는 것이야말로 신이 죽은 이 시대에 구원을 얻을 수 있는 방법이다."(114쪽) 그러나 이 일상적 신성의 체험이 집합적 수준에서 발생할 때 이를 계몽 이전 미성숙 상태로의 퇴행이나 파시즘의 황홀과 명백히 구분할 수 있을까? 그러니까 우리는 그리스인이 되는 데 실패한 것인가, 그리스인이 되지 않는 데 성공한 것인가? 이에 대한 답이 마지막 장에 있고 그곳이 이 책의 대미이자 백미다.

이 책은 삶의 의미를 묻는 대중적 철학 저술을 전문 철학자들이 쓸 때 나올 수 있는 최상급의 결과물이다. 삶의 어느 시기에 만나게 되는 결정적인 책은 바로 그 무렵 내가 던져야만 하는 질문이 무엇인지를 알려준다. "의미 있는 삶은 어떻게 가능한가?"(33쪽) 30대 후반에 내가 다시 이 오래된 물음을 정색하고 묻게 된 것은 이 책 덕분이다. 물론 이 책의 답마저 나의 것이 되지는 않았고 나는 여전히 그것을 찾는 중이다. 그러나 어떤 질문은 그것을 간절하게 묻는 것만으로도 인생을 조금은 달라지게 한다. 정말 나는 그렇게 되었다.

슬픔을 공부하는 슬픔

초판 1쇄 발행 2018년 9월 22일
초판 14쇄 발행 2024년 8월 5일

지은이 신형철
펴낸이 이상훈
문학팀 최해경 박선우 김다인
마케팅 김한성 조재성 박신영 김효진 김애린 오민정

펴낸곳 ㈜한겨레엔 www.hanibook.co.kr
등록 2006년 1월 4일 제313-2006-00003호
주소 04186 서울시 마포구 창전로 70(신수동) 화수목빌딩 5층
전화 02) 6383-1602~3 팩스 02) 6383-1610
대표메일 munhak@hanien.co.kr

ISBN 979-11-6040-196-7 03810

- 책값은 뒤표지에 있습니다.
- 파본은 구입하신 서점에서 바꾸어 드립니다.

ⓒ courtesy Galerie EIGEN+ART Leipzig/Berlin and Pace Wildenstein-SACK, Seoul 2018
- 이 서적 내에 사용된 일부 작품은 SACK를 통해 VG Bild-Kunst와 저작권 계약을 맺은
  것입니다. 저작권법에 의하여 한국 내에서 보호를 받는 저작물이므로 무단 전재 및 복제
  를 금합니다.
- 이 책은 2015년 조선대학교 교내 연구비를 지원받아 발간되었습니다.
- 이 도서의 국립중앙도서관 출판예정도서목록(CIP)은 서지정보유통지원시스템 홈페이
  지(http://seoji.nl.go.kr)와 국가자료공동목록시스템(http://www.nl.go.kr/kolisnet)에서 이
  용하실 수 있습니다.(CIP제어번호: CIP2018028540)